Paul Keller

Waldwinter

Roman aus den schlesischen Bergen

Paul Keller: Waldwinter. Roman aus den schlesischen Bergen

Erstdruck: München, Allgemeine Verlagsgesellschaft, 1902

Neuausgabe
Herausgegeben von Karl-Maria Guth
Berlin 2017

Umschlaggestaltung von Thomas Schultz-Overhage unter Verwendung des Bildes: Caspar David Friedrich, Fichten im Schnee, 1828

Gesetzt aus der Minion Pro, 11 pt

Verlag: Henricus - Edition Deutsche Klassik GmbH
Mörchinger Str. 33, 14169 Berlin, info@henricus-verlag.de
Druck: Libri Plureos GmbH, Friedensallee 273, 22763 Hamburg

ISBN 978-3-7437-0208-0

Bibliografische Information der Deutschen Nationalbibliothek

Die Deutsche Nationalbibliothek verzeichnet diese Publikation in der Deutschen Nationalbibliografie; detaillierte bibliografische Daten sind im Internet über www.dnb.de abrufbar.

Auf der Flucht nach der Stille

Ich lachte laut auf.

Mochten sie hundert Boten senden, sie würden mich nicht finden; mochten sie tausend Briefe hinter mir herschicken, sie würden mich nicht erreichen. Der elektrische Funke selbst würde mich nicht einholen.

»'s geht a bissel sachte – der Fuchs is gutt – aber der Weg is halt ziemlich miserabel.«

»Es geht großartig, Herr – Herr –«

»Herr Sternitzke Franze!«

»Richtig! Herr Sternitzke! Ich hatt's schon wieder vergessen. Es geht großartig, Herr Sternitzke!«

Und weiter ging die Flucht mit einer Geschwindigkeit von drei Kilometern pro Stunde. Von Minute zu Minute wuchs meine Sicherheit und damit meine Freude. Herr Sternitzke in meiner kleinen Droschke rauchte so ungeheuer, und die Räder rasselten so laut und schlugen so wahrnehmbar, daß ich die Empfindung hatte, ich säße in dem Wagen eines Eilzuges, der mich mit rasender Schnelligkeit von dannen beförderte.

»Es ist hübsch von Ihnen, Herr Sternitzke, daß Sie mich selber von der Bahn abgeholt haben. Ich dachte, Sie würden einen Knecht schicken.«

»Nee«, sagte Sternitzke, »'n Knecht schick' ich grundsätzlich nich; denn erstens sagte der Oberförster, ich soll alleene fahr'n, und zweetens scheut der Fuchs vor der Bahne, und drittens hab ich gar keen' Knecht nich!« – »Aha! Das seh' ich ein! Da ist also der Herr Oberförster auch auf mein Wohl bedacht?«

Herr Sternitzke lächelte.

»Och nee«, sagte er, »das grade nich; a is halt schrecklich neugierig uff Sie. A kann sich gar nich denken, warum Sie jetzt – ich meine, 's geht doch uff'n Winter zu – warum Sie jetzt zu uns in die Sommerfrische woll'n.«

Ich mußte lachen.

»Das ist aber gar nicht hübsch vom Herrn Oberförster, daß er so neugierig ist.«

»Ah«, machte Sternitzke, »der! der hat noch viel andere Untugenden, der! Überhaupt, a Kujon is a!«

Und er lachte vor sich hin.

»Da stimmen Sie wohl nicht gut mit dem Oberförster, Herr Sternitzke?«

»O ja! A is ja mei bester Kunde! Keen Eenziger kneipt so viel wie der. Und das is doch wichtig für'n Gastwirt. Dann sind wir och Gevattersleute. Nee, nee, gutte Freinde sein wir. Aber Krach hab'n wir bale alle Tage!«

»So, so! Da freu' ich mich schon auf den Oberförster!«

»A studierter Oberförster is a nich. A hat sich bloß so ruffgearbeit' beim Herrn Baron. Na, und wegen Ihn' is a eben, wie gesagt, ganz schrecklich neugierig.«

»Hä! Das kann ich mir denken!«

Wir fuhren weiter. Die Straße stieg bergan, und der Fuchs schlug ungefähr ein Tempo ein wie ein müdes Öchslein, wenn es abends vom Felde kommt. Nach einer Weile machte Sternitzke eine Vierteldrehung nach mir hin und sagte: »Das heißt – das muß ich ja sagen – ich wundere mich ja auch a bissel über Ihnen –« – »Das glaube ich, Herr Sternitzke! Denken Sie mal, ich wundere mich beinahe selber über mich!«

Franz Sternitzke schüttelte den Kopf und sagte eine Weile gar nichts mehr. Seine Bemühungen, etwas aus mir herauszubekommen, waren gescheitert. Ehe wir die Anhöhe erreichten, schnaubte der Fuchs einigemal tief und schmerzlich auf, und dann blieb er zu einer kleinen Erholungspause stehen. Ich stieg aus.

»Wie alt ist denn Ihr Fuchs, Herr Sternitzke?« fragte ich.

Der Besitzer des edlen Rosses sah mich ob dieser indiskreten Frage verärgert an.

»A is sonst a sehr guttes Pferd!« sagte er.

»Oh, Herr Sternitzke, er ist ein Staatspferd! Es ist sehr hübsch von ihm, daß er ein wenig stehen geblieben ist. Sehen Sie doch bloß diese herrliche Aussicht hier!«

Sternitzke warf einen flüchtigen Blick in das prächtige Waldtal und nach der Berglehne hinüber, die in den Mattgoldfarben des Herbstes schimmerte, und vertiefte sich dann in die edlen Formen seines »guten Pferdes«. Plötzlich platzte er in unverfälschtem Schlesisch heraus: »Achtza is a!«

»Achtzehn Jahre erst? Oh, Herr Sternitzke, er ist jung, jawohl, blutjung! Unsere jüngste Balletteuse ist wenigstens achtundzwanzig.«

»Is das auch so ein Pferd?«

»Die Balletteuse? Nee, nee, nee, Herr Sternitzke, was denken Sie denn! Das ist 'ne junge Dame, die am Theater die kleinen Engel spielt.«

»Ach so«, nickte Herr Sternitzke verständnisvoll und rauchte sich eine von den Zigarren an, die ich ihm geschenkt hatte. Während er den Rauch immer abwechselnd durch die Zähne und durch die Nase stieß, genoß ich den entzückenden Ausblick ins Tal.

Es fiel mir ein, wie klein die Erde und wie groß die Sonne sei. Fern über den Wüsten Afrikas steht sie und hat Kraft genug, auch dieses schlesische Tal mit Licht und Glanz zu füllen. Und es ist nicht wahr, daß die Natur im Herbst eine lebensmüde, matte Matrone sei, die dem Tod geweiht ist; ein starkes, fruchtbares Weib ist sie, das zusammenbricht, indem es gebiert.

Herr Sternitzke schreckte mich aus meinen Betrachtungen. Er wackelte mit der Leine und sprach zum Fuchs in freundlich ermutigendem Tonfall: »Na, Aler, wull'n mer wieder?«

Nein, der Fuchs »wollte« offenbar noch nicht. Aber da ich in den Wagen stieg, brachte Herr Sternitzke mit vielem Zureden und einigem Peitschenwedeln das Gefährt wieder glücklich in Gang.

Ich lehnte mich zurück im Wagen und schloß die Augen. Dieser einfache Mann wunderte sich darüber, daß ein Großstädter zur Herbstzeit aufs Land ziehen könne. Ja, er wußte nicht, daß ich auf der Flucht war – auf der Flucht vor der Großstadt, vor ihrem anstrengenden, fürchterlichen Winter. Nein, ich wollte nicht dreimal in der Woche ins Theater gehen, ich wollte mich nicht immer und immer wieder ärgern über diesen und jenen Kerl, der mir die Laune verdarb, über diesen und jenen gemeinfalschen Ton, der mich aus der besten Stimmung zerrte. Ich wollte mir nicht tausend Lügen sagen lassen und nicht aus Höflichkeit tausendmal selber lügen. Ich wollte nicht tanzen müssen, wenn ich nach Einsamkeit dürstete, und nicht einsam durch menschengefüllte Straßen irren, wenn ich einen Freund suchte. Ich wollte keinem Weibe begegnen, das mich zum Schwiegersohn wünschte, und keine andere sehen, die ich vergeblich begehren würde. Ich wollte nicht Skat spielen, ich wollte auf der Eisbahn keinen Stuhlschlitten schieben, ich wollte keine Besuche machen, ich wollte meine Wirtin nicht jammern hören, ich wollte nicht halbe Nächte lang im Café sitzen, ich wollte – ja richtig: ich wollte keine Zeitungen lesen.

Ein Seufzer entrang sich meiner Brust.

»Sie sind wohl krank?« fragte Herr Sternitzke.

»Krank? Ich? Wieso?«

»Nu je, Sie sehn ziemlich miserabel aus. Und dann, weil Sie halt jetzt zu uns aufs Dorf komm'.«

»Na, richtig krank bin ich gerade nicht. Aber nervös bin ich.«

Sternitzke nickte teilnehmend.

»Nerviös! Ja, ja, ja, ja! Ich ooch!«

»Ach was? Sie sind auch nervös, Herr Sternitzke?«

»Sehr!«

Nach einem Weilchen wandte er sich halb um.

»Sind Sie verheiratet?«

»Verheiratet? Nein!«

Herr Sternitzke seufzte.

»Ich bin!«

Und er versank in tiefes Sinnen. Ich störte ihn nicht, dem Grunde seiner Nervosität nachzugrübeln. Eine Zeitung knisterte in meiner Tasche; ich warf sie an den Straßenrand. Politisches stand darin, ein Roman, den ein überreizter Mensch schrieb, Rezensionen, Festberichte – ah, mochte sie der Wind verjagen! Aber neben der Zeitung steckte ein Brief, den las ich. Es gibt selten etwas Gedrucktes, das man zweimal liest, aber viel Geschriebenes, das man zehnmal liest. Die Tinte ist wahrer als die Druckerschwärze.

»Sie nehmen's auf Ihre eigene Kappe, lieber Freund! Ich verhehle Ihnen nicht, daß man Sie mindestens für einen komischen Kauz halten wird. Jetzt, wo der Winter kommt! Sie haben keine Ahnung, wie furchtbar öde so ein verlassener Waldwinkel im Winter ist! Der Burgwirt schreibt zwar, er werde sich alle Mühe geben, für Ihr Leibliches zu sorgen. Und er wird das wirklich – natürlich seinen Kräften entsprechend. Aber langweilen werden Sie sich fürchterlich, und ich sehe Sie schon ›in die Öffentlichkeit flüchtend‹. Wie ein Vater, der seine Tochter ins Noviziat eines Klosters schickt, möchte ich Ihnen sagen ›Wenn du's nicht aushältst, geniere dich nicht, zurückzukommen‹. Im Ernst, ich weiß wirklich nicht, ob Sie das Zeug zum Romantiker haben. Sie sind doch ein lebensfroher Mensch. Sie haben Ihren Freundeskreis, Ihre guten Verbindungen in der Stadt. Kein Weib, keine Leidenschaft, kein Schicksalsschlag hat Ihnen das Herz vergiftet; was fliehen Sie? Doch das ist alles Ihre Sache. Sie haben gewünscht, einen Winter ›auf der Burg meiner Väter‹ zu verleben – bon! – verleben Sie einen Winter dort! Ich werde inzwischen die gewünschte Diskretion wahren und abwarten, wie sich die Geschichte des neuen Herrn meines Waldhofes entwickeln wird.«

»Ein ganz prächtiger Mann«, sagte ich halblaut.

Herr Sternitzke lächelte, obwohl ich ihn gar nicht gemeint hatte.

»Der Herr Baron kommt wohl sehr selten hierher?« fragte ich.

»Bale gar nich«, antwortete mein Kutscher, »'s is nischt los bei uns! Wenn ich so könnte, tät' ich in die große Stadt ziehn. Da würd' ich auch nicht so nerviös sein!«

Die Sehnsucht der Menschen geht immer aufs Wandern. Drüben im andern Lande, über den Grenzen, die sie nicht überschreiten können, vermuten die Menschen Glück und Heil. Das alte Märchen vom König und Bauer wiederholt sich alle Tage. »Wo du nicht bist, da wohnt das Glück.«

Wir hatten endlich die Anhöhe erreicht. Der Weg machte eine scharfe Biegung und stieg plötzlich ziemlich steil bergab. Ein neues Tal öffnete sich dem Blicke. Ein Gebirgsfluß durchströmte es seiner Länge nach, und an seinen Ufern lagen die Häuser von Steinwernersdorf. Ein Blick nur fiel über die vielen schrägen Dächer, dann suchte ich das eine Haus, das Haus im Walde, die »Burg«, die mir einen Winter lang Zuflucht, Obdach und Frieden gewähren sollte.

Drüben über dem Tale stieg ein Bergkegel empor, von unten bis oben mit Laubwald bestanden, und über die obersten Baumkronen ragte ein grauer Turm empor. Dort lag die Burg, in der ich wohnen wollte. Aus meiner Dorfjungenzeit her klingen noch immer ein paar Saiten in meiner Seele, die kein Sturm zerrissen und keine Hand zurückgeschraubt hat, weder die eigene, noch eine fremde. Jetzt klangen sie. Die kindliche Liebe zur Natur, die Lust, mit großen Augen in die Welt zu schauen, mit Augen, die nicht forschen wollen, sondern an Märchenwunder glauben, sie wurden rege in meinem Herzen. Es ist nicht zu viel, wenn ich sage: es war mir, als wenn ich nach Hause käme, nach langer Zeit nach Hause, mit der süßen, wehmütigen Freude des spät Heimkehrenden.

Und dahin für den Augenblick war alles, was den Großstadtmenschen auszeichnet: Selbstbeherrschung, Mäßigung, kritischer Blick; jedes spöttisch überlegene Wörtlein verstummte auf meinen Lippen, der Mann neben mir kam mir vor wie ein alter, lieber Bekannter, der mich zu den Ferien abgeholt hat und den ich auf dem Heimwege nach tausend Dingen aus der Heimat fragen muß.

So fragte ich denn, fragte ins Blaue darauf los, und Sternitzke gab auf alle Fragen Antwort.

Das dort mit dem Turme, das sei die Kirche, eine Filialkirche bloß, alle drei Sonntage mal sei Gottesdienst, und der Pfarrer trinke immer hinterher bei ihm Kaffee und esse jedesmal zwei Eier, flaumweich gekocht; er, Sternitzke, bereite sie selber; denn seine Frau passe nicht ordentlich auf. Und neben der Kirche, da sei eben gleich Franz Sternitzkes Gasthof »zum silbernen Löffel«, der einzige Gasthof am Orte, in dem die anständigen Leute verkehren. Vor dem Straßenwirtshaus müsse er mich warnen; denn erstens werde dort Aktienbier verschenkt, und nicht mal vom Faß, und zweitens verkehrten überhaupt dort bloß »Kröte und Flöte«. Dort hinter der Brücke am Waldrande das Haus sei die Oberförsterei. Die Brücke habe zwei Geländer, die habe der Oberförster auf eigene Kosten machen lassen; denn er sei schon einmal ins Wasser gefallen, als er spät aus dem »Silbernen Löffel« nach Hause ging. Hier machte Herr Sternitzke eine Lachpause von zwei Minuten und fuhr dann in seinem Anschauungsunterricht fort. In die hohe Pappel neben Henschelbauers Hause habe schon zweimal der Blitz geschlagen, einmal am 23. Juni 1886, nachmittags gegen 3 Uhr 30, und einmal am 17. August 1895, abends so nach zehn. Der Baum sei aber noch ganz gut. Darüber bezeigte ich meine Genugtuung, und Herr Sternitzke fuhr fort zu beschreiben:

Da rechts Bauer Böhm: 4 Kinder, 75 Morgen Acker, 3000 Taler Schulden.

Hinter ihm wohne Bauer Eistert: 2 Rinder, 83 Morgen Acker, 4000 Taler Schulden. Im Auszugshause die alte Eistert habe die Wassersucht und 6000 Taler Geld, rücke aber bei Lebzeiten nichts raus.

Auf der Berglehne in den kleinen Häusern Leinwandweber, arme Leute! Das letzte rechts sei das Haus vom alten Bäcker-Weber; dessen Sohn sei ein »sehr hohes Tier« geworden: Gymnasiallehrer! Der Alte kriege alle Jahre ein Heidengeld von seinem Sohne geschickt und lebe natürlich einen feinen Tag.

Dort im Hause mit dem Schieferdache wohne der Kaufmann Nehrlich. Gute Ware, aber schlechte Zigarren. Die seien im »Silbernen Löffel« besser. Drei zu 10, zwei zu 10 und zwei zu 15 seien zu haben. Der Oberförster gebe aber für die »gute Kiste« auch bloß 5 Pfennig pro Stück.

An der Wegkreuzung dort wohne der Schmied. Das sei ein berühmter Mann weit und breit. Er sei Pferdedoktor. Auch ein Zweirad habe er schon gebaut, aber das gehe sehr schwer. Und nächstens werde er einen lenkbaren Luftballon erfinden.

Ja richtig, die Schule! Der alte Lehrer seit jetzt krank, und es sei ein Vertreter da. Bei dem lernten die Kinder sehr viel, namentlich im Zeichnen. Skat spiele er aber unter der Kanone.

Dort in dem kleinen Häuschen wohne der »Büttner«. Der singe ersten Tenor im Gesangverein. Und er mache die Damenrollen, wenn Theater gespielt werde. Das müsse ich mir mal ansehen, das sei großartig! Ich würde wohl ersten Platz gehen, der koste 50 Pfennig. Und hinterher sei Tanz. Manchmal werde auch eine Gans ausgelost.

Die Büttnerin vertrage auch die Zeitungen im Dorfe, das »Wochenblatt« und das »Tageblatt«. Mir würde er das »Tageblatt« empfehlen, das »Wochenblatt« sei zu »labrig«. Das heißt, im »Tageblatt« ständ' ja meistens auch nicht viel Gescheites. Am schönsten sei die »Geschichte«. Die jetzige hieße: »Die Diamanten des Brasilianers.« Es sei schon die 46. Fortsetzung, aber er könne mir die alten Nummern geben.

Hier wurde mir etwas schwül, und ich unterbrach den Menschenfreund.

»Und der Burgwirt, was ist denn das für ein Mann?«

»Hm!« machte Herr Sternitzke und zuckte mit den Achseln, »mein Fall is a ja nich.«

»Hoho, hoho!«

»Das heißt – je, je – ich red' ihm ja gar nischt Schlechtes nach. Gar nich! A hat ja sogar 'n Oberkellner und is schwer reich, 's Bier is bloß so so im Winter; sonst is alles sehr passabel. Aber sehn Se – ich denke, er wird Ihn' zu fein sein. Soweit ich Sie kenne, sind Sie doch 'n ganz gemütlicher Herr. Na, und der Burgwirt – brummig, sag' ich Ihn' – macht keen Witz und nischt – und schrecklich stolz is a.«

»So! Na, ich werd' mich bemühen, mit ihm auszukommen.«

»Tun wird a Ihn' nischt! A is eben bloß zu stolz. A denkt, a is was Feineres als die Dorfleute, und runter ins Dorf kommt er bale gar nich.«

Wir bogen inzwischen in die Dorfstraße ein, und der Fuchs, der die Nähe seines Stalles witterte, setzte sich in schlanken Trab. Herr Sternitzke fragte, ob er mich auf den Schloßberg hinauffahren solle, es ginge allerdings sehr steil. Ich dankte ihm und stieg vor der Tür des »Silbernen Löffels« aus.

»Woll'n Sie mir nich bald mal die Ehre antun?« fragte Sternitzke und wies mit der Hand nach der Tür.

Ich trat ein. Die Wirtsstube war groß, freundlich und sauber, nebenan war das Honoratiorenstübchen. Dort hinein wurde ich geführt.

»Weib!« rief Sternitzke nach der Küche. »Weib, komm' mal raus!«

Auf diesen Ruf stürzten fünf kleine Kinder in die Gaststube, Buben und Mädchen.

»Sind das alle Ihre Kinder?« fragte ich, indem ich mit den Kleinen freundlich war.

Herr Sternitzke kratzte sich hinterm Ohr.

»Olles meine! Und außerdem sind noch drei Stück da, – 's kleenste reichlich 'n halbes Jahr und 's älteste neune.«

»Also jedes Jahr eins?«

»Ja! Immer im November oder Dezember! – Weib, komm doch mal raus!«

Es rührte sich nichts.

»Da will ich doch a mal sehn, ob die nich raus kommt!«

Herr Sternitzke ging sehr energisch nach der Küche, um nach einiger Zeit mit der lakonischen Botschaft zurückzukehren: »Sie kummt nich!«

»Na also, was ist Ihnen gefällig, Herr Doktor?« Diese Bezeichnung wurde in der Folgezeit für mich im Dorfe allgemein üblich.

»Ich bitte um eine Tasse Kaffee und zwei Eier – flaumweich!«

»Ah, wie der Herr Pfarrer! Gleich – gleich!«

Und er rannte wieder nach der Küche. Auch die Kinder verzogen sich. Ich war allein, kehrte in die Gaststube zurück und machte einen Spaziergang durch das große Gastzimmer, um die lahmgeschüttelten Glieder etwas gefüge zu machen. Neben der Küchentür blieb ich stehen. Dort hing eine ortspolizeiliche Bekanntmachung, die mich interessierte.

Während ich noch so las, hörte ich, wie drinnen in der Küche eine Tür ging und jemand eintrat. Die folgende Unterhaltung wurde in einem solchen »Flüstertone« geführt, daß ich alles verstehen konnte.

»Tag, Sternitzke!«

»Tag, Oberförster!«

»Na?«

»Was – na?«

»Na, is er da?«

»A is!«

»Ich sah deine Fuhre draußen stehn. Fährst 'n wohl noch auf 'n Berg?«

»Nee, looft lieber!«

»Hihi! Der Schlauberger! Was is er denn für einer, he?«

»Sehr feiner Mann – Doktor oder Professor oder so was.«

»Ja, ja, aber du weißt schon: was will er denn hier? Was is sozusagen seine Kommission hier?«

»Weeß ich nich! – Zwei Minuten sind rum!«

»Tu nur nich so dicke, Sternitzke! Mir kannst's schon sagen. 'n politischer Verbrecher is er wohl nich?«

»Nee!«

»Und so 'n Kriminalfall – Duell – Spieleraffäre – oder so was – wie?«

»Nöö! Zweieinhalb Minuten!«

»Na, zum Deibel, was is er denn da?«

»'n sehr netter Mann is er, trinkt Kaffee und ißt weiche Eier wie der Pfarrer und sagt, 's is gar nich hübsch vom Oberförster, daß er so neugierig ist.«

»Weißt du, Sternitzke, dich kann der Affe lausen; adje!«

»Adje! Drei Minuten sind rum!«

»Hör' mal, Sternitzke, übrigens habe ich ein Recht zu fragen; denn ich bin stellvertretender Amtsvorsteher, verstehst du?«

»Ja, aber wenn der Amtsvorsteher da is, hast du außer deinen Stiefelabsätzen gar nischt zu vertreten und auch nischt – halt – dreieinhalb Minuten – raus!«

»Sternitzke, es is geradezu frech von dir, mich so zu behandeln; – das – das is eine Infamie – jawohl, – ich – ich – hä, vielleicht weißt du selber nichts –«

»Ich? Hoho! Alles weiß ich! Alles hat a mir erzählt – seine ganzen Verhältnisse. Auguste, hast 'n Kaffee gebrüht?«

»Denkst wohl, ich kann hexen, du Schafskopp?«

Das klang nicht gerade lieblich.

»Bravo, Frau Sternitzke, bravo!« applaudierte der Oberförster. »Seine ganzen Verhältnisse! Blech! Da hätt' er viel zu erzählen! Na, übrigens ist mir ganz egal, was er ist, schert mich nich 'n Pfifferling, is mir ganz Wurst –« – »Hm! Was will ich dir sagen, Oberförster! Uffpassen soll a auf dich, und 'm Baron Rapport machen –«

»Wa – as! Aufpassen? Auf mich? Rapport? Ein Spion, ein Schnüffler, ein Spürhund, ein Denunziant, pfui Deibel noch einmal –«

»Brüll doch nich so, Kerl, a hört's ja sonst!«

»Is mir ganz egal; wenn man mir so kommt, dann brüll ich, und wenn's die ganze Welt hört, und wenn's der Herr Baron selber hörten, da brüll ich, daß die Wände –«

»Aber es ist ja bloß Spaß, du Schöps! Ein riesig gemütliches Heft is a, keine Spur von Spion, nerviös is er, weiter nischt. Ah, nu is raus, nu hab ich mich doch verschnappt, man kann aber wirklich kee Geheimnis nich haben.«

»Ich werd dir schunn die Geheimnisse anstreichen!«

»Bravo, Frau Sternitzke, bravo! Was tut er erst so! Mir einen Aufpasser! Das fehlte ja gerade noch. Also nerviös, je, je! Gehirnerweichung oder Verfolgungswahnsinn oder so was – nich, Sternitzke?«

»Weeß ich nich, aber vernünftiger wie du is er bestimmt! Alte, wenn du jetzt mit 'm Kaffee nich fertig wirst, kriechen die flaumweichen Eier hier erst aus.«

»Do brüh dir 'n doch salber, du Lops!«

Das war wieder echt schlesisch. Ein energischer Frauentritt, ein Zuklappen der Türe, ein tiefes Aufseufzen Sternitzkes, und dann war große Stille.

»A su is se!« seufzte Sternitzke.

»Ja, kann ich ihr auch gar nicht übel nehmen«, knurrte der Oberförster, »du beträgst dich ganz – wie soll ich sagen – ganz rabiat beträgst du dich!«

»Schneid lieber a paar Schnittel ab, Bernhard; sunst verhungert der Doktor vorher!« wimmerte Sternitzke. »Werd' mich hüten, wo ich so behandelt werde – eine Infamie ist's –«

»Schneid, Bernhard, schneid! Ich erzähl dir olles, olles erzähl ich dir. Wo hat 'n jetzt die Alte wieder 'n Kaffeesack hingehangen? Olles erzähl ich dir, Bernhard.«

»Wenn du was weißt –«

»Viel weeß ich, viel! Olles weeß ich! Schneidste, Bernhard?«

»Ja, ich schneide. Wie viel denn?«

»Viere! Aber nich zu dicke!«

Hier ging ich leise von der Küchentüre zurück nach dem Honoratiorenstübchen. Etwa fünf Minuten vergingen noch, dann erschien Sternitzke mit einem Tablett, brachte mir den Kaffee, die Eier und die Schnitten und sagte: »Meine Frau läßt sich empfehlen und entschuldigen.«

»Schon gut, Herr Sternitzke. Ich danke sehr!« Und ich langte zu.

Nach einem Weilchen knarrte die Tür, und der Oberförster trat ein.

»Guten Tag, ah!«

»Ah, guten Tag, Herr Oberförster, das ist aber hübsch, daß du zufällig gerade mal –« heuchelte Sternitzke.

»Ja, ich – ich – wollte bloß im Vorübergehen mal schnell – mein Name ist Gerstenberger!«

»Unser Herr Oberförster, der neue Herr Doktor, der auf die Burg zieht«, stellte Sternitzke vor.

»Ach, das freut mich, Herr Oberförster, ich soll Sie schön grüßen vom Herrn Baron; er hat mir sehr viel Liebes und Gutes von Ihnen erzählt.«

»Ja, ja, hat er, hat er? Ach, Sie erlauben wohl, Herr Professor?«

»Aber ich bitte sehr, Herr Oberförster!«

Und wir saßen zusammen, und Sternitzke brachte uns Bier »vom Faß«.

In die Romantik

Nun stieg ich hinauf. Die Abendsonne leuchtete mir.

Der Waldweg war nicht allzu breit, und die Buchenkronen so mächtig, daß sie sich über mir schlossen zu einem langen Bogengange.

Ich ging langsam. Es war nicht, um in Stimmung zu kommen, die war da, als das letzte Wort der harmlos-neugierigen Männer da unten an meinem Ohr kaum verklungen war.

So wie man durch einen Kirchengang langsam schreitet oder durch einen alten Korridor behutsam geht, so ging ich. Und ich wehrte meiner Phantasie nicht. Meine Seele kann sich wandeln; sie kann an einem Tage jung und alt sein. Immer, wenn ich Menschen sehe, ist sie alt; und immer, wenn die Bäume über mir rauschen, ist sie jung.

Ein Schauern überkam mich in dem Halbdunkel. Ich fühlte mich auf einmal allein – fern von allen – verlassen – O du süße, süße Kinderfurcht, dich möchte ich noch einmal genießen!

Ich schloß die Augen. Da wurden alte Traumbilder vor mir lebendig.

Frau Dolores kam, eine schöne, blonde Frau – Sie schaute mich an mit wehen Augen und fuhr mir mit weißer Hand prüfend durch die Haare.

Nein, auch ich war nicht – er! Da ging sie zur Quelle. Das Wasser rann, und ihre Tränen rannen.

Frau Dolores, was weinst du? Weinst du um Männertreue? Eben weil du weinst, kommt er nicht wieder. Glaube mir, Frau Dolores! Ich kenne die Menschen – ach, so unglückselig genau; ich bin ein kluges Weltkind von draußen. Weil du weinst, kommt er nicht wieder – arme Dolores!

Wenn du lachtest, würde er vielleicht kommen. Im Gehölz klang Saitenton. Da saß er – Wolfram mit der Harfe.

Die Augen irrten ihm nach der Quelle zu Dolores. Seine schönsten Lieder sang er –

Verlorene Schönheit! Frau Dolores wird dich nicht hören, Wolfram. Wenn du sie lachen sehen willst, geh, – suche den andern! Singe ihm Heimatlieder, bis ihm das Herz springt vor Heimweh, und dann führe ihn zu ihr!

Da wirst du sie jubeln hören. – Und du schleiche dich fort in die Welt –

Aber der werbende Saitenton klingt weiter – Herr Wolfram ist nur ein Mensch –

Ein Knecht kommt vorbei. Er ist schön wie ein Held. Die Kühnheit wohnt auf seiner Stirn, der Trotz auf seinen Lippen, die Kraft in seinen Fäusten. Und in seinen Augen sind Gedanken.

Hüte dich Burgherr, der ist gefährlich!

Der Knecht schlägt mit seinen Fäusten gegen einen Stein. Die Hände bluten ihm, aber der Stein bleibt ganz. – Und aus tausend solchen Steinen ist die Burgmauer gebaut! – Unüberwindlich!

Da gräbt der Knecht verzweifelnd die blutenden Hände in die weichen Locken und stürmt hinunter ins Tal in seine elende Hütte –

Ich betrachte den Stein, an den er geschlagen hat. Jahrhunderte lang werden seine Wassertröpflein drüber rinnen, wenn es taut oder gewittert. Und dann wird der Stein mürbe sein und zerfallen.

Denk' an deine Urkinder, schöner Knecht, und werde froh! –

Ein Mönch kommt des Weges. Einen Rosenkranz hält er in der Hand, und die Perlen gleiten langsam, und die Lippen zucken dazu –

Jetzt weiß ich nicht, ist der von ehedem oder von heut – träume ich noch, oder bin ich schon wach –

Nach Frau Dolores schaue ich aus, nach Wolfram, nach dem Knechte –

Da stehe ich dicht vor der Burg.

Hoch ragt das in seinem Verfall noch stattliche Bauwerk vor mir auf.

Die Burgmauer umschließt noch den ganzen Hof; freilich zeigt ihr oberer Rand zahllose Lücken, und hin und wieder reicht eine von diesen Lücken bis auf die Sohle. Aber das Hauptgebäude scheint gut erhalten zu sein, und ebenso der hohe sechseckige Turm. Das Abendgold liegt auf den Fenstern, und die Butzenscheiben glänzen in ihrer bleiernen Umrahmung wie Riesenrubine in Altsilberfassung.

Das Hauptgebäude hat drei Stockwerke. Bis über das zweite hinauf rankt blau-grüner Efeu. Auch die kleine gotische Pforte in der Burgmauer ist ganz von Efeu umwuchert. Unten im tiefen Burggraben liegt rotes Laub, und zwischen den Holzstämmen, aus denen die Brücke gezimmert ist, wächst Moos.

Zögernd setze ich meinen Fuß darauf. Das Herz pocht mir plötzlich sehr laut. Die ungewohnte Romantik faßt mich an, und der Gedanke, da hineinzugehen zu fremden Leuten in das sonderbare Haus und dort Heimatrecht zu begehren, regt mich auf.

Wenn jetzt der Türmer bliese und ein langhaariger Diener käme, mich nach Wunsch und Begehr, Namen und Weg zu fragen, ich würde mich kaum wundern. Da geht die Pforte auf, und ein Mann erscheint. Er ist schwarz gekleidet, sein weißes Vorhemd und sein langer Rock sind tadellos, aber ganz altmodisch. Er mag ein Fünfziger sein oder Sechziger; ein grauer Bart fällt ihm auf die Brust herab, und auch seine halblangen Haare sind ergraut.

»Guten Abend«, sagt er ernstfreundlich. »Sie sind der Herr aus der Stadt, den wir erwarten?«

»Ja, mein Herr! Und Sie sind wohl der Gebieter dieser Burg, Herr Waldhofer? Da empfehle ich mich bald Ihrer Gunst und Gastfreundschaft.«

Er lächelte kaum merklich.

»Seien Sie willkommen«, sagte er und machte eine einladende Handbewegung. Ich trat in den geräumigen Hof. Herr Waldhofer ging mir so rasch voran, daß ich nicht viel Zeit hatte, mich umzusehen. Wir traten in einen dämmrigen Hausflur und bald darauf in ein geräumiges, niederes Zimmer.

Die ganze Einrichtung verriet die Gaststube; aber die schweren Tische und Stühle waren altdeutsch, und an den Wänden waren viele Geweihe angebracht und eine Anzahl ausgestopfter Vögel.

»Seien Sie nochmals willkommen, Herr Doktor!«

»Ich danke Ihnen, Herr Waldhofer!«

»Sie wünschen etwas zu essen?«

»Nein, ich danke; Herr Sternitzke hat mich von der Bahn abgeholt, und da Hab' ich etwas bei ihm zu mir genommen.« – »Jawohl! Darf ich Ihnen ein Glas Wein anbieten?«

»Ich bitte darum!«

Er ging hinaus. Ich habe mich von Jugend auf eines ausgezeichneten Gehörs zu erfreuen gehabt. So kam es, daß ich eine melodische Frauenstimme in schmerzlichem Tonfall draußen sagen hörte: »Nichts? Oh, oh, meine schönen Rebhühner!«

Ei, das war schade! Mit geringer Dankbarkeit dachte ich an die von Herrn Sternitzke gekochten Eier und an die vom Oberförster geschnittenen, fürchterlich dicken Brotstullen zurück. Aber satt war ich, das stand bombenfest. Waldhofer kam zurück. Er stellte zwei Gläser auf den Tisch und goß ein. Dann hob er sein Glas und sagte: »Auf einen glücklichen Winter!«

Ich war überrascht von den Umgangsformen dieses Mannes. Es war kein Wunder, wenn er Franz Sternitzke als etwas übermäßig Feines vorkam.

Waldhofer setzte sich mir gegenüber. Er schaute mir aufmerksam ins Gesicht, ohne daß ich doch das lästige Gefühl hatte, gemustert zu werden.

»Ihre Sachen sind vorgestern hier angekommen«, sagte er; »ich habe sie in Ihren Zimmern bereits untergebracht.«

»Ich mache Ihnen viele Scherereien, nicht wahr?«

»Nein! Der Herr Baron hat für alles gesorgt, und ich habe mich lediglich an seine Anordnungen gehalten.«

»Der Herr Baron will mir sehr wohl, und ebenso die Frau Baronin.«

Waldhofer nickte und sah in sein Glas.

»Ich habe oben im zweiten Stock zwei Gastzimmer für meinen Sohn einrichten lassen, wenn er mal zu den Ferien kam. Sie sind bescheiden möbliert, aber doch so, wie wir's jetzt gewöhnt sind. Ich hätte sie Ihnen abgetreten; denn mein Sohn braucht sie nicht mehr. Aber Sie suchen ja wohl die Romantik.«

»Jawohl! Das heißt, ich bin mir über meine Stellung zur Romantik selber nicht recht klar.«

Waldhofer sah mir voll ins Gesicht.

»Die Menschen sind jetzt noch weit von ihr. Aber wenn sie noch weiter sein werden, kehren sie zu ihr zurück. Es geht alles im Kreise.«

Ich erschrak beinahe, als er das so sagte.

»Sie beschäftigen sich mit der Kunst, Herr Waldhofer?« fragte ich mit Respekt.

»Ein wenig. Der Winter ist lang hier oben.« Und er lenkte ab.

»Herr Sternitzke ist ein lustiger Mann, nicht wahr?«

»Ja, wie es scheint, eine naive, brave Haut – ebenso der Oberförster.«

»Ah, den kennen Sie auch schon? Das freut mich! Sie werden die beiden brauchen, wenn wir erst hier im Gebirge eingeschneit sind; dann ist es sehr einsam.«

Und er sprach vom Winter im Gebirge. Ich hatte bald heraus, daß mein Wirt ein gebildeter Mann sei, vielleicht noch etwas mehr. Mich nach dem Zwecke meines Herkommens zu fragen, fiel ihm offenbar gar nicht ein. Da hielt ich's für geboten, mich von selbst ihm gegenüber auszusprechen.

Ich sprach von meiner Großstadtflucht, von meiner Einsamkeitssehnsucht. Ich wisse sie mir selber nicht recht zu erklären; denn eine so recht trübe, herbe Erfahrung hätte ich gar nicht gemacht. Die Summe kleiner Unannehmlichkeiten sei es wohl, die mich zur Flucht getrieben, vielleicht sei es auch bloß Abwechselungssucht, daß ich aus dem Großstadtwinter in den Waldwinter floh.

»Im Grunde werden's die Liebe zur Natur und die Jugend sein«, sagte Waldhofer.

Da klopfte es an die Tür. Gleich darauf erschien ein Mädchen mit einer Lampe. Das milchhelle Licht bestrahlte das rotwangige, entzückend frische Gesicht einer vielleicht Achtzehnjährigen.

»Meine Tochter Ingeborg«, sagte Herr Waldhofer, »da unser Gast!«

Ich sprang auf und machte meine Verneigung. Das Mädchen stellte das Licht auf den Tisch. Etwas verwirrt, aber mit einem reizenden Augenaufblitzen, reichte es mir die Hand. »Guten Abend und schön willkommen auf dem Waldhofe! Gott, das ist aber weit bis zu uns?«

»Sehr weit, mein Fräulein! Aber ich wäre ganz gern auch noch von viel weiter hergekommen.« – »Ja – a? Das freut mich! Es ist aber auch sehr hübsch auf dem Waldhofe, überhaupt im Sommer – den Winter mag ich gar nicht so gern leiden –«

»Nein, denn der sperrt unruhige Leute in die Stube«, sagte Waldhofer.

Das Kind lachte glücklich und fing gleich zutraulich an zu plaudern.

»Mein Vater sagt, ich wär' ein wildes Ding – aber das bin ich schon lange nicht mehr. Ich war doch auch in der Pension, auch in der großen Stadt, Herr Doktor, ja! Damals mit Walter! Du, sieh doch mal, Vater, nicht wahr, er – er ist unserem Walter ähnlich?«

»Laß, Ingeborg, laß das!« – »Nein, Sie – Sie sind aber wirklich dem Walter ähnlich, sehr sogar, der hat auch solche Augen gehabt, der hat –«

»Aber so laß doch sein, Ingeborg!«

Waldhofer ging nach dem Fenster hin. Ingeborgs Augen wurden traurig.

»Walter war mein einziger Bruder, Herr Doktor. Er war auch Doktor, ein junger Arzt, und da hat er sich an einem kranken Kinde angesteckt und ist gestorben. Mit 26 Jahren! Denken Sie mal!«

»O, mein gnädiges Fräulein, das tut mir leid, das tut mir herzlich leid!«

»Das ist doch keine Unterhaltung für den ersten Abend, Ingeborg«, sagte Waldhofer, blieb aber am Fenster stehen.

Ingeborg faßte sich rasch.

»Ich wollte Sie ja bloß ein bißchen aufklären, Herr Doktor, wenn Sie doch mal jetzt im Hause wohnen, nicht wahr? Außer Vater und mir sind nur noch die alten Baumannleute da. Der alte Baumann hackt im Winter Holz, und im Sommer bekommt er eine schwarze Jacke angezogen und muß den Oberkellner spielen. Ist das nicht lustig?«

»Sehr lustig!«

Während sie sämtliche Fenster schloß, plauderte sie immer munter weiter.

»Ja, im Winter kommen beinahe gar keine Gäste zu uns. Die Dorfleute gehen alle zum Sternitzke, weil der so hübsche Witze macht. – Aber im Sommer! Da ist manchmal der ganze Hof voll! Der alte Baumann und das Mädchen, das wir halten, rennen sich halbtot. Ich darf keinen Gast bedienen. Das leidet der Vater nicht. Und ich möchte doch so gern mal mit einem Dutzend Biergläser laufen und sagen: »Bitte, meine Herrschaften!«

»Ja, und dir dann ein Trinkgeld geben lassen.«

»O pfui, Papa, das wird keiner machen. Sie werden schon sehen, daß ich ein Fräulein bin. Der Herr hat's auch gleich gesehen und mir einen so tiefen Diener gemacht, als ich kam.«

»Aber Ingeborg!«

»Ich geh' schon Papa! Gute Nacht, Herr Doktor!«

Und sie war draußen. Aber sie guckte noch einmal zur Tür herein.

»Was furchtbar Schlimmes muß ich Ihnen noch sagen: Morgen zum zweiten Frühstück kriegen Sie gewärmte Rebhühner!«

Klapp war die Tür zu.

»Die wird's hier oben nicht verderben«, dachte ich.

»Sie ist ein Kind, das gern plaudert, Herr Doktor«, sagte Waldhofer wie zur Entschuldigung, »und ich bin so ein finsterer Mensch, der ein bißchen Frohsinn um sich braucht.«

»O, Herr Waldhofer, etwas Herzerfrischenderes hätte ich mir gar nicht wünschen können.«

Wir saßen noch ein Weilchen zusammen und plauderten.

Da sagte der Wirt: »Ist es Ihnen gefällig, jetzt nach Ihren Zimmern zu gehen?«

Wir gingen hinauf. Ich war schon durch viele Ruinen gewandert: in Österreich, in Thüringen, am Rhein, in Schlesien; aber nie hatte mich solch ein Schauer ergriffen wie jetzt, da ich die schmale Treppe hinaufstieg.

Die Wand am Treppenaufgang war mit alten Bildern behangen. Geharnischte Männer, Frauengesichter mit großen, runden Augen, dazwischen mal ein Herzog, ein Bischof, ein dickes Kindergesicht. Vor einem kleinen Bilde blieb ich stehen.

»Sebastian Brant?« fragte ich.

»Ja«, erwiderte Waldhofer; »ich besitze eine Handschrift des ›Narrenschiffes‹. Wenn Sie mal Einsicht nehmen wollen? – Bitte, hier ist Ihr Zimmer!«

Er öffnete eine schwere Tür. Wir traten in einen Saal. Die Lampe, die Waldhofer trug, reichte bei weitem nicht aus, den Raum genügend zu erleuchten. Zunächst bemerkte ich nichts als eine mächtige Tafel, um die eine Reihe riesiger Lehnstühle standen. Über der Tafel hing eine Art Kronleuchter, der aus einem einzigen riesigen Geweih gefertigt schien.

»Der alte Bankettsaal«, bemerkte Waldhofer. »Der Herr Baron hat ihn ausdrücklich zu Ihrem Wohn- und Arbeitszimmer bestimmt und die nötigen Mittel bewilligt, ihn instand zu setzen. Die Fenster schließen luftdicht, der Tisch, die Stühle und die Schränke sind gebrauchsfertig, und der Ofen ist erst gesetzt.«

Er zeigte mir einen riesigen altdeutschen Kachelofen.

»Er ist beinahe ein Kunstwerk, er sieht doch aus, als ob er zweihundert Jahre alt wäre. Sehen Sie mal dieses zerbröckelte Sims, diesen fürchterlichen Sprung, und da fehlen doch anscheinend zwei Kacheln, die Tür scheint sich auch kaum in den Angeln zu halten, dabei heizt er vortrefflich.«

Mir war plötzlich ganz beklommen.

»Ja, aber, aber die Kosten, die Kosten«, stammelte ich; »ich hab ja gar nicht daran gedacht, daß das alles so viel Umstände und entsetzliche Kosten machen wird.«

»Beruhigen Sie sich«, unterbrach mich Waldhofer, »der Baron ist reich, der kann für einen jungen Künstler schon mal was tun. Und er tut es ja auch für seine Burg. Sie sind Schriftsteller, nicht wahr?«

»Jawohl!«

»Ich habe gehört, daß manche von den Herren ein sehr großes Arbeitszimmer lieben, und manche ein recht kleines. Ich hab an beide Fälle gedacht. Hier« – er öffnete eine Tapetentür dicht neben dem Ofen – »Hab ich ein kleines Turmzimmer instand gesetzt, geheizt wird es vom Ofen mit.«

»Aber, Herr Waldhofer, Sie sind ja ein prächtiger Herr –«

Darauf gab er nicht acht.

»Dort drüben liegt Ihr Schlafzimmer – bitte, wenn es Ihnen gefällig ist –«

Wir traten in einen zweiten, mittelgroßen Raum. Ein großes Himmelbett gewahrte ich, einen alten Tisch, auf dem eine riesige irdene Waschschüssel und ein ebensolcher Krug stand, einen Schrank, ein paar Stühle und einen Diwan, mit einem grauen Felle überdeckt. In einer Ecke stand der Ofen, in demselben Stile gehalten wie der im Bankettsaal, nur kleiner.

Ganz überwältigt sank ich auf einen der Reisekörbe, die ich geschickt hatte, und sagte: »Also, das hier wäre die einzige Stilwidrigkeit in diesem romantischen Idyll: diese Körbe und ich.«

Waldhofer lächelte.

»Sie werden sich in den Stil hineinleben! – Wenn Sie heut noch auszupacken wünschen, darf ich Ihnen wohl den Baumann heraufschicken?«

»Ach ja, bitte, ich brauche doch so manches –« – »Dann wünsche ich gute Nacht!«

Er ging. Ich sank wieder auf den Reisekorb und stützte den Kopf auf beide Hände. Ich starrte das riesige Himmelbett, das sich vor mir aufbaute, stumpfsinnig an, ohne einen bestimmten Gedanken. Ich hatte nur die Empfindung, daß ich mich in einer ganz ungeheuerlichen Situation befinde, in einer Situation, die ich mir selbst geschaffen und die nun doch anders auf mich wirkte, als ich gedacht hatte.

Die Tür in den Bankettsaal stand offen. Da war mir's, als ob mich ein Unbehagen von dort anfiele. Es war so finster da draußen; nur ein

Stuhl ragte hoch auf in dem matten Lichtscheine, den meine Lampe hinauswarf. Ich ging hin und schloß die Tür.

Dann versuchte ich zu lächeln. Ich fürchtete mich wohl gar? Das wäre ja noch schöner! Ich trat an das Bett heran. Die Bettstelle wies alte, hübsche Holzschnitzereien auf, das Bettzeug aber war ganz modisch und, wie es schien, vorzüglich.

Ich würde wohl gut schlafen; ich war ja weit gereist. Da, ein langsamer, schlürfender Schritt draußen – ein leises Pusten und Schnauben – dann ein heimliches Klopfen – die Tür geht sacht auf – ein grauer Menschenkopf streckt sich herein –

»Womit kann ich dienen?«

Das war nun der echte Kellnerton.

»Ah, Sie sind wohl Herr Baumann?«

»Wenn Sie befehlen – ja! Ich bin Herr Baumann.«

»Sie werden so freundlich sein, mir den Korb auspacken zu helfen und diese Kiste öffnen.«

»Ganz wie der Herr befehlen!«

Und er schnitt eine rechtwinklige Kellnerverneigung und stürzte sich dann mit der Energie eines Athleten auf meine Kiste. Mittels eines Meißels und eines Hammers begann er sie zu öffnen. Dazu sprach er in einzelnen Absätzen:

»Wollen sich der Herr nur einen Augenblick gedulden – werde gleich so weit sein – wird alles prompt besorgt werden – können sich der Herr ganz darauf verlassen – werden sehr zufrieden sein – sehr schönes Wetter heute gewesen – Barometer seit vorgestern gestiegen – wart, du Beest, krach – so – bitte gehorsamst!«

Die Kiste war offen.

»Sie sind Oberkellner, nicht wahr, Herr Baumann?« fragte ich.

»Wenn der Herr befehlen, ja – das heißt nur im Sommer, wenn's dem Herrn weiter nichts verschlägt.«

Nein, es verschlüge mir nichts weiter, versicherte ich und begann mit Baumann auszupacken. Ich wies ihn an, die Sachen vorläufig in irgendeinen Schrank, auf dem Diwan, auf einem Stuhl oder draußen im Bankettsaal auf dem Tische zu plazieren, und er schob von einem Orte zum andern, als ob er hundert Gäste zu bedienen hätte.

»Sagen Sie mal, was führen Sie denn so alles?« fragte ich, um etwas mit ihm zu reden.

»Lager, Pilsener, Kulmbacher, Selter, diverse Limonaden, Rhein-, Ungar-, italienische, französische, spanische Weine, Wiener Würstchen, kalten Aufschnitt, Sol-Eier, Hammel-, Rinds-, Kalbs-, Schweinebraten – nicht zu fett – Kopfsalat –«

»Gut, gut, Herr Baumann; ich frage ja bloß mal so.«

»Ja, wenn der Herr etwas zu speisen wünschen; gebratene Rebhühner sind sehr zu empfehlen –«

»Danke, die bekomme ich morgen gewärmt.«

Herr Baumann machte ein erschrockenes Gesicht.

»Ge – wärmt, sagen der Herr?« stotterte er.

»Gewärmt, sagte ich! – Ich esse Gewärmtes mit Leidenschaft.«

Baumann schüttelte ganz fassungslos den Kopf. Im übrigen war ich mit seiner Dienstfertigkeit sehr zufrieden und spendierte ihm, ehe ich ihn entließ, ein Markstück. Das ließ er, ohne es zu betrachten, mit einer geschickten Handbewegung in die Hosentasche gleiten, ergriff seinen Meißel und Hammer und machte eine Verbeugung von staunenswertem Umfang.

»Danke gehorsamst! Beehren mich der Herr wieder!« Und er war draußen.

Der alte Kerl in der Barchentjacke hatte mir mit seiner Kellnerhöflichkeit die ganze Romantik verpfuscht. Aber ich war ihm nicht einmal böse. Ich fühlte mich behaglicher jetzt. Dort auf dem Diwan lag mein Schlafrock, brüderlich vereint mit meiner Gitarre; neben dem irdenen Waschgeschirr lag mein elegantes Reise-Necessaire, und neben der mittelalterlichen Bettstelle standen meine dunkelroten Schlafschuhe.

Ich hatte die fröhliche Hoffnung, daß ich hier heimisch werden könne. Und in dieser Hoffnung ging ich schlafen. Es war 3/4 9!

Ich war weit auf der Bahn gefahren, und die Bahnfahrt strengt mich an; ich hatte zwei Stunden lang auf Sternitzkes Droschke gesessen, und das war auch nicht gerade erholend; ich lag in einem tadellosen Bette, also ist es gar nicht so unwahrscheinlich, wenn ich sage, daß ich, ein Großstadtmensch, schon gegen halb elf Uhr einschlief.

Freilich war's ein unruhiger Schlaf.

Herr Baumann kam, machte eine riskant aussehende Verneigung, ergriff meine Gitarre und sang mir unter einer schauerlichen Begleitung seine Sommer-Speisekarte vor.

Franz Sternitzke kam auf seinem Fuchse angeritten, sprang ab, fühlte mir den Puls und meinte, ich sei schrecklich nervös und müsse zurück nach der Großstadt.

Dann änderte sich das Bild, verzerrte sich. Die Seele flog zurück –

Im Pferdelehnwagen saß ich; ich zankte mit meinem Verleger. Ich wollte ihm eben eine mächtige Brandrede halten, da – kam der Oberförster, wetzte ein riesiges Brotmesser, setzte es mir auf die Brust und sagte, ich wäre ein elender Spion und müsse augenblicklich sterben.

Ja, und der Wasserkrug! Der vermaulte sich gegen das Necessaire, und gerade wollte er es mit Wasser bespritzen, da kam der Ritter Balduin aus dem Bankettsaale, oh, ein fürchterlicher Mensch, er kämmte sich mit meinem Kamm die roten Haare – und dann bekam er einen Totenschädel – und band sich meine Bartbinde über den zahnlosen Mund – und gräßlich! – er zog meinen Schlafrock und meine Schuhe an, legte sich auf den Diwan und richtete die hohlen Totenaugen unverwandt auf mich –

Da sank auch die Decke des Himmelbettes auf mich herab – langsam – langsam – um mich zu ersticken – und das Gerippe lachte.

In Todesangst erwachte ich. Ein mattes, ungewisses Licht fiel durch die beiden Fenster. Von der einen Wand sah ein Menschenantlitz auf mich herab – der Spuk hielt an. Nach einer Weile erst war ich klar.

Ich richtete mich im Bette auf und besann mich.

Dann sprang ich aus dem Bette, riß mit einem Ruck den Schlafrock vom Diwan und zog ihn an. Auch die Schuhe suchte ich hervor. Dann öffnete ich das Fenster. Der Mond schien draußen und die goldenen Sterne. Zu meinen Füßen rauschte der Wald. Ein blauer Berg grüßte herüber, und unten im Tale, im Dämmerscheine, lagen Menschenhäuser.

Ich atmete tief auf. Ja, das waren beruhigende Eindrücke.

Nun konnte ich schlafen.

Neue Heimat

Als ich erwachte, war ich so freudig wie ein Kind am Christmorgen, wenn es sich der Einbescherung vom vorhergehenden Abend erinnert, der vielen Gaben, die er gebracht, und der Knecht-Ruprecht-Furcht, die glücklich überstanden ist. Es war erst einhalb acht Uhr. Trotzdem stand ich schon auf. Meine erste Betrachtung galt wieder dem riesigen Himmelbette, dem ich nun entronnen war. Mit äußerster Vorsicht befühlte ich die alten, grünseidenen Vorhänge.

Wer mochte sie zuerst gerafft haben? Vielleicht die schöne Frau mit dem harten, traurigen Gesichte, deren Bild an der Wand hing? Warum sah sie so traurig aus? Gab es auch damals schon Herzeleid – Witwenkummer – Muttersorgen – oder auch Ehen ohne Liebe?

O du alter Betthimmel, was für Gedanken mögen zu dir schon emporgestiegen sein! Wenn du ein bißchen Glück aufgespeichert hast, taue es auf mich hernieder. Den Kummer mögen die Würmer fressen, die in deinem Holze bohren!

Mit diesen Gedanken wandte ich mich dem Wasserkruge zu. Der dickbäuchige Geselle war so schwer, daß ich ihn nur mit beiden Händen regieren konnte. Es ist traurig, daß wir Neuen so schwach sind. Körperkraft ist eine der besten Gottesgaben. Das wissen alle die, die sie nicht haben.

Ich wusch mich und kleidete mich an; dann trat ich ans Fenster. Ein wunderbarer Herbstmorgen lag auf den Fluren. Mir ist es immer so gegangen: Wenn ich in einem fremden Hause morgens ans Fenster trat und die Sonne scheinen sah, da faßte mich eine so jugendstarke, wanderlustige Seligkeit, ein Drang hinaus auf die fremde, sonnige Flur, als ob da tausend nicht gekannte Wonnen harrten, die ich nun finden sollte.

Und dann, bei diesem Gesundheits- und Glücksgefühl waren auch immer die Gottes- und die Menschenliebe am stärksten in meinem Herzen.

So sah ich jetzt mit einer Liebesregung hinüber nach der Dorfkirche und dann mit einem brüderlichen Freundlichkeitsgefühl auf die kleinen Häuser im Tale.

Kurz darauf besichtigte ich den Bankettsaal, jetzt mein Arbeits- und Wohnzimmer. Der Raum nahm die ganze Breite der Burg ein. Er hatte sechs Fenster. Drei davon gewährten den Blick nach dem Burghofe, die drei entgegengesetzten den über den Wallgraben hinüber nach dem Tale hin.

Ich sah in den Hof hinab. Er bildete ein unregelmäßiges Viereck, das von drei Seiten mit Gebäuden, auf der vierten aber nur durch die Burgmauer mit der kleinen gotischen Pforte begrenzt war. An das Hauptgebäude, in dem ich mich befand, fügte sich rechtwinklig ein niedriges Seitenhaus, das sich auf der mir entgegengesetzten Seite abermals winklig abbiegend fortsetzte und in einem niederen, baufälligen Turm endete. Mitten im Hofe war ein Brunnen, und ganz nahe davor breitete ein Lindenbaum sein gelbes Blätterdach aus.

Da trat Baumann aus der Tür des Hauptgebäudes. Er trug wieder die Barchentjacke von gestern abend, hatte eine alte Mütze auf dem Kopf, eine blaue Leinwandschürze vorgebunden und klappte in Holzpantinen über den Hof, um zwei mächtige Wasserkannen am Brunnen zu füllen.

Als er zurückkam, rief ich hinab.

»Morgen, Herr Oberkellner! Was tragen Sie denn da?«

Er erschrak, guckte nach oben und machte sofort eine so tiefe Verneigung, daß ein reichlich Teil aus seinen Kannen floß und über seine Fußbekleidung eine Sündflut hereinbrach.

»Wasser trage ich«, sagte er; »Brunnenwasser, wenn dem Herrn ein Glas gefällig wäre.«

»Danke! Ist der Kaffee fertig?

Abermalige Verneigung.

»Kaffee zu jeder Tageszeit«, sagte er; »ich bestelle sofort!«

Und er eilte mit seinen Kannen nach der Küche.

Ich schloß belustigt das Fenster und wandte mich nach meinem »Arbeitszimmer« zurück. Wenn die Größe meiner Arbeit mit diesem Räume in einigem Verhältnis stehen sollte, mußte ich sehr fleißig sein.

Ich zählte die riesigen Stühle. Acht Stück! Vermutlich wog jeder einen halben Zentner. Die Schwere des Tisches entzog sich meinem Tarierungsvermögen; jedenfalls ist es mir nie gelungen, ihn um einen Zoll breit zu rücken. Die Wände entlang standen einige leichtere Sessel, ein Schrank mit alten Trinkgefäßen und einigem alten Porzellan und ein anderer Schrank, der seit gestern abend mein »Kleiderspind« bildete. An den Wänden waren Waffenarrangements.

Jetzt erst betrachtete ich die Decke. Sie wies Malereien auf, die nicht aus gar zu alter Zeit stammen mochten oder wenigstens erst in diesem Jahrhundert geschickt restauriert worden waren.

Das Mittelbild stellte die Gralsburg dar, die Eckfelder zeigten die Artusrunde, Lohengrin mit dem Schwan, Tristan und Marolf, wie jeder in einem kleinen Kahn, der nur einen Mann und ein Roß zu tragen vermag, nach der kleinen Insel im Meere fährt, wo sie ihren Zweikampf ausfechten wollen, und Marolf, den Spielmann, der mit seiner »deutschen Laute« seine heidnischen Verfolger so begeistert, daß sie zu tanzen anfangen, anstatt ihn zu ergreifen.

Ich war entzückt von meinem Arbeitszimmer. Ein großstädtischer Hauswirt hätte aus einem solchen Raum eine »freundliche, geräumige Wohnung von drei Zimmern, Mädchenkabinett und Küche« konstruiert. Und das sollte mein Arbeitszimmer sein! Wie großartig würde sich's hier auf und ab wandern lassen, wenn die Gedanken nach Gestaltung rangen und es dem unruhigen Körper nicht möglich war, am Schreibtisch fest zu sitzen.

Da klopft es, und die Tür öffnete sich. Baumanns Kopf erschien in der Spalte in einer Höhe von 1,60 m und sank, als er meiner ansichtig ward, in derselben Spalte mit einem Ruck auf die Höhe von 80 cm herunter.

»Wenn der Herr Doktor belieben, der Kaffee wäre so weit!«

»Ich komme, Baumann, ich komme!«

Und ich stieg die Treppe hinab, wieder an den vielen Herzogs -, Bischofs-, Ritter-, Frauen- und Kindergesichtern vorüber.

Als ich ins Gastzimmer trat, saß der Oberförster da.

»Ah – je – guten Morgen, Herr Oberförster!« rief ich überrascht.

»Morgen, Herr Doktor – ich bin bloß im Vorbeigehen mal auf 'ne Schnapslänge hereingekommen – wollte mich doch mal erkundigen, wie Sie sich hier eingerichtet haben –«

»Das ist ja riesig liebenswürdig von Ihnen! Ich danke, mir gefällt es recht gut hier.«

»Ah – faktisch?«

»Aber gewiß! Zweifelten Sie daran?«

»Hm! Sie wohnen doch oben – im ersten Stock meine ich –«

»Ganz recht, im Bankettsaal und in dem Zimmer nebenan.«

»Mit Erlaub zu sagen, mir sind die alten Buden greulich! Es mufft so – nach Blut drin, nich?«

»I wo!«

»Ja, und dann muß ich immer an eingemauerte Weiber, an Folterkammern und an verhungerte Gefangene denken, und da krieg ich Ihnen eine Wut, wissen Sie, daß ich gleich – prosit!«

Er trank seinen Kognak aus.

»Es wird einem ganz flau dabei«, fuhr er fort. »Na, und ganz abgesehen davon – haben sie Ihnen wirklich das alte Ungetüm, diese Arche von Bettstelle, in die Stube gestellt?«

»Gewiß haben sie das!«

»Und da haben Sie sich reingelegt?«

»Freilich, ich mußte doch schlafen.«

Der Oberförster hieb mit der Faust auf den Tisch.

»Da hört doch alles auf! In so eine verfaulte Rumpelkammer! Wer weiß, wer in der schon alles geschlafen hat! Ich sage Ihnen, das ist ein niederträchtiger, wackliger Gemüllekasten, ein ganz greuliches Mäuse- und Rattennest. Ich muß mir schnell noch einen Kognak – sonst – aah, Fräulein Ingeborg!«

Das Mädchen erschien mit meinem Frühstück. Es sah womöglich noch reizender und frischer aus als gestern abend. Jetzt im jungen Lichte des Morgens sah ich erst recht den tiefen Glanz ihrer dunklen, blauen Augen und den weichen Schimmer ihrer Haare. Leider ließ mich der Oberförster nicht zu Worte kommen, sondern donnerte gleich los: »Sagen Sie mal, Fräulein Ingeborg, Sie sind doch sonst ein anständiger, braver Christenmensch, wie können Sie bloß zugeben, daß dieser Herr in einem so blödsinnigen Gerüste von Bettstelle, wie dort oben steht, kampieren muß?«

»Sind sie unzufrieden gewesen?« wandte sich Ingeborg ganz erschrocken an mich.

»Gewiß nicht, mein Fräulein; ich habe im Gegenteil ganz ausgezeichnet geschlafen.«

»Das ist nicht wahr!« schrie der Oberförster, »das kann gar nicht wahr sein, das ist ganz ausgeschlossen! Das lügt er bloß aus Höflichkeit.«

»Aber, ich muß sehr bitten, Herr Oberförster!«

»Reden Sie nicht! Gestern haben Sie auch zum Sternitzke gesagt, sein Fuchs wäre ein Staatspferd, und das ist doch, weiß der Himmel, das elendeste Vieh auf Gottes weiter Erde. Sternitzkes Fuchs als Pferd ist dasselbe, was das alte Gerüst dort oben als Bettstelle ist. Beide sind polizeiwidrig.«

»Sie haben, wie's scheint, eine starke Abneigung gegen alles Altertümliche«, bemerkte ich und zwinkerte Ingeborg belustigt zu.

»Da wird's nichts helfen«, sagte das Mädchen, »wenn der Herr Doktor nächstes Frühjahr auszieht, zieht der Herr Oberförster mal in die Zimmer und überzeugt sich, daß –«

»Fräulein Ingeborg! Wenn ich wirklich mal sterben sollte, es ist ja leider alles möglich auf der Welt, und sie begraben mich in diese sogenannte Bettstelle da oben, verstehen Sie – da – da geh ich um! Nicht gemalt möchte ich dort oben hängen, viel weniger wohnen.«

Er wandte sich nach der Tür.

»Wohin wollen Sie denn, Herr Oberförster?«

»Einen Kognak hol ich mir noch beim Baumann!« knurrte er und stampfte hinaus.

»Es gefällt ihm gar nicht bei uns«, sagte Ingeborg lachend, »und er schimpft jedesmal so schrecklich. Aber Papa sagt, er sei der bravste Mann von der Welt.«

»Das glaube ich wohl. Meine Wohnung oben ist entzückend.«

»Ja wirklich? Ach, das freut mich! Ich hab's so gern, wenn jemand den Waldhof lobt. Und mein Papa heißt auch Waldhofer. Ist das nicht merkwürdig?«

»Ja! Und der Name paßt wie kein anderer für ihn. Ihr Herr Papa ist ein sehr umsichtiger und liebenswürdiger Herr.«

Ingeborgs Augen leuchteten.

»Haben Sie das schon erkannt? O, Sie können gar nicht glauben, wie gut Papa ist. Und klug ist er; Walter hat das auch immer gesagt. Bloß sehr still ist er und seit Walters Tode hat er nie mehr gelacht. – Aber ich soll ja nicht immer von dem Traurigen mit Ihnen sprechen. Sonst bin ich gar nicht so sehr trübsinnig. Nein, wirklich nicht! Den Baumann kennen Sie jetzt auch schon.«

»Wenn das Fräulein befehlen, so kenne ich ihn«, sagte ich mit einer Verneigung bis auf die Tischplatte.

Ingeborg lachte.

»Ja, er ist so komisch höflich, nicht? Aber nur zu den Fremden ist er so; gegen uns benimmt er sich wie jeder andere Haushalter.«

»Er ist wohl früher mal Kellner gewesen, daß er sich die Phrasen so angelernt hat?«

»Nein, bloß Hausknecht in einem Hotel, und seine Frau war Köchin da; später haben sie geheiratet und eine kleine Wirtschaft gepachtet, aber es ist ihnen schlecht gegangen, und da sind sie zu uns gekommen. Wir können sie gut gebrauchen, auch die Frau; denn alles kochen kann ich noch nicht, da bin ich doch noch zu jung.«

»O, Fräulein Ingeborg, Sie sind so jung, daß ich Ihnen nicht mal 'ne Wassersuppe zutrauen würde.«

»Aber Herr Doktor! So was! Das – das verdien' ich nicht.«

Ich sah sofort mein verunglücktes Kompliment ein. Achtzehnjährigen darf man nicht mit zu großer Jugendlichkeit schmeicheln wollen. Das nehmen sie übel.

Da kam zum Glück der Oberförster zurück.

»Haben Sie die blödsinnigen Bilder oben schon gesehen?«

»Welche Bilder?«

»Nu, halt hier oben in der Burg die!«

»Erscheinen Ihnen die so blödsinnig?«

»Furchtbar! Lauter Idioten! Sehn Sie sich mal die Frauenzimmer an, die haben alle Augen wie die Kühe.«

»Aber Herr Oberförster!«

»Ja, und die Männer sehen alle aus, als ob sie Essig gesoffen hätten. Solche Bilder mal ich auch.«

»Na, na, Herr Oberförster!«

»Mal ich auch, sag ich! Mal ich im Finstern! Oben in Ihrem Bankettsaal da sind zwei Männer an die Decke gemalt, die fahren in Kähnen, und jeder hat einen Ziegenbock bei sich. Waldhofer sagt, das sollen Pferde sein.«

»Es sind auch Pferde!«

Der Oberförster schüttelte grimmig den Kopf. »Solche Pferde gibt's nich! Sternitzke hat einen Ziegenbock; den lassen Sie sich mal zeigen, und dann sehen Sie sich die Bilder an; zum Meckern ähnlich, sag' ich Ihnen.«

»Es hat sich eben jede Kunst erst entwickeln müssen, Herr Oberförster!«

»Ich pfeif auf die ganze Kunst«, knurrte der brave Mann, »ob sie sich entwickelt oder nicht! Es ist nichts Reelles dabei.«

In diesem Augenblick ging die Tür auf, und ein hochgewachsener, junger Bursche trat ins Zimmer.

»Guten Morgen!« sagte er kurz und setzte sich abseits an einen Tisch. »Um a Seidel Bier möcht ich bitten!«

»Guten Morgen, Herr Hartwig; nu, was ist Ihnen denn? Sie sehn ja so böse aus!« fragte Ingeborg.

»Nichts is«, sagte der Bursche, »in die Stadt will ich.«

»Na, da machen Sie aber einen kolossalen Umweg hier übern Berg«, meinte der Oberförster.

»Ich geh nicht gern auf der Straße«, brummte der Bursche.

Ingeborg gab ihm das Bier, das er gleich zur Hälfte austrank. »Sagen Sie mal, schmeckt Ihnen denn so früh am Tage das Bier schon?« fragte der Oberförster.

»Schmeckt Ihnen denn der Kognak?« gab der Bursche unfreundlich zurück. Das wurmte den Alten.

»Hartwig«, sagte er, »ich hab' den Kognak schon vertragen, als Sie noch am Lutschbeutel saugten!«

Ingeborg ging hinaus. Der Bursche sprang auf.

»Herr Oberförster«, keuchte er, »das – das – das –«

»Aber so regen sich doch die Herren wegen einer harmlosen Äußerung nicht auf«, mischte ich mich in den unerwartet ausgebrochenen Streit.

»'s ist unsere Sache!« knirschte mich der Bursche mit einem feindseligen Blicke an.

»Jawohl, Hartwig, unsere Sache, und die fechten wir schon mal aus, unsere Sache!«

Über diese Äußerung lachte Hartwig kurz und hart auf, warf ein Geldstück auf den Tisch, zuckte die Achseln und ging hinaus, ohne sein Bier ausgetrunken zu haben. Der Oberförster sah ihm mit einem langen Blick nach.

»Was ist denn mit diesem jungen Manne?« fragte ich.

»Äh«, machte der Oberförster, »Amtsgeheimnis! Er wildert!«

»Er wildert? Wissen Sie das genau?«

»Genau leider nich, sonst säß er schon! Aber ich laß mir von einem Karnickel die Ohren abbeißen, wenn's nich wahr ist. Doch ich krieg ihn schon! Oder er kriegt mich! Kann auch sein! Ich muß mir übrigens noch einen Kognak holen, der verdammte Kerl ist mir in den Magen gefallen.«

Er ging hinaus. Ingeborg kam und blieb an der Tür stehen. »Ist das nicht schrecklich?« fragte sie.

»Ja, ich glaube allerdings, daß Ihnen das schrecklich sein muß, Fräulein.«

»Ich bin ja sonst nicht in der Gaststube, bloß wenn mal gute Bekannte da sind, und der Vater ist heute frühzeitig nach der Stadt gegangen. – Aber was sollen wir uns ärgern?«

Sie lachte wieder, und ihr Gesichtchen strahlte im alten Schelmenglanze. Dann hüpfte sie fort. Ich sah ihr ganz entzückt nach. Und wie ich immer tue, wenn mir etwas gar zu reizend vorkommt und ich die Regung niederkämpfen will, schloß ich eine Weile die Augen und ballte die Hände.

»Nu, Sie haben sich wohl uff'n hohlen Zahn gebissen?«

Das war der Oberförster.

»Würde ich Ihnen einen Kognak empfehlen«, fuhr der brave Mann fort, »der überbeißt!«

»Danke, es vertut sich schon wieder!«

»Ja, aber Kognak ist für Ihren Fall sehr gut«, behauptete er hartnäckig.

»Das glaube ich, aber ich trinke nicht gern Kognak.«

Er schüttelte den Kopf.

»Komische Menschen gibt's«, brummte er.

Nach einer Weile fragte er:

»Sagen Sie mal, was werden Sie denn nu den ganzen Tag hier anfangen?« – »Ich? Arbeiten werde ich!«

Der Oberförster tat, als ob er nicht gut gehört habe. »Was? Arbeiten? Sie? Na hör'n Sie mal! Was woll'n Sie denn arbeiten?«

»Schreiben werde ich.« – »Schreiben, ach so, das nennen Sie arbeiten! Was werden Sie denn schreiben, wenn die Frage erlaubt is?«

»Ein Epos.«

»Was?«

»Ein Epos! Sie wissen schon, ein Buch aus lauter Versen.«

»Ähä, Gedichtsbuch! Da werd ich Ihnen gelegentlich mal ein feines Gedicht geben:

»König Wilhelm saß ganz heiter
Jüngst zu Ems, dacht' gar nicht weiter
An die Händel dieser Welt;
Friedlich, wie er war gesunnen.
Trank er seinen Krähnchenbrunnen
Als ein König und ein Held!
Da trat in sein Kabinette
Eines Morgens Benedette –«

»Kenn ich, Herr Oberförster, kenn ich!«

Ähä, kennen Sie schon! Famoses Ding, nich? Das ist das schönste Gedicht von der Welt. Überhaupt alles, was so vom alten Kaiser Wilhelm ist, das gefällt mir riesig.«

»Bravo, Herr Oberförster!«

»Fangen Sie heute schon an mit dem Abschreiben?«

»Nein, ich denke nicht!«

»Na, da werd ich Ihnen mal'n Vorschlag machen. Kommen Sie ein bißchen mit in den Wald!«

»Da bin ich mit Vergnügen dabei.«

Wir gingen nach dem Walde. Die sonnige Herbstmorgenluft, die bunten Bilder rings um mich her, der blaue Himmel über mir machten mich froh. Ich fühlte das Glück, frei zu sein von einem zwingenden Beruf, frei von allem konventionellen Zwang, frei von Sorgen, frei von grüblerischen Fragen, frei von jedem anderen heftigen Gefühl als eben der Freude am bloßen Leben.

Und ich hatte eine neue Heimat.

Die Bäume rauschten über mir – meine Seele ward jung. Da riß ich den Hut vom Kopfe, schlug ein paar Räder mit ihm durch die Luft und fing an zu laufen wie ein Knabe. Die Wangen fingen mir an zu glühen, das rote, aufgewirbelte Laub flog um mich herum, und so lief ich in den roten Wald hinein.

An einer Quelle machte ich halt und badete meine Hände in dem klaren Wasser. Nach einiger Zeit kam pustend der Oberförster nach. Er sah mich mit bedenklichem Gesicht an.

»Sagen Sie mal, haben Sie öfters solche Anfälle?«

»Was für Anfälle?«

»Nu, so nervöse!«

Ich merkte, daß er meine Lustigkeit für einen kleinen Wahnsinnsausbruch gehalten haben mochte, und sagte, das käme selten bei mir vor und sei übrigens nicht gefährlich. Er schien aber nicht ganz überzeugt. Um ihn abzulenken und mir einen Spaß zu machen, sagte ich: »Sagen Sie mal, Herr Oberförster, Sie sind doch mit allem, was Wald und Feld anbetrifft, sehr wohl vertraut. Wie mag's denn nun eigentlich kommen, daß aus einer solchen Quelle immerfort Wasser läuft, Tag um Tag, jahrhundertelang, und daß das Wasser da drinnen nie alle wird?«

Er machte ein tiefsinniges Gesicht und kratzte sich heftig den Bart.

»Ja – hm, ja – es stimmt! – Wie kommt das? – Das ist gar nicht so leicht zu erklären. – Na, denken Sie sich mal die Erde als ein riesiges Faß. Können Sie sich das denken?«

»Ich gebe mir Mühe!«

»Aber nicht als ein Faß mit einem Spundloche, sondern mit tausend Spundlöchern. Und jedes Spundloch ist eine Quelle. Die ganze Tonne ist voll Wasser, na, und da läuft's eben aus den Spundlöchern heraus. Können Sie das verstehen?«

»Ach ja, aber leer müßt's doch einmal werden.«

»Na, sehen Sie mal! Erstens hat in der Erdtonne schon eine gehörige Plumpe Platz und dann läufts doch immer ins Meer – und dort im Meerboden sind Löcher, und da läuft immer das große Faß wieder voll.«

»Aha! Ich danke!«

Herr Gerstenberger holte tief Atem; die unerwartete Lektion hatte ihn angestrengt. Dafür wollte er sich offenbar entschädigen und fing, indem wir weiter wanderten, fürchterlich an zu lügen.

»Ja, und sehen Sie dort drüben, dort an dem freien Platze – Schonung nennt man das, daß Sie mir ja nicht mal reingehen – also dort drüben habe ich einen Bären geschossen.«

»Einen richtigen Bären? Das war doch wohl wenigstens im strengen Winter?«

»Nee, 25. August 92, nachmittags halb drei!«

»Aber wie kam denn das?«

»Ja, wie soll das kommen! Ich hörte, daß die Umgegend von einem Bären unsicher gemacht werde, und da hab ich ihn einfach aufs Korn genommen. Sehr fein, so was! 's war ein riesiger Kerl! Schwarzbraun! Als er mich sah, kam er auf den Hinterbeinen auf mich zu. Ich ließ ihn kommen, denn ich putzte mir gerade die Nase. Aber wie er nahe genug war, schoß ich ihm gemächlich eine Kugel ins Herz. Das ist die ganze Geschichte. Ganz einfach, nicht wahr?«

»Brr, nein, das wäre nichts für mich!« Herr Gerstenberger lächelte.

»Wenn Sie mal zu mir kommen – ich hoffe, daß Sie mich bald mal beehren – werde ich Ihnen die Zähne und das Fell zeigen.«

»Von dem Bären?«

»Nu natürlich, – Sie glauben's wohl gar nicht?«

»Aber warum sollte ich denn zweifeln? Bei dieser Gelegenheit fällt mir übrigens etwas ein. Ich bin auch ein Freund der edlen Weidmannskunst und besitze auch einen Jagdschein. Möchten Sie mir nicht die Berechtigung geben, auf die Jagd zu gehen?«

»Was? Sie die Jagdberechtigung? Nu, fällt mir ja im Traume nicht ein.«

»Aber warum denn nicht, Herr Oberförster?«

»Warum? darum! Nee, nee, nee, nee! Halten Sie mich nich für ungefällig. Alles könn' Sie von mir verlangen – und wenn ich Ihnen gleich Geld pumpen sollte – alles sage ich – aber auf die Jagd – gibt's nich! – Sie müssen sich das nich so einfach vorstellen wie's Bücherabschreiben –«

»So einfach denk ich mir's ja auch nicht. Aber ich hab' schon geschossen!«

»In der Schießbude – na, da können Sie ja meinetwegen schießen – aber im Freien, nee, lieber Herr!«

»Sie trauen mir zu wenig zu! Wir wollen eine Probe machen. Sehn Sie mal dort die schmale Birke! Treffe ich die, so geben Sie mir die Jagdberechtigung, fehle ich, so sollen Sie recht behalten. Bitte, borgen Sie mir mal Ihre Büchse.«

Ein so entsetztes Gesicht habe ich selten gesehen. So müßte ungefähr ein Violinvirtuos aussehen, wenn ein erbärmlicher Stümper zu ihm sagte: »Sie, Kollege, bitte, pumpen Sie mir mal Ihre Geige!«

Gerstenberger wurde sehr ernst.

»Herr Doktor, ich sage Ihnen in allem Ernste – amtlich, verstehen Sie – daß ich nie zugeben werde, daß Sie in meinem Revier auch nur einen einzigen Schuß abgeben.«

»Das tut mir leid, Herr Oberförster. Denn da muß ich erst extra an den Herrn Baron schreiben. Sie werden mir deshalb nicht böse sein.«

»Wegen dem Schreiben? Nee! Schreiben könn' Sie ja, wie gesagt, soviel Sie wollen. Das ist nicht lebensgefährlich. Aber schade ist's um die Briefmarke, das sage ich Ihnen im voraus – denn die Jagdberechtigung kriegen Sie auch vom Herrn Baron nicht. Das macht er nicht; da ist er zu gewissenhaft.«

Unser Disput wurde abgebrochen, denn Waldhofer kam uns entgegen. Er kam aus der Stadt zurück, wo er Einkäufe besorgt hatte.

Mein Wirt kam mir freundlich entgegen.

»Guten Morgen«, sagte er, »wie geht es Ihnen?«

»Ich danke, Herr Waldhofer, ganz ausgezeichnet! Ich habe sehr gut geschlafen und habe ein gemütliches Plauderstündchen mit dem Herrn Oberförster gehabt.«

»Gemütlich war's nicht«, protestierte dieser, »sondern ungemütlich. Er will schießen. Denke dir, Waldhofer, dieser Herr will die Jagdberechtigung!«

»Wenn es ihm Vergnügen macht, warum denn nicht?«

Darüber geriet Gerstenberger außer sich.

»Vergnügen – so? Also nur aufs Vergnügen kommt's an? Und das sagst du auch noch, Waldhofer! Da könnte also hier jeder, dem's Vergnügen macht, im Walde rumknallen und Birken anschießen und alte

Weiber und Rehricken, ich – ich – ich empfehle mich, meine Herren! Ich – ich hab sowieso nicht länger Zeit.«

Er bog wirklich abseits. Wir riefen ihm ein paar freundliche Worte nach, aber er ging.

»Er wird bald wieder gut sein«, sagte Waldhofer.

Ich erzählte ihm einiges von unserm Zusammensein, auch die Geschichte von dem Bären.

»Die ist wahr«, sagte Waldhofer, »wenigstens in der Hauptsache. Der Bär war aus einer wandernden Menagerie ausgerückt. Übrigens war es ein ganz zahmes Tier. Aber es ist erklärlich, daß die Leute Angst hatten. Der Menageriebesitzer bot zwar alles auf, um sie zu beruhigen. Er sagte, wenn er bloß das Tier finde, bringe er's zurück, ohne daß irgendein Schaden entstehen würde. Aber der Oberförster machte sich gleich auf und hat den Bären wirklich erschossen. Als er dann den Jammer des armen Tierbändigers sah, hat er, obwohl er natürlich dazu gar nicht verpflichtet war, den Bären bezahlt. Er soll ihn sogar sehr teuer bezahlt haben. Und ich glaube das, denn er ist ein kindsguter Mensch.«

»Irgendwelche höhere Schule hat er wohl nicht besucht?«

»Nein! Aber in seinem Fache ist er tüchtig wie kaum einer, und darauf kommt's ja an!«

Als wir in den Burghof kamen, flog uns Ingeborg entgegen. Sie fiel dem Vater um den Hals, und gleich darauf untersuchte sie seine Taschen, mitten im alten Burghof. Die Untersuchung war nicht erfolglos. In der Brusttasche des Vaters fand Ingeborg ein Büchlein: Storms »Immensee« und – drei Tafeln Vanillen-Schokolade.

Wir gingen nach der Gaststube, und ich bekam vorzüglich »gewärmte« Rebhühner. Ingeborg aß mit uns, und die Heiterkeit ihrer reinen Seele umfing mich wie ein Zauber. In meinem »Arbeitszimmer« schrieb ich dann einen Brief an den Baron. Das war ein Brief freudigen Dankes.

»Hier, wo das Leben an den Traum und unsere moderne Zeit an die Romantik so nahe grenzt, ja, wo die Grenzlinien ganz verschwinden, hier bin ich zu Hause. Ich danke Ihnen, daß Sie mir diese neue Heimat gegeben haben.«

In einer Nachschrift erst dachte ich daran, um die Jagdberechtigung zu bitten, wobei ich natürlich nicht vergaß, auf den guten Oberförster ein Loblied zu singen.

Die Liebe

Das sonnige Herbstwetter hielt an, und mein Heimatgefühl wurde stärker von Tag zu Tag. Das ganze Dorf war ich schon durchwandert von einem Ende zum andern, den Wald studierte ich alle Tage, und die Menschen meines Idylles wurden mir immer lieber.

Am meisten Ingeborg.

Ich war damals 28 Jahre alt, eine lebhafte Natur mit ihrem Teil Phantasie und Begeisterungsfähigkeit, dazu hatte ich in nicht gerade obskuren Verhältnissen einen beträchtlichen Teil meines Lebens in der Großstadt zugebracht – – mit einem Worte, verliebt war ich schon oft gewesen.

Natürlich, wie überall, gab es auch dabei ernste und leichte Fälle. Die leichten Fälle entziehen sich jeglicher Statistik, aber die schweren Fälle habe ich gebucht – im ganzen neun!

Sechs davon fielen in die Blütezeit vom 17. bis 21. Lebensjahre. In dieser glorreichen Zeit tiefster, menschlicher Weisheit ist natürlich der Liebeskonsum der stärkste. Meine damaligen »Bräute« waren sämtlich älter als ich; ja Nummer 4 zählte annähernd dreißig Jahre. Nummer 3 war eine Komtesse, und alles, was mir von ihrer Seite an Liebe geworden ist, bestand darin, daß sie mir siebenmal zugenickt hatte, wenn sie im Wagen vorbeifuhr und ich sie ehrfürchtig grüßte. Trotzdem gehört auch sie zu den schweren Fällen; denn auch über sie ist im Tagebuch dick unterstrichen bemerkt, daß sie die einzige wahre, echte Liebe meines Lebens sei, daß »diese oder keine andere mein werden müsse« und daß ich »ohne sie nicht leben könne«. Wie's aber manchmal so wunderbar im Leben geht: ich lebe schließlich doch ohne sie.

Auf das 22., 23. und 24. Lebensjahr entfiel je eine »Braut«. Der Keimboden meiner »Liebe« war damals entweder die Kurpromenade oder der Ballsaal. Bis zu einem Verlobungsring habe ich's freilich nie gebracht. Die ersten sechs Bräute waren mir »untreu« geworden, und den letzten dreien bin ich aus dem Garne gegangen.

Und nach dem 24. Lebensjahr war eine große Pause. »Eine allgemeine Gefühlsdürre« war bei mir eingetreten, wie sich mein jüngerer Cousin sehr schön ausdrückte. Der brave Mann, der immer noch liebte, zürnte mir. Er schimpfte über meine »Skepsis«, die mich um alles Glück bringen würde. Überlegen müsse man eben beim Heiraten nichts, denn sonst kam's gar nicht dazu.

Der holde Jüngeling ist jetzt auch noch unvermählt. Die »prophezeite Glücklosigkeit« war übrigens in dieser liebeleeren Zeit bei mir ganz erträglich. Ich arbeitete, kam vorwärts in meinem Berufe und war im übrigen ein munteres Huhn. Und die schweren Bedenken meines klugen Vetters, ich würde am Ende »unfehlbar einmal sitzen bleiben«, machten mir wenig schlaflose Nächte.

Nun tauchte dieses Ingeborg-Gesicht an meinem Horizonte auf!

Wer durch einen reichen, bunten Garten geht, dem fällt's schließlich nicht so schwer, keine von diesen gepflegten Blumen zu pflücken; und sei's bloß darum, weil er nicht weiß, welche; aber wer auf stiller Heide eine seltene Blume findet, der wird sie pflücken wollen, um sie der Einsamkeit zu entreißen und sich.

Ich kann ehrlich sagen, daß ich erschrak, als ich an die Möglichkeit einer solchen Liebe dachte. Die Zeit der Torheiten lag hinter mir; was nun kam, war ernst.

Die Schönheit dieses taufrischen Kindes entzückte mich; ihr herzfröhliches Wesen offenbarte sich mir täglich aufs neue, und ihre tiefe Unschuld rührte mich.

Wie ein Morgenhauch ging es von ihr aus, wie ein Morgenhauch, der rein und frisch und duftig und sonnenklar uns tausend Hoffnungen erweckt.

Wie das wohltut, doppelt wohl dem, der viele Nächte in parfümierter Luft geatmet hat!

Du vermutest nichts weiter von ihr weg als die Sünde! Und die sollte ich lieben?

Die Sorge kam, die mit der echten Liebe kommt. Und die Sorge fragt.

Wenn du sie liebst und es dir nicht gelingt, sie zu gewinnen, wirst du in diesem »Waldwinter« deine Jugend begraben? Wirst du mit erfrorener Kraft zurückflüchten dahin, woher du geflohen bist? Und was sagt deine Muse dazu, der du in Treuen dich verlobt hast? Wird sie alt werden in einem Winter?

Und wenn du sie nicht lieben kannst, nicht mit echter, bräutlicher, ewiger Liebe? Wirst du leichthin, weil es deiner Jugend gefällt, ein Herz aus seinem Frieden schrecken, einen solchen Morgenschimmer trüben?

Ingeborg – eine Nummer 10?

Wie mich der Gedanke beleidigte, wie gemein er mir vorkam!

Und ich war auf der Wacht! Aber Stunden kamen, wo das Gefühl allen Sorgen Hohn sprach. Warum konnten wir uns nicht beide lieben, warum konnte sie nicht mein sein, warum sollte mir nicht in diesem Waldwinter ein Frühling erblühen?

Wunderlich nur, daß eine aufquellende Herzensseligkeit auf solche Fragen nicht folgte.

War ich schon so alt? War die Zeit der himmelstürmenden Freude bei mir schon vorbei? –

Ingeborg blieb sich immer gleich gegen mich. Sie hatte offenbar nicht übermäßigen Respekt vor mir, sondern übte ganz lustig an mir ihre Schelmereien. Aber sie hatte auch keine bange Mädchenscheu. Nur wenn ich einmal ihre Hand länger hielt, als ich sollte, drohte sie mir mit der anderen.

Da geschah folgendes. Baumann ging wieder einmal nach Wasser, und Ingeborg trollte neben ihm her. Ich stand oben am Fenster und betrachtete sie. Und da geschah es, daß ich wieder mein altes Mittel anwenden, die Augen schließen und die Hände ballen mußte.

Als ich aufblickte, schaute mir Waldhofer ins Gesicht. Er stand drüben im entgegengesetzten Hause auch an einem offenen Fenster. Einen Augenblick sah er mir ernst in die Augen, dann nickte er leise mit dem Kopf und schloß das Fenster.

Die Geschichte regte mich ein wenig auf, aber ich bemerkte den ganzen Tag über keine Veränderung an Waldhofer. Am folgenden Tag lud er mich ein, einen Gang durch die Burg mit ihm zu machen. Er sagte mir, daß er im Sommer fast immer den Fremdenführer spiele. Er könne es nicht leiden, wenn irgendein dienstbarer Geist sein Sprüchlein auswendig lerne und dann in jedem Zimmer sein Gesetzchen herleiere. Es müsse doch auch auf den Bildungsgrad der Leute Rücksicht genommen werden. Etwas anderes sei es, wenn ein gebildeter Mann sich an einer alten Täfelung erfreuen oder über ein Bild Aufschluß erhalten wolle, oder wenn ein Mütterlein aus der Umgegend nach der »Burg« ihre große »Sommerreise mache« und sich dann an den Folterwerkzeugen oder dem Burgverließ die Seele mit interessantem Gruseln zu füllen begehre. Er suche dafür zu sorgen, daß jedes auf seine Rechnung komme, und bemühe sich auch, einfache Leute für weniger blutige Geschichten zu gewinnen. Dazu böten ihm eine Reihe von Sagen und Historien, die sich an die Burg knüpften, den gewünschten Stoff.

Ich bat ihn, mir einiges von seinem Legendenreichtum mitzuteilen.

»Das meiste hat kein Interesse für Sie«, sagte er, »und was mir wertvoll erschien, habe ich so oft erzählt und vor allen Dingen so oft im Geiste selbst erwogen, daß ich fürchte, ich weiche von der ursprünglichen Form bedenklich ab.«

Ich wiederhole meine Bitte, und er versprach mir etwas zu erzählen.

Im Hauptgebäude war noch ein Jagdzimmer, eine alte Kanzlei, ein Gesellschaftszimmer und die Burgkapelle erhalten.

Die Kapelle war ein kleiner Raum, rechts und links ein gotisches Fenster, zwischen beiden der Altar. Ein sehr dunkles Bild stellte die heilige Mutter Anna mit dem Marienkinde dar, die Kanonentafeln waren geschrieben. An den Wänden standen hohe Kirchenstühle.

Die Ruhe der Verwaisung, die über den anderen Räumen lag, herrschte hier nicht. In einer alten silbernen Lampe, die von der Decke hing, brannte eine rote Flamme, das ewige Licht.

Wo es brennt, ist kein Tod; dort waltet eine lebendige, liebende Menschenhand, die sich für Gott bemüht.

Ein paar Augenblicke lehnte ich mich an einen der hohen Kirchenstühle und schaute in das rote Licht. Ohne ihn anzuschauen, merkte ich, daß Waldhofer die Hände faltete zu einem Gebet. Und da ging auch meine Seele, indem die Augen immer an dem roten Schein hingen, das hochheilige Vaterunser durch.

Ein paar Augenblicke brauchte Waldhofer länger als ich. Was hat er mehr gesprochen? Ich ahnte es – »Gib ihm die ewige Ruhe!«

Schweigend gingen wir hinaus.

Das Seitenhaus, das rechtwinklig an das Hauptgebäude stieß, umfaßte früher die Kemnaten der Frauen. Ein paar Räume waren jetzt ganz leer. Der Putz war von den Wänden gefallen, viele Fenster waren schadhaft, hie und da pfiff der Wind durch die Mauern. Verhallt das frohe Kinderlachen, verweht die Seufzer aus schönem Frauenmunde, verwüstet das Haus der Liebe!

Da traten wir in ein sehr wohlerhaltenes Gemach; es war sicher der am reichsten ausgestattete Raum in der ganzen Burg. Gewebte Tapeten deckten die Wände, Möbel mit verziertem Holz und prächtigen alten Stickereien auf den Überzügen, ein alter, kompliziert eingerichteter Toilettenschrank, an dem ein Nürnberger Meister jahrelang gearbeitet hatte, das alles gab auch jetzt noch dem Gemach einen Anstrich weicher Vornehmheit.

»Das Zimmer der blonden Gertraud«, sagte Waldhofer. »Wer ist die blonde Gertraud?« fragte ich.

»Wenn es Ihnen recht ist, erzähle ich Ihnen jetzt eine von unseren Historien, die von der Gertraud. Sie können sich ganz ruhig auf einen der Sessel setzen, sie sind noch haltbar.«

Ich nahm Platz, und Waldhofer lehnte sich an den alten kostbaren Schrank. Er hatte eine wohltuende Stimme und erzählte gut.

»In alter Zeit lebte Graf Richard auf der Burg. Sein Vater war ein Wüstling gewesen, der den größten Teil seines Vermögens vergeudet hatte und bei seinem Tode seinem jungen Sohne eine zerrüttete Wirtschaft hinterließ. Aber Graf Richard war ganz der Mann, einem verfallenen Hause wieder aufzuhelfen. Er wußte Geld zu verschaffen durch die Vögte von den Bauern, und durch die Kriegsknechte von den Städten und umwohnenden Nachbarn. Er hatte Spürer in Prag und an den schlesischen Herzogshöfen, und je nachdem es sein Vorteil erheischte, hielt er es mit den Böhmen oder mit den Piasten. So hob sich sein Ansehen und sein Reichtum.

Da geschah es, daß Graf Richard die schöne, blonde Frau Hildegund heimführte, die ihm nach Jahresfrist ein Töchterlein schenkte, Gertraud. Der Graf, der auf einen Sohn gehofft hatte, war unzufrieden und ließ es Mutter und Kind entgelten. Als aber die junge Frau gar kränkelte und heilkundige Leute sagten, sie würde nie wieder eines Kindleins genesen, faßte der Mann, dessen ganzes Sinnen und Trachten auf die Wiederaufrichtung des Glanzes seines Hauses gerichtet war, eine sinnlose Wut. Er schrieb an den Bischof um die Erlaubnis, seine Frau zu entlassen, er schickte nach Rom mit demselben Begehren. Als ihm seine Bitten abgeschlagen wurden, faßte ihn die Raserei. Er verwandelte die Burgkapelle in einen Trinksaal, fiel über ein paar Klöster her und plünderte sie aus; sein Weib Hildegunde und ihr Töchterlein Gertraud stieß er aus dem Hause.

Dann suchte er die blühendste und gesündeste Magd aus dem Tale und heiratete sie.

Die gebar ihm an einem Tage zwei gesunde Söhne. Der Graf feierte sieben Tage und sieben Nächte glänzende Feste und sah die Erfüllung aller seiner Wünsche vor Augen. Nachdem aber die Knaben über das zarteste Kindesalter hinaus waren, jagte er auch seine zweite Frau, die er immer als Magd gering geachtet hatte, aus dem Hause. Er wollte einzig der Erziehung seiner Söhne und der Ausgestaltung seines Hauses leben.

In dieser Gegend war damals ein altes, hochangesehenes Kloster, an das sich der Graf nicht hätte wagen dürfen, ohne die Rache des ganzen Landes auf sich zu laden. In den Bann dieses Klosterfriedens war Hildegunde mit ihrem Töchterlein Gertraud gezogen. Das Kind war nun schon drei Jahre alt und war so schön, wie seine Mutter gewesen war, als sie noch jung und glücklich war. Mutter und Kind wohnten in einer Hütte im Walde.

Da klopfte es spät am Abend an die Tür. Hanna stand draußen, des Grafen zweite Frau – die Magd. Als sie Hildegunde sah, fiel sie nieder mit dem Gesicht auf den Boden. Die andere stand stolz vor ihr.

»Du Dirne, was willst du?«

Und sie schüttelte die verzweifelten Hände ab, die nach ihren Füßen tasteten. Mit unbewegtem Gesicht hörte sie das Bekenntnis der anderen, und als jene sich wand über den Verrat, der an ihrem Frauenherzen geübt ward, das sie erfahren – lächelte Hildegund.

»Es ist dir kein Unrecht geschehen«, sagte sie.

Da erhob sich die andere. Demütig sagte sie: »Ich wollte büßen – ich wollte Euch als Magd dienen – Frau – Frau Gräfin – ich wollte Euch helfen, wenn Ihr Euch rächen wollt –«

Frau Hildegund besann sich.

»Ich brauchte eine bessere Magd als du bist – aber ich hab keine – geh dort in den Stall, Hanna Seidelmann, und bleib hier!«

Damit ging sie in die Hütte. Hanna setzte sich unter einen Baum. Es war tiefe Nacht und fing an zu regnen. Frau Hildegund wachte bis zum Morgen. Eine Schrift hing an der Wand: »Seid sanftmütig und demütig von Herzen!« Die zerriß sie. Die letzte schöne Linie in ihrem Antlitz verschwand. Und ihre Augen blitzten kalt und rachefroh.

Viele Jahre vergingen. Hildegund war alt und häßlich. Sie hatte eine wahnwitzige Liebe zu ihrem Kinde, aber noch eine viel stärkere Sehnsucht, gerächt zu werden. Hanna diente als Magd. Sie war immer fleißig. Nur manchmal schlich sie fort, die beiden jungen Rittersöhne zu sehen, wenn sie durch den Wald zogen.

Dann war Hildegund grausam zu ihr. Die beiden Bastarde waren die Diebe an dem Leben ihres Kindes.

Da geschah es, daß sich die beiden jungen Ritter in dem Wald verirrten, in dem die blonde Gertraud lebte. Sie sahen das liebliche, wunderschöne Mädchen und entbrannten beide in heißer Liebe zu ihr.

Nun tat Hildegund ihr Rachewerk. Sie ließ die Jünglinge wiederkommen, immer wieder, bis ihre Leidenschaft wuchs ins Riesenhafte. Die arme Hanna ward indes weit fortgeschickt.

Und einmal, als beide Ritter wieder zusammen eingetroffen waren und ihre Augen feindseliger und feindseliger wurden, gab ihnen Hildegund Wein. Dann schickte sie die Rasenden fort. Und das war arg; denn sie trugen ihre Waffen.

Als Hanna am Abend heimging durch den Wald, fand sie ihre beiden Söhne verblutend am Boden.

Und sie, die sie an einem Tag geboren und nun an einem Tage sterben sah, sie erwachte. Ein paar Leute fanden sich, die die Toten nach der Burg schafften, und sie ging mit. Der Graf sah seine Söhne, brüllte auf wie ein Tier, er sah das Weib und hieb es mit einem Schlage zu Boden. »Graf – Herr Graf – ich war's nicht! – Hildegund war's! – Rächet uns!«

Und Hanna starb.

Finsternis im Gemüte, saß der Graf auf seiner Burg, Wochen und Monate. Er grübelte auf Rache. Hingehen und sie erschlagen – das war nichts – das war zu wenig. Er konnte es auch nicht, er konnte sie nicht mehr sehen. Wenn er sie recht treffen wollte, mußte es durch ihr Kind geschehen.

Da kam ihm ein Gedanke, der ihn begeisterte und die Finsternis aus seiner Seele auf eine Weile scheuchte.

Er wollte ihr Gertraud nehmen, wollte das schöne Mädchen zu sich nehmen aufs Schloß. Dann wollte er für sie den stolzesten, schönsten Freier suchen im Lande.

So würde Hildegund verwaisen – in der Einsamkeit sterben, und er würde vielleicht das Werk seines Lebens doch noch einem seiner Nachkommen vererben können.

Dieser Plan sollte bald ausgeführt werden. Ein schlauer Jude war dem Grafen zu Diensten. Eines Tages, als Hildegund nicht im Hause war, klopfte der Jude bei Gertraud an.

Er zeigte ihr Perlen und schöne Ringe und reiches Geschmeide und fragte, ob sie nicht etwas kaufen wolle. Gertraud, der die herrlichen Dinge über die Maßen gefielen, sagte, das könne sie nicht, denn sie sei arm.

»Ei«, sagte der Jude, »das ist arg! Ein so wunderschönes Fräulein dürfte nicht arm sein.«

Das schmeichelte dem Kinde, und sie sagte, sie wäre auch wirklich eines Grafen Tochter, aber ihr Vater habe sie verstoßen. Da lächelte der Jude pfiffig.

»Nicht verstoßen«, sagte er, »der Herr Graf ist ein guter Herr, ein gütiger Herr, der Herr Graf denkt viel an seine schöne Tochter Gertraud.«

Und als das Mädchen ungläubig den Kopf schüttelte, fuhr er fort:

»Der Herr Graf liebt seine schöne Tochter Gertraud, das hat er gesagt zum armen Samuel. »Samuel«, hat der Herr Graf gesagt, »Samuel, geh in den Wald zu meiner schönen Tochter Gertraud und zeige ihr deine Waren und laß sie auswählen, was sie will, und komm wieder und hol' dir dein Geld!«

Gertraud regte sich auf, aber sie wollte nichts auswählen; denn sie dachte an den Zorn der Mutter. Aber der Jude hielt immer wieder seinen Kasten hin und wendete ihn in der Sonne, daß das Gold und die edlen Steine blitzten und gleißten, und dann steckte er bloß wie zur Probe einen Ring an Gertrauds Finger und ging bald darauf fort.

Gertraud behielt den Ring und verheimlichte ihn vor der Mutter. Nur in einsamen Augenblicken steckte sie ihn an den Finger und freute sich seines Glanzes.

Der Jude kam wieder. Er sprach abermals viele betörende Worte von der Liebe des Grafen zu seiner Tochter. Und als er ging, ließ er eine Perlenschnur und ein Diadem für Gertrauds Haare zurück.

Im stillen Waldgrunde schmückte sich das eitle Kind, und die klare Felsenquelle zeigte ihm, wie schön es sei.

Immer wieder kam der Jude. Von seidenen Kleidern sprach er, von einem wunderbaren Zimmer, das in der Burg auf Gertraud harrte, von vielen Dienerinnen, von Glanz und Macht.

Da ging eines Abends die junge Gertraud mit dem Juden fort. Er führte sie nach der Burg. Der Graf, berauscht von der Schönheit seines Kindes, wollte sie in seine Arme schließen, und als sie sich wehrte, war er dennoch froh.

Und er führte sie in dieses Zimmer hier. Gertraud fand ein inniges Gefallen an dem Reichtum, der sie umgab, und war bald heimisch. In stillen Nächten nur, wenn das Käuzchen draußen schrie, glaubte sie, die Mutter rufe nach ihr, und verbarg den Kopf tief in ihren Kissen.

Frau Hildegund aber saß wie ein Bild aus Stein in ihrer einsamen Hütte am erkalteten Herde.

Doch das Herz war nicht ganz tot. Es blieb das Mutter-Herz, so lange noch ein paar Tröpflein Blut darin klopften. Sie sann und sann. -

Da zog ein Spielmann durch den Wald mit klingender Laute. Es war ein junger, herrlicher Spielmann. Und das Weib sprang auf. Flehend sank die stolze Frau dem jungen Wanderer zu Füßen. Der wunderte sich und trat in ihre Hütte.

Dort rief sie seine Jugend, seinen Edelsinn an. Ihr Kind sei verzaubert durch die Macht des Goldes, nun solle er es erlösen, sonst sei er kein Ritter und kein Sänger, sondern ein elender Stümper.

Der Spielmann willigte ein. Er tat einen Schwur in Frau Hildegunds blasse Hand, daß er sich vom Gold und Gut des Grafen nicht betören lassen würde, daß er nicht auch seine Hand danach strecken werde.

Und der Spielmann zog mit seiner Laute nach der Burg. Dort war Freude und Leben. Schöne, junge Ritter warben um Gertrauds Hand. Der Spielmann war willkommen.

Da geschah es, als er spielte und sang, daß die Liebe in Gertrauds Herz zog, die Liebe zum Spielmann.

In einer Nacht floh sie mit ihm. Es war eine wunderbare Nacht. Als sie an einen Kreuzweg kamen, machte sie halt. Sie wollte zur Mutter.

Er aber, der das Leben liebte, die Freiheit, den Frohsinn, wollte bei der vergrämten, schuldbeladenen Frau im Walde nicht wohnen. Er wollte hinaus in die Welt. Und er fragte sie, wen sie wähle: den Vater, die Mutter oder ihn. Da wählte sie ihn, und sie zog mit ihm in die Welt für immer.

Nach vielen, vielen Jahren, als sie beide steinalt waren, begegneten sich einmal der Graf und Hildegund im Walde. Sie blieben stehen, sahen sich an und lachten. - Es war ein häßliches, altes Lachen. Aber wie sie sich weiter ansahen, wurden sie traurig. Und in dieser Traurigkeit ging ein jedes seines Weges.« -

Waldhofer hatte geendet. Ich erhob mich. Der Schlußvers des Nibelungenliedes fiel mir ein; ich sagte ihn vor mich hin:

»Herrlichkeit und Ehre, das lag nun alles tot,
Die Leute waren alle in Jammer und in Not,

> Mit Leide ward geendet die hohe Festeszeit,
> Wie stets aufs allerletzte die Freude bringet Leid.«

»Die Freude ja«, sagte Waldhofer, »die Freude und die Liebe, die nicht das rechte Maß hat – ein zu kleines oder ein zu großes. – Es ist eine harte Geschichte, ohne eine versöhnliche Note.«

»Ja«, antwortete ich, »weil sie auf dem Motiv der Rache aufgebaut ist. Die Rache scheint so recht eine Weibersache zu sein!«

»Es gehört viel beleidigtes Gemüt dazu und wenig Wille, deshalb!« sagte Waldhofer. »Das Frauenbild in Ihrer Schlafstube soll übrigens ein Bild der Frau Hildegund sein.«

»Ah! Der wehe, bittere Zug in dem Gesichte der Frau ist mir bald am ersten Tage aufgefallen.«

Er lächelte.

»Sie wissen schon, verbürgen kann ich mich für nichts. Die Burg ist vor nicht ganz zweihundert Jahren gründlich renoviert worden, und vieles ist jedenfalls unecht.«

»Interessant bleibt mir's aber«, sagte ich, und Waldhofer führte mich weiter.

In dem letzten Gebäude interessierte mich besonders das Gerichtszimmer mit hohen Stühlen und einem grünbedeckten Tisch und einer kleinen Tür, die durch einen Gang nach dem Verließ führte.

»Hu, ein unfreundlicher Raum«, sagte ich. »Es ist fürchterlich, an die alten, grausamen Urteile zu denken.«

Waldhofer sah mich an.

»Vieles ist übertrieben«, sagte er. »Die Menschen waren zu allen Zeiten Menschen; nur einzelne Bestien gab's immer unter ihnen, manchmal mehr, manchmal weniger. Als mich mein Sohn das letztemal besuchte, standen wir auch hier. Er kam als Vorstadtarzt viel mit dem untersten Proletariat zusammen. Da sagte er: ›Solche Leute, die zu ewigem Verließ verurteilt sind, gibt's jetzt noch viel, meist Weiber, und zwar Witwen. Sie wohnen in elenden Kellerlöchern, an den Arbeitsstuhl geschmiedet den ganzen Tag. Und Sonne und Mond sehen sie selten. So verdienen sie sich Wasser und Brot. Der Unterschied ist gegen früher meist der, daß sie für ihre Kerker Miete bezahlen müssen.‹«

»Ist es so schlimm?« fragte ich.

Er sah mich freundlich an.

»Ich weiß es nicht«, sagte Waldhofer; »ich habe nie in der Großstadt gelebt. Aber ich dachte, Sie müßten das wissen. Wenn jemand in diese Armuthöhlen steigen soll, so meine ich, müßten es an erster Stelle Geistliche, Ärzte und Schriftsteller sein. Denn das sind doch die, die den Heiland am besten verstehen müßten. Der Schriftsteller hat eine hohe Kanzel und eine laute Stimme.«

Ich ward ein wenig rot.

»Ich bin noch jung«, sagte ich.

Er sah mich freundlich an.

»Ich will nicht sagen, daß mein Sohn ganz recht hatte. Aber er war noch jung, und seiner glühenden Menschenliebe fehlte noch die Ruhe und Milde. Aber das eine denke ich doch: eine Zeit wird kommen, da wird eines von unseren jetzigen Mietshäusern als Ruine gezeigt werden, wie diese alte Burg, und dann werden die Menschen mit Frösteln und Schaudern in den Kellerlöchern stehen und daran denken, daß dort Menschen gehaust haben. Sie werden uns Barbaren nennen und werden doch halt auch ihre stummen Winkel der Qual haben.«

»Herr Waldhofer, ich verehre Sie!«

»Warum? Wer manchmal allein ist mit sich selbst und ein wenig guten Willen hat, kommt von selber auf die Dinge. Und der Lehrmeister ist Christus!«

Er trat ans Fenster und erwiderte einen Gruß.

Auch ich sah hinab in den Hof. Da ging eben Hartwig, der junge Bauer, in die Wirtsstube.

»Sehen Sie«, sagte Waldhofer, »das ist auch ein Unglücklicher. Er ist jung, schön, gesund. Von Jugend an wohnt er im Walde. Und der Krieger und Jäger steckt doch von Natur in jedem starken Deutschen, namentlich in den Gebirgskindern. Da wildert dieser Bursche. Ob seine Richter daran denken werden, wenn sie mit der Hand nach der Kerkertür zeigen werden? Ich glaube nicht!«

Ingeborg trat ins Hauptportal; sie sah uns und winkte. Waldhofer wandte sich wieder zu mir.

»Sie können's schon wissen – der Hartwig liebt die Ingeborg; vielleicht weiß sie's gar nicht mal genau – ich weiß es, ich weiß alles, was sich auf das Kind bezieht, ich muß es ja wissen. Sie fürchtet sich vor ihm – sie wird nie seine Liebe erwidern, das ist sein Unglück. Eine glückliche Liebe könnte ihn retten, eine verfehlte wird seinen Untergang beschleunigen. Kommen Sie – es führt hier eine Treppe nach dem Hofe. Gehen Sie vorsichtig!«

Hartwig saß in der Wirtsstube, und Baumann bediente ihn, aber ohne seine gewohnte Höflichkeit. Die reservierte er lediglich für Fremde. Der junge Bauer kam meinem Wirte mit großer Ehrerbietung entgegen; mich aber betrachtete er wieder mit finsterem Gesichte.

Er traute mir nicht, er war eifersüchtig. Das wußte ich jetzt.

Waldhofer setzte sich zu Hartwig und sprach mit ihm wie ein väterlicher Freund. Von seinem schönen Gute sprach er, von seiner Kraft, seiner Gesundheit und der glücklichen Zukunft, die er auf dem Gute haben könne.

Er suchte Lichtpunkte in dem Leben dieses jungen Mannes; er wollte ihn sein Glück suchen lassen auf der heimischen Scholle.

Ob es gelang? Ich glaubte es nicht.

Ich verabschiedete mich und machte einen Gang durch den Wald.

Die letzten Nächte waren kalt gewesen, da war das Laub massenhaft von den Bäumen gefallen. Die meisten waren schon ganz kahl.

Ich ging bis an den Waldrand. Wenig Schritte von mir entfernt lag die Schule. Der Nachmittagsunterricht war noch nicht aus. Da sangen die Kinder nach der süßen, wehmütigen Weise des alten Liedes: »Morgen muß ich fort von hier«:

»Näher rückt die trübe Zeit,
Und ich fühl's mit Beben,
Schwinden muß die Herrlichkeit,
Sterbe junges Leben!«

Ich wanderte zurück. Eine Krähe saß müde auf einem Ast. Von Zeit zu Zeit hob sie den Kopf nach dem grauen Herbsthimmel.

Der Hunger wird kommen! –

Da rauschte es im Laube, und Hartwig stand vor mir. Ich ging ihm mit ein paar freundlichen Worten entgegen. Er war blutrot und sehr verlegen. Auf meine Anrede vermochte er kaum zu antworten. Da ging ich weiter. Plötzlich hörte ich ihn.

»Herr Doktor –!«

Ich wandte mich um. Er stand vielleicht hundert Schritte weit den Berg hinab.

»Ich – ich wollte Ihnen bloß was sagen – die – die – Sie wissen schon – die will ich!« Und er ging mit raschen Schritten fort, ehe ich antworten konnte.

Im Herbstnebel

Der Herbst hatte dem Walde Wunden geschlagen, tausend und abertausend. Überall, wo sich ein Blattstiel vom Zweige gelöst hatte, war eine solche Wunde.

Ein Zucken ging durch den königlichen Wald, und ein leises mühselig unterdrücktes Wimmern zitterte von ihm herauf.

Da legte der allgütige Vater seinem schönen, kranken Kinde ein weiches, feuchtes Tüchlein auf die schmerzenden Glieder. Herbstnebel spann sich von Baum zu Baum, und durch sein seidenweiches Gewebe sickerten seine Wassertröpflein. Das tat dem Walde wohl, das kühlte sein Fieber, das würde ihm den Winterschlaf bringen und darauf die Heilung.

»Es sind ein Brief an den Herrn Doktor angekommen.«

»Ein Brief an mich, Baumann? Das ist ja nicht möglich.«

»Wenn's dem Herrn Doktor angenehm ist, so liegen der Brief im Arbeitszimmer auf dem Tische.«

»Aber woher ist er denn?«

Baumann legte die Hand aufs Herz.

»Ich bin nicht so frei gewesen, ihn aufzumachen, aber er ist sehr lang.«

»Da will ich doch gleich mal nachsehen.«

Neugierig stieg ich in mein Zimmer. Da lag wirklich ein Brief auf dem Tische. Er hatte das große Format der amtlichen Schriftstücke und war fünfmal versiegelt. Wer in aller Welt konnte denn meine Adresse erfahren haben? Ich entfaltete den großen Bogen und las:

»Freiherrliche Oberförsterei Steinwernersdorf.

Nachdem ich leider vom Herrn Baron veranlaßt bin, erteile ich hierdurch die gewünschte Jagdberechtigung in meinem Revier. Mit dem Hinzufügen, daß meine allerhöchsten Einwendungen erfolglos geblieben sind, ebenso die nervösen Anfälle. Womit ich sämtliche Verantwortlichkeiten, so aus dieser Berechtigung erwachsen, ablehne. Und den alten Weibern für diesen Winter das Holzsammeln verbiete. Wodurch natürlich nur die Armut und die Sozialdemokratie gestärkt werden wird.

Das erlegte Wild ist (falls solches vorkommen sollte) in der Oberförsterei binnen 12 Stunden abzuliefern bei Vermeidung der Veruntreuung. Ebenso ist das ganze Jagdgesetz inne zu halten und die Verordnungen, die ich sonst für das Revier getroffen habe. Widrigenfalls diese Berechtigung verfällt.

Steinwernersdorf, den 25. Oktober 1899.

Gezeichnet *Heinrich Bernhard Gerstenberger*, Freiherrlicher Oberförster.«

Ich lachte. Das Schriftstück mochte dem alten Bären sauer geworden sein. Ich nahm das offene Schreiben in die Hand und ging hinab nach der Wirtsstube, um es Waldhofer zu zeigen.

Als ich die Tür öffnete – saß der Oberförster in der Stube. Der alte Knasterbart war also wirklich schon da, um zu beobachten, was für eine Wirkung seine Epistel auf mich geübt haben würde.

Ich bezwang mich und machte ein ernstes Gesicht. Die »Berechtigung« legte ich vor mich hin, entfaltete sie, stützte den Arm darauf und machte eine nachdenkliche Miene.

Der Herr Oberförster hustete. Er hustete ein zweites und drittes Mal. Das störte mich aber nicht. Ich las die »Berechtigung« immer wieder von Anfang, drehte sie hin und her, zuckte von Zeit zu Zeit die Achseln und machte immer bedenklichere Gesichter dazu. Da hielt es Herr Gerstenberger endlich nicht mehr aus.

»Was haben Sie denn eigentlich?« platzte er los.

»Ich? Ihr amtliches Schreiben habe ich!«

»Na, ja, ja, aber, ich meine, es ist doch nichts Besonderes dran an dem Schreiben.«

»Wie man's nimmt, Herr Oberförster!«

»Zum Deibel, was ist denn dabei zu nehmen?«

Ich erhob mich. »Es wundert mich, Herr Oberförster, daß in einem amtlichen Schriftstück von Stärkung der Sozialdemokratie die Rede ist.«

»Was? Sozialdemokratie? Stärkung? Is ja gar nich.«

»Ist sehr wohl, Herr Oberförster. Es ist sogar von einer amtlichen Maßnahme Ihrerseits die Rede, wodurch die Sozialdemokratie gestärkt werden soll.«

»Aha, verstehe! Passus von den alten Weibern! Aber das ist ja ganz anders gemeint!«

»Wie's gemeint ist, darauf kommt's in der Welt nie an, Herr Oberförster, sondern lediglich auf den Buchstaben! Und der Buchstabe steht hier! Ich vermute aber, daß Sie als Privatbeamter politisch keine Rücksichten zu nehmen haben.«

Er glotzte mich an.

»Ja – ich bin ja auch stellvertretender Amtsvorsteher«, sagte er betroffen. »Geben Sie mal den Wisch her!« – »Ihr Schreiben? Bedaure, das gehört mir!«

»Ähä, Sie wollen, Sie sind ein – ähä – ähä – ich, ich muß mir einen Kognak holen.«

Er ging, und ich konnte endlich lachen. Dem guten Manne war schlecht geworden, ich war ihm »in den Magen gefallen«.

Als er wiederkam, sagte ich: »Ich bin bereit, Ihnen Ihr Schreiben zurückzustellen, Herr Oberförster, aber nur unter zwei Bedingungen.«

»Was für Bedingungen?«

»Erstens, Sie stellen mir einen neuen, kurzen Berechtigungsschein aus und zweitens, Sie geben auch in diesem Winter die unbeschränkte Erlaubnis zum Holzsammeln.«

»Ja, das geht nicht«, sagte der Oberförster, »da schießen Sie mir mal so 'ne alte Schachtel kaput, und dann haben wir die Bescherung.«

Ich wandte mich ab.

»Ja, dann bedaure ich, dann bleibt alles beim alten.«

Gerstenberger machte eine finstere Miene und ballte die Hand auf der Tischplatte. Politische Sorgen hatte er offenbar noch nicht gehabt. Plötzlich fragte er:

»Sagen Sie mal, haben Sie schon eine Flinte?«

»Büchse wollen Sie wohl sagen? Nein, hab' ich noch nicht.«

»Ja, Büchse! Es wundert mich, daß Sie das wissen; ich dachte, ›Flinte‹ verstünden Sie besser. Na, wo wollen Sie denn die Büchse hernehmen?«

»Ich werde mir eine aus der Stadt schicken lassen nebst der nötigen Munition.«

»Ähä!«

Nach einer Pause kam er auf mich zu. »Es wäre besser, wir vertrügen uns wieder – wir sind ja sonst ausgekommen, und daß Sie – daß Sie so ein greulicher Demokratenriecher sind, das – das glaub' ich nicht.« Ich sah ihm hell in die Augen.

»Also«, fuhr er fort, »geben Sie mal den blödsinnigen Wisch her, ich werd' einen neuen schreiben, und die alten Weiber – na, meinetwegen

– der Himmel wird ein Einsehen haben. – Ja, und was ich sagen wollte – eine Büchse werd' ich Ihnen pumpen, eine tadellose Büchse!«

»Aber wollten Sie wirklich, Herr Oberförster? ... Das wäre ja sehr liebenswürdig; bitte, hier ist der Brief!«

»Danke –!«

Er seufzte schwer auf.

»Wenn man schon schreiben muß! – Ja, und Munition kriegen Sie natürlich auch bei mir; aber die müssen Sie mir bezahlen.«

»Das ist selbstverständlich! Ich bin Ihnen sehr dankbar!« Wir saßen zusammen und plauderten. Als er ging, war es halb elf Uhr vormittags.

Am Nachmittage hüllte sich der Himmel in immer trübere Wolken. Ich saß in meinem Arbeitszimmer und schrieb an meinem Epos. Aber die Arbeit wollte nicht vor sich gehen. Ich brauchte Frühlingsstimmung. Und draußen rann der Regen. Zuletzt fröstelte ich und wanderte in großen Schritten auf und ab.

Da klopfte es, und Baumann steckte nach seiner bekannten Art den Kopf ins Zimmer.

»Wenn der Herr Doktor nichts dagegen haben, so wird es schon recht kühl bei uns um diese Zeit.«

»Nein, Baumann, ich hab' gar nichts dagegen! Sie wollen wohl Feuer machen?« – »Ja, Fräulein Ingeborg hat es gesagt, und da werd' ich mich beeilen, wenn's beliebt.«

Er beeilte sich, erschien bald mit Holz und Kohlen und fing in dem altertümlichen Ofen ein so unheimliches Rumoren an, daß ich trotz aller Dauerhaftigkeitserklärungen Waldhofers doch meine Bedenken hatte.

»Sagen Sie mal, Herr Ober«, sagte ich, während er so am Ofenloch kniete, »wo steckt denn eigentlich Ihre Frau? Die sehe ich ja gar nicht!«

Er sprang sofort auf, um eine Verneigung machen zu können.

»Steckt immer in der Küche, wenn der Herr Doktor die Güte haben; ist weiter keine empfehlenswerte Sehenswürdigkeit, wird sich aber sehr geehrt fühlen, wenn der Herr Doktor so freundlich sein wollen, mal Notiz zu nehmen.«

»Aber gewiß will ich Notiz nehmen; ich interessiere mich für alles, was zur Burg gehört.«

Herr Baumann machte eine sehr freudige Verneigung und waltete dann wieder seines Amtes am Ofen.

Als er ging, begegnete er Ingeborg vor der Tür. Ich hörte, wie das Mädchen eine Frage an ihn stellte. Er gab Antwort und mäßigte sich dann zu einem mir immerhin noch ganz vernehmbaren Flüsterton herab.

»Was Neues! Der Herr Doktor interessieren sich für meine Frau.«

»Oha, Baumann, nicht möglich!«

»Jawohl, er hat es selbst gesagt. Muß ich gleich der Alten erzählen!«

Und er stampfte die Treppe hinab. Als er fort war, öffnete ich die Tür, um Ingeborg zu sehen. Sie war aber schon fort. Schade, wenn ich sie gesehen hätte, würde mir die Maistimmung wohl gekommen sein!

Nun wanderte ich wieder auf und ab, starrte zuweilen in den rinnenden Regen hinaus oder befühlte den Ofen, dessen bemalte Kacheln nach und nach warm wurden.

Endlich saß ich wieder am Tische und schrieb. Ich fing eben an, in die richtige Stimmung zu kommen, da klopfte es. »Wenn der Herr Doktor jetzt mal Notiz nehmen wollten – meine Alte wäre oben!«

Er öffnete die Tür vollends, und herein kam eine etwa fünfzigjährige Frau von einer ganz respektablen Leibesfülle.

»Also, das ist sie«, sagte Baumann mit einem etwas peinlichen Lächeln.

Das gutmütige Gesicht der runden Dame glänzte in verlegen-freundlichem Schimmer, und ihre fleischigen Hände strichen beständig über die riesige »gedruckte« Schürze. »Das freut mich, Frau Baumann«, sagte ich und gab ihr die Hand. »Ich muß doch wenigstens meine Hausgenossen kennen lernen. Sie räumen mir wohl immer das Zimmer auf?«

»Sobald sich der Herr Doktor zum Frühstück bemüht haben«, antwortete Baumann.

»Schön, schön«, sagte ich; »werden Sie mir auch meine Wäsche besorgen? Das ist auch ein wichtiger Punkt.«

»Sehr wichtiger Punkt«, fiel Baumann ein; »können sich der Herr Doktor aber ganz auf meine Frau verlassen. Wäscht für mich, für Fräulein Ingeborg und für Herrn Waldhofer. Alles zur Zufriedenheit! Plättet auch ganz sauber – mit Glanz und ohne Glanz, wie der Herr Doktor belieben.«

Baumann behielt immer das Wort.

»Und wenn dem Herrn Doktor mal was fehlen sollten – Westenknopf oder so was – oder Schnupfen, Heiserkeit, verstauchter Fuß und so – brauchen sich der Herr Doktor nur an meine Frau zu bemühen. Besorgt alles!«

Ich freute mich im voraus dieser hilfreichen Gönnerin und entließ sie und ihren Gemahl aus dieser Vorstellungsaudienz in höchster Gnade. Erst als sie draußen waren, fiel mir ein, daß die Frau auch nicht einen einzigen Ton geredet hatte. Das hatte Baumann besorgt.

Es war schwer, in mein Epos zurückzufinden. Schließlich gelang es aber, und als der Abend hereinbrach, mehrte sich mein Behagen.

Eine mächtige Lampe brannte auf dem Tische, der Ofen strömte eine wohlige Wärme aus, ein gutes Glas Wein stand vor mir, und so saß ich, saß im alten Rittersaal, rauchte eine Zigarre und hörte mit Behagen den Regen an die alten Fenster schlagen. Es goß jetzt in Strömen. Ich wollte arbeiten bis zum Abendbrot und dann mit Waldhofer und Ingeborg plaudern. Auf einen solchen Abend freue ich mich mehr als auf die »genußreichste« hauptstädtische Soiree.

Da höre ich Schritte draußen und dann klopfte es. Wohl wieder Baumann! Nein, ein Grunzen und Schnauben ertönt, und dann tritt der Oberförster ein. Er ist pudelnaß und trägt zwei Gewehre auf dem Rücken.

»Guten Abend!« sagte er. »Entschuldigen Sie nur, daß ich mal in Ihre alte Räuberhöhle raufkomme! Ich komm' Sie zur Jagd abholen.«

»Zur Jagd? Heute?« – »Na, was denn? Oder wollen Sie bis Johanni warten, ehe Sie mal auf den Anstand gehen?«

Ich durchschaute den alten Fuchs. Er hatte es absichtlich so spät werden lassen und das heutige Wetter gewählt, um mir die Jagd von Anfang an gründlich zu verleiden.

»Aber wir sehen ja gar nichts mehr im Walde«, wandte ich ein. Er lachte spöttisch.

»Pumpen Sie sich doch eine Laterne«, sagte er, »eine Laterne und einen Regenschirm; da soll'n Sie mal sehen, wie sich die Rehböcke wundern werden!«

Ich nahm's ihm nicht übel.

»Bitte, nehmen Sie eine Zigarre; ich mache mich schon zurecht!«

Dem wollte ich's beweisen. Ich zog im Schlafzimmer meinen dicksten Rock und meine festesten Schuhe an. Trotzdem lächelte Gerstenberger höhnisch, als er mich sah.

»Also bitte, da ist Ihre Büchse und da sind Patronen!«

Die Büchse schien gut zu sein, Patronen waren nur zwölf Stück.

Ich gestehe, daß ich mit Bedauern meine warme, heimliche Stube verließ. Es war Nacht. Zwar die Zeit war gar noch nicht so weit vorgeschritten, und es hätte sogar Mondschein sein müssen, aber der ganze Himmel hing voll Wolken.

Der kalte Regen traf mich ins Gesicht und durchweichte meine Kleider. Und der Weg, den mich Gerstenberger führte, war fürchterlich.

Es war einfach verrückt, jetzt in den Wald zu laufen. Sehen würden wir nicht eine Katze, davon war ich überzeugt. Aber um alles in der Welt wollte ich mir vor dem Oberförster keine Blöße geben. Wie finster der Wald war! Gleich schwarzen Gestalten standen rechts und links die Stämme, und die kahlen Äste knirschten über mir im Winde. Da blieb der Oberförster stehen.

»Glauben Sie an Gespenster?« fragte er leise und stockend.

»Nein«, sagte ich laut, »gar nicht!«

»Ähä!« machte er enttäuscht. Er hatte die löbliche Absicht gehabt, mir ein bißchen gruselig zu machen. Da verfiel die edle Seele auf eine andere Unterhaltung. Er erzählte von Wilddieben. Sein Vorgänger war erschossen worden. Auch in einer Herbstnacht war er mit Wilderern zusammengetroffen.

»Denken Sie sich eine Stelle weit ab vom Dorfe. Kein Mensch kommt dorthin. Und es ist Nacht. Der Wind braust und der Regen rinnt. Der Förster geht ganz allein. Da sieht er eine schwarze Gestalt. Ist's ein Baumstumpf oder ist's ein Mensch? Nein, es bewegt sich – es ist ein Mensch!

›Halt! Wer da?‹

Und der Förster hebt seine Büchse. Der Mann erschrickt, er ist verloren. Langsam, Schritt für Schritt, immer die Kugel auf das Menschenwild gerichtet, geht der Forstmann näher. Da kracht ein Schuß – vornüber fällt der Förster – der Kumpan des Wilderers hat ihn von hinten erschossen. – Die Kerle stehen mit bleichen Gesichtern bei der Leiche – dann fassen sie an. – Einen Holzstoß räumen sie beiseite – und türmen ihn wieder auf über dem Toten. Zu Hause warten Weib und Kind. – Nach langem, langem Suchen spürt ein Hund den Toten auf. – So etwas passiert im stillen Walde.«

»Und wer war der Mörder?« fragte ich. Da bleibt der Oberförster stehen und sieht mich an.

»Hartwigs Vater«, sagte er. »Hüten Sie sich vor Hartwig!«

Jetzt überkam mich wirklich ein Gruseln. Dieser Hartwig war ja schon mein Feind. Und er war auch ein Wilderer.

»Wann ist denn das gewesen?«

»Vor siebzehn Jahren! Hartwig wurde zum Tode verurteilt; aber da war gerade der jetzige Kronprinz geboren worden, und da hat der alte Kaiser den Mörder begnadigt. Zu lebenslänglichem Zuchthaus! Er sitzt noch jetzt, und sein Sohn wird bald bei ihm sitzen. Bei einem Wilderer nutzt nichts – keine Lehre. Und ich denke, ich werde etwas dabei zu tun haben – so oder so.«

Wir gingen schweigend eine ganze Weile weiter.

Dann blieb Gerstenberger wieder stehen.

»Wollen Sie nicht lieber die Jagd sein lassen?« fragte er.

»Wegen des Hartwig? Unter keinen Umständen! Daß er mir allerdings jetzt schon nicht grün ist, weiß ich.«

»Ja, wegen der Ingeborg! Das Mädel müßte blödsinnig sein! So einen Kerl! Aber der Alte – ich meine den Waldhofer – der müßte den Schubiack aus der Burg rausschmeißen, daß er Hals und Beine bräche.«

»Ich glaube, er sucht durch seinen Einfluß und Zuspruch den Hartwig auf bessere Wege zu bringen.«

»Jawohl, der! Der hätte Pfarrer werden sollen! Mich hat er auch schon mal auf bessere Wege bringen wollen. Nicht so viel Kognak soll ich saufen, sagt er. Und das nennt sich Gastwirt! Feiner Geschäftsmann, was?«

»Aber er ist Ihnen sehr gut, Herr Oberförster!«

»So! Bin ich ihm auch! Verknusen kann ich ihn nicht; aber zu ihm gehen tu ich immer wieder. Auch wegen des Mädels. Das ist ein Racker – hübsch, freundlich, ein bißchen schnippisch – ganz mein Fall!«

»Verheiratet sind Sie nicht?«

»Nee, glücklicherweise nich! Ich hab' früher mal die Sternitzken poussiert, wie sie noch 'n Mädel war, verstehn Sie, aber sie hat lieber den Sternitzke genommen – na, und seit der Zeit beneidet er mich.«

»Ja, aber eine gemütliche Häuslichkeit hat doch auch etwas für sich, nicht, Herr Oberförster?«

»Gemütlich – ja, da sitzt eben der Hase im Pfeffer! Gemütlich ist's eben meistens nicht. Na, sehn Sie mal, und eine Wirtin hab' ich ja auch. Viel besser wie die Sternitzken is sie auch nich, aber ich kann sie doch von Zeit zu Zeit mal rausschmeißen, und dann kommt sie gekrochen wie ein Hund und benimmt sich vier Wochen lang ganz passabel. Na, und die Elternfreuden! Die nassauere ich bei Sternitzken! Die Jungens kosten mich zum Jahrmarkte und zu Weihnachten 'n Heidengeld, und die Mädels, die lern' Gedichte zu meinem Geburtstage, in den' sie immer stecken bleiben, und ich muß ihnen partout, wenn ich mal hinkomme, die Zöppe flechten. Schreckliche Bande solche Kinder! Man kann so grob sein, wie man will, man wird sie nich los!« Ich mußte lachen, obwohl mir gar nicht danach zumute war. Es war sicher kein trockener Faden mehr an mir, und der Weg wurde so schauderhaft, daß ich aus dem Stolpern gar nicht mehr herauskam.

»Wie weit woll'n wir denn eigentlich noch?«

»Knappe halbe Stunde«, sagte Gerstenberger, »einen Rehbock Hab' ich auf dem Gicker.«

»Aber wir sehen doch gar nichts!«

»Ja, lieber Herr, bengalische Beleuchtung könn' Sie zu so was nich verlangen! Ich denke, wenn sich der Wind erhebt, kommt noch der Mond raus!«

Das waren erbauliche Aussichten. Mit Wehmut dachte ich an meinen gemütlichen Bankettsaal. Wenn ich jetzt hätte arbeiten können! Mir graute vor der ganzen Jägerei.

Endlich machten wir halt. Eine kleine Waldlücke war's, an die eine Wiese grenzte.

»Hier wechselt er«, sagte Gerstenberger.

»Ob er wohl heute kommt?« fragte ich.

»Ich glaube nicht«, sagte mein wohlwollender Führer. »Denken Sie mal bei dem Sauwetter! Da wird er wohl lieber zu Hause bleiben! Im übrigen müssen Sie jetzt still stehen wie ein Ast. Laden Sie mal erst Ihre Büchse!«

Ich biß mich auf die Lippen. Aber ausharren wollte ich, Gerstenberger zum Trotz, dem ja die Geschichte ebenso langweilig sein mußte wie mir.

Als ich so stand, fing mich an zu frieren; aber ich muckte nicht. Und siehe da – nach zehn Minuten kam der Mond, und nach abermals zehn Minuten – der Rehbock. Das Herz schlug mir, sonst regte sich keine Faser an mir. Ich war schon oft auf der Jagd gewesen, aber ich bekam das Jagdfieber aufs neue. Dem wollte ich's beweisen!

Das Tier kommt näher. Vorsichtig wendet es den Kopf – steht – lauscht – geht weiter – 40 Schritt entfernt – 30 – jetzt – es steht prachtvoll – ich hebe unhörbar die Büchse – nehme den Bock scharf aufs Korn – dicht hinters Schulterblatt – krach! – Der Rehbock springt auf und – läuft wohlbehalten davon. Ich schicke ihm den zweiten Schuß nach – umsonst!

»Bravo, bravo! Der hat seinen Schreck weg!« lacht der Oberförster laut auf. »Ich – ich – habe ihn wohl gefehlt?« stammle ich.

»Glaube auch«, lacht der Alte, »auf 30 Schritt, das ist keine Kleinigkeit! Der Schuß wird ungefähr rechtwinklig in jene alte Weide gegangen sein – ihi – ich – es ist um die Krämpfe zu kriegen.«

»Aber – das – das ist unmöglich – ich hab' ihn doch so scharf aufs Korn genommen – die Büchse –«

»Die Büchse? Sie machen's gerade wie ich als Schuljunge, wenn ich mal 'n Fehler gemacht hatte – da schob ich's auf die Feder. – Geben Sie mal her!«

Er nahm meine Büchse, lud sie und sagte:

»Ich bin sonst nicht für zweckloses Knallen; aber passen Sie mal auf – ich muß die Ehre meiner Büchse retten. Sie erlauben wohl!«

Er nahm mir ohne Umstände den Hut vom Kopfe, hing ihn an einen Baumstumpf, nahm ziemlich entfernt Aufstellung und schoß ab. Mein Hut war genau in der Mitte von der Kugel durchlöchert.

»Bitte sehr, so schießt die Büchse! Den Hut will ich gern ersetzen! Wollte Ihnen bloß zeigen, wie geschossen wird. – Na, so, und nun gehen wir heim! Dem Rehbock haben Sie eine solche Heidenangst eingejagt, daß er nicht wiederkommt.«

Tief verstimmt folgte ich dem Oberförster, der immer leise vor sich hin lachte. Ich war in miserabler Stimmung. Daß mir auch so etwas passieren konnte! Es war mir ganz unbegreiflich. Den Heimweg würzte mir der Forstmann damit, daß er mir von allerhand Jagdunglücken erzählte und behauptete, die meisten Jäger gingen am Gelenkrheumatismus »kaputt«.

Ich schämte mich, nach Hause zu kommen. Aber ich beschloß, gute Miene zum bösen Spiel zu machen und nächstens die Scharte auszuwetzen.

Ich ging in mein Zimmer und kleidete mich um. Dabei ging mir natürlich die dumme Geschichte meines Fehlschusses nicht aus dem Sinn.

Da kam mir plötzlich ein Gedanke. Ich betrachtete die Patronen näher, die mir der Oberförster geliefert hatte, und untersuchte eine. Es waren Platzpatronen – blinde Dinger ohne Kugel –

Für den Augenblick wurde ich wütend. So erlaubte er sich, mich zu prellen? Aber ich beruhigte mich bald. Ich stieg hinab in die Gaststube. Da saß der Oberförster bei einem dampfenden Glase Grog und erzählte tränenlachend mein Abenteuer. Ich würde wohl jetzt die Jagd sein lassen, sagte er.

Ich ließ ihn reden und aß inzwischen mit wahrem Wolfshunger mein Abendbrot. Erst nachher sagte ich ruhig zu Waldhofer: »Ich muß dieser Tage einmal nach der Stadt. Ich will mir einen Jagdanzug kaufen und Patronen besorgen.«

»Patronen?« fragte Gerstenberger erstaunt. »Taugen Ihnen meine etwa nicht?«

»Nein, ich werde jetzt mal mit solchen versuchen, wo Kugeln drin sind; Ihre Platzpatronen können Sie wiederbekommen!«

Da wurde das Gesicht des alten Fuchses sehr lang. »Er hat's rausgekriegt«, keuchte er; »nun geb' ich's auf!«

Leute im Tale

Am Sonntag war Gottesdienst im Dorfe, und bei dieser Gelegenheit machte ich die Bekanntschaft des jungen Lehrers. Das kam so:

Waldhofer sang Baß auf dem Chore und Ingeborg Sopran, und ich hätte mich mit meinem bescheidenen Tenor auch ganz gern an den kirchlichen Gesängen beteiligt, aber infolge meines Jagdausfluges hatte sich meiner eine Heiserkeit bemächtigt, die all den vorzüglichen Mitteln Frau Baumanns, »an die ich mich bemüht hatte«, noch nicht gewichen war. Also stand ich an die Orgel gelehnt und folgte dem Hochamte.

Da geschah es, daß während des Credo der junge Lehrer Nasenbluten bekam, das so heftig wurde, daß eine Fortsetzung des Spiels unmöglich ward. Ich flüsterte dem Organisten einige Worte ins Ohr, schwang mich auf die Orgelbank und griff in die Tasten. Meine Aufgabe wurde mir sehr leicht, denn ich hatte lange Zeit guten Unterricht im Orgelspiel erhalten. Ingeborg wandte sich um und warf mir einen maßlos erstaunten Blick zu, auch die anderen Sänger machten lange Hälse, nur Waldhofer bewegte sich nicht. Diesem Manne schien auf der Welt alles selbstverständlich zu sein.

Nach dem Gottesdienste wurde mein Spiel über die Maßen gelobt; nur der Oberförster, der sich auf dem Kirchberge zu uns gesellte, sagte, es hätte im »Gloria« nicht alles »geklappt«, worauf der wohlwollende Mann zu seiner Enttäuschung erfuhr, daß ich im Gloria noch nicht gespielt habe. Der junge Lehrer aber betrachtete mich mit glänzenden

Augen; er war schon am nächsten Tage bei mir auf der Burg, und ich versprach, bald einmal zu ihm zu kommen. Am Mittwoch machte ich mich auf. Auf der Dorfstraße fiel mir unerwartet die Rolle des Friedensrichters zu. Ein Büblein versuchte durchaus ein Mädchen zu zwingen, mit ihm »Pferdchen« zu spielen. Er ergriff ihren blonden Zopf als Leine und schmitzte ihr, da sie kurze Röcke trug, mit einer kleinen Peitsche auf die Waden. Das Mädchen heulte, und der Junge schrie »Hü!« und »Hott!« Ich schlich mich heran, faßte den Übeltäter buchstäblich hinten am Kragen und hob ihn mit strafenden Worten in die Höhe.

Herr des Himmels, fängt der Junge an zu gurgeln, als ob er am Spieße stecke, und das Mädel sieht kaum ihren Bedränger zappeln, so schlägt sie bald dasselbe Zeter- und Mordgebrüll an wie dieser. Mir wurde angst wegen des Aufsehens, das entstehen mußte.

»So schreit doch nicht so entsetzlich!« sagte ich und ließ den Jungen los. »Wie heißt ihr denn, Kinder?« – »Fritz Sternitzke heeß ich«, heulte er, »huuuh!« – »Und ich heeße Ida Sternitzke, huuuh!« Also dieses edle Geschwisterpaar hatte ich in seinem Nachmittagsvergnügen gestört. Und noch dazu Sternitzkes Kinder! Das war peinlich. Ich versuchte einzulenken. Das hatte aber keinen Erfolg. Der Junge faßte seine Schwester brüderlich an der Hand, und beide wandten mir den Rücken und wanderten die Dorfstraße hinab, dem »Silbernen Löffel« zu.

»Die gutte Jacke hat a mir zerrissen«, heulte er. »Die gutte, neue Jacke hat a ihm zerrissen«, heulte sie.

Ich nahm mir vor, mich niemals im Leben mehr zum unberufenen Retter bedrängter Unschuld aufzuwerfen.

Den jungen Lehrer traf ich nicht zu Hause. Sein Zimmer war verschlossen. Aber als ich die Treppe hinabstieg, hörte ich aus dem Parterrezimmer ein Seufzen. Ich klopfte an, um mich nach dem jungen Leuthold zu erkundigen. Da öffnete er selbst.

»O Herr Doktor! Herzlich willkommen! Ich bin gerade einen Augenblick bei meinem Vorgänger. Er ist sehr krank.«

»Dann bitte, lassen Sie sich nicht stören! Ich komme einmal wieder.« – »Ach nein – das heißt, weg kann ich jetzt nicht; er ist allein – die Tochter ist in die Stadt nach Medizin – und ich weiß nicht, ob ich Ihnen anbieten darf, in die Krankenstube zu kommen. Es wäre mir aber sehr lieb; ich bin so allein mit ihm.«

»Wenn's den Kranken nicht stört – ich bin sehr gern bereit.«

Ich trat ein. In einem sauberen Zimmer lag der Kranke. Er mochte in den Fünfzigern stehen; die Krankheit hatte ihm furchtbar zugesetzt. Ich sah bald, daß er der Auflösung nicht weit sei.

»Das ist der Herr, der am Sonntag so schön bei uns Orgel gespielt hat.«

Der Kranke sah mich an mit seinen müden Augen und reichte mir die Hand.

»Ich kann nicht mehr spielen«, sagte er.

Ich setzte mich zu ihm. Wir konnten nicht viel reden, dazu war der Kranke schon zu matt. Leuthold stand am Fenster und schaute hinaus in den herbstlichen Garten.

»Kommt die Anna?« fragte der Kranke. –

»Nein, sie kommt noch nicht; aber ich denke, sie kann nicht mehr lange sein.«

»Wenn sie doch käme – ich – ich weiß nicht –«

Er atmete sehr schwer, dann schloß er die Augen. Nach einer Weile sah er mich an.

»Denken Sie – lieber Herr – die Freude! – Der Franz wird – die Anna heiraten – er – hat es mir vorhin gesagt«

Leuthold trat ans Bett. Ich reichte ihm die Hand. »Ich wünsche Ihnen herzlich Glück!«

»Ich danke, Herr Doktor!«

Der Kranke sah auf den jungen Mann mit glücklichen Augen.

»Ich – – hatte immer so Kummer – um die Anna – meine Stelle hat mir nicht – viel gebracht, und viel – habe ich nicht sparen –«

»Sprich doch nicht so, lieber Vater –«

Der Kranke faßte die Hand des jungen Mannes und streichelte sie. »Ich bin – so glücklich – und ich betrüge – dich nicht – die Anna ist – ein gutes Kind –«

»Wir werden sehr glücklich sein, Vater!«

Da liegt der Kranke ganz ruhig und schaut mit glänzenden Augen den Jüngling an – unverwandt. Ich bin tief ergriffen; aber ich möchte draußen sein, ich möchte hier nicht stören.

Deswegen sage ich, ich würde jetzt gehen und ein andermal wiederkommen.

»Wollen Sie nicht warten?« fragt Leuthold.

Der Kranke macht einen mühsamen Versuch zu lächeln.

»Die Anna – kommt bald – dann feiern wir – Verlobung –«

»Herr Kantor, ich wünsche das aller-allerreichste Glück.« – »Ich – – ich möchte – Sie etwas bitten – wenn es nicht – unbescheiden wäre. – Sie kennen den Herrn Baron – er ist der Patron der Schule. – Möchten Sie ein – gutes Wort einlegen – für Leuthold – daß er meine Stelle bekommt – wenn ich sterbe –«

Ich wandte mich erschüttert ab. Dieser Mann hatte sein Lebenlang schwer gearbeitet; nun, da er (vielleicht infolge seiner Anstrengungen) auf einem vorzeitigen Sterbebett lag, mußte er einen Fremden um ein gutes Wort bitten, daß nur der Schwiegersohn dieselbe karge Stelle bekam, auf der er sein Leben gefristet hatte.

»Herr Kantor«, sagte ich, »ich wünsche Ihnen noch ein recht langes Leben. Sollten Sie aber Ihr Amt nicht mehr übernehmen können und sich keine bessere Stelle für Herrn Leuthold finden, so seien Sie gewiß, daß ich all meinen Einfluß aufbieten werde, um ihm diese Stelle zu verschaffen, und er bekommt sie bestimmt!«

»Ich danke Ihnen, Herr Doktor! – Ach, das ist so ein glücklicher Tag heute!«

Ich nahm sehr rasch Abschied und ging. Draußen betrachtete ich mir diese Volksschule. Wenn sie nicht im Tale stände, würden keine anständigen, klugen Bürger darin wohnen, sondern idiotische Barbaren.

»Du kleines Haus, du segensreiches Haus«, dachte ich; »Gott segne dich und deine armen Apostel!« – –

Auf der Dorfstraße begegnete mir ein Gefährt. Ein schmuckes, aber sehr blasses Mädchen saß darin, dem die Ungeduld, heimzukommen, vom Gesichte zu lesen war. Sie hielt ein kleines Paket in der Hand, darin war wohl die Medizin für den Vater. Er würde sie kaum noch brauchen. Das also war auch eine Braut, auch ein Mai, auch eine Liebe –!

Ich ging nach dem Walde zurück, weil ich jetzt keinem Bekannten begegnen wollte; erst als ich mich ein wenig beruhigt hatte, ging ich wieder nach dem Dorfe.

Ein Haufen Kinder stand auf der Straße lärmend, lachend und kreischend beieinander. Plötzlich sah ich, daß ein Weib wie eine Wütende in den Haufen hineinfuhr und die Kinder verjagte. Und da trat – das war sicher Zufall – auch Waldhofer aus einer Seitengasse hinzu.

Ein Mensch lag auf der Straße, der vielleicht die Krämpfe hatte. Ich ging näher, da sah mich Waldhofer und winkte mir ab. Ich blieb stehen und sah, daß er gemeinsam mit dem Weibe einen jungen Menschen emporraffte, der völlig betrunken war. Die drei verschwanden in der Seitengasse, und ich folgte von ferne. Danach traf ich mit Waldhofer wieder zusammen.

»Ich würde einen Betrunkenen nur im größten Notfall transportieren«, sagte er, »aber das Weib tut mir leid, es ist seine Mutter.«

Und ich erfuhr eine kurze, tragische Geschichte.

Die Böhmert hatte einen Weber geheiratet, den sie maßlos liebte. Als sie aber fünf kleine Kinder hatten, wurde dem Manne die Not zur Last, und er lief in alle Welt. Das Weib blieb mit ihren Kindern im größten Elend zurück. Und es geschah, daß die jüngsten vier Kinder kurz nacheinander starben. Da erhob sich das fürchterliche Gerücht, die Frau habe ihre Kinder umkommen lassen, und sie erhielt den Namen »Engelmacherin«. Einige Zeit darauf mußte die Böhmert vor Gericht, aber nicht wegen ihrer Kinder, die lediglich aus Not gestorben waren, sondern wegen eines anderen Falles. Die Böhmert hatte eine Magd mit einem Holzscheit halbtot geschlagen. Das Frauenzimmer hatte ihr ein uneheliches Kind gebracht, angeblich zur Pflege, und dabei durchblicken lassen, sie würde dankbar sein, wenn das Kind nicht alt würde. Die Böhmert wurde verurteilt, aber nach kurzer Zeit begnadigt. Trotzdem blieb sie im Dorfe verfemt. Frau Fama wirkt im kleinen Kreise am fürchterlichsten. Und diese Böhmert war ein Weib, dessen Herz nach Liebe schrie. Da hat sie alle ihre Liebe auf ihren ältesten Sohn, der ihr geblieben war, gerichtet und um Liebe gebettelt – das Kind um Liebe gebettelt. Und da er ein spröder Knabe war, hat sie alles getan, um sein Herz zu gewinnen, hat ihm jeden Wunsch erfüllt. Und da ist er ein Lump geworden.«

»Das gibt ja Stoff zu einer Tragödie«, sagte ich.

»Das Leben!« sagte Waldhofer. »Es ist mir manchmal, als ob die ganze Welt in diesem Tale wohne. Es gibt nichts, das nicht bei uns geschähe oder doch nicht geschehen könnte.«

»Weil der Hauptmotive, die uns Menschen leiten, sehr wenige sind«, sagte ich; »so ist alles auf der Welt nur immer Variation von irgendeinem der wenigen großen Themata.«

Ein Reiter kam – Hartwig! Er grüßte sehr kurz, aber Waldhofer sprach ihn an.

»Nu, Hartwig, nach der Schmiede?«

»Ja; wer weiß, ob er da ist.«

Und er ritt weiter.

»Er meint den Schmied«, sagte Waldhofer, »und er kann recht haben. Der Schmied vertrödelt seine Zeit. Er bildet sich ein, ein Erfinder zu sein, und ist doch bloß ein Tändler. Er versteht nichts von irgendeinem physikalischen Gesetz. Ich hab' ihm einmal ein paar physikalische Bücher besorgt; ich dachte, es würde ihm wenigstens die ungeheure Schwierigkeit der Probleme dämmern, die er lösen will. Aber er hat mir die Bücher zurückgegeben und gesagt, mit gelehrtem Kram ließe er sich nicht ein. Nun trödelt er weiter.«

»Es scheint mir überhaupt«, sagte ich, »als ob die Dorfleute einen Widerwillen gegen alles Wissenschaftliche hätten. Sie lassen allenfalls nur den Mutterwitz gelten und freuen sich riesig, wenn nach ihrer Meinung ein ›Gelehrter‹ einmal hineinfällt. ›Die Gelehrta sein die Verkehrta‹, heißt nicht so ein schlesisches Sprichwort?«

»Ja«, sagte Waldhofer, »besonderes Mißtrauen haben die Leute gegen landwirtschaftliche Neuerungen. Sie meinen, das alles besser zu verstehen. Aber was wird auch manchmal empfohlen! Unerprobte, unpraktische Dinge! Das bringt die wissenschaftliche Landwirtschaft in Mißkredit. Der kleine Bauer hat zum Experimentieren weder Zeit noch Geld.«

Wir kamen zur Schmiede. Ein junger, schmucker Schmiedegeselle beschlug den Rappen Hartwigs. Derweil plauderte der junge Bauer am Fenster mit der schönen Schmiedetochter. Hartwig schien sehr gleichgültig, aber das Gesicht des Mädchens glänzte so eigen, daß ich gleich alles wußte. Und der junge Schmied sah scheel nach dem Fenster.

»Ein Jüngling liebte ein Mädchen,
Das hat einen andern erwählt,
Der andere liebt eine andere –«

Ich hatte diese heineschen Verse nur gedacht, und es berührte mich überraschend, daß Waldhofer meinen Gedankengang laut fortsetzte, als wir an der Schmiede vorbei waren.

Es ist eine alte Geschichte,
Doch bleibt sie ewig neu,
Und wem sie just passieret,
Dem bricht's das Herz entzwei.

Es war mir ein Genuß, mit diesem Manne durchs Dorf zu gehen; er gab mir ganz andere Aufschlüsse, als ehedem Sternitzke getan hatte. Und doch waren beide Gastwirte in demselben Dorfe.

Ein Kindergeschrei erhob sich. Ein Büblein wollte ein kleines Mädchen durchaus zwingen, mit ihm »Pferdchen« zu spielen. Er ergriff ihren blonden Zopf als Leine und schmitzte ihr, da sie kurze Röcke trug, mit einer kleinen Peitsche auf die Waden. Das Mädel heulte, und der Junge schrie »Hü!« und »Hott!«

Als die beiden kleinen Rangen unserer ansichtig wurden, kniffen sie aus, und aus weiter Ferne tönte wieder ihr liebliches Duett: »Die neue Jacke hat a mir zerrissen!«

Ich erzählte Waldhofer die Entstehung dieses schönen Refrains, und er lachte.

»Da sehen Sie, wo die Kleinen hingehen!«

Ich sah sie eben über die Brücke mit dem doppelten Geländer nach der Oberförsterei wandern.

»Jetzt werden Sie verklagt«, sagte Waldhofer.

»Ja«, sagte ich, »und der Herr Oberförster wird unverhofft dazu kommen, ›Elternfreuden nassauern‹ zu müssen.«

»Der Herr Oberförster wird Ihnen den Fall gewaltig übelnehmen; denn der Junge ist sein Liebling! Wenn Sie sich übrigens bald freiwillig stellen wollen, so kommen Sie doch mit zu Sternitzke!«

»Sie gehen in den ›Silbernen Löffel‹, Herr Waldhofer?«

»Ja. Es ist eine Gemeindesitzung heute, an der ich natürlich teilnehmen will. Es handelt sich um den Bau einer Chaussee.«

»Hier durch Wernersdorf soll eine Chaussee gebaut werden? Sie sind wohl natürlich dagegen?«

»Warum meinen Sie das?«

»Nun, ich denke, in diesen idyllischen Waldwinkel paßt keine Chaussee. Eine so harte, gerade, langweilige Straße würde doch die Romantik gewaltig stören!«

Waldhofer sah mich an.

»Die Straßen können nicht gut genug sein. Und es ist ganz egal, ob sich die Burg hier oben ein Handwerksbursche mit dem Stab und Ränzel ansieht oder ein Radler in kurzen Hosen. Wenn er sie nur ansieht! Wenn er sich nur was Echtes denken kann; wenn er nur ein bißchen Herz hat!«

»Na ja, aber eine alte Dorfstraße hat doch ihr Poetisches – diese Krümmungen, diese Unterschiede in der Breite, die Dörnerzäune, Hecken, Winkel, stillen Plätzlein, der verwilderte Graben –«

»Alles ganz richtig! Wollen Sie das nicht in der Versammlung sagen?«

»Habe ich denn dort Sitz und Stimme?«

»Es wird nicht so genau genommen. Kommen Sie nur!« –

Herr Sternitzke empfing mich sehr zurückhaltend; ich hatte ihn bisher recht stiefmütterlich behandelt. Dazu kam, daß er heute als Gemeindevorsteher die Sitzung zu leiten hatte und daher gegen alle seine Gäste eine gewisse Objektivität zur Schau tragen mußte. Die ganze Stube war bereits voll Bauern; ein mächtiger Tabaksqualm fiel mir unangenehm auf die Geruchsnerven, und da uns Frau Sternitzke mit wenig freundlicher Miene bediente, hätte ich unter anderen Umständen sicher lieber mit Waldhofer meinen Gang durchs Dorf fortgesetzt.

Da ging die Tür auf, und der Herr Oberförster erschien. Wie liebliche Englein schwebten an seiner Seite Fritz und Ida Sternitzke. Die drei Gestalten gönnten mir nur je einen sehr vernichtenden Blick und verfügten sich dann nach der Küche, wo ich alsbald Madame Sternitzke zwei deutliche Ohrfeigen austeilen und den Oberförster in einen wütenden Streit mit ihr ausbrechen hörte.

Krebsrot erschien er endlich wieder in der Gaststube und nahm, ohne Waldhofer und mich weiter zu beachten, gegenüber von Sternitzke Platz.

Die Sitzung begann.

Sternitzke, der Gemeindechef, hub an zu einer langen Rede. Er wies, gestützt auf ein zahlreiches Aktenmaterial, die unbedingte Notwendigkeit des Chausseebaues nach, machte Mitteilung, wie weit die Verhandlungen mit dem Kreisausschuß gediehen seien, wieviel »Lasten« auf die Gemeinde kämen und wie sich diese, der Morgenzahl des Grundbesitzes gemäß, auf die einzelnen Besitzer »repetieren« würden. Er schien sich übrigens für verpflichtet zu halten, hochdeutsch zu sprechen, und das strengte ihn an. Als er geendet hatte, erhob sich ein wüstes Durcheinander. Jeder suchte seinem Nachbarn auf möglichst deutliche Weise seine Ansicht über das eben Gehörte auseinanderzusetzen.

»Zilentium!« schrie der Gemeindechef sehr energisch, »es geht nich, daß hier su a jeder Michel quatscht, was a will! Wer wünscht das Wort, meine Herren?«

»Ich! Ich! Ich!«

»Zuerst der Päsler Gustav!«

Ein stämmiger Bauer erhob sich.

»Na ja, meine Herrn – sähn Se – ich meene halt – na ja äben – ma will ja nich gerade räs'nieren – aber 's muß doch oll's beducht sein – und äben deswegen – 's konn's em kee Mensch nich übel nähm –«

»Zur Sache!« brüllte der Oberförster.

Päsler erschrak so, daß er sich ohne weiteres setzte.

»Haben Se sonst noch was zu erwähnen?« fragte der Präsident.

»Nee!« sagte Herr Päsler und tat einen Trunk.

Ein zweiter Redner kam an die Reihe. Er faßte sich bedeutend kürzer, indem er nur folgende Anfrage anbrachte: »Nu, ich will amol fragen, was wird denn do eegentlich aus meim Schweinstalle – hä?«

Sternitzke machte eine Amtsmiene.

»Herr Krause – wer'n Schweinstoll so nahe an de Straße baut, der muß sich's gefoll'n lassen, wenn a ihm behufs Straßenverbreiterung amtlich weggerissen wird.«

Ein Brummen erhob sich, halb Zustimmung und halb Widerspruch. Ein cholerischer Bauer fuhr dazwischen.

»Na, dos wer'n mer a mol sahn! Entschädigung wull'n mer! Entschädigung is de Hauptsache!«

Zustimmung von allen Bänken.

»Jawull! Und eene anständige Entschädigung! Vo meim Gorten werd o eene Ecke obgeschnitten, und do sticht grode dar eenzige Appelbom, dar iberhaupt was taugt. Is dos nich 'ne Gemeenheet?«

»Gemeenheet darfst du vom Chausseebau nich sagen«, bemerkte Sternitzke mit parlamentarischem Takte. Er war ebenso wie Gerstenberger ein eifriger Leser der Reichstagsberichte.

»Mer derfa iberhaupt nischt sogen, mer derfa bloß bezohlen!« schrie einer.

Diese Rede zündete. Ein neuer Tumult brach los.

Da meldete sich Waldhofer. Augenblicklich war große Stille. Ja, der Mann traf den richtigen Ton. Er beachtete alles und tat keinem wehe. Er respektierte den bedrohten »Appelboom« und redete dem unglücklichen Schweinestallbesitzer tröstlich zu; er sprach von den Entschädigungsansprüchen und kam dann auf den Nutzen zu reden, den die Chaussee dem ganzen Dorfe bringen würde. Zuerst dachte er an die armen Weber. Ihnen würde auf der neuen Straße ein neues, ein besseres Brot gebracht werden. Der Verkehr würde sich heben, und davon würden alle Geschäftsleute profitieren.

»Ja, und uff die Burg kumma viel neue Gäste«, schrie ein roher Kerl.

Waldhofer nickte dem Manne freundlich zu, und er sagte, da hätte er ganz recht. Dann fuhr er ruhig fort zu reden. Er sprach von dem schlechten, in der rauhen Jahreszeit kaum passierbaren Wege, von der Sauberkeit, die dem Dorfe not tue, und davon, daß alle Häuser und Güter viel mehr an Wert gewinnen würden, als der einzelne zum Chausseebau beizutragen hätte.

Als er fertig war, hatte er die meisten Leute auf seiner Seite.

Da konnte der Oberförster, der schon immerfort unruhig auf seinem Stuhle hin- und hergezappelt hatte, nicht mehr länger an sich halten.

»Bitte ums Wort!« sagte er und trank mit einem Zuge sein Bier aus. Dann räusperte er sich effektvoll und nahm eine Pose an, wie Bismarck bei einer seiner großen Reichstagsreden.

Er machte noch eine sehr eindrucksvolle Kunstpause und erhob dann seine Stimme zu folgender rednerischer Leistung.

»Schweinerei! – Schweinerei, sage ich!«

»Schweinerei darfst du vom Chausseebau nich sagen«, unterbrach ihn Sternitzke.

Aber da kam er schlecht an.

»Was? Nicht sagen darf ich? Alles kann ich in einer öffentlichen Versammlung sagen! Da bin ich kommun! Das merk' dir mal, du Schwachkopp!«

Da fuhr Sternitzke giftig in die Höhe.

»Was?! Schwachkopp?! Das sagst du mir als Schulze? In der Sitzung? Is das ein Ruppsack! Sie haben gehört, meine Herren – ich verklag'n!«

Schwapp, saß er wieder. In Gerstenbergers Gesicht wetterte ein ganzes Feuerwerk; er pustete und schüttelte sich wie ein Bär, der einen Schrotschuß ins Gesicht bekommen hat. Aber dann gab er sich einen Ruck und nahm plötzlich eine vornehme und ruhig sein sollende Haltung an.

»Es bleibt dabei – Schweinerei sage ich! Der ganze Chausseebau! Denn warum? Erstens kommen die blödsinnigen Kerle, die Steinmetzker, und pinken den ganzen Tag auf der Straße rum. Haben Sie schon mal so'n gottlosen Radau gehört, meine Herren? Nervös werden Sie alle und kriegen Anfälle, das sag' ich Ihnen. Und dann! Kein Mensch kann mehr fahren auf der Straße, und wenn man abends nach Hause geht, ist die Passage einfach unmöglich. Das ist 'ne Schweinerei, sag ich! Wegen einer Chaussee braucht kein Mensch den Hals zu brechen! Das ist unverschämt! Kommt dazu, daß bloß unnötig viel Fuhrwerk, Spaziergänger,

Radler und anderes Gesindel ins Dorf kommt. Das macht alles Spektakel und verscheucht mir das Wild. Und dann kann ich fuchsteufelswilde werden, ob's dem Herrn Schulzen paßt oder nicht! Also, meine Herren, lassen Sie sich nischt vorreiben! Auf unserer Straße is noch keiner im Drecke ersoffen! Und wem's nicht paßt, braucht nich herzukommen! – Im übrigen sage ich, daß ich Befehl habe, für den Chausseebau zu sein und im herrschaftlichen Auftrage des Herrn Baron erkläre, daß er auch dafür ist und seinen Teil von den Kosten tragen wird. Ich habe gesprochen!«

Erschöpft setzte sich der gute Mann. Ein lebhafter Gedankenaustausch folgte seinen lichten Ausführungen. Nur Sternitzke saß ihm mit verhaltenem Zorn gegenüber. Plötzlich erhob sich dieser.

»Der Oberförster hat hier die Leute gegen die Chaussee aufgehetzt, während a doch uff Befehl seines Herrn Barons dafür sein sollte! Ich frage den Herrn Doktor, der uns die Ehre gibt und ein Freund vom Herrn Baron ist, was er dazu meint!«

Also ich sollte reden! Aller Augen richteten sich auf mich, und wieder war eine große Stille. Die Augen des Oberförsters funkelten wie die eines grimmen Leuen. Die Sache machte mir Spaß, und ich redete.

»Meine verehrten Herren! Wir stehen hier offenbar vor einer sogenannten Komplikation der Pflichten. Im allgemeinen gilt vom Herrn Oberförster der alte lateinische Satz: Si tacuisses philosophus mansisses.«

»Sehr richtig!« applaudierte Gerstenberger im Brustton der Überzeugung.

»Im übrigen meine ich, Herr Gerstenberger hat seine Pflicht, als Beamter des Barons hier dessen Meinung mitzuteilen, prompt erfüllt.«

»Bravo!« rief der Oberförster ganz entzückt.

»Daß er privatim, in seiner Eigenschaft als Mitglied der Gemeinde, seine persönliche, gegenteilige Meinung hier zum Ausdruck gebracht hat, ist sein einfaches Bürgerrecht.« – »Famos!« brüllte Gerstenberger und klatschte in die Hände.

»Deshalb meine ich, meine verehrtesten Herren, der erste Teil der Rede des Herrn Oberförsters ist als Privatäußerung, der letzte aber als eine berufliche Kundgebung aufzufassen, alles in allem ein kleines Meisterstück der Redekunst.«

»Herr Doktor, ich komm Ihn' einen Halben!« schrie der Oberförster, und während er trank, trank, bis nichts mehr im Glase war, blinzelten seine kleinen Äuglein voller Rührung und Begeisterung zu mir herüber.

Da kam ein schriller Mißton in die Stimmung. Eine vor Aufregung bebende Stimme erhob sich:

»Und ich sage, meine Herren, daß einer, der nicht ins Dorf gehört, in der Gemeindesitzung gar nichts zu sagen und überhaupt nichts zu suchen hat!«

Das war Hartwig!

Ich gestehe, daß ich mich ein wenig verfärbte. Ein Tumult brach los, und der Oberförster sprang auf und machte ein paar wütende Schritte nach Hartwigs Tische hin. Da erhob sich Waldhofer.

»Ruhe, Ruhe, liebe Freunde!« rief er laut in das Lokal. »Ich möchte bloß eine Frage an Sie richten: Hat einer von Ihnen etwas dagegen, daß der Herr Doktor unserer Sitzung beiwohnt?«

»Nein! Nein! Nein! Aber woher denn?«

»Also, lieber Hartwig, ich denke, Sie können sich schon beruhigen! Der Herr Doktor hat ja gar nicht zu einer Gemeindeangelegenheit, sondern nur zu einer Sache des Herrn Oberförsters gesprochen.«

Der Bursche war glühendrot vor Aufregung. Daß Waldhofer für mich Partei nahm, ärgerte ihn wütend. Ächzend brachte er heraus:

»Er verteidigt ihn – a muß – 's is ja der Schwiegersohn – deswegen is a ja da!«

»Hartwig!«

Das war das einzige Mal, daß ich den stillen Mann erregt sah. Er wurde aber sofort wieder ruhig. Mitleidig sah er den wilden Burschen an.

»Hartwig, es tut mir leid um Sie!«

Und er setzte sich.

Der Oberförster aber kochte vor Wut.

»Schmeißt 'n doch raus, den Kerl, schmeißt 'n raus, die lose Fresse – den – den –«

Großer Tumult.

»Rausschmeißen? – Was? – Mich?«

Mit drei Sätzen war der junge Bauer beim Oberförster und krallte wie ein wildes Tier alle zehn Finger um seinen Hals.

»Ich – ich – ermurkse dich du – du –« Der Kopf des Oberförsters wurde blaurot. Ich sprang hinüber, auch Waldhofer, aber da war Hartwig schon von kräftigen Bauernfäusten ergriffen. Die Tür wurde aufgerissen, und ich sah durchs Fenster, wie Hartwig in den Hof flog mit dem Gesicht auf die Erde.

Ich hörte nichts mehr von dem Lärm um mich; ich sah nur durchs Fenster auf den blutenden, beschmutzten Burschen, der sich draußen im Hofe erhob.

Er sah übel aus. Die Kleider waren zerrissen und schmutzig, das Gesicht blutete, und die Augen traten ihm aus den Höhlen. So schüttelte er die geballten Hände über seinem Kopf. Er wollte wohl etwas sagen, fluchen, drohen, aber er brachte die Lippen nicht voneinander. Taumelnd wie ein Betrunkener wankte er schließlich die Dorfstraße hinab.

»Das ist fürchterlich!« sagte Waldhofer.

Auch ich war höchst aufgeregt. So sagte ich noch ein paar Worte, es tue mir leid, daß ich der unfreiwillige Anlaß zu so bedauerlichen Vorfällen geworden sei, und ging. Ich hörte kaum auf das, was man mir nachrief; nur eines erkannte ich deutlich: der Sohn des Mörders hatte seine Heimat verloren. Liebe und Vertrauen hatte er wohl nie genossen.

Durch den trüben Wald ging ich mit Waldhofer. Wir sprachen beide nicht. Was war da auch zu sagen? Hartwig war einer von den Unglücklichen, denen nicht zu helfen ist. Es stieg auch ein Trotz auf in meiner Seele. Wie konnte mir dieser Bauer das Recht streitig machen, Ingeborg zu lieben wie er? Und das Mädchen, das das Ziel einer so heißen, trotzigen, leidenschaftlichen Liebe war, kam mir begehrenswerter vor denn je. Es war mir, als müsse ich es schützen vor jener unordentlichen, wilden Glut, und in diesem Augenblick war ich überzeugt, daß ich Ingeborg liebe.

Eine Waldlichtung kam, da blieben wir stehen und sahen hinunter ins Tal. Es war ganz still. Nur die Nebelschleier spannen sich über die Berge.

Da klang eine Glocke. Deutlich hörte ich ihren zitternden Ton. Waldhofer nahm den Hut ab.

»Die Sterbeglocke«, sagte er leise und wies nach der Schule.

Ich trat ein paar Schritte zurück und lehnte mich an einen Baum. Ein paar späte Blätter fielen von den Ästen und sanken langsam durch die schwere Luft.

Wie feierlich diese Glocke klang! Die Seele, der sie nachklingt, ist wohl schon weit. Sie ist hinaus über das Tal mit seinen Sorgen und Freuden, seinem Haß und seiner Liebe. Die Erde bleibt im Nebel zurück, die kleine Erde, auf der Menschen meinen, groß sein zu können. Und die Sonne kommt! Aber auch sie ist nur ein Lichtlein, das verglimmt. Neue Sonnen überstrahlen sie, Millionen neuer Sonnen, und alle sind gewaltig und glänzend, und um alle kreisen Sterne. Ob sie in Dunstschleiern wirbeln, oder ob sie glühen wie Feuer, ob Berge und Wälder von ihnen herüber grüßen, oder ob sie erstorben sind im ewigen Eise – die Seele sieht es nicht. Das ist alles klein, winzig und gleichgültig. Nur das, worauf die Seele hofft und wohin sie zieht, ist groß und ewig.

Himmelfahrt! – Wo bleibt die Erde? – Und wo bleibt unsere Größe?

Frau Justitia bei Laune

In der Nacht erhob sich der Sturm. Er fauchte schrecklich um die alte einsame Burg. Und ich lauschte ihm. Wie er an die Fenster stieß und mit den Scheiben polterte! Dazu hörte ich das Ächzen der Bäume, die sich im Winde bogen. Ich konnte nicht einschlafen.

Und da will ich ganz ehrlich sein: ich dachte an meine Bekannten in der Großstadt. Die saßen sicher um diese Zeit in irgendeiner Wirtschaft in gemütlicher Unterhaltung. Die elektrischen Glühbirnen strahlten taghell; es wurde geraucht, getrunken, geplaudert, gelacht. Was ging die der Sturm an!

Wovon plauderten sie? Von der Kunst, von den letzten Theatererscheinungen oder von den politischen Tagesbegebenheiten. Ich war jetzt fünf Wochen auf dem Waldhofe und hatte in dieser Zeit nicht eine einzige Zeitung in die Hand genommen, auch die Waldhofers nicht.

Was konnte nicht inzwischen alles passiert sein in der Welt! Ich wußte nichts davon. Wenn ich jetzt hätte eine Stunde bei meinen Freunden sitzen können, wäre ich ganz glücklich gewesen.

Ich lag wieder eine Weile ganz still, und dann ärgerte ich mich. Sollte der Baron am Ende recht haben, daß ich's nicht aushalten würde? Nein, ich würde mich schon wohlfühlen lernen hier oben, zumal meine Arbeit rüstig fortschritt.

Aber diese entsetzliche Nacht, dieses fürchterlich monotone Lied des Sturmes! Immer in chromatischen Halbtönen geht's auf und nieder. Teufelsmusik, Herengewinsel oder Hohngelächter des wilden Jägers!

Ich sehnte mich nach einem Wohllaut – meinetwegen nach einem Walzer.

Huiih – ging's wieder die Oktave hinauf und herunter. Es war gräuslich.

Ich stand auf. Licht mußte ich wenigstens haben. Die Lampe stand draußen im Bankettsaal, ich hatte sie heute gar nicht gebraucht. Ich zündete die Nachtkerze an, zog den Schlafrock an und ging in den Bankettsaal.

Da fand ich neben der Lampe in einer kleinen Vase eine rote Rose. Von Ingeborg!

Vergessen war die glänzende Großstadt, vergessen die ganze Welt.

Ich griff nach der Rose mit leise zitternden Händen, ich erfreute mich an ihrem Dufte – ich küßte sie endlich.

O du holder Gast in der Einsamkeit, du goldener Bote von sonnigen Tagen, du süßer Bote der Liebe!

Ich sank in einen Stuhl und betrachtete immerfort die rote Rose.

Woher hatte das schöne Kind um diese Zeit die freundliche Blume?

Ich schloß die Augen und bedeckte das Gesicht mit beiden Händen. Jetzt, in tiefer Nacht, in einem alten, zerfallenen Bau, während draußen der Sturm heulte und der Regen peitschte, blühte mir eine Rose auf, und die Liebe kam – die große, schöne Liebe meines Lebens.

Gegen Morgen erst schlief ich ein und träumte von Ingeborg, bis ich erwachte. Als ich mich angekleidet hatte, erschien Baumann mit meinen Stiefeln. Er hüstelte verlegen und fragte dann:

»Ha – haben der Herr Doktor die Rose schon gesehn?«

Ich war unangenehm berührt.

»Allerdings! Warum fragen Sie?«

»Ich – ich war gestern in der Stadt, und da habe ich mir erlaubt, die Rose zu kaufen und Herrn Doktor zu verehren –«

Ich stürzte aus sieben Himmeln. Die Rose war von Baumann! Aber ich reichte dem Alten die Hand.

»Lieber Freund, ich danke Ihnen herzlich! Sie glauben gar nicht, was Sie mir mit der Rose für eine große Freude bereitet haben!«

Baumann war ganz gerührt.

»Ja – ja – ja – hab' ich wirklich?« stotterte er.

»Gewiß haben Sie! Ich liebe Rosen sehr. Das war wirklich mehr als hübsch von Ihnen, lieber Freund!«

Da traten dem guten alten Kerl Tränen in die Augen.

»Ich – ich – ich, der Kaffee ist fertig!« stotterte er, machte eine sehr rasche Verneigung und verschwand.

Na ja! Von Ingeborg war nun die Rose nicht, und es war vielleicht unnötig, lange zwei Stunden im Bankettsaal zu sitzen und mir das Baumannsche Präsent zu betrachten, etwas übereilt auch, daß ich die Rose so zärtlich geküßt hatte. Wenn das Baumann wüßte! Er weinte sich tot vor Rührung! Und doch – was war er für ein guter Bursche!

Der Sturm heulte noch immer, und im Treppenhause war es so finster, daß mich die vielen Ritterbilder anschauten wie Gesichter aus geisterhaften Nebeln.

Aber als ich Ingeborg unten im Gastzimmer sah, war es mir wieder, als ob mir mitten in Nebel und Nacht eine Rose erblühte.

Wir waren allein beim Frühstück. In aller Frühe war Sternitzke dagewesen und hatte bei Waldhofer, der Schiedsrichter war, den Oberförster verklagt, weil er ihn in der Sitzung einen »Schwachkopf« genannt, und dann hatte der Oberförster einen Brief geschickt und Sternitzke verklagt, weil ihn dieser einen »Ruppsack« tituliert hatte. Schließlich war Waldhofer hinunter ins Dorf, um alles ins Reine zu bringen.

Nach dem Frühstück erzählte ich Ingeborg, daß ich in der Nacht die Rose gefunden habe.

»Von Baumann!« sagte sie. »Er ist Ihnen so gut! Und die Frau auch! Jetzt ist er sehr stolz, weil Sie zweimal ›lieber Freund‹ zu ihm gesagt haben.«

»Hat er denn das erzählt?« lachte ich.

»Aber gewiß«, sagte Ingeborg, »er erzählt alles, was sich auf Sie bezieht, die geringsten Kleinigkeiten.«

»Ist Ihnen das nicht sehr langweilig, Fräulein?«

»Ach nein«, sagte Ingeborg etwas gedehnt; »es gibt doch einmal jetzt nicht viel Gescheites zum Erzählen.«

Ich zerkrümelte ein Stück Semmel.

»Wie viel mag denn die Rose gekostet haben?« fragte ich verstimmt.

»Teuer, sehr teuer!« sagte Ingeborg wichtig; »20 Pfennig! Und 40 Pfennig hat er bloß Zehrgeld mitgehabt.«

Das rührte mich wieder.

»So ist wenigstens jemand in der Burg, der mich ein bißchen lieb hat«, seufzte ich.

Ingeborg sah mich groß an. »Wir haben Sie doch alle ganz lieb«, sagte sie mit einer Harmlosigkeit, die zum Verzweifeln war.

»Sie auch?« fragte ich.

Ein bißchen rot wurde sie doch.

»Ja, gewiß, ich auch! Warum sollte ich denn nicht? Sie erinnern mich ja so an meinen Bruder!«

O dieser Bruder! Er mochte ja meinetwegen ein Staatskerl gewesen sein, aber ich – ich kam jetzt nicht über ihn weg! So brach ich ab und sprach von den Rosen.

Da war Ingeborg ganz begeistert.

»Ach, Rosen, Rosen! Die liebe ich so sehr! Noch viel mehr als die Veilchen und den Springauf. Wissen Sie, was ich manchmal denke?«

»Na, was denken Sie?«

»Es ist eigentlich etwas sehr Dummes!« meinte sie.

»Schadet nichts!« sagte ich, nun meinerseits auch einmal harmlos.

»Also, ich denke mir manchmal, ich wäre das Dornröschen.«

»Das ist gar nicht so dumm!«

»Ja, und ich sitze in einem so hohen Lehnstuhl und schlafe. Sehen Sie, so! Papa, Baumann und alles schläft. Und draußen um die Burg blühen Millionen Rosen!«

Mir kam ein Gedanke, der mir für den Augenblick den Atem stocken ließ.

»Wissen Sie, Fräulein Ingeborg, wir könnten eigentlich mal Theater spielen – Dornröschen!«

»Aber wie denn, wie denn?«

»Bitte, warten Sie einen Augenblick!«

Mit wenig Sätzen war ich im Bankettsaal und holte Baumanns Rose herunter. Die stellte ich aufs Fensterbrett, dicht neben Ingeborgs Lehnstuhl.

»Also sehen Sie, Fräulein Ingeborg, das hier, das sind die Millionen Rosen! Und Sie sind das Dornröschen und sitzen im Lehnstuhl und schlafen. Von der Uhr nehmen wir das Gewicht los, da tickt sie ganz leise und bleibt endlich stehen; das markiert die müde Stille auf der Burg.«

»Sehr schön, sehr schön!« rief Ingeborg.

»Ja, nun aber – was soll ich sein?«

Sie sann nach.

»Sie? Sie können der Koch sein!«

»Ach, warum nicht gar der Kater, der hinterm Ofen liegt und schnurrt?«

»Der Kater, famos, famos, der Kater! O bitte, bitte, machen Sie den Kater!«

»So, hinter den Ofen soll ich mich legen?«

»Nein, das ist nicht notwendig! Aber schnurren müssen Sie – o bitte, bitte, schnurren Sie doch!«

Ich war wieder ein bißchen verstimmt, aber ich sagte:

»Meinetwegen, so spiel' ich den Kater. Aber erst müssen Sie schlafen!«

»Ich schlaf schon, ich schlaf schon!«

Sie nahm eine Stecknadel, stach sich ein wenig in den Finger, stieß einen leichten Wehruf aus, sank in den Lehnstuhl und »schlief«.

Leise, ganz leise fing ich an zu schnurren. Dann machte ich eine Pause. Die Uhr setzte aus mit müdem Schlage. Da erhob sich noch einmal ein Schnurren, immer leiser – immer kürzer –

Dornröschen schlief. Das Haupt zurückgebeugt, lehnte sie in dem hohen Stuhle, leise atmend, und der rosige Mund war halb geöffnet. Es war ein Bild wonniger Schönheit. Da sprang ich mit einem Satze hin und küßte sie auf die Lippen.

»Dornröschen, wache auf!«

»Herr – Herr Doktor, was machen Sie denn?«

Sie sprang auf und war glühend rot.

»Schönstes Dornröschen, ich bin der junge Königssohn, der dich erweckt.«

»Aber Sie – Sie sind gar nicht der Königssohn! Sie sind doch der Kater!«

Sie trat zornig mit dem kleinen Fuße auf, und Tränen sprangen ihr in die Augen. Ich blieb aber in der Fassung.

»Holdseliges Dornröschen«, sagte ich, »ich war eben bloß ein verwunschener Kater, und jetzt bin ich erlöst.«

»Ich bin aber ganz böse auf Sie, wissen Sie! – Das war nicht recht – das war ja gar nicht ausgemacht! Lassen Sie meine Hand los – ich mach' nicht mehr mit.«

Trotz allen Bittens ging sie aus der Stube. Ich blieb wie angewurzelt stehen. War dieses Mädchen süß! Ein Taumel faßte meine Seele, und ich fragte mich gar nicht, ob ich unüberlegt oder taktlos gehandelt hatte.

Schließlich ging ich nach der Küche, und dort fand ich sie, und zwar allein.

»Fräulein Ingeborg«, sagte ich mit Büßermiene, »ein armer, zerknirschter Kater, der einmal von der süßen Sahne genascht hat, kommt um Verzeihung bitten.«

»Ich verzeihe nichts!« sagte sie, aber der Schelm guckte doch wieder ein bißchen durch.

»Fräulein Ingeborg«, fuhr ich fort, »der Kater hat gedacht, daß er doch eigentlich ein rechter Schafskopf wäre, wenn er mal so was Süßes naschen könnte, und er tät's nicht.«

»Wenn er nascht, wird er sehr streng bestraft werden«, sagte sie.

»Fräulein Ingeborg, der Kater fürchtet sich ja ganz schrecklich vor den Prügeln, aber wenn's einmal nicht anders ist – so – so läßt er sich um solchen Preis ruhig totschlagen!« – –

»De – der Herr Doktor in der Küche!«

»Jawohl, Baumann; ich wollte Sie um ein Glas Wasser bitten.«

»Um ein Glas Wasser! Hat wohl wieder meine Alte vergessen, die Karaffe zu füllen. Werd' ich doch bald mal nachsehen – das ist ja eine schreckliche Liederlichkeit –«

»Schimpfen Sie nur nicht, lieber Freund; ich komme schon mit Ihnen!«

Ich verabschiedete mich von Ingeborg mit einem bittenden Blicke und ging mit Baumann nach dem Bankettsaal, wo natürlich eine Flasche frischesten Wassers stand.

»Da – da wollen der Herr Doktor wohl Selter?« fragte Baumann verblüfft.

»Jawohl, Herr Ober, ich will Selter.«

Ich war allein.

Das Selterwasser, das mir Baumann brachte, goß ich in den Eimer. Dann wanderte ich im Bankettsaal auf und ab.

Da tippte es leise an die Tür.

»Herein!« rief ich. – Nichts!

Abermaliges Tippen.

Jetzt öffnete ich.

»Ah – Fräulein Ingeborg!« Ich war maßlos erstaunt.

»Ich komme Ihnen bloß sagen, daß ich nicht mehr böse auf Sie bin, daß Sie sich nicht erst so ängstigen.«

»O, ich danke Ihnen, Fräulein, ich danke Ihnen herzlich! Das ist barmherzig von Ihnen!«

»Ja, schlecht war es ja sehr; aber Sie werden's ja nicht mehr machen; denn ich reiß jetzt immer die Augen vor Ihnen ganz weit auf! Und Theater spiel' ich auch nicht mehr mit Ihnen! Aber wir wollen mal was anderes spielen. Es ist mir gerade so eingefallen. Hören Sie mal! Als der Walter noch da war, da hat er mich immer in der Burg gefangen, und ich habe mich versteckt, und er hat mich gesucht. Wollen wir das mal machen?«

»Mit tausend Freuden, Fräulein Ingeborg!«

Ich war ganz entzückt, wenn ich mich auch über die sonderbare Aufforderung innerlich nicht genug wundern konnte. Dieses Mädchen war wirklich noch ein Kind.

»Ja, also bleiben Sie hier an der Tür stehen, und ich renne bei Ihnen durch, und wenn Sie mich nicht mehr hören, dann kommen Sie nach. Ja?«

»Gewiß, liebes Fräulein!«

»Aber ja nicht eher!«

»Nicht eher!«

»Ehrenwort?«

»Ehrenwort!«

»Na, dann los!«

Sie sprang durch meine beiden Zimmer und war bald verschwunden. Da folgte ich ihr – offen gesagt mit klopfendem Herzen. Ich kam durch die alte Kanzlei, durch einen Korridor in die Kemenaten. Nirgends eine Spur von Ingeborg. Da nähere ich mich dem Zimmer der blonden Gertraud und höre dort ein leises Geräusch. Ich schleiche unhörbar heran und reiße die Tür auf. Eben springt Ingeborg zur entgegengesetzten Tür hinaus. Ich wie ein Aar hinterher. Das Mädel kann fabelhaft schnell laufen. Manchmal untersuche ich einen dunklen Winkel, eine Nische oder öffne einen großen Schrank. Nichts! Jetzt bin ich schon im dritten Flügel. Ich komme in den Gerichtssaal. Auch da ist sie nicht. Jetzt sind nur noch der dunkle Gang und das Verließ übrig. Ich reiße die Tür auf und stürme in die Finsternis hinein. Knatsch, stoße ich mit dem Kopfe gegen eine Mauer. Ich verbeiße den Schmerz und taste mich weiter. Da schimmert graues Licht durch ein paar schmale Mauerspalten. Ich bin im Verließ. Eben will ich ein Streichholz anzünden, da kracht eine Tür hinter mir, ein Schlüssel wird blitzschnell umgedreht – ich bin gefangen.

O Weiberlist!

Ich erfasse meine Lage und halte mich ganz ruhig. Auch draußen rührt sich kein Laut. Da ertönt plötzlich Ingeborgs tiefe, verstellte Stimme:

»Böser Rütter Balduün, hörst du müch?«

»Ich höre düch!« grunze ich in fürchterlichen Baßtönen.

»Balduün, du büst ein Bedrönger der Greise, Wütwen und Künder. Gäbst du das zu?«

»Das göbe ich zu, du gestrenge Wütwe.«

Ein leises, silbernes Lachen, dann wird das Verhör fortgesetzt.

»Du büst auch ein ganz schändlicher Räuber!«

»Ich kann ös nücht leugnen«, wimmerte ich im Tone tiefer Zerknirschung.

»Döshalb habe ich düch gefangen in meinem Verlüße.« – »Gnode! Gnode!« wimmere ich.

»Nein, keine Gnode! Sondern vielmöhr öwigen Körker!«

»Huiiiih«, heule ich im Tone des Herbststurmes.

»Du würst den Mond und die Sonne nücht möhr söhen.«

»O! O! O! Das ist söhr fatohl! Du schöne Welt, hatjöh«, wimmere ich und klirre mit ein paar Ketten, die im Verließ sind.

»Die Rotten und Mäuse sind deine Gesöllschaft.«

»Sie werden müch beißen«, rufe ich entsetzt und klirre wieder schauerlich.

»Wenn sü düch beißen – hihihi – so dönke an deune Verbröchen!«

»Gnode, geströnge Rütterwütwe, Gnode!«

Es erfolgt keine Antwort. Ich warte eine Weile.

»Schöne Wütwe, mich frürt!«

Stille.

»Wenn du nicht aufmachst, krüg ich die Ünfluönza!«

Kein Laut!

»Schöne Wütwe, hörst du nücht?«

Nein, sie hört nicht. Sie ist am Ende gar nicht mehr da. Ich rüttele an der Tür. Verschlossen! Nanu?

Ich durchsuche meine Taschen und finde eine Schachtel Wachsstreichhölzer. Eines zünde ich an. Es ist ein greuliches Loch, in dem ich stecke. Ein niederes, enges Gewölbe, und es ist nur die eine Tür da. In der Mitte steht ein mächtiger Block mit ein paar Ketten. Auf den Block setze ich mich und halte das kleine Licht in der Hand.

Ein Gefangener im Burgverließ, der sich ein Wachsstreichholz anzündet, das ist neu, denke ich.

Aber wo nur die Ingeborg steckt! So ein kleiner Racker! Sperrt mich hier ein! Das sollte also die strenge Strafe sein, die sie mir zugedacht hatte! Sie kam mir wieder ganz reizend vor. Was sie nur noch vor hat? Von Zeit zu Zeit heule ich oder klirre mit den Ketten, aber ich bekomme keine Antwort.

Da endlich Tritte. Es rasselt an der Tür, eine kleine, fensterartige Luke öffnet sich, und es wird etwas hereingeschoben.

»Rütter Balduün, üch brünge dür als Speise Wasser und Brot.«

»Mercü! Mercü! Aber dürft üch düch nücht auch um eine kleine Bratwurst bütten, geströnge Rütterwütwe?«

»Nö!« brummt sie und geht.

»So hör doch mal, schöne Witwe!«

Keine Antwort.

»Aber Fräulein Ingeborg!«

Sie ist fort.

Donnerwetter! Sie läßt mich wirklich sitzen. Auf dem kleinen Falltürchen liegt ein dickes Stück trockenes Brot und ein Napf mit Wasser. Ich zünde jetzt schon das dritte Wachsstreichholz an. Fünfminutenbrenner! Mit der Zeit wurde die Sache langweilig. Es war eine erbärmliche Luft in diesem edlen Lokale, und ich fing auch wirklich an zu frieren.

Wieder rüttelte ich an der Tür. Sie blieb verschlossen. Wenn ich hier zeitlebens eingekerkert sein sollte, konnte die Sache unangenehm werden.

Vorläufig würde ich mir eine Zigarre anzünden. Das tat ich, und so saß ich gefangen im Burgverließ und rauchte eine Kuba.

Ja, zum Geier, wie lange sollte ich wohl eigentlich brummen? Meiner Ansicht nach hatte ich die Strafe für den Kuß längst abgesessen; denn das fünfte Streichholz war schon verbrannt. Fünfundzwanzig Minuten! Es wurde mir ungemütlich, und ich fing an, mich ernstlich nach Licht und Freiheit zu sehnen.

Das sechste Streichholz! Also eine halbe Stunde! Das war grausam! Aus langer Weile und um meine Rolle ganz auszufüllen, biß ich einmal in das Gefangenenbrot und langte auch nach dem Wassernapfe.

Da lag auf seinem Grunde – der Schlüssel zu meinem Kerker, und ein Zettelchen schwamm auf dem Wasser, darauf stand:

»Ritter Balduin, eine edle Freundin sendet dir Hilfe in der Not!«

O, du edle Freundin, du seist gepriesen! Ich schloß auf – es war ein ganz neumodisches Schloß – und stand bald im Gerichtssaal. Ich holte ein paarmal tief Atem und mußte vor dem Tageslichte mit den Augen blinzeln. Da sah ich drüben durchs Küchenfenster Ingeborg Ausschau halten. Warte, du Here! Auch ich kann Justiz üben.

Langsam ging ich über den Hof und machte ein jämmerliches Gesicht. Das fiel auch gleich dem getreuen Baumann auf, der wieder einmal am Brunnen stand.

»Wenn der Herr Doktor nichts dagegen haben«, sagte er, »so sehen der Herr Doktor sehr leidend aus.«

»Ja, Baumann«, sagte ich laut, »mir ist wirklich nicht recht gut; ich muß mich stark erkältet haben!«

»Erkältet!« schrie Ingeborg hinter dem Küchenfenster.

»Werd' ich dem Herrn Doktor gleich meine Alte schicken!« sagte Baumann und trabte davon.

Im Hausflur trat mir Ingeborg mit besorgten Augen entgegen. »Sie haben sich erkältet? Im Verließe?« – »Es zog ein bißchen durch die Mauerspalten«, sagte ich.

»Das – das ist schrecklich – und nun bin ich schuld.«

Diese Selbstanklage klang rührend, aber mein Schwindel reute mich nicht.

»Ach, Ihre Strafe haben Sie reizend ausgedacht«, sagte ich mit müdem Lächeln.

»Sie werden mich jetzt für sehr schlecht halten.«

Ich schüttelte schwermütig den Kopf.

Da erschien leider Baumann mit seiner Frau. Letztere trug einen riesigen Kasten, in dem ich zu meinem Schrecken Tee vermutete. Richtig! Baumann bestätigte meine grausige Ahnung.

»Alles da, Herr Doktor, Thymian, Kamille, Baldrian, Fliedertee, Tausendguldenkraut, Lindenblüte –«

»Lindenblüte – ganz recht, Lindenblüte«, fiel ich in das schauerliche Register ein, »kochen Sie mir Lindenblüte, anderen Tee vertrag ich nicht!«

»Sollten der Herr Doktor aber lieber Flieder trinken und schwitzen!« behauptete Baumann.

»Ich will Lindenblüte«, sagte ich barsch und ging nach meinem Zimmer. Nach ganz kurzer Zeit brachte Baumann ein Gefäß mit etwa 1½ Liter Lindenblütentee.

»Wenn der Herr Doktor mehr wünschen, brauchen der Herr Doktor nur zu befehlen.«

Ich kriegte es mit dem Galgenhumor.

»Ja«, sagte ich, »ich bitte mir für jede halbe Stunde dasselbe Quantum aus.«

»Müssen der Herr Doktor doch schon bedeutend krank sein«, sagte Baumann, »wird aber alles besorgt.«

Die ersten 1½ Liter goß ich durch das Fenster rechts in den Burggraben, die zweiten 1½ Liter durch das mittelste Fenster auch in den

Burggraben, und die dritten 1½ Liter spritzte ich durch das Fenster links nach der Burgbrücke hin.

»Verdammte Schweinerei! Wer ist denn das Ferkel?«

Da unten schimpfte einer. Ich sah durchs Fenster. Der Oberförster! Als er mich sah, machte er eine grimmige Miene.

»Sie! Was gießen Sie denn da runter? Und warum zielen Sie denn gerade nach meinem Kopfe?« fragte er.

Ich machte eine hohle Hand.

»Lindenblütentee! Nehmen Sie's nur nicht übel! Ich soll Tee trinken und will nicht! Verstehen Sie!«

»Ähä!« machte er befriedigt, wischte seinen Hut ab und ging in die Burg.

Bald nachher kam Waldhofer zu mir. Ich erschrak etwas; denn ich war fest überzeugt, daß ihm Ingeborg die Geschichte von dem Kuß erzählt habe. Er merkte mir meine Verlegenheit an, sah mir ruhig in die Augen und sagte lächelnd:

»Es ist nicht deswegen! Ich habe das Gewicht an die Uhr gehängt, und sie geht wieder richtig. Ich komme wegen etwas ganz anderem. Die tollen Kerle, der Sternitzke und der Oberförster, bestehen auf ihrer gegenseitigen Klage. Sie haben wieder mal Lust, miteinander Komödie zu spielen. Und da sollen sie beide mal richtig reinfallen. Der Termin soll bald abgehalten werden, und Sie sind von beiden Seiten als Zeuge vorgeschlagen. Die ganze Sache ist natürlich gar nicht ernst zu nehmen. Wenn Ihr Zustand nicht gar zu besorgniserregend ist –«

»Mein Zustand ist nie besser gewesen!« rief ich.

Im Gastzimmer saßen die beiden Kontrahenten, Herr Gerstenberger und Herr Sternitzke. Beide saßen gesondert an verschiedenen Tischen und drehten sich die Nachtseiten zu. Der Oberförster sah aus, als ob er die ganze Welt vergiften wollte.

»Meine Herren«, sagte ich ernst, »Sie haben in Ihrer Angelegenheit meine Zeugenschaft gewünscht.«

»Jawohl! Wenn kein Zeuge ist, streit' ich alles«, sagte der Oberförster.

»Und ich ooch!« sagte Sternitzke.

Ich setzte mich. Waldhofer entfaltete einige Blätter Papier auf einem Tische und sagte ernst:

»Ich eröffne die Verhandlung!«

Da fiel ihm der Oberförster ins Wort. »Du, Waldhofer, bitte, wart' noch 'n Augenblick, ich will mir bloß schnell noch einen Kognak –«

»Nein, das geht nicht! Während der Verhandlung darf natürlich nicht getrunken werden.«

Gerstenberger knurrte etwas, was ganz ähnlich klang wie »Schweinerei«, und Sternitzke lachte schadenfroh.

Die Verhandlung begann.

»Der Oberförster Bernhard Gerstenberger zu Steinwernersdorf wird beschuldigt, den Gemeindevorsteher Gastwirt Franz Sternitzke von ebendaher in öffentlicher Sitzung, und zwar während einer Amtshandlung des letzteren, einen ›Schwachkopf‹ genannt zu haben. Ich frage den Herrn Oberförster, ob er das zugibt!«

»Nö!« sagte Gerstenberger, »auf ›Schwachkopp‹ erinnere ich mich nich, höchstens auf ›Schafskopp‹.«

»Das würde an der Sache nichts ändern«, sagte Waldhofer und hatte Mühe, ernst zu bleiben, »aber die Injurie muß doch genau festgestellt werden. Ich persönlich erinnere mich, einen deutlichen ›Schwachkopp‹ gehört zu haben.«

»Und ich ebenfalls« sagte ich; ich bezeuge den ›Schwachkopp‹ aufs bestimmteste.«

»Na«, fiel Gerstenberger sarkastisch ein, »wenn der Herr Schiedsrichter und der Herr Zeuge derselben Meinung sind, so hab' ich nichts dagegen und geb' es zu, daß der Sternitzke nich 'n Schafskopp, sondern 'n Schwachkopp is.«

»Keine weiteren Beleidigungen, das bitt' ich mir aus!« sagte Waldhofer.

»Das bitt' ich mir ooch aus!« schrie Sternitzke.

»Also, die Injurie steht fest«, sagte Waldhofer. »Ich frage die Herren amtlich, ob sie sich nicht lieber gütlich einigen wollen.«

»Nö!« knurrte der Oberförster.

»Denke gar nich dron«, sagte Sternitzke. »Privatim kann a mich halten, für was a will, denn wir sind Freunde, aber als Schulze vor der ganzen Gemeinde, da laß ich nich ›Tipp‹ an mich machen. Ich verlange 15 Mark Ordnungsstrafe und Abbitte ins Kreisblatt.«

»Was sagt der Herr Oberförster dazu?« fragte Waldhofer.

»Der Sternitzke is verrückt – privatim natürlich – urverrückt is er! Ich abbitten ins Kreisblatt! Eher mach' ich ja die ganze Erfindung der Buchdruckerei rückgängig.«

»Das würde ein beträchtlicher Schaden für die Kultur sein«, warf ich ein.

»Der Herr Oberförster verweigert also wirklich die Abbitte?« fragte Waldhofer.

»Jawohl, ja!« bekräftigte Gerstenberger.

»Dann einige ich mich nich und geh vors Gericht!« verharrte Sternitzke eigensinnig.

»Sie werden sich noch anders besinnen, Herr Sternitzke.«

»Fällt mir nich ein; die Beleidigung war zu gemeen und öffentlich! Und als Schulze laß ich nich ›Tipp‹ machen! Ich geh vors Gericht!«

Da fing der Oberförster an zu rasen. Er ergoß eine solche Unmenge von Injurien über Sternitzkes Haupt, daß er sie höchstens mit lebenslänglichem Gefängnis alle hätte abbüßen können. Sternitzke hörte ihm ganz ruhig zu. Schließlich, als Gerstenberger eine unendlich lange Reihe zoologischer Namen keuchend beendete, sagte Sternitzke:

»Das macht olles weiter nischt, Brüderle! Bei solchen kleenen privaten Foppereien bin ich keen Spoßverderber. Aber 'n öffentlichen ›Schwachkopp‹ laß ich nich uff mir sitzen. Das muß gedruckt werden, sage ich!«

»Jawohl, ja, gedruckt, du Lumpe du! Ich werd' dir was drucken lassen, daß dir die Augen übergehen, daß der Schwachkopf überall –«

»Daß heißt«, fiel Waldhofer ein, »die Abbitte hat einfach zu lauten: ›Ich habe den Herrn Gemeindevorsteher Sternitzke öffentlich beleidigt und leiste hierdurch Abbitte. Bernhard Gerstenberger, Oberförster‹ Sonst kein Wort!« Gerstenberger war starr.

»Was?« keuchte er. »Und vom ›Schwachkopp‹, der doch die Hauptsache is, um den sich's doch handelt, keen Wort?«

»Kein Wort!« wiederholte Waldhofer.

Was nun beim Oberförster erfolgte, war ein Tobsuchtsanfall. Hatte er die ganze Sache anfangs mehr als Ulk aufgefaßt, so begann er sie jetzt ernst zu nehmen. Er verschwor sich hoch und teuer, daß er eine so »blödsinnige« Abbitte nie und nimmer »loslassen« würde. Der Sternitzke könnte ihn verklagen, wo er wolle. Er würde den Wahrheitsbeweis antreten.

Damit scheiterten die Einigungsversuche, und der zweite Teil der Verhandlung begann: Gerstenberger contra Sternitzke.

Es wurde festgestellt, daß Sternitzke den Oberförster in derselben öffentlichen Sitzung einen »Ruppsack« tituliert hatte, und Gerstenberger wurde befragt, was er als Sühne verlange. Da richtete er sich stramm empor und sagte:

»Es kommt zu dem »Ruppsack« als erschwerender Umstand, daß er öffentlich war und daß er sich gewissermaßen auch auf den Herrn Baron bezog, dessen Vertreter ich war. Ich beantrage: 500 Mark Geldstrafe, Abbitte ins Tageblatt, Wochenblatt und Kreisblatt –«

»Drei Jahre Arbeitshaus, Aberkennung der bürgerlichen Ehrenrechte und dauernde Stellung unter Polizeiaufsicht«, vollendete ich. Gerstenberger warf mir einen wütenden Blick zu.

»Sie brauchen mich nicht zu uzen«, sagte er. »Auf den 500 Mark und der dreifachen Abbitte bestehe ich.«

»Darauf kann der Kläger nicht bestehen«, sagte Waldhofer, »denn die höchste zulässige Strafsumme vor dem Schiedsrichter beträgt 15 Mark.«

»Das weeß a nich amol!« sagte Sternitzke höhnisch.

»Ja, und auf der Abbitte können beide Herren nicht bestehen«, warf ich ein, um die Sache wieder ins richtige Gleis zu bringen.

»Wieso?« fragte Waldhofer.

»Wieso?« fragte der Oberförster.

»Das wer'n wir amol sehn!« meinte Sternitzke.

Ich machte ein Gesicht wie einer, der Bescheid weiß. »Die Königliche Regierung wird den Kompetenzkonflikt erheben«, sagte ich.

»Was wird sie erheben?« fragten Gerstenberger und Sternitzke gleichzeitig.

»Den Kompetenzkonflikt.«

»Aha! Kompetenzkonflikt«, machte der Oberförster betroffen.

Es entstand eine Stille; Waldhofer wandte sich ab und trat ans Fenster. Ich machte wieder eine sehr wichtige Miene, blieb aber stumm. Da platzte endlich Sternitzke heraus:

»Was is'n das für'n Ding?«

»Weeß a nich amol und will keen Schwachkopp sein!« sagte der Oberförster abfällig.

»Was der Kompetenzkonflikt ist, Herr Sternitzke? Das wird Ihnen der Herr Oberförster erklären. Nicht wahr?«

»Ich? Erklären? Kompetenzkonflikt? – Hm ja – ähä, erklären! – Nö, werd' ich nich! Mit dem Kerl red' ich ja gar nich.«

Er half sich also aus der Klemme.

»Sehen Sie, Herr Sternitzke«, sagte ich nun, »Sie als Gemeindevorsteher sind doch 'ne Obrigkeit, und der Herr Oberförster als stellvertretender Amtsvorsteher ist auch 'ne Obrigkeit. Wenn nun eine Obrigkeit einer anderen Obrigkeit in einem öffentlichen Blatte etwas abbitten würde, so würde dadurch die gesamte Obrigkeit in den Augen des Volkes herabgesetzt werden, und da legt sich eben die höchste Obrigkeit, nämlich die königliche Regierung, mit dem Kompetenzkonflikt ins Mittel und verhindert, daß sich die niederen Obrigkeiten gegenseitig vor den Untertanen blamieren!« – »Aha«, seufzte der Oberförster erleichtert auf, »das ist gescheit.«

»Nee«, sagte Steruntzke, »das find' ich sehr tumm.«

»Was die Regierung macht, hast du gar nischt tumm zu finden«, bemerkte Gerstenberger.

»Bloß privatim!« verteidigte sich Sternitzke.

Nach einer kleinen Pause sagte der Oberförster: »Ich glaube, er schwindelt. Er uzt uns!«

»Ich globe ooch«, sagte Sternitzke und zwinkerte seinem Gegner pfiffig zu.

»Aber ich bitte, meine Herren! Bei gegenseitiger Abbitte ist die Blamage kolossal. Das kann weder die Regierung noch sonst ein vernünftiger Mensch zugeben.«

Das sahen sie endlich ein. Die Verhandlung wurde fortgesetzt und endete damit, daß sowohl Gerstenberger als auch Sternitzke je 13 Mark in die Orts-Armenkasse zu zahlen hatten. Auf die Abbitte wurde verzichtet. Getrennt wanderten schließlich die beiden guten Freunde ins Tal. Mir gab Waldhofer die Hand.

»Mit dem Kompetenzkonflikt das haben Sie gut gemacht. Denn wenn's zur öffentlichen Abbitte gekommen wäre, hätte diese edle Freundschaft wirklich Schaden leiden können.«

Vereinsamt

Durch die beiden kampf- und abwechselungsbedürftigen Freunde erfuhr ich von einem Weltereignis, das bis dahin gewiß schon Millionen und aber Millionen Herzen in Spannung hielt und von dem zu mir in meine Einsamkeit noch nicht die leiseste Kunde gedrungen war.

Auf einem Birschgange traf ich den Oberförster. Es war Ende November. Er blieb bei mir stehen.

»Wollen wir wetten?« fragte er.

»Was wetten?« fragte ich.

»Daß der Sternitzke der blödsinnigste Kerl im ganzen kultivierten Europa is!«

»Ich wette nicht!«

»Na, das is Ihnen aber auch gesund; denn Sie hätten schmählich verspielt, sag' ich Ihnen. Denken Sie mal, dieses Schaf hält's mit den Engländern!«

»Was? Wie? Mit den Engländern? Was hält er denn mit ihnen?«

»Nu, gegen die Buren natürlich.«

»Wieso gegen die Buren? Haben denn die Engländer gegen die Buren etwas?«

Er sah mich erbost an.

»Sie! Wenn Sie jemanden uzen wollen, suchen Sie sich einen Dümmern als mich.«

»Aber, so hören Sie doch erst! Ich hab' wahrhaftig keine Ahnung; ich hatte ja über sechs Wochen keine Zeitung mehr in der Hand. Absichtlich hab' ich das getan!« Da blieb er stehen und sah mich zweifelnd an. Dann nahm sein Gesicht einen mitleidigen Ausdruck an.

»Haben Sie schon mal die Geschichte von Adam und Eva gehört?« fragte er.

»Aber so kommen Sie doch zur Sache! Sie hören doch, daß ich wirklich ununterrichtet bin. Also was ist los in Südafrika?«

Eine Stunde lang sprach er, ohne abzubrechen. Er konnte ganze Zeitungsartikel auswendig, führte Depeschen an, kannte genau alle Verlustziffern auf beiden Seiten, zeichnete mit seinem Stocke Kartenskizzen in den Sand und setzte mir am Schlusse auseinander, die Engländer seien total »verratzt«, und in kurzer Zeit würden die Buren nicht nur Südafrika, sondern überhaupt ganz Afrika beherrschen. Wir Deutschen seien natürlich ganz auf der Burenseite – mit Ausnahme von Sternitzke, was aber bloß eine Ehre für die Buren sei.

Schließlich hörte ich gar nicht mehr auf den Schwadroneur, sondern machte mich los von ihm.

Ich traf Waldhofer in der Gaststube und fragte ihn, warum er mir nichts erzählt habe von dem ausgebrochenen Kriege. Da sagte er:

»Passen Sie auf, es wird eine lange, aufregende und traurige Geschichte! Und was nützt unsere Aufregung, ja unsere Sympathie? Nichts! Sie werden noch viel darüber hören und lesen und wohl selbst sprechen und schreiben. Diesen Winter wollte ich Ihnen ganz ungestört erhalten.«

»Ich danke Ihnen! Aber ich bitte Sie doch, mir jetzt alle Tage Ihre Zeitung zur Verfügung zu stellen.«

»Wie Sie wünschen! Ich muß Ihnen sowieso die Mitteilung machen, daß unsere Burgeinsamkeit eine kleine Unterbrechung haben wird.«

»Darf ich wissen wodurch?«

»Ja natürlich! Da muß ich Ihnen zunächst eine kleine Vorgeschichte erzählen. Als meine Tochter Ingeborg auf der Schule war, wohnte sie bei einer Frau von Soden. Auch mein Sohn Walter verkehrte in der Familie. Frau von Soden war Witwe – das heißt, ihr Mann war verschollen. Sie hatte einen Sohn, der Jura studierte, und zwei Töchter. Das älteste von den Mädchen hat vor einem reichlichen Jahr geheiratet, während Marianne, die jüngste Tochter, nur etwa zwei Jahre älter ist als Ingeborg. Wir waren mit der Familie sehr befreundet, namentlich durch meinen Sohn. Er war mit Elisabeth, der älteren Tochter, gerade ein Vierteljahr verlobt, als er starb. Heute habe ich die Nachricht erhalten, daß Frau von Soden einem langjährigen Leiden erlegen ist. Da will ich mit Ingeborg hinfahren. Wir werden wohl dann die Marianne mit hierher bringen. Bei ihrem Bruder, der jetzt vor dem Assessor steht, will ich sie nicht lassen. Der hat keine Zeit, das Kind zu trösten. Und zu ihrer verheirateten Schwester wird sie am Ende nicht wollen. Also wollen wir versuchen, ihr über das erste hinwegzuhelfen. Sie werden übrigens durch das Mädchen gar nicht gestört werden; es ist ein stilles, schüchternes und etwas vergrübeltes Kind.«

»Aber ich bitte Sie, Herr Waldhofer, bei Ihren Dispositionen über Ihr Haus mich gar nicht in Frage zu ziehen. Werden Sie lange abwesend sein?«

»Ich denke fünf oder sechs Tage. Den Haushalt wird wohl der Sohn vorläufig mit der alten Pflegerin der Frau von Soden fortführen. Also kann Fräulein Marianne abkommen.«

»Und Sie reisen noch heute?«

»Ja, Baumann besorgt bereits einen Wagen.«

Ingeborg trat ein. Sie hatte verweinte Augen und war schwarz angezogen. Das dunkle Gewand und das rosige Gesichtchen standen in hübschem Gegensatz, und sie war in diesem eleganten Trauerkleid eine wirkliche Dame.

Das hinderte sie freilich nicht, mir in ihrer gesprächigen Weise viel vorzuerzählen und vorzuschluchzen von der guten, guten Frau von Soden, und was sie alles hätte leiden müssen, und daß sie so sehr viel Ärger mit ihrem Manne und auch mit ihrem Schwiegersohne gehabt hätte, und daß die Marianne das klügste, das beste und das schönste Mädchen der Welt sei.

Ich würde ja schöne Augen machen über die Marianne; mit der dürfe ich mich aber gar nicht, gar nicht necken. Das würde fürchterlich unpassend sein.

Ich versprach, Fräulein von Soden mit einem grenzenlosen Respekt entgegenzutreten, und sagte dann, daß ich Ingeborgs Abreise herzlich bedaure.

»Ach«, sagte sie, »was Sie essen, kocht sowieso die Frau Baumann. Daran wag' ich mich gar nicht.«

»Weil noch manchmal etwas verdirbt, wenn der Herr Doktor die Güte haben«, sagte Baumann, der unbemerkt eingetreten war. »Der Wagen ist in einer Stunde unten am Schloßberg.«

Ich gab ihnen das Geleit. Baumann fuhr auf einem Schubkarren einen Reisekoffer vor uns her und mußte, da es stark bergab ging, so gewaltig bremsen, daß er mich zu jeder anderen Zeit sehr belustigt hätte. Aber heute hatte ich tatsächlich ein kleines Abschiedsweh im Herzen. Wegen sechs Tagen!

Der Wagen hielt unten auf der Straße. Der Reisekoffer wurde aufgeladen, Waldhofer und Ingeborg stiegen ein, ein kurzes Abschiedswort – fort waren sie.

Ich stand allein auf der nebligen, toten Dorfstraße, und mir war so eigen zumute, als ob das ein Abschied auf lange sei. Nun war ich wirklich vereinsamt. Wunderbar, und da dachte ich an das fremde Mädchen, nach dem Waldhofer und Ingeborg fuhren. So vereinsamt war sie, daß ein paar Freunde in einem stillen Waldwinkel sich ihrer annehmen mußten. Es gibt viele einsame Leute auf der lauten, überhasteten Erde, und die Einsamkeit ist für den Starken eine Wohltat, aber für den Schwachen eine Qual. Ich wandte mich nach Baumann um; er war verschwunden. Er hatte sich wohl nicht getraut, mit mir zurückzukehren. So ging ich die Dorfstraße entlang, um den Schloßberg herum und gelangte in ein Seitental. Unten auf der Talsohle war ein kleiner, langgestreckter See. Am Ufer war ein Kahn, der nicht angeschlossen war. Ich stieg in das Gefährt und stieß leise ab. Aber ich war nicht geschickt im Rudern und kam bald an den Rand. Unter einem Erlenstrauche landete ich. Ich zog das Ruder ein und sank in Träume. Weiße Wolken zogen über mir am Himmel, ein müdes Herbstlied zitterte durch die Erlen. Ich saß regungslos still.

Da hörte ich Schritte und Stimmen. Ich blickte auf und sah in einer Biegung des Uferweges auf eine Sekunde zwei Menschen auftauchen – Hartwig und die junge Schmiedstochter. Bald unterschied ich des Mädchens leidenschaftliche und kaum noch gemäßigte Stimme: »Das konnste mir ni ontun, Joseph, das konnste ni –«

»Loß mich ei Ruh –«

»Sie mag dich doch ni, die Ingeborg – und ich – und – ich –«

Sie weinte bitterlich.

»Sie mag mich ni! – Natürlich – a su an Lump – der Vater im Zuchthause – und ich – rausgeschmissa – rausgeschmissa!«

»Siehste, Joseph, und wenn sie olle nischt meh vo dir wissa wull'n – ich – ich – ich häng' on dir – und wenn du salber ei's Zuchthaus kämst – du bist eemol mei Liebster – drei Johre schun – ich häng' on dir bis zum Tude –«

Er wandte sich ab.

»Ich konn's ni – ich breng's ni fertig – 's is aus mit mir –«

»Joseph, bin ich dir denn su zuwider?«

»Ja – meinetwegen – ja! – Die ganze Welt is mir zuwider – und du ooch –«

»O du heilige Mutter Gottes!« – – –

Da gingen die zwei jungen Menschenkinder im Herbstnebel dahin, ein jedes mit dem tiefen Gram um seine verschmähte Liebe.

Die Geschlechterliebe ist die Liebe, die am wenigsten Glück auf die Welt bringt. Eine Mutter hat jeder, einen Freund so mancher, eine Liebste, die ihn wahrhaft glücklich macht, selten einer.

Ich ging nach der Burg, und als ich hinkam, hatte ich nicht das Heimatgfühl wie sonst. Heute mutete mich alles an als Ruine, und ich wußte, daß ich ohne Waldhofer und Ingeborg den Winter hier oben nicht würde überstanden haben. Unsere Heimat ist immer bei unseren Freunden. Melancholisch blickte ich vom Bankettsaal in den Burghof hinunter. Ich versuchte, ihn durch meine Phantasie zu beleben mit gepanzerten Rittern, schönen Frauen und edlen Pagen. Es gelang nicht. Ich sah nur den Tod und die Einsamkeit.

Ein paar Spatzen kamen auf die Burgmauer; sie schüttelten ihr Gefieder und flogen zurück ins Tal.

Auch ich hätte mich aus meiner Einsamkeit ins Tal retten können oder zur Arbeit; ich tat es nicht. Es wäre eine müde Schwermut in mir, und doch war sie ganz süß.

Die Sehnsucht ging aufs Wandern, und für die Jugend ist die Sehnsucht die bangste und doch auch die wonnigste, die kein erkennbares Ziel hat, die hinausschweift dorthin, wo sich die Blicke verlieren, ins Blaue oder ins Graue. So – als wenn man vor dem eigenen zugeschlagenen Schicksalsbuche stünde!

Sehr zeitig ging ich schlafen. Und als ich im Bett lag, da wollte mir in dem altertümlichen Gemach die Romantik lebendig werden – die Scheu kam wieder, die Furcht.

Erst spät fiel ich in schweren Schlaf.

Die folgenden Tage gelang es mir, zu arbeiten, und ich war auch einmal im Dorfe. Bei Sternitzke traf ich den jungen Lehrer. Er wohnte jetzt dort und sagte mir, nächsten Sonntag sei seine Hochzeit. Eine ganz stille Hochzeit. Aber er war doch glücklich. Auch weil der Baron seine Wünsche wegen der Lehrerstelle erfüllt hatte. Ich ging zeitig nach Hause. Dort wurde mir aber die Einsamkeit wieder so drückend, daß ich beschloß, einen Gang durch den Wald zu machen, obgleich das Wetter durchaus nicht einladend war. Baumann gab mir im Hausflur eine Ansichtspostkarte. Sie war von Ingeborg und lautete:

Geehrter Herr Doktor! Mein Vater und ich senden Ihnen viele Grüße. Wir sind ganz wohl, aber es war alles so furchtbar traurig. Freitag kommen wir mit der armen Marianne nach Hause. Auf Wiedersehen!

Ingeborg Waldhofer.

Wie ich mich über diese Karte freute! Freitag kamen sie, und heute war Donnerstag. Gott sei Dank! Es war mir auf einmal viel wohler zumute, und ich schritt lustig den Schloßberg hinab. Ich hatte die Büchse zu Hause gelassen. Nicht als Jäger wollte ich in den Wald gehen, heute an diesem glücklichen Tage.

Der Sturm zerrte an meinem Mantel und trieb mir spitzen Regen ins Gesicht. Davon wurden mir die Wangen glühend, die nasse Luft machte meine Glieder geschmeidig, und ich wanderte rascher als sonst. So entfernte ich mich ein gut Stück von der Burg. Der See lag längst hinter mir; einen steilen Abhang stieg ich hinauf und machte nur einmal kurze Rast in einer Jägerhütte, die heimlich aus dem Fichtendickicht hervorschaute. Dann erklomm ich die Höhe. Ein Hochplateau breitete sich oben aus. Grauer melancholischer Schimmer lag auf den Wiesen. Aber ich mußte einmal darüber hinweggehen, und so ging ich und ging im Kreise.

Es wurde dunkel ehe ich es gedacht. Ich wandte mich zur Rückkehr. Ich suchte die Jägerhütte; aber ich fand sie nicht. Hatte ich sie übersehen? Da stand auch ein wunderlicher Baum mit zwei Stämmen am Wege, eine Zwillingsbildung, die mir vorhin sicher aufgefallen wäre. Nun gab ich genauer acht auf den Weg – es war nicht der rechte!

Ich hatte oben auf den Wiesen einen falschen Pfad eingeschlagen. Sicher war ich zu weit rechts. Ich beschloß, den nächsten Querweg nach links einzuschlagen, dann mußte ich ja wieder auf den richtigen Pfad kommen. Es dauerte lange, ehe ein schmaler Rain meinen Weg kreuzte. Ich bog also nach links ein. Zu beiden Seiten stand so dichtes Gesträuch, daß ich Mühe hatte, auf dem schmalen Pfade vorwärts zu kommen. Dazu wurde der Weg sumpfig, und der Sturm erhob sich stärker und stärker.

Jetzt war es ganz Nacht. Sollte ich umkehren? Es war eine Torheit, von dem breiten Wege abzugehen. Müde halte ich inne. Wie der Sturm heult und der feine Regen auf die Blätter klopft! Und es ist so finster! Ich stehe ganz ruhig und lausche in die Nacht hinein.

Da! – ein prasselnder Knall – ein Schuß! Was ist das? Ist ein Jäger in der Nähe? Ich stehe wie angewurzelt. Ein Wild bricht durchs Gezweig. Gleich darauf teilen sich die Äste. Zehn Schritte nur von mir entfernt. Ein Mann erscheint.

Es ist Hartwig!

Mit großen entsetzten Augen schaut er mich an und ich ihn. Jeder weicht einen Schritt zurück – zwei –

»Sie!«

»Hartwig!«

Ich bin wie gelähmt – er auch!

Da zuckt er empor.

»Verraten! Aufgelauert! Ins Zuchthaus soll ich – ins Zuchthaus – ich – und Sie – und Ingeborg –«

»Hartwig – nicht schießen – nicht! Jesus Christus –!«

Ein Blitz! Nacht! –

Es saust um mich – es saust mir in den Ohren – es wirbelt mir im Gehirn – die Stirn – der Druck – die Augen – ah – ich – ich kann sie nicht aufmachen – es tut etwas weh – aber wo – wo? Wie das braust –

wogt – schüttelt – zuckt – rollt – dröhnt! Ich liege wohl im Meere! Nein, ich bin gestorben!

Schlafen, schlafen – still liegen! Still – still!

Da – es braust wieder.

Jetzt!

Ich öffne die Augen!

Ach, es bleibt Nacht! Nur schlafen! – Ich bin müde!

Es schmerzt mich etwas!

Und ich erwache! Ich kann denken.

»Du?«

Er kniet über mir, Hartwig, der Mörder, kniet über mir!

»Hilfe! Hilfe!«

Die Stimme erstickt mir.

Er packt mich fest – ich bin verloren.

Nacht!

Ich fliege! – Ja, ich fliege!

Jetzt wieder bin ich auf der Erde. Ich liege fest; ich kann die Augen öffnen.

Da steht er wieder – Hartwig, der Mörder – mein Mörder!

Ich will sprechen – ich rolle die Zunge – jetzt gelingt's.

»Hartwig – ich – ich will nicht sterben – Hartwig!«

Da stürzt er auf die Erde.

»Nein, nein, nein! Sie sollen nicht sterben! Ich will sterben – nur bleiben Sie leben! Ich war verrückt – hören Sie – ich war verrückt!«

Ich schaue ihn an. Die Augen brennen und tun weh. Da halt er mir ein Fläschchen an den Mund und läßt mich trinken.

Ich trinke. Da werde ich stärker.

»Fürchten Sie sich nicht! Ich trage Sie nach Hause!«

Es ist wohl ein Traum? Ich fürchte mich nicht. Ich schlinge den Arm um den Hals meines Mörders. Nur den rechten Arm; der linke tut weh.

Ach, bin ich schwach! Aber er trägt mich gut. Ich höre, wie er rasch atmet.

Es geht bergauf; es regnet noch. Und ich bin so schwer. Da streichle ich ihm die Stirn.

»Die Ingeborg liebt mich ja nicht, Hartwig.«

Da zittert er, zittert so, daß er mich an den Wegrand setzen muß. Und er weint rasend. »Nun bin ich ein Mörder wie mein Vater! – Wie mein Vater! – und das ist mein letzter Gang in der Freiheit –«

Dann nimmt er mich wieder.

»Aber Sie leben! Und wenn Sie sterben, gelt nein, – Sie werden mich nicht verfolgen – gelt nein?«

»O nein – ich – ich –«

Es ist wieder Nacht.

Da sehe ich Licht.

»Wie fühlen Sie sich?«

Das ist Waldhofer.

Eine Lampe brennt.

Dort steht Ingeborg. – Dort eine Fremde!

Sie hat große, schwarze Augen. Und ein Mann ist da.

»Ich bin der Arzt. Seien Sie unbesorgt. Sie müssen jetzt nur ganz ruhig bleiben – ganz ruhig liegen. Nicht rühren!«

Ich blicke sie alle an.

»Bin ich zu Hause?«

»Ja, auf der Burg.«

»Hartwig hat mich gebracht?«

»Ja, Hartwig.«

»Wo ist er?«

»Bitte, regen Sie sich nicht auf. Fragen Sie morgen.«

»Ist es schon Freitag?«

»Es ist Donnerstag-Nacht!«

»Da sind Sie schon da?«

»Wir kamen eher.«

»Herr Waldhofer – – lassen Sie Hartwig frei gehen – ja – bitte!«

»Das geht nicht!«

»Lassen Sie ihn – frei! – Ich kann nicht viel reden – er muß frei sein! Ich will es! Ich bitte! Er muß –«

Sie sehen sich alle an. Der Arzt zuckt die Achseln, dann nickt er.

Da kommt Waldhofer zu mir. Er küßt mich auf den Mund. »Ich habe Sie lieb, mein Freund! Hartwig wird frei sein! Ruhen Sie jetzt!«

Ich schließe die Augen. Der Schlaf kommt.

Im Krankenzimmer

In der Nacht war ich wohl sehr krank.

Ich erwachte und sah mit unendlicher Vorsicht einen Mann durch das Zimmer schleichen. Es war Baumann.

»Baumann, lieber Baumann!« rief ich matt. Da stürzte er herbei, kniete an meinem Bette nieder und schluchzte.

»O, lieber Herr Doktor – ach, lieber Gott im Himmel du! Sie müssen krank sein, und so ein schlechter Kerl wie ich ist gesund!«

Er war ganz fassungslos.

»Wo bin ich denn getroffen. Baumann?« fragte ich. Da richtete er sich auf und kam wieder in seinen gewohnten Tonfall.

»Nichts Lebensgefährliches, Gott sei Dank! Streifschuß links! Rehposten im linken Oberarm – Rehposten in der linken Schulter – Rehposten im linken Halse –«

»Im Halse auch?«

Ich fühlte mühsam mit der rechten Hand nach dem Verbände.

»Haben aber der Herr Doktor sehr viel Blut verloren, und wären der Herr Doktor gestorben, wenn nicht Hartwig, der Teufel, den Herrn Doktor verbunden hätte.«

Ich lächelte.

»So ist er doch kein Teufel, wenn er mich verbunden hat.« Baumann weinte schon wieder.

»Nein«, sagte er, »wenn er das nicht getan hätte, dann hätte ich ihn nie rausgelassen aus dem Speisegewölbe.« – »Habt Ihr ihn freigelassen?«

»Ja, weil doch der Herr Doktor es gewünscht haben. Ich hab' selber aufgeschlossen. Er wollte gar nicht raus. Und wie er dann im Burghofe war, wurde er ohnmächtig.«

»Hartwig?«

»Ja, Hartwig! Aber jetzt ist er im Dorfe. Die ganze Burg muß reinen Mund halten. Das hat Herr Waldhofer befohlen. Der Arzt hat's auch gesagt. Und meine Alte laß ich sechs Wochen zu keinem Menschen. Ach, jetzt haben der Herr Doktor wieder ein bißchen gelacht; da wird's schon wieder werden.«

»Ja, es wird werden. Geben Sie mir zu trinken, Baumann!«

Das tat er mit der Behutsamkeit einer Mutter.

Bald darauf kam der Arzt. Er sah meine Verbände nach, prüfte die Temperatur und den Pulsschlag und war befriedigt.

Meine Wunden würden bald geheilt sein, sagte er, nur Ruhe und Schonung seien nötig. Freilich, die Schwäche würde anhalten. Ob ich nicht nach dem Süden gehen wollte, ich hätte unbändig viel Blut verloren.

Ich besann mich und schüttelte den Kopf.

»Sie kommen auch hier wieder zu Kräften«, sagte er da. »Sie sind jung und von guter Konstitution. Das ist die Hauptsache.«

Dann hieß er mich ruhen, und ich schlief auch bald wieder ein.

Als ich erwachte, standen zwei Sträuße herrlicher Rosen neben meinem Bette. Baumann war wieder im Zimmer. Wie ich später erfuhr, hätte er nur durch Zwangsmaßregeln von mir entfernt werden können. Er vernachlässigte unten im Haushalt alle seine Pflichten.

»Von wem sind die schönen Rosen, Naumann?«

»Von Ingeborg und von der neuen Dame, wenn der Herr Doktor belieben. Sie haben sie von der Reise mitgebracht.«

Ich betrachtete die Rosen.

»Welcher Strauß ist von Fräulein Ingeborg?« fragte ich.

»Das weiß ich nicht genau; aber ich glaube, der rechts.«

»Geben Sie ihn mal!«

Er reichte mir die Rosen.

»Nehmen die Damen Anteil?« fragte ich.

»Sehr viel Anteil; Fräulein Ingeborg hat feuerrote Augen, so geweint hat sie. Die Neue sagt weiter nicht viel.«

»Wie gefällt Ihnen denn die Neue, Baumann?«

»Nu je, Herr Doktor, gefällt mir nicht gerade schlecht.

Ganz adrette Dame sonst! Aber so hübsch wie Fräulein Ingeborg ist sie nicht. Ein bißchen zu schwarz, denke ich.« Mein Humor kommt wieder.

»Sie sind mehr fürs Blonde, weil Ihre Frau blond ist.« Baumann schüttelt heftig den Kopf.

»Haben sich der Herr Doktor getäuscht – meine Frau ist schwarz!«

Er reicht mir noch einmal die Rosen. Ich liege ganz still und schlafe allgemach wieder ein. Nur zuweilen schrecke ich empor, wenn mich eine Wunde schmerzt.

In der Nacht wacht Waldhofer bei mir. Ich will mit ihm sprechen, ihn befragen, wie mich Hartwig nach der Burg gebracht, er lehnt alles ab. Still sitzt er an einem Tisch und liest. Später würde er mir vorlesen, sagte er. Die Nacht vergeht langsam. Die Wunden brennen mich. Aber ich sage nichts. Vor jenem Manne verstummt meine Klage. Drei- oder viermal guckt Baumann zur Tür herein und fragt, ob er nicht gebraucht werde. Da weist ihn endlich Waldhofer ziemlich schroff ab und sagt, er solle nicht mehr stören.

Am Morgen fand er ihn im kalten Bankettsaal in einem Lehnstuhl sitzen.

Im Laufe des Tages erschien Waldhofer mit Ingeborg und dem neuen Gaste.

Ingeborg eilte gleich auf mich zu. Sie nahm meine Rechte mit beiden Händen, und Tränen stürzten aus ihren Augen. »Es tut mir so furchtbar leid um Sie«, sagte sie. »So schrecklich sehr leid.«

Ich zog ihre Hand an meinen Mund und küßte sie.

»Das ist unser neuer Gast, Herr Doktor!«

Eine junge, zwanzigjährige Dame, hochgewachsen, eine durchaus edle Erscheinung! Ihr Gesicht ist wohl etwas zu weiß. Die schwarzen Haare fallen in Wellenlinien vom Scheitel aus um die hohe Stirn. Sie hat große, schwarze Augen, solche Augen, daß ich sie selbst im Fieber bemerkt habe. Sie steht neben Ingeborg wie die feierliche Nacht neben dem jungen Morgen.

Jetzt spricht sie. Ihre Stimme ist tief, wohlklingend und sehr ruhig.

»Es tut mir leid, daß ich einen Hausgenossen unter so traurigen Verhältnissen kennenlernen muß.«

»Ich passe jetzt freilich schlecht in eine tröstliche Umgebung«, sagte ich.

»Es ist natürlich nicht um mich«, antwortete sie.

»Sie haben mir eine so große Freude mit den reizenden Rosen bereitet. Ich danke Ihnen, Fräulein Ingeborg, und auch Ihnen, gnädiges Fräulein.«

»O bitte! Die Sträuße hat uns mein Bruder mit auf die Reise gegeben. Wir freuten uns, sie als Gruß für einen Kranken benutzen zu können!«

»Ja, und wenn ich ganz ergebenst was bemerken darf«, kommt da Baumann heran, »der Herr Doktor wollten gern wissen, welcher Strauß von Fräulein Ingeborg und welcher vom gnädigen Fräulein von Soden sind, und ich wußte es nicht genau.«

Das war das erstemal, daß ich auf Baumann böse war. Ingeborg wurde rot, auch Waldhofer schien unwillig. Fräulein von Soden aber kam ruhig an den Nachttisch heran, hob einen Strauß aus der Vase und sagte:

»Dieser mit dem roten Bande ist von Ingeborg, und der andere mit dem schwarzen ist von mir.«

Mir war die Sache peinlich, und ich suchte mir durch eine Menge von Dankesworten über die Situation wegzuhelfen. Da sagte Fräulein von Soden:

»Es lohnt doch gar nicht der Entschuldigung. Sie kannten Fräulein Ingeborg, und mich kannten Sie nicht. Wollen wir nicht gehen, Herr Waldhofer?«

Ja, sie gingen, ein jedes mit einem guten Wunsche für mich. Als sie fort waren, kam Baumann heran.

»Habe ich etwas Dummes gesagt?« fragte er.

»Ja, Baumann, etwas sehr Dummes!«

Da schlich er, wie ein Pudel, der Prügel gekriegt hat, von dannen.

Ich war allein.

Wieder betrachtete ich die Rosen. Ingeborgs Strauß stand mir jetzt ganz nahe. In mechanischem Spiel bog ich ein paar Rosen auseinander.

Da gewahrte ich einen weißen Zettel. Trotz meiner Schwäche klopfte mir das Herz. War er von Ingeborg? War sie deshalb so rot geworden? Mühsam machte ich den Zettel frei – er riß ein wenig ein.

Und ich las:

»Denken Sie oft. Sie lieber Engel, an Ihren einsamen, kämpfenden Heinrich von Soden.«

Der rechte Arm sank mir herab und lag so still und müde auf der weißen Decke wie der kranke linke. – – –

Sonntag war wieder Gottesdienst im Dorfe gewesen. Gegen mittag besuchten mich Ingeborg und Waldhofer. »Denken Sie sich«, rief mir gleich das schöne Mädchen zu, »der Hartwig wird heiraten!«

»Die Schmiedstochter?«

»Ja – Sie wissen das schon? Ach, wie ich mich freue! Die Martha ist glückselig. Ich habe sie nach der Kirche gesehen – und denken Sie nur – sie sind bald das erste- und zweitemal zusammen aufgeboten worden, und heut über acht Tage nochmals, und dann ist gleich die Hochzeit.«

»Der Lehrer Leuthold ist heute nach dem Gottesdienst in aller Stille getraut worden«, sagte Waldhofer.

»Ja«, sagte Ingeborg, »die Braut hat natürlich ein schwarzes Kleid an, nur mit einer weißen Halsspitze, aber sie sah doch lieb aus, nicht wahr, Papa?«

»Gewiß! Leuthold läßt Sie übrigens herzlich grüßen und wünscht Ihnen baldige Genesung.«

»Weiß man denn im Dorfe von meiner Verwundung?« – »Man weiß, daß Sie krank sind, und munkelt dies und das.«

»Und Hartwig?«

»Ich hoffe, es wird alles gut.«

Ehe sie gingen, sagte ich zu Ingeborg: »Fräulein, Sie wünschten immer einmal Webers ›Goliath‹ zu lesen; ich habe das Buch zurechtlegen lassen; da ist es.«

»Ach, ich danke sehr. Ich werde dann bald darin lesen.«

In dem Buche lag Heinrich von Sodens Zettel bei drei Rosenblättern.
–

Das Wundfieber hatte sich nicht mehr eingestellt, und ich blieb bei gutem Appetit und schlief immer ausgezeichnet. So konnte ich schon sehr bald das Bett auf kurze Zeit mit dem Lehnstuhl vertauschen. Nur eine bedeutende Schwäche fühlte ich und litt zuweilen an Kopfschmerzen.

Baumann war den größten Teil des Tages bei mir; auch Waldhofer brachte viele Stunden bei mir zu. Dann las er mir vor, und zwar auf meinen Wunsch romantische Dichter. Kleist kam an die Reihe, Scotts »Ivanhoe«, Hauffs »Lichtenstein«, auch Eichendorff. Waldhofer hatte eine gute Bibliothek, zum Teil ererbt von seinem Sohne, der auch ein Freund der schönen Künste gewesen war.

Mitten im »Lichtenstein« unterbrach ich Waldhofer.

»Warum heiratet Hartwig so plötzlich?«

Er sah mich an.

»Es ist ihm doch jetzt klar, daß seine Neigung für Ingeborg aussichtslos ist. Und dann – ich denke, er will fort.«

»Fort von hier?«

»Ja! Es ist auch das einzig Vernünftige. Hier ist seines Bleibens nicht; denn eines Tages wird alles herauskommen.« – »Meinen Sie?«

»Ich fürchte nur, daß er überhaupt nicht erst fortkommt. Wenn der Oberförster etwas erfährt, ist Hartwig verloren.«

»Würde er kein Erbarmen mit ihm haben?«

»Mit einem Wilderer nicht! Die Anzeige wäre auch seine Pflicht.«

Ich schwieg eine Weile, dann sagte ich:

»Wollen Sie mir heute sagen, wie es war, als mich Hartwig brachte?«

Er überlegte.

»Ich wollte sie nicht aufregen; aber ein Recht zu fragen haben Sie ja. Wir waren mit einer Lohnfuhre vom Bahnhof aus angelangt. Baumann erzählte, Sie seien in den Wald gegangen, ohne Büchse. Es wurde indes acht Uhr abends. Trotzdem beunruhigten wir uns nicht; denn ich dachte, sie seien bei Sternitzke. Da wurde die Tür aufgerissen, und Hartwig brachte Sie – blutüberströmt, fast wie eine Leiche. – Das andere schenken Sie mir. Eins will ich bloß sagen: es kann kein Mensch sich verzweifelter selbst anklagen, als Hartwig getan hat. Er hat, als er eingeschlossen war, nur die eine Frage gehabt, ob Sie noch leben. Da tat mir's wohl, daß Sie ihn freigaben. Dieser Mensch gehört nicht ins Zuchthaus. Um zehn Uhr haben wir ihn freigelassen.«

»Und haben Sie ihn seitdem gesehen?«

»Einigemal! Er bittet mich an irgendeinen Ort in den Wald. Und dann bleibt er immer ein paar Schritte weit von mir stehen. - Morgen wird er übrigens sein Gut verkaufen.«

»Schon morgen?«

»Ja, er hat rasch einen Käufer gefunden; denn er verkauft seine Wirtschaft für einen Spottpreis.«

»Das ist fürchterlich, daß er die Heimat verliert. Um meinetwillen!«

»Er hat nie eine rechte Heimat gehabt. Es lag ein Fluch auf ihm von seinem Vater her. Und hier hätte ihn doch einmal das Unheil getroffen.«

Hier klopfte es. Baumann kam.

»Der Herr Oberförster will durchaus den Herrn Doktor besuchen, obwohl ich ihm gesagt habe, der Herr Doktor seien noch sehr schwach.«

Ich sah Waldhofer an.

»Lassen Sie ihn kommen«, sagte er. »Es fällt sonst zu sehr auf. Nur vorsichtig wollen Sie sein.«

»Ich lasse den Herrn Oberförster bitten!«

Es stolperte jemand im Bankettsaal. Der Oberförster hatte wohl den mißlungenen Versuch gemacht, auf den Zehen zu gehen. Jetzt klopfte es sehr behutsam.

»Herein!« rief Waldhofer.

Er kam – ganz vorsichtig.

»Darf ich ganz rein?« fragte er flüsternd.

»Bitte, Herr Oberförster!«

Da kam er näher und reichte mir die Hand. Seine Augen wurden sehr groß; sein Gesicht verzog sich und er platzte heraus:

»Dunnerwetter, Sie sehen ja katzmiserabel aus!«

»Ja, es geht mir noch nicht gut«, sagte ich.

»Ich – ich muß mich zu allererst setzen. Mir is so 'n Schreck in die Beine gekommen. Na, sagen Sie doch bloß mal, alter Schwede, was haben Sie denn da wieder Dummes angestellt?« – »Verunglückt bin ich, Herr Oberförster.«

»Verunglückt – ähä! Der Doktor sagt, Sie haben sich aus Versehen selber angeschossen.«

»Na, und glauben Sie das etwa nicht?«

»Nee! Das heißt, ich Hab' ja gleich gesagt. Sie sollen nicht auf die Jagd gehen. Aber in die Schulter, in den Arm und in den Hals! Wie haben Sie das fertig gekriegt? Da müßten Sie ja der reine Kunstschütze sein!«

»Es regt mich zu sehr auf, Herr Oberförster; bitte, sprechen wir nicht davon!«

»Ja«, sagte Waldhofer, »der Arzt will solche Gespräche durchaus nicht.«

»Will sie nicht – ähä! Entschuldigen Sie nur! Ich komm aber noch mal darauf zurück. Später, wenn Sie gesünder sind! Es interessiert mich sehr – fabelhaft interessiert mich's, und rauskriegen tu ich's ja, das ist klar. So ein Lumpenhund! Na ja, es regt Sie auf! – Warten Sie mal, ich Hab' Ihnen da was zur Stärkung – Kognak – feinsten Kognak –«

»Sehr freundlich, Herr Oberförster. Ich darf aber jetzt keinen Alkohol trinken. Das verbietet die Kur.«

»Komische Kur! Na, heben Sie ihn auf. Es ist 'ne gute Marke! Ich sage Ihnen, der macht Ihnen Blut und Courage. – Ich war' nämlich schon längst mal dagewesen, aber ich war verreist.«

»Sie waren verreist?«

»Ja, bei einer Nichte in Oberschlesien Pate gestanden.«

»Sie waren wohl schon oft Pate?«

»Siebenundsechzig mal. Neun Fälle kommen allein auf den Sternitzke. Kostet mich immer ein schweres Geld; aber was will ich machen? Getauft müssen die Kinder mal werden. Und wenn so 'ne junge Mutter schreibt, kann ich's nicht abschlagen; ich hab' zu 'n scheußlichen Respekt vor den jungen Muttern! Was ich sagen wollte, man soll zwar einem Kranken nichts Trauriges erzählen, aber es passieren doch sehr viele Unglücke auf der Welt. Es is 'n sehr betrüblicher Todesfall im Dorfe vorgekommen.«

»Wo? Wer?« fragte Waldhofer.

»Hm, es war'n guter Bekannter von Ihnen, Herr Doktor.«

»Ein Bekannter von mir?«

»Ja, Freund sozusagen! Haben sehr große Stücke auf ihn gehalten.«

»Auf den Toten? Aber wer ist's denn?«

»Sternitzkes Fuchs! Gestern abend um sieben! Ganz plötzlich! Sternitzke ist fassungslos.«

Ich mußte das erstemal wieder laut lachen.

»Der gute Fuchs! Woran ist er denn gestorben?«

»An Altersschwäche! Sternitzke quasselt was von Schlag. Aber wenn ein Pferd so annähernd fünfzig ist –«

»Ich denke, er war erst achtzehn?«

Der Oberförster sah mich mitleidig an.

»Ich sage Ihnen, siebenundzwanzig hat der Sternitzke selber eingestanden; also weit von fünfzig war der Fuchs nich. – Na ja, und dann das Schmiedsmädel heiratet den Hartwig – und gleich so plötzlich – der Schmied ist verrückt! Das gibt auch ein Unglück. – Ja, richtig, es regt Sie auf. Reden wir lieber von was Anständigem! Haben ja jetzt 'ne neue Dame da!«

»Ja! Kennen Sie Fräulein von Soden schon?«

»Flüchtig! Scheint 'ne feine Marke zu sein! Wollte mich 'n bißchen mit ihr unterhalten, aber wir kamen nich in Fluß. Kommt wohl manchmal zum Krankenbesuch?«

»Sie war nur einmal hier, am Tage nach meiner Verwundung.«

»Aha – wenig Gemüt! So 'n armen, zerschossenen Krüppel muß man doch 'n bißchen aufheitern! Ich werde jetzt alle Tage mal nachfragen. Der Sternitzke wird übrigens nich kommen. Das is zu ein dämlicher Kerl! Der fürchtet sich vor Kranken und vor Toten wie vor der Pest. Dem wird jetzt alle Nächte der Geist von seinem verstorbenen Fuchse einkommen.«

»Ausgesöhnt sind Sie wieder mit Herrn Sternitzke?«

»Ausgesöhnt? Nee! Hingehen tu ich ja. Aber nur wegen der Kinder. Er selber kann sich meinethalben mit seinem Fuchse begraben und einbalsamieren lassen.«

»Na, na, Herr Oberförster!«

»Das heißt: sprechen tu ich ja auch mit ihm, aber kein vernünftiges Wort, das können Sie mir glauben. Ich uze ihn bloß. Ich ärgere ihn manchmal ganz toll. Einen Hanswurst brauch' ich nu mal.«

Ich glaube wirklich, daß die beiden Männer nicht imstande waren, ernsthaft miteinander zu reden. Es gibt Naturen, die sofort in eine närrische Pose verfallen, sobald sie sich berühren, wennschon sie anderen Leuten gegenüber sich ganz normal betragen. Geistesverwandte, lebhaft veranlagte Leute, die sich beständig anziehen und abstoßen wie närrisch tanzende, elektrisch gemachte Holundermarkkügelchen.

Da hörten wir leises Klavierspiel.

»Es ist Fräulein von Soden«, sagte Waldhofer. »Sie spielt sehr gut. Aber sie wollte natürlich Ihretwegen nicht spielen. Da habe ich ihr gesagt, sie solle nur jetzt ruhig hin und wieder einmal spielen.«

»Ja, ich lasse sogar die Dame darum bitten. Das Fräulein wohnt wohl im zweiten Stock?«

»Ja, mit Ingeborg zusammen in den ehemaligen Zimmern meines Sohnes.«

Wir hörten das Spiel ganz deutlich, da das Klavier offenbar über uns stand. Es wurde ganz meisterhaft gespielt. Chopin!

Ganz still war's im Zimmer, auch Gerstenberger lauschte andächtig. Als das Stück beendet war, fragte er:

»Was war das?«

»Das war ein Walzer von Chopin.«

»Ein Walzer – hm, dann war es ein Trauerwalzer. Nach so was kann man doch nicht tanzen!«

Ich erzählte ihm eine Geschichte.

Ein rauher Postillon, der nichts von der Kunst verstand, fuhr Chopin über Land. In einem Gasthause mußten die Pferde gefüttert werden. Ein altes Spinett stand in der Wirtsstube. Da setzte sich Chopin an das Klavier und spielte. Plötzlich hörte er lautes Schluchzen. Dem rauhen Rosselenker war das Herz weich geworden.

»Von dem Klavierspiel?« fragte Gerstenberger ungläubig.

»Von dem Spiel.«

Er schüttelte nachdenklich den Kopf.

»Heulen würd' ich auf keinen Fall – aber etwas schwummerig wird einem dabei – überhaupt in einer so trübseligen Bude. Entschuldigen, ich gehe jetzt.« –

Als Gerstenberger fort war, blieb ich allein. Ich sah immer hinunter ins Tal. Da war ein so müder, melancholischer Spätherbsttag. Die Fichten kaum brachten ein wenig Abwechslung in den toten Wald. Die Sonne ging zur Neige, ohne einen Strahl auf die Erde zu schicken.

Da wurde mir in meiner Schwäche und Einsamkeit bange. Es war mir, als sei auch in mir und um mich vieles tot. Drüben auf dem

Nachttisch standen zwei leere Vasen. Rosen waren darin gewesen. Mit den Rosen war eine liebe Hoffnung gestorben.

Ganz still lag ich im Lehnstuhl. Die Wunden schmerzten mich, und das Herz war mir bedrückt. Ich wünschte wohl, daß eine weiche Frauenhand mir tröstend über die Stirn striche. Aber ich wußte keine auf der Erde.

Als die Dämmerung kam, klangen wieder leise Klaviertöne von oben. Und bald darauf sang eine tiefe, wunderweiche Frauenstimme das süße Kinderlied von Brahms:

»Guten Abend, gute Nacht!
Mit Rosen bedacht,
Mit Näglein besteckt,
Schlupf unter die Deck,
Morgen früh, wenn Gott will,
Wirst du wieder geweckt.«

Winter

Nun schneit es.

Ich öffne ein Fenster des Bankettsaales und versuche, die Hand meines kranken Armes hinauszustrecken.

Zwei Flöcklein fallen darauf – süße, silberne, sechseckige Sterne.

Da ist es, als ob ein neues Kräftegefühl heraufzöge nach meinen Wunden.

Was sagst nur du, du grüne Wintersaat? Das neue Flanelltüchlein mag dir gar schön stehen auf dem dichten Buschelkopf. Ganz verstohlen bloß blitzten deine hellen, grünlichen Äuglein darunter herauf, und wie ein schelmisches Kind kokettierst du mit dem Winde, der mit dir tanzen möchte wie ein wilder Bursche.

Tanze nur nicht zu wild! Laß dir nur nicht dein Tüchlein nehmen, junges Kind! Das Tüchlein hält dich nicht bloß sicher und warm wie einen Philister; es hält dich auch schön und gesund, du junges Kind!

Spaziert da ein Häslein dicht am Burggraben. Es ist so nachdenklich wie ein würdiger Philosoph und wippt mit dem Kopfe wie einer, der nicht recht Rat weiß.

Sein Weib kommt nach. Sie sitzen ganz still. Vier lange Ohren starren in die Luft, aber ein Ohr klappt herunter, das zweite, dritte, vierte. So sitzen sie sich gegenüber. Sie schauen sich an und schweigen. Was wäre auch da zu sagen? Höchstens, daß das Schneien eine sehr schäbige Sache ist. Endlich hüpfen sie schwerfällig weiter. Im Frühjahr und im Sommer haben sie sich sehr geliebt; jetzt schweigen sie sich schon an, und in ein paar Tagen, wenn sie beide Lust haben werden, denselben Kirschbaum anzunagen, werden sie sich zanken.

Nun ja! Zu den meisten glücklichen Ehen gehört viel Futter.

Einen Spatzen sehe ich und eine Kohlmeise. Das Spätzlein hebt den Schnabel in die Höhe und schilkt so vergnügt und dreist, als ob eben in der Allee die ersten Kirschen reif wären. Das Meislein sitzt auf dem Aste wie eine rechte Tränenliese.

Der Spatz hat drüben im Turme ein prachtvolles Quartier und steht in Kost und Pflege bei Frau Baumann. Er holt sich seine Mahlzeiten vom Fensterbrett und verspeist sie mit Muße; denn er weiß, daß die Katze nicht durchs Glas kann.

Das Meislein geniert sich und muß hungern. Da bläht sich der Spatz auf wie ein Protz und hält das Meislein für ein dummes Gelichter. Fürs Futter wagt er alles: Ehre, Freiheit und Leben; denn ohne Futter, denkt er, gibt es eben weder Ehre, noch Freiheit, noch Leben.

Das Meislein, das dumme Ding, fliegt nach den grünen, leeren Tannen; der Spatz lungert im Hofe herum und frißt endlich aus dem Hundenapfe; denn er hat sich überzeugt, daß Hektor schläft.

Inzwischen schneit es weiter, immerfort weiter. Wie entzückend das ist! Es geht nichts in der Natur so leise wie eine Schneeflocke. Und doch ist flickernde, schimmernde, millionenfache Bewegung dabei. Eine lautlosere, friedlichere Freude gibt es nicht.

Wie ich mich so in Träumereien verlieren kann! Ich fühle, daß ich in kurzem wieder einmal ein lyrisches Gedicht schreiben werde! –

Da geht unten die Pforte. Ein Mann tritt in den Burghof.

Es ist Hartwig!

Ich habe ihn nicht mehr gesehen seit damals, als er mich heimtrug. Was will er?

O, wie mir plötzlich das Herz klopft!

Wie plötzlich der schöne Winterfriede vorbei ist!

Ich fühle nach meiner Armwunde. Die liegt von meinem Herzen nur eine Spanne weg.

Was will Hartwig?

Gestern ist er getraut worden. Waldhofer erzählte es mir.

Was will er jetzt?

Ich horche hinunter.

Es kommen Tritte die Treppe herauf. Ich muß mich fest an einen Stuhl halten, und ich weiß nicht, ob es bloße Aufregung ist oder nervöse Furcht.

Da klopft es, und die Tür öffnet sich.

Waldhofer!

»Herr Doktor, möchten Sie den Hartwig auf ein paar Minuten empfangen? Er bittet Sie inständig darum. Es ist in einer wichtigen Angelegenheit. Er wird auch nicht lange hierbleiben!«

»Bitte, bringen Sie ihn! Aber seien Sie dabei; ich fühl' mich noch schwach –«

Waldhofer nickt und geht, und dann kommen sie.

Hartwig sieht kurz auf, zwei Schritte macht er; dann sinkt er in seine Knie.

Er will etwas sagen, aber er bringt keinen Laut heraus.

Auch mir schnürt's die Kehle zusammen. So stehe ich vor dem Knienden. Es ist mir fürchterlich, wenn ein Mensch vor einem Menschen kniet. Da fasse ich mich endlich.

»Stehen Sie auf, Hartwig! Setzen Sie sich auf den Stuhl.«

Er steht auf, aber er setzt sich nicht. Der starke Mann zittert am ganzen Körper. Und endlich spricht er: »Ich – ich will Sie bloß noch – noch um Verzeihung bitten – denn ich – ich reise heute ab.«

»Sie reisen ab? Wohin?«

»Nach Südafrika! Zu den Buren!«

Das trifft mich.

»Das – das ist nicht möglich, Hartwig!«

Waldhofer faßt ihn am Arme und zwingt ihn auf einen Stuhl. Dort schlägt Hartwig beide Hände vor das Gesicht und sitzt regungslos. Auch ich vermag wieder nichts zu sagen. Da spricht Waldhofer:

»Es ist so, Herr Doktor; in einer Stunde ist Hartwig fort.«

Eine lange Pause folgt. Da ringt sich ein krampfhaftes Schluchzen von Hartwigs Brust, und er weint. O Gott, wie er weint! Wenn ich doch – nein, mir gebricht es an Worten.

Da legt ihm Waldhofer eine Hand aufs Haupt.

»Gelt, das fällt schwer? Sie hatten Ihre Heimat lieber als alle andern. Ich weiß es. Aber es muß doch sein! Sie müssen freibleiben, Hartwig, und hier können Sie's nicht! Die Freiheit ist mehr als die Heimat! Und Sie helfen einer edlen Sache! Sie lassen auch keinen Groll hier zurück – nicht wahr, Herr Doktor?«

Ich gehe hin und ergreife Hartwigs Hand.

»Hartwig, daß das hat so kommen müssen. Ihr Groll gegen mich war ja ganz umsonst! Die Ingeborg wird mir ja ebensowenig gehören wie Ihnen, Hartwig; sie liebt mich ebensowenig wie Sie.«

Da weint er wie ein Kind, und es ist wieder eine Pause. Plötzlich fällt mir seine Frau ein.

»Aber Hartwig, Sie können ja nicht! Sie haben doch gestern geheiratet. Was wird denn aus Ihrer Frau?« Da faßt er sich.

»Die Martha hat mich geliebt – und ich sie auch – früher – eh' die Ingeborg heim kam – und da – ich brauch' mein Geld nicht – ich hab' auch keinen Menschen sonst – ich wollt's ihr lassen und ihrem Vater – es geht ihnen schlecht – und dann – sie wollte doch immer meine Frau werden – da wollt' ich's ihr zu Gefallen tun – es ist ja alles egal –«

»Und sie weiß nichts, Hartwig, nichts?«

»Sie kann nichts wissen – sie schreit sonst durch's ganze Dorf. Herr Waldhofer wird sich ihrer ein bißchen annehmen.«

»Aber das geht doch nicht; Sie werden doch Ihre junge Frau nicht heimlich verlassen. Das dürfen Sie nicht, Hartwig!«

Er sieht mich traurig an.

»Ich muß ja – sonst komm ich ins Zuchthaus, und da ist's noch tausendmal schlimmer – auch für die Martha.«

Da weiß ich freilich wenig Trost. Dann spricht Waldhofer wieder. Es sei noch die beste Lösung, sagt er. Im Kriege unter heldenmütigen Kameraden würde Hartwig am ehesten das Gleichgewicht wiederfinden. Das würde auch alles seiner Natur am besten entsprechen. Und inzwischen würde sich die Sache hier verbluten. Vielleicht fände auch Hartwig drüben eine neue Heimat und könnte dann seine Frau nachkommen lassen.

Da rast jemand die Treppe herauf – die Tür wird aufgerissen –

Hartwigs Frau.

»Joseph!«

»Martha – was willst 'n du?«

»Joseph – biste noch do – biste noch do?«

Sie klammert sich an ihn wie eine Wahnsinnige.

»Jeses, dei Brief, dei Brief, du willst furt!«

»Ich muß, Martha, ich muß! Sunst kumm ich ei's Zuchthaus.«

»Lieber ei's Zuchthaus. Bloß ni ei a Krieg, bloß ni ei a Krieg!«

»Schrei ni, Martha, schrei doch ni asu!«

»Ich loß dich ni, ich loß dich ni, und wenn sie dich tut macha und mich derzu – oder du nimmst mich mit!«

»Martha, du gute Martha – asu gutt meenst es mit mir?«

»Ich labe mit dir, und ich starbe mit dir, Joseph!«

Da schloß er sie in seine Arme und küßte sie. – Der Heimatlose, der Verbrecher, der Ausgewiesene wurde so heiß geliebt.

Dann richtete sich Hartwig auf, und es war, als ob er sich schwer besänne.

»Geht das? Geht das?« fragte er Waldhofer, »daß ich die Martha –«

»Es geht«, antwortete Waldhofer, »und überhaupt, jetzt muß es gehen!« Da jauchzte das junge Weib auf und schlang wieder die Arme um den Hals ihres Gatten.

»Ich bleib' bei dir – immer!«

»Ja, Martha – meinetwegen – du gute Martha!«

Bleich lehnte ich am Fenster. Da sagte Waldhofer zu Hartwig und seiner Frau:

»Kommen Sie jetzt; es ist noch vieles zu besprechen.«

Hartwig nickte. Dann kam er zu mir.

»Herr Doktor, daß Sie mich nicht ins Zuchthaus geschickt haben, das wird schon unser Herrgott mit Ihnen abmachen – und gelt, mir verzeihn Sie alles – wer weiß, was aus mir wird!«

Ich war erschüttert im tiefsten Herzen.

»Hartwig, behüt' dich Gott! Scheiden wir als Freunde!«

Da reichten wir uns die Hände und schauten uns zum letzten Mal in die Augen. Dann kam auch das junge Weib, und dann war ich allein. – –

Müde ging ich über den Saal und schaute durchs Fenster. Das kühle Glas tat meiner heißen Stirn wohl. Und dann sah ich sie noch einmal.

Sie gingen in die anbrechende Nacht hinaus – Hand in Hand. Waldhofer begleitete sie ein kleines Stück.

Es schneite draußen, schneite! Sie gingen aber dahin, wo jetzt Sommer war.

Gott, war das weit!

Da ging ich nach meiner Schlafstube und sank müde auf mein Bett. Eine Stunde lang lag ich ganz still. Im Bankettsaale brannte längst die Lampe.

Da klang das Klavier oben: eine alte, feierliche Choralmelodie tönte zu mir herunter. »Befiehl du deine Wege!«

Du fremdes Mädchen, dachte ich, wie gut weißt du, was mir wohltun kann! Jetzt könntest du meiner Seele nichts Besseres sagen, als daß ein Gott sei der regiert im Süden und im Norden, und dessen Liebe wacht über Gerechte und Ungerechte.

Getröstet erhob ich mich. Ich trat wieder ans Fenster und ließ mir die kühle Nachtluft ins Gesicht wehen.

Da klopfte es, und der Oberförster kam, ernster, als ich ihn je gesehen.

»Guten Abend«, sagte er, »ich muß einmal mit Ihnen reden. Ich hoffe, daß Sie jetzt stark genug für sowas sind. Länger kann ich auch nicht mehr schweigen. Da sehen Sie, was ich draußen am sogenannten Saustege gefunden habe.«

Er trug zwei Dinge in der Hand – meinen Hut und meinen Stock von damals.

»Na, erschrecken Sie nicht, es nützt jetzt nichts mehr. Sie müssen schon endlich raus mit der Sprache. Ich hab's ja sowieso bald gewußt, daß der Hartwig nach Ihnen geschossen hat.«

Ich war ratlos.

»Zunächst setzen Sie sich doch, Herr Oberförster.«

»Ja, meinetwegen. Aber nicht lange! Hartwig muß heute noch verhaftet werden. Ich trau dem Halunken nicht. Er rückt am Ende aus!«

»Haben Sie denn gar kein Erbarmen mit ihm?«

»Erbarmen? Schnickschnack! Der Kerl hat ja auch kein Erbarmen. Stiehlt mir jahrelang das Wild weg und hätte sich den Teufel was draus gemacht, wenn er Sie mausetot geschossen hätte.« – »Halt, halt, Herr Oberförster! Da tauschen Sie sich! Da lassen Sie sich erst mal was erzählen.«

»Zum Erzählen habe ich keine Zeit. Ich wollte bloß, daß Sie's endlich vom Hartwig zugeben sollten, und das haben Sie ja jetzt. Das genügt! Im übrigen, mit Waldhofer verkehr' ich nicht mehr. Der Deibel hol' seinen sogenannten Edelmut, wenn er bloß dazu da ist, Räubern und Mördern um die Strafe rum zu helfen!«

»Schämen Sie sich, Herr Oberförster!«

»Schämen, ich? Nanu! Ich denke, ich bin von der ganzen Blase hier der einzige, der noch ein bißchen Gewissen im Leibe hat.«

»Darauf tun Sie sich nur ja nichts zugute.«

»Zugute tu ich mir nischt drauf. Ich weiß ganz gut, daß es kolossal viel bessere Leute auf der Welt gibt, als wie zum Beispiel ich bin. Aber Recht muß Recht bleiben, und wenn der Deibel rein platzt! Lassen Sie mich zufrieden mit Ihrem lausigen Edelmute. Das ist Quatsch in solchem Fall. Guten Abend, ich hab's eilig!«

»Dann werden Sie eiligst ein fürchterliches Unrecht begehen.«

»Wieso? Hat der Hartwig auf Sie geschossen oder nicht?«

»Er hat nach mir geschossen.«

»Na also! Mahlzeit!«

Da schlug ich einen energischen Ton an.

»Hören Sie mal, Herr Oberförster! Haben Sie den Hartwig beim Wildern erwischt?«

»Nee, das nich!«

»Hat er nach mir geschossen oder nach Ihnen?«

»Na, doch nach Ihnen!«

»Schön! Also sage ich Ihnen, Herr Oberförster, daß Sie die ganze Geschichte rein gar nichts angeht, verstehen Sie mich?«

»Mich rein gar nichts angeht?«

»Jawohl!«

»Sie – Sie sind ja ein schrecklich grober Kerl!«

»Ich werde noch viel gröber werden und werde Sie überhaupt nicht mehr über die Schultern ansehen, wenn Sie jetzt eine Unbesonnenheit begehen, die gar nicht mehr gut zu machen ist. Wollen Sie mich jetzt anhören oder nicht?«

Er war verdutzt.

»Wie kommen Sie mir denn eigentlich vor?« sagte er. »Wie können Sie sich erlauben, mir so saugrob zu kommen?«

»Das werden Sie alles hören. Also setzen Sie sich wieder hin!«

Er setzte sich wirklich.

»Meinetwegen! Aber machen Sie gar keine Anstrengungen, an mein gutes Herz zu appellieren!«

»Nein, denn das haben Sie gar nicht! Zunächst will ich Ihnen nur mal ausführlich und wahrheitsgetreu erzählen, wie das Unglück geschehen ist.«

Da sah er mich in gespanntester Erwartung an.

»Ganz wahrheitsgetreu?« fragte er mißtrauisch.

»Jawohl, ganz wahrheitsgetreu, so wie ich's vor Gericht unter meinem Eide auch erzählen würde.«

Und ich versuchte zunächst eine Schilderung von Hartwigs Gemütszustand zu geben und erzählte dann das fürchterliche Ereignis im Walde, erzählte vor allem, wie Hartwig mich verbunden, aufgerafft und nach Hause geschleppt habe. Wie ich verblutet wäre ohne ihn. Wie verzweifelt er sich selbst angeklagt, nachdem der Rausch wahnsinniger Leidenschaft einer plötzlichen Ernüchterung gewichen war. Wie es ihm da um mein Leben mehr gewesen sei, als um seine Ehre, seine Freiheit, ja, wie um sein eigenes Leben. Und so schloß ich:

»So handelt ein Mensch, bei dem die guten Charaktereigenschaften überwiegen, verstehen Sie? Ein feiger Mörder hätte mir den Gnadenstoß gegeben und wäre entschlüpft. Und ich – ich weiß noch viel genauer als Sie, Herr Oberförster, daß es unzählige Menschen auf der Erde gibt, die bedeutend besser sind als ich – aber ich, ich habe ihn im Schmerze meiner Wunden freigegeben, als ich einmal aus meiner Bewußtlosigkeit erwachte, und Sie, der Sie nichts darum gelitten, den es gar nichts angeht. Sie wollen ihn denunzieren.«

Da starrte er vor sich hin. Das brave Herz regte sich viel mehr in ihm, als ihm lieb war.

»Denunzieren – pfui Deibel – das Wort paßt gar nicht in Ihre Geschichte! Ich sage Ihnen, es ist ein greuliches Wort, es ist ein stinkiges Wort! Nein, denunzieren will ich ihn nicht. Es ist bloß meine Pflicht, daß ich als Forstbeamter nicht in meinem Revier Wilderei und Mord und Totschlag passieren lasse und immerfort aus lauter Edelmut das Maul halte. Das können Sie nicht verlangen. Deswegen bin ich doch kein Schubiak.«

Ich rückte ganz nahe an ihn heran und sah ihm in die Augen. Dann erzählte ich ihm, was noch vor einer Stunde hier bei mir passiert sei. Da kam er in starke Erregung.

»Also er ist fort!«

»Ja, er ist fort; freilich nicht weit genug, als daß ihn die Polizei nicht einholen würde, wenn Sie jetzt Alarm schlügen.« – »Fort ist er, fort! Donner ja! Fort! – Zu den Buren sagen Sie?«

»Zu den Buren!«

Er stand auf und schritt in großer Aufregung durch das Zimmer. Er gestikulierte mit den Händen, raufte sich an den Haaren, kratzte sich den Bart und brummte immer vor sich hin.

Plötzlich platzte er ganz spontan und mit einem Anflug von Begeisterung los:

»Er würde ein ganz doller Bure sein!«

»Ja, das denke ich auch«, sagte ich. »Er will sein Leben einsetzen für eine gerechte Sache und damit seine Sünde abbüßen. Aber Sie glauben, daß er das besser tun könnte, wenn er im Zuchthause Zigarren machte.« Da schreitet er immer stürmischer durch den Saal. Die Rührung hat ihn gepackt. Gewissensskrupel hat er freilich noch reichlich. Plötzlich hustet er.

»Also Sie meinen, daß der Hartwig gewildert hat, kann ich nicht beweisen, und daß er nach Ihnen geschossen hat, geht mich einen alten Quarg an?«

»Ja, das meine ich.«

»So! Am Ende haben Sie recht! Ganz genau weiß ich's freilich nicht. Sie machen einem so einen miserablen Dunst vor, daß man ganz dumm davon wird. Ich muß fort, ich muß mir's noch zurecht klauben. Das ist ja eine dolle Sache! Zu den Buren! So ein Kerl! Es war doch gut, daß ich mal vorher raufkam. Na ja, dann auf Wiedersehen!«

Er geht. Der Stock und der Hut bleiben bei mir.

Dankbar schaue ich ihm nach. Nun erst ist Hartwig gerettet.

Ich bin plötzlich so glücklich. So, als wenn ich erst jetzt für Hartwig was Rechtes getan hätte.

Ich öffne wieder das Fenster. Es schneit noch immer. Die Burgbrücke ist ganz weiß; auch der Wald steht in friedlichem Feierkleide.

Durch das Schneewirbeln gehen die beiden Flüchtlinge. Ihr Weg ist weit, ein Weg durch Not und Gefahr. Gott gebe, daß am Ende dieses schweren Weges eine glückliche Hütte stehe!

Am stillen Herd

»Am stillen Herd in Winterszeit,
Wann Burg und Hof mir eingeschneit,
Wie einst der Lenz so lieblich lacht,
Und wie er bald wohl neu erwacht:
Ein altes Buch, vom Ahn vermacht,
Gab das mir oft zu lesen; –
Herr Walter von der Vogelweid'
Der ist mein Meister gewesen.«

So ganz allein bin ich mit meinen Gedanken und mit meinen Büchern. Draußen liegt mattes Licht auf den verschneiten Feldern und Wäldern; in meinem Bankettsaal rührt sich kein Laut.

Manchmal sehe ich hinunter in den Hof. An dem uralten Sims über den Kemenaten hängen lange Eiszapfen, der Lindenbaum im weißen Kleide träumt am alten Schloßbrunnen, die Burgmauer sieht aus wie eine Schanze von Schnee. Nur ein paar kleine, grüne Tannen schauen neugierig in die Einsamkeit des Hofes. Sie schauen und schauen in ihrem ewigen Träumen.

Es ist alles regungslos. Ein Rabe sitzt manchmal auf dem Turme mir gegenüber – minutenlang, ohne sich zu rühren. Dann stehe ich auch bewegungslos, und zuweilen ist mir's, als sei ein Bann über mich gekommen und über alles um mich.

Es war mir um diese Zeit möglich, vieles zu lesen und zu genießen, für das ich sonst gar keinen Geschmack hatte. Herrn Walters Lieder las ich: nicht seine Kampf- und Trutzsprüche – wie paßten die in meinen Frieden! Ich hatte nichts mit dem großen Verschlagenen und Vergrämten gemeinsam als die Freude an der Natur und an der Liebe. Aber wenn ich ihn irren sah, um Brot dienen, um eine Heimat bitten und schelten und wettern, hie treu und dort wankend, und immer, immer die Liebe preisend, dann fühlte ich, daß er reich war.

Ich las auch Eichendorff.

»Im Walde liegt verfallen
Der alten Helden Haus,

Doch aus den Toren und Hallen
Bricht jährlich der Frühling aus.«

Das klingt ganz wie Walter Stolzings Lied. Immer die Frühlingshoffnung! Immer der Glaube an ein Künftiges.

Zuweilen kam der Sturm in der Nacht und peitschte den Schnee von den Bäumen. Dann las ich Amadeus Hoffmann. Es war mir nicht darum, das große Erzählergenie zu bewundern; an seinem Grausen wollte ich mich erregen, von seinem Wahnsinnsfieber mich durchrütteln lassen, die Furcht vor den dunkeln, gespenstischen Gestalten seiner Phantasie sollte mir ein Gegengewicht liefern gegen den Frieden, der mich am Tage einlullte.

Da blieb alles kritische Gefühl weit fort; da saß ich oft mit furchtsamen, großen Augen vor dem Buche, wie ein Bauernbursche am dunkeln Winterabende bei seiner Gespenstergeschichte. Wenn nur ein leises Knistern an mein Ohr drang, zuckte ich zusammen, und manchmal hätte ich mich nicht wegrühren können von meinem Stuhle.

Auch ein Blick durchs Fenster konnte dann meine Furcht nur mehren. Durch die Schneewolken gedämpft fiel das Mondlicht auf die einsame, tote Burg wie auf ein zerfallenes Grabmonument, und dann schaute ich aus nach Schatten, nach Gestalten, die aus den Mauern heraustreten würden auf den fahl beleuchteten Hof.

Oft auch fiel all das von mir ab. Dann wollte ich fort. Das gestehe ich offen. Am öftesten geschah es, wenn ich die Zeitung gelesen hatte.

Wenn ich von einem neuen Buche las, wollte ich's haben, und wenn ich ein Bühnenwerk besprochen fand, wollte ich's sehen.

Ja, einmal bekam ich große Lust, auf der elektrischen Straßenbahn zu fahren. Ein sonderbarer Appetit. Aber ich hatte ihn und will ihn hier nicht verschweigen. Wenn mich in jener Zeit ein großstädtischer Freund besucht hätte, oder auch nur einer von den Schock-Bekannten – ich hätte mich unbändig gefreut.

Im Hause war ja freilich eine großstädtische Dame: Fräulein von Soden. Aber die sah ich selten. Sie war stundenlang am Tage abwesend. Entweder lief sie Schlittschuh unten auf dem See im Wolfsgrunde, oder sie machte weite Streifzüge auf ihren Schneeschuhen.

Mich gelüstete es auch sehr nach dem Wintersport; aber mein Gesundheitszustand gestattete mir noch keine größere Anstrengung.

Die Mahlzeiten bekam ich von Anfang an für mich allein aufgetragen. »Separierte Bedienung« nannte das Herr Baumann. Auch nach Fräulein von Sodens Ankunft war es so geblieben.

So sah ich die Hausgenossen meist nur des Abends ein Stündchen. Dann war's allerdings immer recht hübsch. Das Klavier war in die Wirtsstube heruntergeschafft worden und da gab es denn recht oft eine ganz gediegene Unterhaltung.

Fräulein von Soden spielte täglich – ganz ohne Sträuben und immer mit derselben Meisterschaft, aber auch immer nur ein oder zwei Nummern. Dann wurde vorgelesen. Selten etwas Modernes. Dagegen viel Romantik, Tieck, Chamisso, auch die liebe Meisternovelle »Aus dem Leben eines Taugenichts«.

Waldhofer war ein warmer Freund der Romantik, Ingeborg schwärmte für die bunten, goldenen, unmöglichen Menschen und ihre Schicksale, Fräulein von Soden hielt sich immer schweigsam, und ich interessierte mich wenigstens für die Sache.

Etwas Naturalistisches, Hart-Wahres würde mich störend berührt haben in dieser Umgebung.

Mit Ingeborg schien eine Wandlung vor sich gegangen zu sein. So übermütig wie früher war sie selten. Sie träumte oft für sich hin und sah immer mit einer schwärmerischen Liebe auf Marianne von Soden. Sie hatte eine tiefe Verehrung für das wenig ältere Mädchen. Mir war sie eine Zeitlang ausgewichen, nachdem mir Baumann den »Goliath« ohne den bewußten Zettel zurückgebracht hatte.

Auch in bezug auf Ingeborg war es in mir still geworden. Diese trüben, schneeigen Dezembertage waren überhaupt die stillste Zeit meines Waldwinters.

Manchmal kam auch der Oberförster. Wenn Fräulein von Soden spielte, hörte er andächtig zu. Vom Vorlesen hielt er nicht viel; und als er einmal eine grausig-wilde Novelle Hoffmanns hatte mitanhören müssen, kam er nicht mehr wieder. Wenigstens abends nicht.

Gespielt wurde auch manchmal, aber immer nur Brettspiele und dann vorzugsweise Schach. Es geschah dann allemal dasselbe.

Baumann brachte die zwei Bretter und setzte die Figuren auf. Viel mehr verstand er vom Schachspielen nicht; aber dieses eine verstand er gründlich.

Waldhofer spielte mit mir und Ingeborg mit Marianne von Soden. Waldhofer war mir bedeutend überlegen und machte mich selbst oft auf einen günstigen Zug aufmerksam; Ingeborg dagegen mußte sich gewaltig das Köpfchen zerbrechen, um eine Partie wenigstens auf zwanzig Züge ausdehnen zu können.

Es geschah zuweilen, daß Marianne, wenn ihre Partnerin über ihren nächsten Zug in tiefes Grübeln versank, unser Spiel beobachtete, und ich bemerkte ein paarmal, daß ein leises, spöttisches Zucken um ihren stolzen Mund ging, wenn ich nicht den vorteilhaftesten Zug tat. Ich sah aber auch, wie sie manchmal selber die unbegreiflichsten Fehler machte, und hörte nicht sehr lange danach die jubelnde Ingeborg »Matt« ansagen.

Oft betrachtete ich ihr Profil, wenn sie, leicht über den Tisch gebeugt, am Schachbrett saß und das Lampenlicht einen warmen Schimmer über ihre fast zu streng reinen Züge goß. Es lag etwas Gebietendes in ihrem Wesen; ich hatte das Gefühl, daß sie die Fürstin eines ganzen Volkes sein könne, aber nicht das Weib eines Mannes. Und wenn sie dennoch dazu fähig wäre, so würde der Mann an ihr alles gewinnen oder alles verlieren – wohl alles verlieren.

Mit dem Heimatsgefühl, das mich in der Burg ergriffen, hatte ich mich den Hausgenossen gegenüber einer gewissen Nachlässigkeit hingegeben. Das wurde anders, als Fräulein von Soden auftauchte. Es war so, als ob in ihrer Nähe irgendwelche laxe Form unmöglich sei; sie gehörte zu den Frauen, die durch ihre bloße Anwesenheit erziehen.

Summa Summarum: Liebenswürdig erschien mir Fräulein von Soden nicht; ja, ich glaube, ich hätte sie ohne Bedauern aus der Burg wieder abreisen sehen. Für strenge, kalte Frauenbilder habe ich nie geschwärmt. Im Weibe suchte ich immer das Nachgiebige, Milde, Weiche, Mütterliche. Über ein trotziges Weib muß ich lachen, oder es widert mich an, je nachdem ich es ernst nehme oder nicht.

Daß ich über Marianne von Soden nicht lachen konnte, und daß sie mich auch nicht anwiderte, das ärgerte mich. Zumal sie doch so jung war. Ihr ganzes Wesen erschien mir oft unnatürlich, krankhaft bei ihren zwanzig Jahren.

Sie war wohl etwas Besonderes. Aber was ging mich das schließlich an? Ich war kalt-höflich zu ihr, wie sie zu mir. Einmal, nach beendetem Spiel machte Ingeborg ein kluges Gesichtchen und sagte:

»Es wundert mich, daß es unter den Schachfiguren so viele Männer gibt und nur eine einzige Dame.« Marianne lächelte.

»Ja, du kleine Philosophin, im Leben ist es anders, da gibt es sehr viele Damen und nur selten einen Mann.«

Das klang feindselig, geradezu herausfordernd; denn ich hatte gar keine Ursache, anzunehmen, daß mich Fräulein Soden zu den Seltenheiten zählte.

Ich wandte mich an Ingeborg.

»Es braucht im Schachspiel nicht viele Damen zu geben, Fräulein Ingeborg; die eine besitzt so ausgezeichnete Eigenschaften, daß die Qualität die mangelnde Quantität wettmacht.«

Da sah mir Marianne das erstemal voll ins Gesicht.

»Und was ist die Bedingung für diese ausgezeichneten Qualitäten? – Die Bewegungsfreiheit nach allen Seiten. Die Schachfigur hat sie, das Weib des Lebens hat sie nicht.«

»Vielleicht ist es doch gut so, mein gnädiges Fräulein! Das Leben sagt kein »gardez« an, wenn Gefahr im Verzuge ist.«

Sie lachte geringschätzig.

»Das braucht's gar nicht! Das ›gardez‹ ist nur für die Schwachen. Wer stark und nur ein bißchen vorsichtig ist, braucht keine Warnung.«

»Sie haben eine große Meinung von Ihrem Geschlecht.«

Sie zuckte die Schultern.

»Eine größere schon als vor der Spezies Mann im allgemeinen. Aber ich denke, das ist eine unfruchtbare Unterhaltung. Wenn ein Mann über die Frauen urteilt, ist's ja doch immer falsch.«

»Dann dürften bisher die Frauen überhaupt noch nicht richtig beurteilt worden sein.«

Sie sah mich zornig an.

»Ah – weil es wohl neben dem männlichen Urteil ein anderes gar nicht gibt?«

»Das will ich nicht sagen. Aber objektiv beurteilen kann man doch nur eine Sache, mit der man selbst nicht identisch ist.«

»Dann gäbe es keine Selbstkritik.«

»Die gibt es nach meiner Meinung auch wirklich nicht. Jeder ist in sich und seine Sache zu verliebt. Am meisten die Frauen.«

Ich war unhöflich; aber ich wollte es sein. Marianne bezwang sich mit ersichtlicher Mühe.

»Sie sind wie die anderen.«

»Ich habe mich noch nie für etwas Besonderes gehalten, gnädiges Fräulein.«

»Sie haben gar keine Achtung vor den Frauen!«

Ich mußte lächeln. Jetzt erschien sie mir jung und auch echt weiblich. Denn so weit über das Ziel hinausschießen kann im Wortkampfe eben nur das Weib.

»Sie leiten für mich betrübliche Folgerungen aus meinen Worten ab, gnädiges Fräulein! Achtung habe ich vor den Frauen, sogar ein recht reichliches Maß.«

»Aber Sie halten sie den Männern nicht ebenbürtig, nicht gleichwertig.«

»Nein, das allerdings nicht!«

Ich fing an mich zu belustigen. Fräulein Marianne aber kam aus der Fassung. Gezwungen lachte sie auf.

»Womit wollen Sie denn diese bescheidene Behauptung beweisen?«

»Der Beweis könnte sehr lang werden.«

»Je länger ein Beweis ist, desto schwächer ist er.«

»Ich meine: ich könnte sehr viel zum Beweise anführen.«

»Zum Beispiel?«

»Zum Beispiel: die Unfähigkeit der Frauen zur großen Produktion in der Kunst.« – »Ah, Sie wollen doch nicht sagen, daß es keine bedeutende Dichterin, Malerin, Bildhauerin gäbe?«

»Ich sage, daß die Frauen sehr Angenehmes geleistet haben, aber daß sie über die Nummer Zwei nicht hinauskommen.«

Sie war fürchterlich verärgert.

»So, und Sie? Sind Sie etwa eine Nummer Eins?«

»Aber gnädiges Fräulein, was ist das für ein Einwand! Ich denke, wir wollen doch sachlich bleiben?«

»Ich will Ihnen etwas sagen: Tausend und aber tausend Männer im Deutschen Reiche erhalten alljährlich die beste Ausbildung. Von den Millionen wird einer in seinem Fache in einem Jahrhundert eine Nummer ›Eins‹. Die anderen – du lieber Gott, die meisten dürften eine zweistellige Zahl nötig haben. Uns Frauen ist von Anbeginn an der Weg zu dem Brunnen der Weisheit verwehrt gewesen. Das ist die alte Barbarei, wie bei den Griechen und Römern, so jetzt bei den Deutschen. Und da stellt sich dieses robuste und nur darum in der Welt so ungerecht bevorzugte Geschlecht großspurig hin und fühlt sich groß, hie und da eine Nummer Eins zu haben, während wir uns mit dem zweiten Range begnügen müssen.«

»Wenn die Genialität an dem sogenannten Brunnen der Weisheit geschöpft werden kann, dann haben Sie ganz recht, gnädiges Fräulein.«

»Wenn der Herr Doktor belieben, so werden die kalbsledernen Halbstiefel besohlt werden müssen«, mischte sich Herr Baumann, der nach leisem Klopfen eingetreten war, in unsere Unterhaltung und wies das corpus delicti vor.

Sein Erscheinen wirkte wie eine Wohltat.

»Ja, natürlich, Baumann, nur immer zum Schuster! Da brauchen Sie gar nicht erst zu fragen. Das überlasse ich alles Ihrem Ermessen.«

»Dann werde ich die Absätze auch bald mitmachen lassen; denn die sind ein bißchen schief. Und dem gnädigen Fräulein seine Wintermütze sind immer noch nicht ganz fertig bei der Putzmacherin.«

»Ich brauche sie nicht so nötig, Baumann.«

»Ganz wie das gnädige Fräulein befehlen.«

»Ich möchte aber auch den Herrn Doktor erinnern, daß der andere Herr Doktor gesagt hat, der Herr Doktor sollen spätestens um zehn Uhr zu Bett gehen. Und es ist jetzt schon zehn Minuten darüber.«

»Richtig, Baumann, Sie haben recht – es ist zehn Minuten nach zehn! Ich komme augenblicklich. Baumann! Mein gnädiges Fräulein, ich bin sehr gern bereit, Ihnen ein anderes Mal Revanche zu geben.«

»Revanche? Sie glauben doch nicht, daß Sie für heute den Sieg davongetragen haben?«

»Das hoffte ich!«

Sie hatte wohl eine scharfe Erwiderung auf der Zunge, da mischte sich Waldhofer hinein.

»Die Partie ist remis«, entschied er. Er wußte wohl, daß ich die ganze Unterhaltung nicht ernst nahm. Da kam endlich auch die kleine Ingeborg zu Worte.

»Nein, Marianne, was hast du? Ich habe immer die Männer für viel klüger gehalten als uns.«

Marianne küßte sie auf die Stirn.

»Natürlich, Kind, dafür werden dich die Männer auch sehr lieben.«

Ich war in guter Laune; wie es schien, auch die anderen, ausgenommen Marianne.

»Baumann, was sagen Sie denn dazu?« so fragte ich. »Wer kann mehr, die Männer oder die Frauen?«

Baumann, dergestalt als höchste Instanz in einem Meinungsstreite angerufen, machte ein wichtiges Gesicht. Er drückte sich aber doch um eine klare Entscheidung vorsichtig herum. »Ich will mich nicht gerade überheben, Herr Doktor«, sagte er, »aber was mich und meine Alte anbelangt, da is kein Zweifel dran, wer mehr kann. Das bin ich!«

Alles lachte. Nur Fräulein von Soden war der Spaß gegen den Geschmack.

»Na, und warum sind unter den vielen Schachfiguren so viele Männer und nur eine einzige Dame?« fragte ich unbeirrt weiter.

Baumann lächelte schlau.

»Hm«, machte er, »weil eben die Männer mehr Zeit zum Spielen haben als die Weiber.«

Jetzt lächelte sogar Marianne.

In bester Stimmung ging ich in mein Schlafzimmer. Baumann brachte mir einen Nachttrunk und meldete mit besorgtem Gesicht, daß es nun wirklich schon in fünf Minuten halb elf wäre. Trotzdem blieb er stehen.

»Sollten der Herr Doktor doch mal mit dem Fräulein von Soden reden, daß sie nicht so lange liest in der Nacht.«

»Woher wissen Sie denn das, Baumann?«

»Ich geh in den Hof und guck zum Fenster hinauf, wenn der Herr Doktor nichts dagegen haben. Gestern war bis um halb zwei Licht.«

»Da tut es Ihnen wohl leid ums Petroleum?«

»Wenn der Herr Doktor gestatten, so bin ich nie geizig. Aber das Fräulein schadet ihrer Gesundheit. Sie hat schon dreiundeinhalb Pfund abgenommen bei uns.«

»Und das geht Ihrer Frau gegen die Küchenehre, nicht wahr? Das verstehe ich! Ja aber, lieber Freund, was kann ich dabei tun? Das Fräulein würde sich's wahrscheinlich gründlich verbitten, wenn ich ihr gute Lehren geben wollte.«

Baumann schüttelte den Kopf.

»Nein! Das Fräulein hat sehr großen Respekt vor dem Herrn Doktor.«

Ich lachte.

»Oho, Baumann, da täuschen Sie sich schauerlich!«

Baumann schüttelte abermals den Kopf.

»Ich täusche mich nicht; denn das Fräulein hat einmal zu Ingeborg gesagt: Der Herr Doktor seien wirklich der erste junge Mann, der ihr mal imponiert hätte.«

»So, so, Baumann! Es ist gut! Schlafen Sie wohl!«

In meiner alten Bettstelle lag ich noch lange wach. Fräulein von Soden fing mich doch an zu interessieren. Ich brachte es nicht fertig, sie – wie man im Deutschen so schön sagt – unter die Rubrik der emanzipierten Frauen zu registrieren, und ich sann nach.

Waldhofers kurze Andeutungen, die er gemacht, ehe er zu dem Begräbnis abreiste, fielen mir ein. Es lag irgendein tiefer Schatten über Mariannens Familie. Die verstorbene Frau hatte getrennt von ihrem Manne gelebt. Das mußte bitter sein für die Tochter. Und dann hatte sie eine Schwester, die sie nicht besuchen mochte. Sie suchte lieber das einsame Haus im Walde auf, um bei den Bekannten ein Heim zu finden. Sie war eine friedensuchende Seele wie ich, und doch eine ganz andere.

Ich fühlte, daß ich jedenfalls ein glücklicherer Mensch sei als jene. Und danach beschloß ich mich in Zukunft einzurichten.

Als die alte Uhr auf dem Burgturme die Mitternachtsstunde verkündete, war ich noch wach. –

Dezembertage! Da liegt draußen die Natur im ersten und darum im allertiefsten Schlummer. Nichts passierte, was die Stille dieser Tage gewaltsam durchbrochen hätte.

Da wurde das Unbedeutende bedeutend. Alltägliches ins Licht gerückt. Das Auge ward befähigt, die lieben Wunder im Mikrokosmos einer Häuslichkeit zu schauen und zu würdigen.

Wenn Frau Baumanns fleißige Finger Gänsefedern zerzupften, sah ich oft zu, und wenn ein kleiner Flaum aufflog und Ingeborg ihn emporblies zu immer größerer Höhe, folgte ich mit Behagen dem närrischen Spiele.

Weihnachten war nicht mehr fern. Da saß ich manchmal in der wohldurchwärmten Gast- und Wohnstube bei den jungen Mädchen, wenn ihre geschickten Hände arbeiteten für Christkindleins Magazine. Und dann empfand ich auch wieder etwas von dem Adventszauber der frohen Kindheit, und manchmal ging ich ans Klavier und spielte den Choral: »Tauet Himmel den Gerechten«, oder ich sang den kostbaren lateinischen Text, den ich immer besonders lieb gehabt habe, weil er mitten im Winternebel den Blick eröffnet auf einen Tag lichten Glanzes: »Ecce dominus veniet, et omnes sancti eius cum eo; et erit in die illa lux magna. Alleluja!«

Dann sangen die beiden Mädchen manchmal leise mit, und ich verfiel in Träumereien am Klavier. Weihnachtslieder spielte ich.

Ich habe immer gemerkt, daß wir dann alle drei rote Wangen hatten, auch Marianne. Wir waren noch jung, wir konnten uns noch erregen wie die Kinder. Das war ein großes Glück.

Nach und nach paßte sich auch Marianne mehr und mehr dem Familienkreise an. Es blieb zwar immer etwas Zurückhaltendes, beinahe Feierliches in ihrem Wesen; aber ein Teil der Strenge und Kälte wich einem weicheren Schimmer, der manchmal überging in eine milde Trauer. Ich suchte jetzt oft ihre Nähe und unterhielt mich gern mit dem klugen Mädchen.

In solcher Einsamkeit lernt man wieder, sich recht zu freuen. Jeden Donnerstag vormittag gab es unten im Dorfe frische Buttermilch, und jeden Sonnabend beim Fleischer frische Wellwurst. Das war ein Ereignis! Es ist nie vorgekommen, daß ich die Familienereignisse eines Donnerstags oder Sonnabends verpaßt hätte; ja, es hatte etwas Freudig-Erregendes, wenn Baumann mit der Blechkanne oder mit dem Deckelkörbchen abgeschickt wurde, um die kostbaren Genüsse herbeizuschaffen.

Ich hatte endlich auch durchgesetzt, daß ich mit Waldhofer und den beiden Mädchen zusammen speiste. Unsere Mahlzeit war meist einfach, aber immer ganz vorzüglich zubereitet, was ich zur Ehre der Frau Baumann besonders hervorhebe. Bei diesen Mahlzeiten herrschte immer ein angeregter, meist ein lustiger Ton. Ich bin ein Freund der leichten humoristischen Unterhaltung bei der Tafel und hasse alle Tischreden mühsamer Gelehrsamkeit oder angestrengten Witzes. Der Magen und die Seele zusammen geben ein schlechtes Gespann. Deshalb soll man die Seele ausspannen, wenn der Magen arbeiten muß und umgekehrt. Es kommt sonst nichts Rechtes dabei heraus.

Meine literarischen Arbeiten nahm ich in jener Zeit auch wieder auf und vervollständigte insonderheit die Notizen über meinen Winteraufenthalt auf der Burg. Aber ich legte oft mitten im Satze die Feder beiseite, wenn ich »unten« etwas Wichtiges witterte.

Für das kommende Weihnachtsfest wurde eine Krippe hergestellt. Die Oberleitung bei dem Kunstwerke hatte Baumann, der als Holzhacker in Holzarbeiten sehr bewandert war. Ich bekam die Kühe und Schafe auszuschneiden, durfte den Stern aufpappen und hatte die Genugtuung, daß auch einige meiner dekorativen Vorschläge von Baumann gewürdigt wurden.

Ein Fest fürs ganze Haus war's auch, wenn gebacken wurde. Wenn Baumann kunstverständig den Backofen heizte, war ich sicher mit den jungen Mädchen dabei. Ingeborg machte sich dann »nützlich« und trug an solchen Tagen ein leichtes, buntes Kattuntüchlein um den Kopf, das sie ganz allerliebst kleidete.

Ganz in der Nähe des Backofens lagen zwei Holzblöcke, ein großer und ein kleiner. Auf dem großen saßen die beiden Mädchen, auf dem kleinen saß ich, und dann schauten wir in die lodernde Glut und hörten auf das Knistern und Knacken der Scheite.

Für eine solche Gelegenheit habe ich einmal ein Märchen vom Backofen ersonnen und den Mädchen erzählt. Ich will's hier mit aufschreiben.

Es waren zwei Waldgeisterlein, die liebten sich. Froner, das Männlein, wohnte in einer Eiche, und Holde, das Weiblein, wohnte in einer Tanne. Weil sie sich liebten, zankten sie oft. Darüber zankten sie, ob die Menschen treu seien oder nicht. Froner sagte »nein«, und Holde sagte »ja!« – und Holde wollte immer recht haben. Da kam einmal in einer stillen Nacht die Baumgöttin und sagte zu Holde: »Zieh aus, Töchterlein; denn morgen früh kommt der junge Bäcker und hackt deinen Baum um. Zieh dort in die kleine Fichte, in der kannst du die nächsten hundert Jahre ruhig wohnen.«

Holde zog aus, aber sie ging nicht in die kleine Fichte, sondern spielte die ganze Nacht im Walde und schlief gegen morgen ein. Da kam der junge Bäcker mit seiner Axt. Er sah die Holde und fand, daß sie sehr schön sei. Am meisten gefielen ihm die Haare; denn sie waren aus Gold, und der Bäcker war geizig. Er weckte also die Waldtochter auf und sagte ihr, daß er sie sehr liebe, weil sie so schön sei, und sie solle nur seine Frau werden. Holde war ein eitles Ding. Sie fand es über die Maßen lustig, eine Menschenfrau werden zu können, dachte nicht an Froner und wurde des Bäckers Braut.

Da kroch der arme Froner aus seiner Eiche heraus und in die Tanne hinein, in das verlassene Haus seines treulosen, schönen Liebchens, und bald darauf hackte der Bäcker die Tanne um.

Am Tage feierte der Bäcker Hochzeit mit Holde. Aber gegen abend warf er alle Gäste aus dem Hause und sagte, nun müsse er backen, daß seine Kunden frisches Brot hätten am anderen Morgen. Holde fand es gar nicht hübsch, daß die Feier so rasch endete, und zog ihrem Gatten ein schmollendes Gesichtlein. Der aber sagte, nun solle sie nur kein faules Ding sein, sondern einen Arbeitskittel anziehen und ihm die Tanne zersägen helfen. Da erschrak die schöne Holde im tiefsten Herzen. Die Reue kam über sie, aber auch die Furcht, und so zog sie an ihrem Hochzeitsabend einen häßlichen Arbeitskittel an und ergriff mit zitternden, blassen Fingern die große Säge, um ihr trautes Waldhaus vernichten zu helfen.

Als sie den Wipfel abschnitten, hörte sie ein seines Stimmlein durch das Surren der Säge:

»O wehe, du böses Weib,
Was marterst du meinen grünen Leib?
Ich war doch ein lustiges Sommerhaus,
Dein Auslugtürmlein jahrein, jahraus,
Nun willst du mich nicht mehr kennen,
Nun soll ich brennen!«

Und als sie ein Stückchen weiter sägten, klang wieder ein bittendes Stimmchen:

»Leg weg, was du in den Händen hast,
Ich bin ja des Eichhörnchens Schaukelast,
O Holde, du schneidest gar so sehr,
Eichhörnchen hat keine Wiege mehr!«

Und noch ein Stückchen weiter unten:

»Kohlmeislein hat sein Nest gebaut
Auf meinen Nadeln,
O Holde, du böse Menschenbraut,
Dich muß ich tadeln!«

Und dann zersägten sie den Stamm, da tönte Froners zürnende Stimme heraus aus dem Holze:

»Wehe, Wehe, ans Herz in der Brust
Dringt der scharfe Tod,
Wehe, Wehe, um Holdes Lust
Leide ich Not!
Froner wird in der Feuerglut
Heute noch sterben,
Holde, dich wird das Menschenblut
Morgen verderben!«

Da schrie das junge Weib laut auf und schleuderte die Säge beiseite. Die alte Liebe kam wieder. Hinein wollte sie in den Baum zu Froner.

Aber sie hatte schon einen Menschenleib und blieb schwer auf dem Stamme liegen.

Und als der Bäcker mit roher Hand nach ihr griff, da wollte sie fliehen, sich in den Wald retten. Aber ach, er war stärker – er band ihr die Hände.

Dann zersägte er allein den Stamm, spaltete das Holz und schleppte es zum Ofen.

Mit von Wahnsinn entsetzten Augen schaute ihm Holde zu. Als die Flammen auflohten, zerriß sie ihre Bande und stürzte zum Ofen. Das Feuer goß einen roten Schein über sie, und ihre goldenen Haare leuchteten auf.

Da wurden die Augen des Bäckers gierig, er griff in die schimmernden Locken und wollte sie abschneiden. In diesem Augenblicke scholl eine Stimme aus dem Ofen.

»Holde, hüte deine goldenen Haare!«

Froner war's, der in einem Scheite verbrannte.

Da griff das Weib hinein in die Glut, riß den lodernden Ast heraus, hob ihn hoch, hoch über das Haupt – das Scheit mit ihrem brennenden Liebsten – und schleuderte das Feuer in das hölzerne Haus.

Es starben alle – die Waldgeister und die Menschen.

Als ich dieses Märchen erzählte, hatte ich schöne Zuhörerinnen. Das Backfeuer warf einen roten Schein auf die jungen Mädchen und verschönte sie. Mein Märchen wurde gelobt, und dann wurde Ingeborg nach der Küche gerufen. Da war ich mit Marianne das erste Mal allein. Eine Weile sprachen wir nicht, nur auf das Knistern des Feuers hörten wir. Dann sagte sie:

»Die Menschenliebe bringt viel Leid.«

»Immer?«

»Immer! Schon deswegen, weil sie nicht bestehen kann.«

»Es tut mir leid um die gute Ingeborg.«

»Wieso um Ingeborg?«

»Sie wird heiraten. Meinen Bruder!«

Das traf mich. Ich konnte für den Augenblick nichts sagen; ich fühlte nur, daß Mariannens Augen fest auf mich gerichtet waren.

»Und das tut Ihnen leid?«

»Ja! Mein Bruder ist ein guter Mensch, wenigstens das, was man so nennt. Aber er hat auch andere schon geliebt. Wie alle! Ich hoffe, daß es äußerlich gut gehen wird.«

»Sie glauben an kein beständiges Glück, an keine Treue?«

»Nein! Dazu sind die Männer nicht fähig. Ingeborg sollte immer hier bleiben. Jetzt ist sie glücklich.«

»Aber sie würde es nicht immer sein. Da müßte sie ihren Vater immer haben und ewig jung bleiben. Und ich glaube doch, daß Sie alles viel zu dunkel sehen, gnädiges Fräulein. Ingeborg wird in der nächsten Zeit so viel Glück im Herzen tragen, daß es eigentlich ausreichend sein sollte für ein ganzes Leben.«

Da trat Marianne auf mich zu und sah mich prüfend an. Dabei wurde mir ganz beklommen. Sie hatte noch nie zuvor in einem wärmeren, persönlicheren Tone zu mir gesprochen. »Ich hoffe, daß ich Ihnen wegen Ingeborg nicht wehe getan habe«, sagte sie milde. »Ich wollte Sie nicht überraschen lassen, deshalb sagte ich es Ihnen. Die Verlobung ist schon zu Weihnachten.«

Wie war mir?

Es blieb still in der Seele, es zersprang da drinnen keine goldene Saite. – Ich hatte Ingeborg nicht geliebt – es war nur ein Spiel gewesen.

Das wußte ich nun.

Ich sah dem edlen Mädchen in die Augen.

»Ich habe Sie verstanden, und ich danke Ihnen! Nein, Sie haben mir nicht wehe getan! Ich bin mir ein wenig unklar gewesen und war überrascht jetzt, sonst nichts. Ich finde mich wieder und bin ganz ruhig. Und ich weiß jetzt auch, daß Sie ein warmes Herz haben.«

Sie lächelte ein wenig und reichte mir die Hand.

»Es freut mich, daß Sie mir das so sagen konnten, es freut mich wirklich um Ingeborgs und um Ihretwillen.«

Christkindleins Vorfeier

Eine eigentümliche Christkindleins-Vorfeier hatten wir. Es war am 20. Dezember, da sah ich am Vormittage Franz Sternitzke über den Burghof kommen, und er fiel mir auch gleich auf wegen des besseren Anzuges und der fidelen Miene, die er ganz herausfordernd zur Schau trug.

Natürlich war ich sehr rasch unten. Als mich Sternitzke sah, kam er mir mit strahlendem Gesichte entgegen und reichte mir beide Hände.

»Na, Herr Doktor, raten Sie mal!«

»Was soll ich raten?«

»Nu, ob Mädel oder Junge!«

»Ah, Herr Sternitzke – Familienzuwachs? Da gratuliere ich herzlichst!«

»Dank' schön, dank' schön, Herr Doktor! Nanu aber raten.«

»Nu je, Ihrem Gesichte nach zu urteilen rate ich auf einen Jungen.«

»Nö – falsch!«

»Also ein Mädchen.«

»Erst recht falsch!«

»Nanu, was dann?«

»Ein Junge und ein Mädel!«

»Zwillinge, Herr Sternitzke?«

Er nickte, und die Augen waren ihm feucht vor Freude.

»Ganz recht – Zwillinge! Das erstemal in unserer Ehe! Und a paar Kerlchen, sag' ich Ihnen – putzige Dinger – jedes so lang, wie 'ne Hand – und rot wie die Krebse, aber hübsch wie die Bilder!«

»Das kann ich mir denken. Da haben Sie also jetzt elf Kinder, Herr Sternitzke?« – »Stimmt – elf Stück! 'n bißchen reichlich für einen kleinen Haushalt, aber noch lange keen Dutzend! Und sie leben alle, das is ja das Feine! Sehn Sie: Gibt Gott Häslein, gibt er auch Gräslein.«

»Das ist richtig! Passen Sie auf, Herr Sternitzke, Sie werden an Ihren Kindern noch ungeheuer viel Freude haben.«

In diesem Augenblicke kam der Oberförster angepustet. Er schimpfte.

»So ein verrückter Kerl – lauft wie'n Windhund, daß ich gar nicht mitkann! Ganz übergeschnappt is er vor Stolz! Na, was sagen Sie zu der Geschichte, Herr Doktor?«

»Ich habe mich sehr gefreut, Herr Oberförster.«

»Ja, es is 'ne dolle Sache, sowas! Der Kerl hat'n fabelhaftes Glück! Junge und Mädel auf einmal, das is selten! Ja, aber was die Hauptsache is: Sind die jungen Damen zu sprechen?«

»Fräulein von Soden und Fräulein Ingeborg? Ich glaube, sie sind in der Küche. Wenn Sie wollen, werde ich sie rufen.«

»Sein'n Sie so freundlich!«

Die beiden Mädchen erschienen bald in Küchenkostümen; auch Waldhofer fand sich ein. Der Oberförster nahm das Wort: »Bitte, meine Damen, stell'n Sie sich mal hierher – nein, hierher! Und Sie, Herr

Doktor, stellen sich auch dazu! So is richtig! Und nu, Sternitzke, schieß los!«

Sternitzke wurde rot im Gesichte, machte den Damen eine verunglückte Verneigung und begann:

»Meine lieben Fräuleins! – Ich – ich – meine Frau – meine Frau hat nämlich –«

»Seine Frau hat ihn nämlich mit Zwillingen beschenkt«, half der Oberförster ein.

»Ja, mit Zwillingen – und weil – weil doch eben –« – »Weil doch eben die Kinder getauft werden müssen«, ergänzte der Oberförster –

»Ganz recht – weil sie doch getauft werden müssen, so wollte ich bitten, daß es nicht unbescheiden wäre, wenn Sie alle zu Paten kämen.«

Nun ging's los! Ein Gratulieren, Fragen, Lachen, Zustimmen. Sternitzke war der Löwe des Tages. Ingeborg und Marianne wurden zu Paten des Mädchens bestimmt, während ich Pate bei dem Jungen sein sollte. »Wozu dann ich noch komme«, sagte der Oberförster, »denn ich bin ständiger Pate bei Sternitzkes, sozusagen chronischer Pate. Womit ich mir erlaube, vorläufig meine geehrten Herren und Fräulein Mitgevattern zu einem Glase Wein einzuladen.«

So wurde die Feier eingeleitet, die zwei Tage später wirklich stattfand.

In der achtundvierzigstündigen Zwischenzeit war Ingeborg in einem Zustande der Erregung, der uns anderen unverständlich war. Aber es war das stolze Glück, zu Paten genommen und damit als ernstzunehmende, vollgültige Person anerkannt zu sein, was in dem Mädchen rumorte, zugleich aber auch die süße Lust, die dem Weibe so unendlich viel näher liegt, als uns Männern: Anteil zu haben an einem Kinde, das Recht besitzen, ihm seine Liebe und Sorge zuwenden zu dürfen.

Als die wichtige Stunde des Taufaktes herangekommen war, wurde vor der Burg ein Wagen sichtbar, den ein Kutscher in Livree auf dem glatten, verschneiten Wege auf eine für Menschen und Tiere geradezu lebensgefährliche Weise umzuwenden sich bemühte.

»Warum holen uns denn die Leute nicht im Schlitten?« fragte ich Waldhofer.

»Ja«, lächelte er, »zu Hochzeit und Kindtaufen muß es partout die Staatsdroschke sein.«

Ich gestehe, daß ich nicht mit übermäßig großer Behaglichkeit auf dem Rücksitze der »Staatsdroschke« Platz nahm. Auch die Mädchen,

127

die mir gegenüber saßen, waren ängstlich, und es war wirklich eine halsbrecherische Fahrt den verschneiten Burgweg hinunter.

Trotzdem fand Ingeborg Zeit mich zu fragen: »Was haben Sie denn eingebunden, Herr Doktor?«

Ich mußte lachen. »30 Mark«, sagte ich, »genügt das?« – »Ach, das ist sehr nobel! Haben Sie aber auch Silber-, Nickel- und Kupfergeld dazu getan?« – »Nein; muß das sein?«

»Ja, das muß sein, namentlich Kupfer! Ach, ist das schade, daß Sie das nicht gewußt haben!«

»Nun, vielleicht kann ich's nachholen.«

Ich packte meinen »Patenbrief« auf und fügte ihm zu Ingeborgs großer Genugtuung noch ein Markstück, einen Nickelgroschen und zwei Kupfermünzen bei. So bestand mein Patengeschenk, einer schlesischen Dorfsitte zufolge, aus 31 Mark und 14 Pfennigen.

Mittlerweile landeten wir glücklich am »Silbernen Löffel«.

Der Oberförster öffnete den Wagenschlag.

»Sind Sie noch alle munter?« fragte er. »Ja? Keiner den Hals gebrochen? Freut mich! Also bitte, es ist alles bereit!«

Das war ein poetischer Weg, den verschneiten Kirchberg hinauf. Die Mädchen trugen die beiden Kinder voran, und der Oberförster und ich gingen hinterher. Vom Wirtshausfenster aus schaute uns der glückliche Vater nach. Und dann ging's über den Friedhof. Die ganze tiefe Poesie des Dorfkirchhofes stieg vor mir auf.

An den stillen Toten vorbei ging das junge Leben. Die Kleinen, die ihre Bahn begannen, wußten nichts von denen, die schon am Ziele waren. Und wenn ein junges, strahlendes Brautpaar vorüberging nach der Kirche, das wußte noch viel weniger von einem so stillen Ende.

Ein Dorfkirchhof ist nicht so düster-schwermütig wie die weiten Totengärten der Großstädte. Jeden Sonntag geschmückte, fröhliche Kirchgänger und oft Hochzeit und Taufgang, schallende Hymnen aus der Kirche und jubelnde Osterprozessionen durch die Gräberreihen. Das alles nimmt ihm die Starrheit.

Ringsum lauter Bekannte, einstige Freunde, Verwandte, Genossen in Lust und Leid! Da ist's schließlich nicht so schwer, auch einmal hinunterzusteigen, als abseits der Großstadt auf dem großen, düsteren Felde, auf dem nie mehr ein freudiger Laut klingt, über das nie mehr ein buntes Kleid flattert, bei den vielen fremden Menschen begraben zu sein.

Als wir am Taufstein standen, schien die Sonne durchs hohe Kirchenfenster. Sie bestrahlte die beiden schönen Mädchen und den weißhaarigen, sympathischen Priester, der die Taufworte sprach; die Kerze flammte, und die kleinen jungen Christenkinder ruhten schlummernd in den weißen Betten.

Die Augen wurden mir warm über diesem Bilde frommer Schönheit.

Als wir aus dem Kirchhofe heraustraten, fuhr unten auf der Straße vor dem »Silbernen Löffel« ein Schlitten vor, in dem ein einzelner Herr saß. Als ihn die beiden Mädchen erblickten, blieben sie erschreckt stehen.

»Mein Bruder!« sagte Marianne überrascht.

»Hein – rich – Herr von Soden – wollt' ich sagen –« stammelte Ingeborg. Sie wurde blaß wie der Schnee und zitterte heftig.

»Ingeborg, was machen Sie denn? Sie schmeißen mir ja das Kind weg!« fuhr der Oberförster dazwischen. Sie hörte ihn nicht. Sie schaute nur immer hinunter nach der Straße.

»Er ist's – und er wollte doch erst übermorgen –«

»Aber das geht wahrhaftig nicht – geben Sie her!«

Der Oberförster nahm dem aufgeregten Mädchen das Steckkissen aus den Armen. Sie ließ es ohne Widerstreben geschehen.

Nun setzten wir uns endlich langsam wieder in Bewegung. Der Herr unten hatte uns indes bemerkt, blinzelte ein paarmal prüfend durch das Schneelicht herauf, riß endlich den Hut vom Kopfe, schwenkte ihn durch die Luft und kam uns entgegen.

Er eilte auf Ingeborg zu, reichte ihr beide Hände und sah ihr mit einem tiefen, langen Blicke in die Augen. Und sie schaute mit einer Seligkeit zu ihm auf, die ohne Grenzen war. So standen sie auf ein paar Augenblicke selbstvergessen, ohne ein Wort zu sagen.

Dann begrüßte er seine Schwester und schließlich stellte er sich mir vor.

»Verzeihen Sie nur«, fügte er lachend hinzu, »daß ich als Unberufener so in Ihren Taufzug hineinschneie; ich war ganz überrascht.«

»Ja, wir auch«, sagte der Oberförster. »Gestatten Sie: Gerstenberger, Oberförster, zurzeit Taufpate. Meine Gevatterin dort hat bei Ihrem Anblick so einen gräßlichen Schreck weggekriegt, daß ich unmöglich als gewissenhafter Mensch zugeben konnte, daß –«

»O du Himmel, er hat ja das Kind!«

Jetzt erst merkte Ingeborg, daß ihr die kleine Menschenbürde abhanden gekommen war. Feuerrot vor Scham nahm sie dem Oberförster das Kind ab, und dann ging's endlich nach dem »Silbernen Löffel«.

Im Honoratiorenstübchen hatte uns Sternitzke ein Mahl bereitet, an dem auch der junge Soden teilnehmen mußte. Er war von beinahe hünenhafter Gestalt. Das kurze, stramme Haupthaar und der kräftige Schnurrbart stimmten zu dem energischen Eindruck, den sein Kopf machte; die blauen Augen aber waren weich und milde.

»Also gestern habe ich den Assessor beendet«, sagte er.

»Und es ist gut abgelaufen?« fragte Ingeborg.

»Wider Erwarten gut trotz der Totenkommission«, sagte er.

»Was ist das, die Totenkommission?« fragte Ingeborg ängstlich.

»Das waren meine sehr gestrengen Herren Examinatoren, die mich aber heute gar nichts mehr angehen.«

»Gott sei Dank!« seufzte Ingeborg auf.

»Ja, Gott sei Dank!« sagte er; »ich finde es hier im Gerichtskretscham zu Steinwernersdorf unendlich viel schöner als in allen Gerichtssälen der Welt.«

»Hm ja«, machte Gerstenberger, »die Gerichtsbarkeit auf dem Dorfe hat aber auch ihre schwierigen Fälle. Da will ich Ihnen mal so 'n juristischen Kapitalfall von uns erzählen, wenn's Sie interessiert.«

»Entschuldigen die Herrschaften, ich will bloß mal nach meiner Frau sehen«, sagte Sternitzke und entfernte sich.

»Aha!« sagte der Oberförster, »er drückt sich, denn die Geschichte ist ihm selber passiert. Also: der Sternitzke war Gerichtsmann, und wenn bei uns mal 'n Verbrecher – Landstreicher, Bettler oder sowas – aufgegriffen wurde, da mußte er ihn nach der Kreisstadt transportieren. Das war so 'n Ehrenamt. Einmal nun führt der Sternitzke 'n besonders schwierigen Kunden ab, und wie sie mitsammen zu einer Waldecke kommen, wo der Weg 'ne Biegung macht, sagt der Sternitzke zum Bummler: »Sie, hör'n Sie mal, mich drückt der Stiefel! Es muß mir 'n Steinchen reingekommen sein. Gehn Sie mal sachte im voraus, ich muß mal nachsehen.« Richtig, der Herr Gerichtsmann setzt sich an den Straßenrand, und der Herr Bummler geht im voraus. Könn' Sie sich denken, Herr Assessor, was passiert ist?«

»Nein, nein, wirklich nicht«, fuhr Soden auf, der die ganze Zeit über Ingeborgs Hände betrachtet hatte.

»Nich? Ich dachte, Sie würden's mit Ihrem juristischen Scharfsinn erraten. Ausgekniffen is der Kerl, denken Sie, Herr Assessor, ausgekniffen!«

»Ja, ja – ganz recht – §113 Strafgesetzbuches«, bemerkte Soden.

»Die Paragraphennummer tut nichts zur Sache; denn wiedergekriegt haben sie den Kerl ja nich«, fuhr der Oberförster fort, »aber die Geschichte is noch nich alle. Den Winter drauf muß der Sternitzke nämlich wieder 'n Bummler transportieren.«

»Denselben Bummler«, warf von Soden zerstreut ein.

»Ach Gott bewahre! Sie denken wohl, wir haben bloß eenen eenzigen Bummler zur Verfügung? Nö, nö, ganz neues Exemplar! Also es war 'n Hundewetter, 15 Grad Kälte im Schatten, Schneesturm, Windwehen etcetera. Da fiel dem Sternitzke sein Ehrenamt 'n bißchen schwer, denn bis zur Stadt sind reichlich zwei Stunden. Wie sie nun zu der bewußten Waldecke kommen, sagt er zum Bummler: ›Sie, hör'n Sie mal, mir muß 'n Steinchen in a Stiefel gekommen sein. Gehn Sie doch, bitte, 'n Stückel sachte im voraus‹, und er setzt sich an den Straßenrand, tief in den Schnee. Wissen Sie, was passiert ist, Herr Assessor?«

»Jawohl, jawohl, ausgekniffen is der Kerl.«

»Nö, eben nich! Das is ja die Pointe von der ganzen Geschichte. Er kneift nich aus, sondern er stellt sich vor'n Gerichtsmann, der im kalten Schnee sitzt, hin und sagt in seinem frechen Berliner Dialekt:

›Na, täuschen Sie sich man nich, Männeken, wenn Sie jloben, daß ick eschappieren werde. Ick bin froh, daß ick rin komme.‹

Sehn Sie, sowas passiert 'n Juristen vom Lande.«

Die Geschichte wurde sehr belacht, zumal als Sternitzke wieder erschien und zugeben mußte, daß sie wörtlich wahr sei. Dann kam auch der Geistliche noch dazu, ein sehr jovialer Herr, mit dem sich's prächtig plauderte. Der Pfarrer von Steinwernersdorf war ein ausgezeichneter Gesellschafter, auch ein sehr feiner Humorist, von den wesentlich wichtigeren Qualitäten zu schweigen. Wir haben uns später gegenseitig besucht und sind vorzüglich miteinander ausgekommen. Er paßte auch jetzt beim Taufen sehr gut in unseren lustigen Kreis, und als er sich schließlich in seinen Schlitten setzte, um nach Hause zu fahren, dachten auch wir an den Aufbruch.

Die Staatsdroschke wurde für die Heimbeförderung energisch und schließlich auch erfolgreich abgelehnt. Dafür wurde ein Schlitten herbeigeschafft, der nur einen Sitz hatte, und es hieß, erst sollten die beiden

Damen nach Hause befördert werden und dann die zwei Herren. So wollte es Sternitzke. Doch dagegen protestierte der brave Oberförster:

»Sternitzke, du hast kein Arrangement im Leibe. Das geht nicht! Zwei Damen zusammen und dann zwei Herren, das ist Blödsinn! Das ist fürchterlich langweilig. Der Herr Assessor kann mit Fräulein Ingeborg fahren, da ist ein sehr Großer und ein sehr Kleiner beisammen, und dann fährt der Herr Doktor mit Fräulein Marianne, das gibt auch 'n Paar, das so ungefähr paßt.«

Gerstenbergers Arrangement wurde angenommen, da sich namentlich der Assessor mit Feuereifer dafür aussprach. Als er mit Ingeborg im Schlitten saß, reichte er dem Oberförster die Hand.

»Sie sind ein prächtiger Herr, Herr Oberförster!«

»Ganz meinerseits!« sagte Gerstenberger geschmeichelt, und der Schlitten fuhr ab.

Wir sahen dem Paar nach.

»Jetzt reicht sie ihm bis an die Schulter«, sagte Gerstenberger tiefsinnig, »und vorhin, als sie hier standen, hätte sie ihm nicht mal in den Ellbogen beißen können. Das ist komisch! Aber es sieht doch sehr hübsch aus.«

Auch wir fanden, daß das Bild des abfahrenden Schlittens mit den beiden jungen Menschenkindern recht hübsch aussehe. Als dann der Schlitten zurückgekommen war und ich mit Marianne davonfuhr, hätte ich gern gewußt, ob die uns nachschauenden Männer auch uns beide für ein schönes Paar halten würden. Mir war wieder ganz beklommen, als ich so allein mit dem schönen Mädchen im Schlitten saß. Das war mir verwunderlich genug; denn seit Jahren hatte mein Herz in Gesellschaft von Damen nicht mehr eine Steigerung des Tempos erfahren, den Fall Ingeborg etwa ausgenommen.

Schon bogen wir in den Burgweg. Im langsamsten Schritte machten sich die Pferde nun schon das drittemal an den beschwerlichen steilen Weg. An der Seite war ein Fußsteig ausgetreten, zur Hauptsache wohl von Baumann, der ja sooft den Berg hinauf- und heruntersteigen mußte.

Da sagte Marianne:

»Jetzt werden wir aussteigen und zu Fuß gehen. Fahren Sie ruhig nach Hause, Kutscher!« – –

Die Sonne schien, der beschneite Wald war so schön, und jede schlanke Tanne sah aus wie eine Braut.

Ein Reh lief uns über den Weg und sah uns mit großen Augen an.

»Es hat Hunger«, sagte Marianne.

»Vielleicht! Aber es sind einige Futterplätze im Walde.«

Ich blieb stehen.

»An dieser Stelle bin ich einmal dem Hartwig begegnet. Da hat er mir nachgerufen: ›Die Ingeborg will ich!‹ weil er meinte, ich würde sie ihm nehmen. Und jetzt – es ist kaum acht Wochen später.«

»Ja! Es ist schade um den Hartwig; er hatte doch viel Willen, aber halt nicht genug, um mit seiner Phantasie fertig zu werden.«

»Mit seiner Liebe wollen Sie sagen.«

»Die Liebe ist nichts anderes als ein Phantasiegebilde.«

»Wie skeptisch, Fräulein Marianne! Die Liebe ist der Hunger der Seele. Sie ist da, sie ist wirklich – wie der leibliche Hunger. Und sie schließt ein Bedürfen in sich, ohne dessen Befriedigung der Tod eintritt. Das ist meine Meinung.«

Sie schüttelte den Kopf.

»Ich glaube es nicht«, sagte sie. »Und wenn die Liebe ein Hunger ist, so doch einer, der heute auf dieses und morgen auf jenes gerichtet ist. Es ist ja auch ganz natürlich. Es kann nicht jemand alle Tage dieselbe Speise essen.«

»Fräulein Marianne, verzeihen Sie, aber es ist bitter, solche Worte aus dem Munde einer jungen Dame zu hören.«

Sie sah mich an.

»Warum sagen Sie nicht bald Ihre volle Meinung? Ich erscheine Ihnen unweiblich und – ich will einmal so sagen – unjung. Vielleicht überspannt! Das kann schon sein!« – »Gott bewahre, das geht viel zu weit. Aber, wenn ich ganz aufrichtig sein soll, viel zu versonnen und viel zu verbittert.«

Es zuckte um ihre Lippen.

»Ich hatte eine sehr ernste Mutter«, sagte sie. »Da ist es so geworden. Zuletzt war ich immer mit ihr allein. Da ist mir der ganze fröhliche, törichte Glaube an Liebe und Treue verloren gegangen. Die Mutter hatte ihn auch nicht.«

»Fräulein Marianne, es sind Ihre ureigensten Herzens- und Lebensangelegenheiten, aber – verzeihen Sie dem Fremden – es ist doch unendlich traurig, daß es so geworden ist – es ist doch ein Unglück für ein so junges Menschenkind.«

Sie sah mich freundlich an und schüttelte wieder den Kopf. »Ein Unglück? Das glaube ich nicht. Es wird vielmehr mein Glück sein, oder wenn nicht mein Glück, so doch mein Schutz. Ich habe eine Schwester, die war in derselben ernsten Schule wie ich, aber sie hat der Mutter nicht geglaubt, und sie ist jetzt elend. Ich sage Ihnen das so, weil wir doch jetzt gewissermaßen Familiengenossen sind und damit Sie mich nicht ganz mißverstehen.«

»Ich bin Ihnen dankbar für Ihr Vertrauen, Fräulein Marianne!«

Da schüttelte sie die trüben Gedanken von sich ab.

»Sehen Sie doch diese kleine Tanne! Würde sie nicht einen schönen Christbaum abgeben? Baumann soll heute noch einen Christbaum aus dem Walde holen; er könnte diese Tanne nehmen.«

»Ja, wir wollen sie uns merken!«

Ich nahm ein kleines blaues Bändchen, das ich vom »Einbinden« des Patenbriefes noch übrig hatte, aus der Tasche und band es an die Tanne.

»Gezeichnet fürs Christkind«, sagte Marianne.

Es war dieselbe Lichtung im Walde, wo ich einmal hinuntergeschaut hatte ins Dorf, als die Sterbeglocke klang. Auch heute war mir ernstfeierlich zumute. Die weiße, blinkende Welt, das verschneite Dorf, der lustige Taktschlag der Dreschflegel unten, das alles nahm ich nur mit halben Sinnen auf. Ich kam mir selber versonnen vor, so als hätte mich das Mädchen angesteckt mit seiner Schwermut. Und doch war tiefer Friede in mir.

Eine unbestimmte, freundliche Sehnsucht nach etwas ganz Fernem ergriff mich, und ohne daß ich mir Rechenschaft gab, was ich tat, ergriff ich Mariannens Hand:

»Ich wäre glücklich, wenn ich Ihr Freund sein könnte.«

Da zuckte sie zusammen und sah mich an. Ihre schwarzen Augensterne wurden strahlend weit, und sie sagte mit leiser, zitternder Stimme: »Nein – die Glückliche wäre ich! Sie – Sie sind ein edler Mensch – und stark sind Sie! – Jawohl – ich weiß es – ich weiß es von Anfang an. Ich bin schwach und allein. Wenn Sie mein Freund wären, dann würden Sie mir helfen.«

»Marianne!«

Sie erschrak vor der Leidenschaftlichkeit des Aufrufs. Aber dann sagte sie: »Ich werde mich auf Sie verlassen.«

Und dann gingen wir nach Hause. Sie fing ein paarmal zu reden an; ich habe wohl kaum viel geantwortet.

Ich starrte immer auf den Weg, in den durchfurchten Schnee. Es stürmten viel Gedanken auf mich ein, aber keiner wurde klar. Alle gingen ineinander unter.

Als ob mich der Weg anstrengte, so schwer ging mir der Atem, und ich wollte immer etwas sagen und fand keine Worte.

Als die beschneite Burg vor uns aufstieg, blieben wir stehen.

»Das ist doch schön«, sagte sie, »das ist doch ein Wintertraum!« Ich atmete schwer.

»Aber wenn's Frühling wird –« sagte ich.

»Wenn's Frühling wird, bin ich nicht mehr hier.«

Da ging die kleine gotische Pforte auf, und Ingeborg flog uns entgegen wie ein Vorbote des Frühlings oder wie der Frühling selber.

Weihnachten

Baumann hüstelte verlegen, als er mir am Abend dieses 22. Dezember die Lampe gebracht hatte. Ich ließ ihn hüsteln und wartete, bis er von selbst mit der Sprache herausrücken würde. Es kam auch bald.« Ich – ich möchte mal was sagen, wenn's dem Herrn Doktor nicht peinlich wäre –«

»Nein, es ist mir nicht peinlich, Baumann. Also was ist los?«

»Ja – so leicht ist's nicht rauszukriegen. Wenn der Herr Doktor belieben, so ist doch übermorgen heiliger Abend.«

»Dagegen habe ich nichts einzuwenden. Es ist mir ganz angenehm so.«

»Ja, und es ist hier Sitte bei uns, daß man beschenkt wird.«

»Aha!«

Worauf zielt der Alte hinaus?

»Wenn mir nun der Herr Doktor versprechen würden, nichts zu verraten, so würde ich dem Herrn Doktor einen kleinen Wink geben.«

»Sehr freundlich! Ich werde reinen Mund halten! Also winken Sie ruhig drauf los.«

Da sah er mich pfiffig an.

»Der Herr Doktor werden beschenkt werden.«

»Ich? Nicht möglich, Baumann! Von wem denn?«

»Von Herrn Waldhofer und von Ingeborg und vom Oberförster, und vom gnädigen Fräulein weiß ich's nicht genau.«

Ich war verblüfft.

»Ja«, fuhr Baumann fort, »und wenn dann der Herr Doktor so mit leeren Händen daständen und nichts wieder zu schenken hätten, das würde doch peinlich sein. In der Stadt sind der Herr Doktor nicht gewesen, und ein Paket kommt auch nicht.«

Da legte ich dem braven Kerl beide Hände auf die Achseln.

»Baumann, Sie sind ein Staatskerl! Ein Prachtkerl sind Sie! Jawohl, es wäre nicht bloß peinlich, es wäre scheußlich für mich gewesen. Wir großstädtischen Junggesellen denken gar nicht an sowas. Sie haben mich wirklich vor einer schauderhaften Verlegenheit bewahrt. Ich danke Ihnen herzlich, Sie famoser Baumann.«

»Bitte ergebenst! Und wenn der Herr Doktor die Güte haben wollen: die Tanne mit dem blauen Bändchen ist unten im Wohnzimmer.«

Das war lange her, daß ich an den stillen Bergwald glaubte, in dem das gute Christkindlein mit seinen tausend Engeln die Weihnachtsbäume schmückt. Es war doch ein süßer Glaube. Aber auch jetzt packte mich's mit gewaltigem Christfestzauber, als ich im stillen Burggemach die Tanne schmücken sah.

Das Konfekt war alles schon an kleinen roten Fäden zum Anbinden bereit, und Ingeborg und der Assessor entwickelten eine so eifrige Tätigkeit, daß für Marianne und mich wenig zu tun übrig blieb. So sahen wir meist der verliebten Geschäftigkeit der beiden zu.

Das ist ein Zauber! Jede Nichtigkeit hat eine so große Bedeutung, es ist ein Interesse da an allem, was sonst unwert erscheint, und immerfort eine Freude im Herzen, nein mehr: ein mühselig unterdrücktes, heißes Aufjubeln. Man entfernt sich ein bißchen, man schmollt ein bißchen, nur um sich immerfort wiederzufinden. Die Augen leuchten, die Wangen glühen, das rote Blut jagt durch den jungen Leib, die Seele drängt nach außen. Nicht wie ein Sonnentag liegt das Leben vor dem Auge, nein, wie eine einzige Minute der Wonne.

Als ich die beiden so sah, wußte ich, daß ich aus dem echten Becher der Liebe noch nicht getrunken hatte. Und die Frage tauchte auf, ob mir der goldene Trank nicht auf immer versagt bleiben würde.

Marianne zeigte sich anders gegen mich als sonst. Sie war nicht mehr kühl abweisend, sondern sehr freundlich zu mir und erschien heiterer als gewöhnlich. Nur einmal, als ich sie leise fragte: »Ist das nicht ein Glück?« verfinsterte sich ihr Gesicht. Und es sah doch so reizend aus, wenn der ohnedies große Assessor auf einem Stuhle stand, und die niedliche Ingeborg als »Handlanger« ihm Schokoladenringe zureichte mit ihren kleinen Händen.

Schließlich kam noch der Oberförster.

»Guten Abend! Wollte mich bloß mal erkundigen, wie die Herren und Frau Paten heimgekommen sind, namentlich die beiden letzten. Ah, Christbaum putzen! Kann ich mich wohl auch nützlich machen?«

»Jawohl, Herr Oberförster! Sie können die Nüsse vergolden.«

»Sehr gern, Herr Assessor! Geben Sie nur die Nüsse und das Gold und den Kleistertopp her! – Also Sie sind ja ein großes Stück gelaufen, Herr Doktor. Schlitten mußte ja mitten auf dem Wege umkehren.«

»Es tat uns leid um die Pferde.«

Er lächelte hinterlistig.

»Jawohl, um die Pferde! Natürlich um die Pferde. Sie sind ein Gemütsmensch! Wenn Pferde in Betracht kommen, laufen Sie tausend Meilen. Wollen Sie vielleicht morgen mit mir nach der Stadt fahren? Oder tut's Ihnen auch wieder leid um die Pferde?«

»Ich werde sehr gern mit Ihnen fahren«, unterbrach ich den peinlichen Mann.

»Schön! Also Punkt acht im ›Silbernen Löffel‹. Und nu woll'n wir mal vergolden. Es hat mal 'n Kaiser oder sowas gegeben, der hat sich die Pferde vergolden lassen, jedes Stück mit einem Dukaten. Glauben Sie das, Herr Doktor?«

»Nein!«

»Ich ooch nich! Überhaupt Geschichte is 'n ziemlicher Mumpitz. ›Fürs Gewesene gibt der Jude nichts‹ und ›Nichts Gewisses weiß man nich‹. Das is meine Meinung über Geschichte. Stimmt das?«

»Ich weiß nicht. Wissen Sie, Herr Oberförster, wie Sie sich neben den jungen Damen am Christbaum ausnehmen?«

»Na wie?«

»Wie Rübezahl, der in den Himmel gekommen ist.«

»Freut mich! Aber den Rübezahl spiel' ich nicht, nur den Knecht Ruprecht. Unten bei Sternitzkes. Eigentlich ist's ja 'ne Bemogelei gegen die Kinder, aber 's macht Spaß. – Is ja erbärmliches Zeug das Blattgold! Das bleibt alles an meinen Fingern hängen. Und auch an meinem Anzuge!«

»Damit Sie halt auswendig auch so ein goldner Mensch sind wie inwendig«, sagte Ingeborg.

Der Oberförster guckte sie verdutzt an. Nach einer ganzen Weile erst brachte er heraus: »Was sagten Sie?«

»Ich meine, daß Sie unser lieber, goldner Herr Oberförster sind«, sagte das Mädchen.

Er machte ein sehr dummes Gesicht.

»Goldner Herr Oberförster? Sie! Wenn das 'n verkappter Heiratsantrag sein soll, dann bedaure ich; ich bleibe ledig! Ich laß mich nich ankriegen!«

»O, wie schade! Wie schade!«

Er knurrte, aber dann lachte er immer geschmeichelt vor sich hin, während er sich mit den Nüssen zu schaffen machte. Schließlich stellte sich heraus, daß er von den fünfundzwanzig ihm übergebenen Nüssen sechzehn aufgegessen und neun vergoldet hatte; von welch letzteren nach dem einstimmigen Urteil der Weihnachts-Jury sechs Stück für den Christbaum unbrauchbar waren. – – –

Am andern Morgen fuhr uns Sternitzke nach der Stadt. Er hatte einen neuen Fuchs, von dem er behauptete, er sei achtjährig, während der Oberförster jede Garantie übernahm, daß das Vieh hoch aus dem Schneider heraus sei. Ich enthalte mich jeder Parteinahme und konstatiere lediglich, daß wir trotz der vorzüglichen Schlittenbahn nicht allzu zeitig in der Stadt ankamen.

Unterwegs sagte der Oberförster:

»Ich möchte Sie mal im Vertrauen auf was aufmerksam machen. Sie werden morgen abend beschenkt werden! Von Waldhofer, Ingeborg und Baumann! Ich wollte Sie nicht in Verlegenheit kommen lassen.«

Ich mußte lachen.

»Schönen Dank, Herr Oberförster«, sagte ich. »Aber ich war schon von Baumann vorbereitet.«

»Von Baumann! Is das 'n Quatschkopp! Das ärgert mich! Ich wollte Ihnen einen Dienst erweisen.«

»So gut wie geschehen, Herr Oberförster.«

Wenn ich sonst als Großstädter mal in eine kleine Stadt kam, fiel mir immer die Stille, die Leere, die ganze Kleinlichkeit auf. Heute fühlte ich, daß ich in städtisches Leben kam. Aufmerksam betrachtete ich die Schaufenster, an denen wir langsam vorbeifuhren, betrachtete sie zur großen Genugtuung des Oberförsters, der mich mit echtem Lokalstolze auf die verschiedenen Sehenswürdigkeiten aufmerksam machte.

Ich fühlte, daß es unrecht sei, über die »Naivität« des »Provinzlers« zu spotten, der gelegentlich in der Großstadt über die ausgestellten Herrlichkeiten seine unverhohlene Bewunderung ausdrückt, unrecht und auch töricht, denn etwas Wertvolles hat er vor dem übersättigten

Großstadtmenschen voraus: die viel größere Befähigung zur Freude. Der Genuß ist der Feind der Freude.

»Wollen wir zuerst eine Tasse Kaffee trinken, Herr Doktor? Hier ist unser Café.«

»Ja, es ist mir angenehm.«

Wir stiegen aus, und Sternitzke fuhr weiter nach seiner Ausspannung. Das »Café« bestand aus einem Konditorladen und einem »Lesezimmer«, in welchem nur ein einziger rechteckiger Tisch stand. Aber aus dem »Lesezirkel« waren etwa zehn Journale da.

Ich gestehe, daß ich mich wie ein Heißhungriger auf die zum Teil sehr alten Journalnummern stürzte. Und als ich sie aufschlug, war mir's, als ob mich eine heimische Stimme berührt habe, als ob ich wieder in Verbindung gesetzt sei mit einer Welt, der ich gehörte, und der ich nun fern war. Ich blätterte, blätterte und fühlte, daß mir die Wangen dabei rot wurden. Ich hatte ein inniges Behagen an ein paar mittelmäßigen Genrebildchen und ein lebhaftes Interesse an allen zeitgeschichtlichen Darstellungen. Ich betrachtete lange ein Bild Paul Krügers, ebenso die neueste Aufnahme Kaiser Wilhelms, und war entzückt, als ich eine Bühnenkünstlerin konterfeit fand, über deren Spiel ich mich manchmal früher geärgert hatte. Ich fand den Roman eines guten Bekannten, den ich schon im Manuskript gelesen, und überflog nun einige Bruchstücke, ich las sogar ein paar Weihnachtsgedichte und fand sie hübsch. Auch einige Witzblätter waren da, und die erheiterten mich so, daß mir beinahe wie einem naiven Landbewohner die Frage aufgetaucht wäre, »wo nur die Leute das immer alles hernähmen«.

»Sie, hier steht ja Ihr Name gedruckt.«

Auch Gerstenberger hatte geblättert.

»Wo?« fragte ich mit Eifer.

»Nu hier! Sind Sie etwa damit gemeint?«

»Zeigen Sie her!«

Es war eine sehr wohlwollende Rezension über eines meiner Bücher, und ich gebe zu, daß ich das unendlich selige Gefühl noch einmal empfand, das ich hatte, als ich mich als blutjunger Mensch in einer Zeitung das erstemal gedruckt sah. Der Oberförster las die Rezension mit mir durch und schaute mich dann mit einem köstlichen Gemisch von Überraschung, Verwunderung und Respekt an.

»Sehn Sie mal an«, sagte er, »das hätt' ich ja gar nicht gedacht von Ihnen!«

»Nicht wahr?« fragte ich belustigt. »Ich bin ein doller Kerl?«

»Doller Kerl jawohl nich, aber es is eine dolle Sache, so ganz öffentlich rausgestrichen zu werden. Geben Sie her, ich werd' mir das Ding in mein Notizbuch abschreiben. Das muß ich mal Sternitzken zeigen! Das alte Mohorn wird Augen machen, sage ich Ihnen; er wird's gar nicht glauben wollen, daß Sie so ein kluger Kauz sind. Is mir selber ganz rätselhaft.«

Ich ließ den guten Grünrock schreiben und blätterte weiter. Zufällig stieß ich auf ein paar Aphorismen, die ich kurz vor meiner Weltflucht einer Zeitschrift zur Verfügung gestellt hatte.

»Da sehen Sie mal, Herr Oberförster, hier stehe ich schon wieder.« Ich zeigte auf meinen Namen.

»Tatsächlich«, sagte er. »Es is wirklich doll! Lassen Sie mich mal lesen.«

Er las und las, und dabei verfinsterte sich sein Gesicht. Das hatte ich erwartet. Endlich schüttelte er sein weises Haupt und sagte:

»Nehmen Sie's mal nich übel, aber das is Quatsch. Dabei kann sich kein vernünftiger Mann was denken. Das sind ja ganz verrückte und verdrehte Gedanken!«

»Oho«, protestierte ich, »die Zeitschrift hat mir für die paar Zeilen 25 Mark gezahlt.«

»Na hör'n Sie mal«, sagte er, »das glaube ich einfach nich! 25 Mark für sowas! Wird denn das überhaupt bezahlt?«

»Die literarischen Arbeiten? Selbstverständlich! Ich habe schon mal 5000 Mark auf einmal bekommen.«

Es machte mir riesig Spaß, gerade ihm das zu sagen. Er sah mich von der Seite ganz vorwurfsvoll an.

»Ja«, fuhr ich fort, »und ich habe einen Freund, der hat mit einem Buche 65 000 Mark verdient.«

Da griff er nach der Klingel und läutete Sturm. Das Mädchen kam hereingestürzt.

»Haben Sie Kognak?« schrie er sie an.

»Bedaure, nein!«

»Dann muß ich nach der Stadt. Nach dem ›Weißen Roß‹. Adieu – Sie – Sie – Sie Aufschneider Sie! Sie Oberschwindler Sie! – ah, hol' Sie – der Deibel!«

»Auf Wiedersehen, Herr Oberförster!«

Ich lachte mich aus, las noch eine Weile und schlenderte dann nach dem Marktplatze, um meine Einkäufe zu besorgen.

Der heilige Abend war gekommen. Mit frohem Herzen war ich am Morgen erwacht. Das mußte ja ein guter Tag werden.

Schon beim Frühstück lag Festfreude auf allen Gesichtern. Es war, als wohnten lauter Kinder im Hause, und das Christkindlein guckte zu allen Fenstern herein. Am Vormittage schneite es zwei Stunden lang, und als dann die Sonne kam, lag die ganze Flur vor uns in strahlendem Festschmuck.

Nachmittags war eine Einbescherung für arme Kinder in der Schule. Ein Weihnachtsbaum war geschmückt, ein Podium in der Schulstube aufgeschlagen, und es wurde ein kleines Weihnachtsspiel aufgeführt, wenn ich nicht irre, von Frieda Schanz. Ingeborg war daran beteiligt, sie spielte die ältere Schwester Elisabeth und erzählte den kleineren Geschwistern, den Schulkindern, die Geschichte von der Geburt des Heilandes.

Es waren viele Leute da; für uns hatte der Lehrer Leuthold einige Stühle besorgt. Wir saßen in der ersten Reihe, links von mir der Oberförster, rechts der Assessor. Der Assessor hatte sicher alle großen Opern gesehen, aber er war wohl nie so ergriffen gewesen wie heute, als Ingeborg mit leiser, schlichter Stimme sang:

»Und als sie kamen zur Stadt vom Feld,
Da lag das Kindlein, das Heil der Welt,
Von Gott geschickt.« – – –

Der Oberförster feierte seine größten Gefühlsorgien, als die Kinder ein Schlittenlied sangen und sein Liebling, Fritz Sternitzke, beim Strophenschluß jedesmal nach dem Takte mit einer großen Schlittenschelle läutete. Ich kannte das liebliche Getön schon vom vorigen Tage her; der »Fuchs« hatte die notwendige »Requisite« für die Aufführung »freundlichst zur Verfügung stellen müssen«. Wenn nun die Stelle kam, wo die Glocke einsetzen sollte, fing der Oberförster schon vorher an mit den Armen zu schlagen, um den jungen Künstler dadurch zu einer Entfaltung aller seiner Mittel zu begeistern. Schellte dann der Junge, daß einem die Ohren dröhnten, so schmunzelte der Alte in freudigem Stolze und wandte sich nach links und rechts: »Doller Kerl – was?«

Noch einer wurde mit leuchtenden Blicken betrachtet, das war der Lehrer Leuthold. Seine junge Frau saß ein bißchen abseits von mir; aber ich sah doch, daß bei der schlichten, innigen Ansprache ihres Mannes an die Kinder ihr Gesicht leuchtete und ihre großen, hübschen Augen voll Wasser standen.

Nach der Feier und der Einbescherung fand eine »amerikanische« Versteigerung des Christbaumes statt. Der Oberförster hatte es von vornherein auf den Baum abgesehen und kam in die Wolle, als der Assessor und ich uns kräftig bemühten, ihm die Beute abzujagen. Dabei warteten wir immer bis knapp vor dem Zuschlagen. Schließlich verpaßte es aber der Assessor, der sich nach Ingeborg umsah, einmal, und Gerstenberger behielt den Baum.

Nun stellte sich der Oberförster vor die strahlende Schuljugend und hielt folgende Rede:

»Liebe Kinder! Es ist heute heiliger Abend. Da ist der Herr Jesus geboren. Der Herr Lehrer hat euch das schon mitgeteilt und auch, daß der Christbaum eigentlich an den Baum im Paradiese und an den Kreuzesbaum erinnern soll. Na ja, das is alles richtig und sehr hübsch, aber der Christbaum soll uns noch an was anderes erinnern. Nämlich an was? Ja, wo is der Baum her? Aus dem Walde is er, und der Herr Baron hat ihn gestiftet und stiftet außerdem noch dreißig Mark pro Weihnachtsfest. Da sollt ihr dankbar sein und im Walde keinen Schaden machen, verstanden? Keine Äste abbrechen, keine Blumen mit den Wurzeln ausreißen, keine Vögel ausnehmen, kein Wild scheu machen und in keine Schonung laufen! Vor allen Dingen aber kein Feuer machen! Der Deibel fährt euch ins Genicke, wenn ich einen erwische. So, das wollte ich euch bloß hier beim Christbaum noch sagen, und nun räubert ihn!«

Hallo, nun ging's los. Vom Podium sprangen die Kinder, und alle umringten den Oberförster, jedes wollte ihm einmal die Hand geben. Er war mit allen freundlich und immer wieder griff er in seine Hosentasche, die eine unergründliche Fundgrube von Nickelstücken zu sein schien. – Zum Abendbrot gab es auf der Burg den üblichen schlesischen Weihnachtskarpfen. Dann ging ich noch einmal hinauf in den Bankettsaal. Ich trat ans Fenster und schaute ins Tal hinunter. Und da blitzten gerade in einem ganz einsamen Hause auf der Berglehne gegenüber die ersten Christbaumlichter auf.

Tiefe Rührung überkam mich, so, als müßte ich jetzt die zwei kleinen, süßen Kinderhände küssen, die so viel Licht und Freude in die Welt gebracht haben, und deren Segen durch Jahrhunderte gegangen ist, auch bis an jene stille Hütte des deutschen Waldes.

Ganz still stand ich und schaute immer hinab ins Tal. Hier flammte es auf, dort – dort – überall, und der freundliche Schein drang durch das Dunkel zu mir herauf.

Da hörte ich über mir ganz leise Mariannens weiche Stimme:

»Ein Kindlein ward geboren,
Ein Kindlein lieb und hold,
Des ihr von ganzem Herzen
Euch alle freuen sollt.«

Auch sie stand am offenen Fenster und schaute hinab. – Es klopfte. Baumann trat ein. Zum ersten Male vergaß er, mir eine Verneigung zu machen. Da mußte etwas passiert sein. Er hatte ganz verweinte Augen und brachte die Worte kaum heraus, als er sagte:

»Der Herr Doktor sollen so gut sein und runterkommen.«

»Was ist denn los, Baumann?«

Er schüttelte bloß den Kopf und ging mir voran.

Im Wohnzimmer strahlte mir das Christbaumlicht entgegen. Alle Hausgenossen waren versammelt, sogar Frau Baumann war da. Ein auffallender Ernst lag auf aller Gesichter, und der kleinen Ingeborg standen Tränen in den Augen. Da kam mir Waldhofer entgegen und sagte bewegt:

»Meine Tochter Ingeborg wird sich verloben.«

Dann trat er zu dem Paare, nahm zwei Ringe und reichte sie ihnen hin.

»Im Namen Gottes!«

Der Assessor steckte Ingeborg den Ring an den Finger und sie ihm den seinigen, wobei sie einen ganzen Strom Tränen vergoß. Aber dann schluchzte sie tief auf, und ein seliges Lachen mischte sich drein, und sie hing an seinem Halse. Ein paar Sekunden nur, dann flog sie zu ihrem Vater, und bei dem blieb sie lange. Der ernste Mann wollte wohl ein Segenswort sprechen, er brachte es nicht fertig; die Lippen zuckten ihm nur, und er legte die Hand auf den goldigen Scheitel seines Kindes.

Hierauf ging Ingeborg zu Marianne. Deren Augen leuchteten warm, beinahe traurig:

»Gott beschütze dich, Ingeborg!«

Unterdessen heulte Baumann zum Steinerweichen. Als sich Ingeborg ihm näherte, öffnete er laut weinend beide Arme und zog sie zärtlich an seine Brust. Er küßte sie und schob sie dann seiner Frau zu, die tränenlos, aber mit kupferrotem Gesicht neben ihm stand.

Schließlich blieb bloß ich noch übrig. In einer anderen Gemütsstimmung würde ich jetzt den Baumann nachgeahmt haben, so aber reichte ich Ingeborg nur die Hand. Muß denn bei Verlobungen geflennt werden? Es muß wohl! Es schadete ja auch nichts, nicht einmal der Stimmung der Stunde. Bald ging eine vergnügte Einbescherung los.

Waldhofer schenkte mir die erste Ausgabe von Hallers Gedichten und einen wertvollen Brief Eichendorffs.

Ich wollte diese großen Geschenke gar nicht annehmen, aber ich mußte es, und es erschien mir peinlich, daß ich ihm nur meine eigenen Werke und eine gute Radierung von der Universität, an der auch sein Sohn Walter studiert hatte, als Gegengabe bieten konnte. Er war sehr erfreut, weil ich ihm von meinen eigenen Werken trotz wiederholter Aufforderung bisher nichts vorgelegt hatte.

Auch Marianne schenkte ich eine Ausgabe meiner Bücher. »Wenn ich Ihr Freund sein darf«, sagte ich, »so müssen Sie mich wohl kennen lernen, und daraus können Sie's am leichtesten.«

»Ich danke Ihnen von Herzen!«

Ich sah, daß sie sich sehr freute.

Sie schenkte mir eine prächtige Zeichnung der Burg Waldhof.

»Ich muß Ihnen eine eigene Zeichnung geben«, sagte sie; »denn es gibt keine verkäuflichen Bilder vom Waldhofe.« – »Sie hätten mir kein lieberes Geschenk machen können.«

Ich faßte sie an der Hand und hielt sie ganz fest. Da schloß sie auf einen Augenblick lächelnd die Augen. Das traf mich wie ein Blitz. Aber dann machte sie sich rasch los: »Hören Sie nur, wie Ingeborg jubelt!«

Ja, diese kleine Braut war ganz außer sich über ihre Geschenke und küßte immer abwechselnd ganz närrisch ihren Vater und ihren Bräutigam. Ein Kind mit dem goldenen Reif an der Hand!

Mir schenkte Ingeborg eine Handarbeit, ein Ruhekissen mit der nicht gerade originellen, aber hübsch gestickten Aufschrift: »Nur ein Viertelstündchen!« Von mir bekam sie eine reizende Frauenhaube und ein silbernes Pincenez mit Fensterglas. Sie hatte mir früher einmal verraten, daß sie sich ein solches »rasend leidenschaftlich« wünsche, aber nicht die Courage habe, den Vater darum zu bitten. Jetzt lachte sie hell auf über meine Geschenke und nahm sie bald beide in Gebrauch. Der Assessor fand seine Braut entzückend in der Haube, aber gegen das Tragen des Zwickers erhob er Widerspruch.

»Wenn der Herr Doktor die Güte haben wollen, so haben wir auch etwas einzubescheren.«

Baumann hatte einige Laubsägearbeiten für mich sehr geschickt gearbeitet, einen Zigarrenkasten und einen Krawattenkasten, und Frau Baumann verehrte mir drei Paar selbstgestrickte Strümpfe, an deren Dauerhaftigkeit kein Zweifel war. Es war klar, daß ich mich bei dieser Gelegenheit auch einmal gegen die guten, stets dienstfertigen Alten erkenntlich zeigte, und Baumann schwamm in Dankbarkeit und Freude.

Da entstand plötzlich ein fürchterliches Gepolter vor der Tür. Es rasselte, schnaufte, dröhnte, plusterte und spuckte. Ein Ungeheuer schob sich ins Zimmer. Der erste Eindruck, den ich von diesem schauderhaften Dinge hatte, war der eines fürchterlichen Höhlenbewohners aus vorsündflutlicher Zeit.

Schwapp, bekam ich mit einem Rutenbesen einen Schlag an die Beine.

»Mach nich so 'n blödsinniges Gesicht und steh nich hier im Wege rum, du Esel! Ich bin der Knecht Ruprecht, verstehst du das nich? Hausvater, komm mal her!«

»Knecht Ruprecht, was willst du?«

»Sind das alles deine Kinder?«

»Jawohl, Eure Furchtbarkeit!«

»Der Lange dort auch?«

»Der ist heut abend eben mein Schwiegersohn geworden.«

»Schwiegersohn – ähä – ähä! Donner Saxen ja! Schwiegersohn! Hab' mir bald sowas gedacht neulich – doch halt, halt, ich bin ja der Ruprecht! – Folgt der Kerl gut?«

»Es macht sich!«

»So! Das is ihm gesund! Sonst tät ich ihn masserakerieren! Der andere Junge is auch deiner?«

Waldhofer nickte.

»Pflegesohn!«

»Ähä – angenommenes Kind. Findling oder sowas. Hat er Fehler?« – »Ich weiß keinen.«

»Weißt keinen? Schäm' dich! Ich sage dir, er ist ein Riesenschwindler. Von 5000 Mark aufwärts bis 65 000 Mark schwindelt er. Komm mal her, Junge! Also, wieviel hat dein Freund mit dem Buche verdient?«

»65 000 Mark.«

»Nu, du Satansbraten, du! Du Halunke! Ich schneid' dir die Ohren ab! Ich steck dich in den Sack und verkauf dich den Zigeunern! Ah, mach, daß du wegkommst, Kerl, kriegst nischt! Wie ist's mit den Mädels?«

»Sie sind brav.«

»Brav? Freut mich! Sehen ja auch beide recht hübsch sauber und zusammengerafft aus. Na, Kinder, schert euch mal ans Klavier und singt mal: ›Stille Nacht!‹ Fix, ihr Jungs, helfen! Wer was falsch macht, dem bringe ich Takt bei. Ich dirigiere. A – fis – f – g! Nu los! 1, 2, 3, 4, 5! Los! Halt! Halt! Ton zu hoch! Paßt doch besser auf! A – fis – f – g! Allegro!«

»Sch-Sch-Stille Nacht!«

Wir sangen, und ich glaube, wir sangen ganz hübsch. Als wir fertig waren, sagte der Knecht Ruprecht: »Es war passabel – die Mädels bissel zu quietschig und die Jungens bissel zu brummig. Aber sonst passabel! Sollt was haben dafür, Kinder!«

Er griff in den ungeheuren Getreidesack, den er auf dem Rücken trug, und beschenkte uns alle. Mir verehrte er ein Kistchen Zigarren von meiner Lieblingssorte.

Als er fertig war, fragte Waldhofer: »Sag' mal, verehrtester Herr Knecht Ruprecht, kommst du vielleicht auch zum Oberförster Gerstenberger?«

Ruprecht verfiel in Nachdenken. Endlich sagte er langsam: »Gerstenberger – Gerstenberger – äh ja – alter Krauter unten im Dorfe – am Waldrande, nicht wahr?«

»Ja, neben der Brücke mit den zwei Geländern«, ergänzte ich.

»Gehn dich gar nichts an, die zwei Geländer«, schnauzte er mich an. »Ja, also was ist's mit dem Gerstenberger?«

»Wir würden dich bitten, ihm einige Geschenke von uns zu überbringen.«

»Geschenke, ähä! Hat er Fehler, der Gerstenberger?«

»Massig!« lachte Ingeborg.

»Massig? Wieso?« fragte Ruprecht gereizt. »Zum Exempel, was hat er denn für einen Fehler, wenn ich fragen darf?«

»Er kneipt zu viel Kognak!« sagte der Assessor.

»Er lügt!« sagte ich.

»Er schimpft die Welt zusammen!« schrie Ingeborg.

»Er raucht wie ein Schlot alle Stuben voll!«

»Er kämmt sich niemals!«

»Es fehlen ihm schon seit sechs Wochen zwei Knöpfe an der Weste!«
»Er hat immer schmutzige Stiefel!«
»Er ist greulich unmusikalisch!«
»Er ißt die Nüsse, die er vergolden soll!«
»Er verzieht seine Patenkinder!«
»Er ärgert seine Wirtin zu Tode!«
»Er spart nichts!«
»Er will nicht heiraten!«
»Er hat erst neulich gerichtlich bestraft werden müssen!«
»Er mag niemals Manschetten tragen!«
»Er haut zu!«
»Er will den Schulkindern den Deibel ins Genicke jagen!« Ruprecht war unterdessen bis zur Türe retiriert.
»Hört auf! Mir platzen die Ohren! Er – er – kurz und gut – er ist ein Ober-Halunke – ein Riesen-Patent-Ausstellungs-Haderlump. – Möcht' ich wissen, warum ihr so einem schlechten Kerl was schicken wollt –«
»Weil er auch einige Tugenden hat!«
»Nein, weil er sich bessern soll!«
»Nein, weil es sonst immer schlimmer mit ihm wird!«
»Ja – hm ja – hält' ich gar nicht gedacht, daß der Kerl, der Gerstenberger, so viel Fehler hat. Aber es stimmt! Mit Ausnahme vom Kognakkneipen, das is 'ne Übertreibung, und vom Unmusikalischsein, das is 'ne gemeine Verleumdung. Na ja, ich will ihm alles ausrichten, und nu gebt mal euren Kram für den Gerstenberger her; ich muß weiter.«
»Ähä – Schlafschuhe – viel zu sein und zu weich für den Klotz – wird er sich sein einpacken und in den Schrank stellen –«
»Drei Flaschen Kognak – tja – is brauchbar. Bravo! Is sehr brauchbar.«
»Was is 'n das? Zigarrenschere? Ich – nein der Gerstenberger, der beißt doch die Zigarrenspitzen mit den Zähnen ab. Aber sie is niedlich! Er wird sie auch im Schrank aufheben.«
»Das ist ja gar 'n Buch. Is wohl vom Doktor? La – ›Laokoon. Von Lessing.‹ Hab' ich gar noch nix gehört davon. Wird er lesen. Immer rin in den Sack!«
»Ah, Tabak – das ist gescheit! – Und Socken und eine feine Sonntag-Abend-Zigarrenspitze und eine silberne Uhrkette und ein Schock Nüsse.«
»Ich sage euch, der Kerl kriegt viel zu viel von euch. Er wird sich totheulen vor Freude. Nu bleibt hübsch artig alle mitsammen, und ich wünsch' gute Nacht!« Wir dachten, der Knecht Ruprecht würde noch

einmal in anderer Form wiederkommen, aber er kam nicht. Er hatte nur in Baumanns Kammer Toilette gemacht und war weitergegangen.

Die Christbaumlichter verlöschten; wir saßen um den runden Tisch und tranken von Waldhofers bestem Wein. Da sagte der Assessor:

»Es ist doch ein glückliches Gefühl, wenn man wieder festen Boden unter die Füße bekommt. Es war mir furchtbar, als sich nach dem Tode der Mutter unser Haushalt auflöste. Ich war zu sehr gewöhnt an das geordnete Familienleben; ich bin ja von Kindheit an gar nicht herausgekommen.«

»Die Leute werden sich wundern, daß wir so rasch nach dem Tode Deiner Mutter uns verlobt haben«, sagte Ingeborg.

»Die Leute geht's nichts an!«

»Was tut das der Mutter!« sagte Marianne zu ihrem Bruder. »Sie ruht. Und du bist an die Liebe gewöhnt – du mußt das haben.«

»Ja«, sagte Waldhofer, »es ist mit dem Innehalten solcher Trauerzeiten wie mit dem Tragen von Trauerkleidern. Äußere Trauer ist leicht, da halten die Menschen sehr streng darauf.«

Der Assessor zog seine Braut an sich.

»Wenn ich erst Rechtsanwalt bin und der Wagen ein bißchen läuft, dann gründen wir uns ein Heim – das liebste Heim auf der Erde, und dann kommt Marianne zu uns und ist bei uns zu Hause.«

»Ach, das wäre schön«, sagte Ingeborg. »Wenn Sie aber doch noch einmal selber heiratete?« – »Das wird sie nicht«, sagte Marianne.

»Nein, das wird sie sicher nicht«, bestätigte der Assessor mit aller Bestimmtheit und mit einem kleinen Seufzer.

Damit sprang die Unterhaltung schon auf etwas anderes über; es ging mich eigentlich persönlich doch nichts an, wie diese Menschen ihre Zukunft zu gestalten dachten, und doch war mir's, als sei mir etwas Wehes gesagt worden. Ich wurde still. Die ganze fröhliche Weihnachtsstimmung fiel von mir ab. Es war mir so, als müßte ich lauten Widerspruch gegen etwas erheben und könnte es nicht und dürfte es nicht.

»Sie sind recht nachdenklich, Herr Doktor«, sagte Marianne, und stieß leicht mit ihrem Glase an das meine.

Ich tat ihr Bescheid und sah sie traurig an. Da blickte sie mich einen Augenblick forschend an; dann erschrak sie, eine heiße Röte zuckte über ihr Gesicht, und das Glas fiel ihr aus der Hand und zerbrach in Scherben.

– – –

Was in den nächsten Minuten nach dem kleinen Unfall gelacht und gesprochen wurde – ob ich selbst gelacht, selbst geredet habe – das alles weiß ich nicht mehr. Ich weiß nur, daß mir der Kopf brannte, und daß ich wünschte, allein zu sein.

Da kam Baumann und bat, die Herrschaften möchten doch etwas Warmes anziehen und einmal in den Hof kommen; er hätte noch eine kleine Überraschung. Ich folgte mit den anderen der Einladung.

Im Hofe bot sich uns ein hübsches Bild.

Auf dem niederen, halb zerfallenen Turme wuchs eine kleine Fichte. Baumann war auf den Turm gestiegen und hatte den Baum mit Lichtern geschmückt. Es war windstill und ganz dunkel, und nun sah es aus, als schwebe ein leuchtender Christbaum hoch in der Luft. Den Talbewohnern mußte wohl das Bild vorkommen wie eine überirdische Erscheinung.

Um mich herum wurden Rufe der Bewunderung laut. Ich ging leise über den Hof und blieb in der Nähe der Brunnenlinde stehen.

Da kam jemand auf mich zu – Marianne! Ich konnte kein Wort sagen.

Sie kam mir ganz nahe. Ich sah ihr schönes, weißes Gesicht. Tiefer Gram lag darüber.

Und sie sprach leise zu mir: »Sie können nicht mein Freund sein – Sie dürfen nicht mein Freund sein – nein, Sie dürfen nicht!«

»Aber ich muß es; ich muß es, so lange ich lebe!«

Ich faßte ihre Hand, und einen Augenblick ließ sie's geschehen. Dann sagte Sie: »Lassen Sie mich! – Es wäre ein großes Unglück! Glauben Sie es mir –«

»Es wäre das Glück, Marianne, es wäre das süßeste Glück auf der Erde!«

Sie sah mich traurig an, dann wurde ihr Gesicht kalt. »Es kann nicht sein!« sagte sie und ging zu den anderen. – –

Ich stürmte nach meinem Zimmer, sank auf einen Stuhl und begrub das Gesicht in die Hände.

Heiliger Gott, nun war's doch geschehen!

Nun gab es kein Ausweichen, kein Flüchten mehr, nun hatte ich die Linie übertreten, die das gefährliche Reich der Liebe umgrenzt, und von da es keine Rückkehr gibt.

Das Reich der Liebe, in dem die Wunderhaine stehen und die Inseln der Seligen schwimmen auf blauen Meeren, das Reich der Liebe, in dem die trostlosesten Wüsten der Verzweiflung sind und die Klippen des Todes ragen.

Geblendet von einer neuen Sonne, berauscht von einer neuen Lust, durchschüttert von neuer Qual, so trieb mich wonnig-unselige Unrast, indes draußen der Weihnachtsfriede schwebte über der Menschenerde.

Wintersport

Der kleine See im Wolfsgrunde bot eine vorzügliche Eisbahn. Baumann, der Unermüdliche, der überall Tätige, hielt ihn schneefrei. Er sorgte auch dafür, daß die wenigen Uferbänke immer gebrauchsfähig waren.

Es ist eines der unseligsten Vorurteile, daß die Menschen die Natur im Winter fliehen. Da sitzen sie in ihren überheizten Stuben und schlucken eine jämmerliche Luft monatelang, von keinem frischen Hauch berührt, von keinem Sonnenstrahl geküßt, immer bei der anstrengenden Arbeit oder bei den noch anstrengenderen Vergnügungen. Draußen verwehen indes ungenutzt Milliarden Kubikmeilen gesündester Atmosphäre, draußen liegen Diamantenfelder, draußen wartet der Winterwald mit tausend Wundern. Es kommt niemand. Die Menschen haben keine Zeit.

Manchmal tritt ein Naturfreund als Prediger in der Wüste in die winterlichen Wohnstätten und Tanzsäle, hält eine Bußermahnung und ruft und lockt hinaus in den kristallenen Dom. Einige wenige hören ihn, und die sind glücklich. –

Zurück zu Baumann! Er tat seine Pflicht. Wir auch! Er fegte den Schnee vom Teiche, und wir fuhren Schlittschuh auf dem blanken Eise. Das war gesund für beide Teile. Ich glaube allerdings, daß Baumann, dieser Egoist, den gesundheitlichen Löwenanteil für sich in Anspruch nahm. Und mißgünstig, wie ich geartet bin, habe ich ihm ein paarmal beim Kehren geholfen. Sehr zu seinem Verdruß! »Wenn der Herr Doktor den Besen nicht besser anpacken, dann kriegen der Herr Doktor noch viel mehr Blasen an die Handteller.«

»Aber Muskeln krieg' ich auch, lieber Baumann!«

Er schüttelte sein Haupt.

»Das paßt sich gar nicht für den Herrn Doktor.«

»Die Muskeln? Oho, Herr Ober – da fühlen Sie mal!«

Ich zog den Rock zur Hälfte aus und streifte vom rechten Arm das Hemd zurück.

»Na los, fühlen Sie mal!« Er tippte vorsichtig auf meinen Oberarm.

»Es fängt schon ein bißchen an«, sagte er; »aber ziehen sich nur der Herr Doktor wieder an; denn erstens können sich der Herr Doktor leicht verkälten, und zweitens kommt dort drüben das gnädige Fräulein.«

Ich hatte den Rock eher in Ordnung wie ein Rekrut, der's verschlafen hat. Mit der Schneeschaufel in der Hand eilte ich ans Ufer.

Marianne war guter Laune.

»Es war wohl Schneeschaufler-Musterung?« fragte sie.

»Ja«, erwiderte ich lachend; »leider bin ich zur Reserve zurückgestellt, 8a, §1! Allgemeine Körperschwäche!«

»Nun, als Einjährig-Freiwilliger könnten Sie bei den Schneeschauflern ja sowieso nicht eingestellt werden«, sagte sie und kam herunter auf den Teich. Gleich darauf kam der Assessor mit Ingeborg. Ich begrüßte das Brautpaar und wandte mich dann wieder an Marianne.

Sie war freundlich.

»Ich bin glücklich, daß Sie lustig sind und so lachen können«, sagte sie. – – »Sie können *doch* mein Freund sein.« Ich nickte fröhlich.

»Das ist ganz selbstverständlich«, sagte ich, und sie war zufrieden.

Ein Gefühl der Freude lohte mir im Herzen auf. Ich würde siegen! Jawohl, siegen über das starke, schöne Mädchen, deshalb, weil ich sie verstand.

Nachdem ich nach dem Weihnachtsabend all das getan hatte, was vermutlich meine meisten Altersgenossen unter solchen Umständen tun würden: meiner inneren Qual Ausdruck verliehen durch tausend verzweiflungsvolle, einsame Gebärden, saß ich müde in einem meiner großen Stühle und schaute hinauf zur Decke nach dem Gralstempel, ob wohl von da eine Erleuchtung kommen würde.

Sie kam! Sie kam in ruhiger, reiflicher Überlegung.

Marianne hatte meine Liebe erraten. Sie war davor so erschrocken, daß sie mir sogar die Freundschaft kündigte, die sie doch selbst gesucht hatte. Sie fürchtete sich vor mir und vor ihrem eigenen Herzen. Sie ahnte, daß eine Resonanz in ihrer Brust entstehen könnte für meine Gefühle. Und sie wollte aus irgendeinem Grunde der Liebe nie im Leben eine Macht einräumen über ihr Herz, sie haßte, sie fürchtete die Liebe. Deshalb rang sie sich los von mir.

Wenn mir nun die Wahrheit aus trüben, sehnenden Augen brannte, würde ihre Furcht vor mir und vor sich selbst immer größer werden, und ich traue es ihr zu, daß sie nicht nur innerlich vor mir fliehen, sondern daß sie überhaupt die Burg verlassen würde. Das mußte ich verhüten – um meines eigenen Heiles willen!

Lustig mußte ich sein! Harmlos! Wenn's hoch kam einmal ein bißchen begeistert, einmal ein bißchen verliebt! Nur nichts Ernstes! So würde ich Zeit gewinnen. Das war kein Weib der »Liebe auf den ersten Blick«. Auch meine Liebe zu ihr war langsam, ohne daß ich es ahnte, entstanden. Wenn ein Sieg möglich war, so war's ein Sieg dessen, was sonnig in mir war über die kranke Kälte ihrer irregeleiteten Seele.

Daran glaubte ich, und wenn ein Zweifel in mir blieb, so war es der, ob sie wohl meine Taktik durchschauen und dann mir desto sicherer entschlüpfen würde.

Nein, sie durchschaute mich nicht. Mein Komödiantengeschick war groß genug. Sie glaubte an meine ruhig-frohe Laune, sie wollte wieder Freundschaft mit mir halten.

Nun freute ich mich und fürchtete nicht, daß in meinen Schlüssen etwas Falsches sein könnte.

Marianne ließ sich von Baumann die Schlittschuhe anschrauben, und ich zeigte keine Miene, als hätte ich mich nach dem mir nicht verliehenen Amte gesehnt. Ich schlug indes ein paar Bogen und ging noch einmal meine Gedankenreihe von der Weihnachtsnacht durch. Nur nicht den Toggenburger spielen!

Schließlich reichte sie mir die Hand zur gemeinsamen Fahrt.

»Glauben Sie, daß mir alles Heitere und Lustige sehr sympathisch ist?« fragte sie.

Ja, natürlich glaubte ich das. Aber ich wich aus.

»Es hat nicht den Anschein, mein gnädiges Fräulein.«

»Warum sagen Sie wieder ›gnädiges Fräulein‹ zu mir?«

»Verzeihung –! Also, es hat nicht den Anschein, Fräulein Marianne!«

»Sie meinen, ich sei selbst ein rechter Trübsalsmensch – ungesellig – unfroh –« – »Es ist kein Schade, wenn man nicht sozusagen amüsant ist.«

»Sie weichen mir aus! Lassen wir es!«

Sie schwieg. Aber ich blieb bei bester Laune. Unterdessen trieben der Assessor und Ingeborg Allotria wie die Kinder. Sie »fingen« sich.

Es war ergötzlich anzuschauen, wie der langbeinige Assessor hinter seiner kleinen, flinken Braut einherstelzte. Wie der Storch hinter dem Fröschlein. Was sie mit drei Schritten zuwege brachte, machte er mit einem, aber wenn sie in schneller Wendung rechts oder links blitzschnell auswich, fuhr er in langer Kurve rettungslos ins Leere hinaus. Schließlich, als er doch eine raschere Drehung wagte, fiel er seiner ganzen respektablen Länge nach hin, und Ingeborg setzte sich in einem Anfall von Lachkrampf drei Schritte entfernt daneben. Da kroch er auf Händen und Füßen zu ihr hin und »fing« sie.

»Können Sie sich die beiden als Eheleute vorstellen?« fragte mich Marianne.

»Vortrefflich«, sagte ich. »Sie werden kostbar ›Verheiratetsein‹ spielen. Es ist doch glückselig, so von Herzen kindisch zu sein.«

Sie senkte die Augen.

Ich betrachtete sie. Kam ihr eine Ahnung von dem süßen Glück der Liebe. Sie erschien mir jetzt wieder – ach – so schön! – Scheußlich, daß man so jung ist!

Da krochen mir zwei winzig kleine Frauenfäuste unter den Armen durch und schlossen sich auf meiner Brust.

»Gefangen! Gefangen! Sie sind verloren!«

Ingeborg! Nie ein jauchzendes Kind! Ich machte mich – anscheinend mit furchtbarer Mühe – frei und konnte kaum einen Seufzer unterdrücken.

Dieser Assessor hatte doch verzweifelt viel Glück.

»Es ist schrecklich«, sagte ich, »so heimtückisch und meuchlings um die Ecke gebracht zu werden. Aber daran sind Sie schuld, Fräulein Marianne, und nun müssen Sie's büßen. Ich sage ›gardez‹ an.«

»Das ist nicht nötig; die Dame ist gesichert!«

Pfeilschnell flog sie davon. Ich ließ ihr einen Vorsprung, und dann jagte ich ihr nach. O, das war eine Fahrt! Die Sonne so mild und golden, die Berge und Wälder so weiß und glänzend, die Luft so rein und würzig, und vor mir die biegsame Frauengestalt. Der weiße Schleier flatterte leicht um ihre dunklen Haare, und wenn sie den Kopf einmal kurz nach mir wandte, sah ich ihr schönes Profil, dessen Strenge nun gemildert war durch den erregten Glanz auf ihrer Wange. Ich wollte ihr immer etwas Lustiges nachrufen, aber ich konnte es nicht; ich war zu glücklich.

Der See wurde schmaler und bog nach links rechtwinklig ab. Da wandte sie sich jäh um, ob sie an mir vorüber zurück könne. Das war schwer möglich.

»Gardez!« rief ich mit sieghaftem Lachen und blieb mitten auf dem Eise halten.

Sie sah, daß kein Ausweg mehr war und wandte sich rasch entschlossen nach dem Seitenarm des Sees. Aber der war erst recht schmal und gar nicht lang. Ich kam ihr näher, immer näher und hörte ein feines Ächzen. Sie wollte sich auf keinen Fall »einfangen« lassen.

Nun war die Bahn beinahe zu Ende. Wie sie sich nur hier noch retten wollte! Ich vermutete, daß sie mich im entscheidenden Augenblick würde täuschen wollen. Sie würde scheinbar nach der einen Seite abbiegen und sich dann unvermutet nach der anderen schlagen wollen. Richtig, jetzt bog sie nach links – ich hielt ohne weiteres nach rechts – eine scharfe Kurve – ein Aufschrei – ein Anprall – ich hielt sie in meinen Armen.

Ächzend, auf einen Moment ihrer Sinne beraubt, lehnte sie an meiner Brust. Eine Glutwelle brach aus meinem Herzen, und es erfaßte mich ein Wirbel.

Sie jetzt küssen können – maßlos küssen! Und sie so in den Armen halten!

Aber ich ließ sie frei; mit Gewalt zwang ich mein Gesicht zu einem lachenden Ausdruck. Und ich ahmte Ingeborg nach: »Gefangen! Gefangen! Sie sind verloren!«

Sie war erschöpft und preßte das Taschentuch auf das Gesicht.

»Lassen Sie mich – kommen Sie – zurück zu den andern!« Sie konnte sich viel weniger beherrschen als ich. Ich wollte ihr die Hand reichen, aber sie lehnte es ab. – – –

Da änderte sich die Stimmung schon wieder. Wahrhaft kannibalische Töne schlugen an unser Ohr.

»Immer ran, immer ran, immer ran, immer ran! Stück for Stück 'n Groschen! Nur so lange der Vorrat reicht. Ist 'n Armer drunter, fünf Pfennige! Immer ran, immer ran, immer ran! Der billigste Mann auf der Welt! Immer ran, meine Herrschaften!«

In diese Marktschreiertöne, die offenbar aus des Assessors Kehle kamen, mischten sich schrille Laute Ingeborgs: »Warme Würstchen gefällig? Warme, warme, warme, warme, warme Würstchen gefällig?«

Genau wie die kleinen Rangen, die auf den Bahnhöfen die Personenzüge entlang laufen. Auf einer Uferbank brodelte über einer lodernden Spiritusflamme ein Kochtopf, und um dieses reizende Stilleben stand eine kleine Gruppe: der Assessor, Ingeborg, Baumann und der Oberförster. Als wir näher kamen, verdoppelten der Assessor und Ingeborg die Kraft ihrer Kehlen. Der Oberförster aber rief: »Glauben Sie's nicht! Alles

Schwindel! Ist eine ganz miserable Würstelbude hier. Ich will schon immerfort sechs Paar haben und krieg' sie nich.«

Wir kamen lachend näher und sahen, daß wirklich »Wiener Würstchen« gekocht wurden. In einem Korbe, den Baumann gebracht hatte, befanden sich außerdem Semmeln, Tellerchen, Messer und eine Flasche Portwein mit den nötigen Gläsern.

Es dauerte nicht lange, so waren wir in bester Laune an der Mahlzeit. Der Oberförster, welcher die Würstchen aus der Hand aß, weil er behauptete, sonst »ginge der ganze gute Saft kaput«, machte plötzlich ein sehr wichtiges Gesicht.

»Also, Herrschaften – ich hab' einen Gedanken gehabt.«

»Nicht möglich!« sagte der kauende Assessor.

»Jawohl möglich!« fuhr Gerstenberger auf. »Sogar einen sehr feinen Gedanken! Wer von Ihnen war schon mal im Riesengebirge?«

Natürlich alle.

»Ja, aber wer war schon einmal im Winter dort?«

Keiner.

»Selbstverständlich«, höhnte der Oberförster. »Da könnten Sie sich ja die Nasen erfrieren. Und doch sage ich Ihnen, gegen das Gebirge im Winter is das Gebirge im Sommer einfach Mumpitz.« – »Oho«, sagte der Assessor; »waren Sie denn schon mal im Winter oben?«

»Nee, noch nicht!« antwortete der brave Mann ein wenig zögernd.

»Waren Sie überhaupt schon einmal im Riesengebirge?« setzte der Jurist sein Verhör fort.

Da wurde der Oberförster wütend.

»Ach was«, schnauzte er, »oben bin ich noch nicht gewesen. Aber ich will ja eben jetzt mal hin!«

Eine Lachsalve bestrafte ihn. Da wandte er sich erbost ab. »Na, wenn's Ihnen nu partout nicht paßt, mitzufahren, so fahr' ich eben alleine.«

»Da hören Sie doch erst! Wir wissen ja noch gar nichts von Ihren Plänen! Machen Sie uns erst mal die Geschichte klar.«

Nun folgte eine Lobrede auf die Wintertouristik, die mir wegen ihres sonderbaren Aufbaues und ihrer ganz rätselhaften Behauptungen und Schlußfolgerungen nicht gegenwärtig geblieben ist. Soviel hatte ich aber am Schlusse begriffen, daß ein gemeinsamer Ausflug nach dem Riesengebirge unternommen werden sollte, dessen Hauptzweck einige Hörnerschlittenfahrten sein sollten, und daß Waldhofer sich bereits zu dem Plane zustimmend geäußert habe. »Na, was sagen Sie nu? Lachen Sie mich jetzt auch noch aus?« sagte der Oberförster triumphierend am Schlüsse.

»Es wäre himmlisch«, meinte Ingeborg.

»Mir wäre es auch angenehm«, sagte Marianne. »Ich möchte doch sehr gern einige Schneeschuhtouren oben machen.«

»Bravo!« applaudierte der Oberförster; »wenn die Damens wollen, so is die Geschichte abgemacht; denn die Männer müssen einfach. Und morgen früh geht's ab.«

»Morgen früh schon?«

»Morgen früh!« sagte der Reisemarschall mit einem Nachdruck, der jeden Widerspruch unmöglich machte.

Eine Erregung ergriff uns, und es wurde beschlossen, sofort nach der Burg aufzubrechen, um alles Nötige zu besprechen und vorzubereiten.

Mit Marianne stieg ich den beschneiten Burgweg hinauf. »Es ist schade, daß ich noch keine Schneeschuhe habe«, sagte ich.

»Können Sie denn Ski laufen? Es ist gar nicht so schnell zu erlernen.«

»Ich kann es. Ich war zweimal im Winter in Norwegen.«

»Da haben Sie wohl allerdings vorzügliche Lehrer gehabt.«

»Ja, dort läuft ja alles auf dem Ski: Mann und Weib, jung und alt. Das ist ja auch die Heimat von Fridjof Nansen, der gesagt hat: ›Der Skilauf ist aller Sportarten König.‹ Es ist schade, daß dieser herrliche Sport bei uns bisher so wenig in Aufnahme gekommen ist.«

Sie nickte.

»Mir scheint es auch der beste Sport zu sein. Der Reiter, der Radler, der Schwimmer, der Ruderer, der Schlittschuhläufer – sie sind alle an bestimmte, ganz eng begrenzte Bahnen gebunden. Der Skiläufer hat wenig Grenzen. Ich fahre über steile Hänge und durch ziemlich dichten Wald.«

»Ja«, pflichtete ich bei, »und der Skiläufer wird von keinem Staube und keinem Lärm belästigt. Er braucht keinem Wagen auszuweichen –«

»Und er ist meist allein, das ist die Hauptsache«, ergänzte sie.

»Da dürft' ich mir wohl wenig Hoffnung machen, Sie begleiten zu dürfen, wenn ich mir im Gebirge ein Paar Schneeschuhe kaufte?«

Sie sann eine Sekunde nach.

»O doch«, sagte sie dann.

Unter lebhaften Reisevorbereitungen verging der Tag. Am Abend erschien noch einmal der Oberförster. Er meldete, daß die Schlitten morgen früh bereit sein würden und fragte, ob auch alle mit einfacher, warmer

Kleidung versehen seien. Unsere festen Schuhe unterzog er einer sorgfältigen Musterung. Er fand sie den Bedürfnissen entsprechend und behauptete aus der Zeitung zu wissen, daß die Anschaffung von Lodengamaschen und von Bergstöcken unbedingt nötig sei. Das bekämen wir alles in Hirschberg. Überhaupt sollten wir uns nur ganz auf ihn verlassen.

»Es wird doch auch wirklich keine Gefahr dabei sein?« fragte Baumann mit Besorgnis. Der Oberförster sah ihn mitleidig an.

»Sind Sie schon mal im Riesengebirge gewesen, Baumann?«

»Noch nicht, Herr Oberförster.«

»Na, dann reden Sie nicht! Gefahr is nich die Spur!«

Trotzdem stand der Alte mit besorgter Miene bei den Schlitten, als wir am nächsten Morgen zur Bahn aufbrachen. Der Oberförster und Waldhofer fuhren zusammen, und wir vier jungen Leute füllten den zweiten Schlitten. Pfeilschnell ging die Fahrt dahin, die Glöcklein läuteten, und in der Ferne verschwand der hohe Turm des Waldhofes.

In der sehr freundlichen Stadt Hirschberg benutzten wir einen längeren Aufenthalt zur Vervollständigung unserer Touristenausstattung, und dann fuhren wir weiter über das liebliche Warmbrunn nach dem Gebirgsdorfe Hain.

Unterwegs lag der Riesengebirgskamm vor unseren in Wahrheit entzückten Augen. Am Fuße die verträumte Burgruine Kynast, dann die meilenweiten, verschneiten Wälder, und oben der glänzende Kamm, dessen reines Weiß in den blauen Himmel hineintauchte. Als ich die schimmernden Kegel und Bergkämme so aufragen sah, dachte ich an den Märchenglauben meiner Kindheit zurück, wo ich von Demantbergen träumte und von silbernen Wäldern.

Rechts drüben im Westen hoch aus der Luft grüßte die Schneegrubenbaude. Mit ihrem Turme und in ihrer Schneebekleidung sah sie aus wie ein Fabelschlößlein in stolzer Höhe oder wie eine vereinsamte, verschneite Bergkirche.

Ein Ewigkeitshauch wehte herüber von den reinen Höhen. Mitten in die laute, lärmende Welt mit ihrem Kohlendunst, mit ihren Sünden und Sorgen hat Gott solche stille Weihnachtsberge gesetzt. Dahin kann sich alles retten, was müde, traurig und bedrückt ist.

In Hain rasteten wir, und dann ging die Fahrt bergauf. Fünf Hörnerschlitten wurden gemietet, die Mädchen fuhren zusammen. Der Fahrgast sitzt auf einem bequemen Sessel, gut in Decken verpackt, das Gesicht dem Tale zugewandt. Ein wegesicheres Gebirgspferd zieht den leichten

Schlitten bergauf. Nebenher geht der Führer des Pferdes. – Langsam setzte sich unsere Schneekarawane in Bewegung. Die Spitze bildete der Oberförster, dann kam ich, dann die beiden Mädchen, zuletzt der Assessor und Waldhofer.

Mit einer jauchzenden Freude im Herzen bin ich da hinaufgefahren. Melodisch läuteten die Glocken der Pferde, unhörbar glitt der Schlitten langsam und ruhig bergauf. Nach kurzer Zeit empfing uns prachtvoller Hochwald. Die Nacht zuvor hatte der Nebel sich ums Gebirge gehüllt, und nun stand der Wald im glitzernden Kleide des Rauhfrostes.

Was ist menschliche Kunst gegen diese überfeinen Gebilde? Milliarden von Kunstwerken siehst du um dich, an jedem Baume sind tausend, und Pferd und Führer gehen wie auf einem Teppich aus Spitzen und weißer Seide, in den Feenhände wunderbare Muster gewebt haben. Hin und wieder ragt ein Felsblock, ein windbrüchiger Baumstumpf auf. Der Winter hat sie maskiert mit tollphantastischen Gewändern. Hier Harlekinsformen, und dort wieder erschütternde, majestätische Gigantik. Es kann's keiner beschreiben und keiner zeichnen – es ist gewaltig und immer wieder anders. Und so frei alles von der Einförmigkeit. Es findet sich im Winterwalde dieselbe Form nicht zweimal.

Überall tiefer Friede! Nur der Bach murmelt unter der Eisdecke. Er ist der einzige, der noch wacht, und ist doch auch selber halb im Traume wie die Großmutter, die in tiefer Stille der Mitternacht ihren schlafenden Lieblingen ein Wiegenlied summt.

Da ist der Laubwald zu Ende. Der Kamm liegt leuchtend weiß in unmittelbarer Nähe vor uns. Die Mannsteine ragen auf und weiter nach Westen kraftvoll trotzig der Gipfel des Hohen Rades.

Ich wende mich zurück nach dem folgenden Schlitten. »Marianne!«

Ich sehe, wie ihr Gesicht leuchtet vor Begeisterung. Das ist keine gewöhnliche Freude, das sind die Schauer der Bewunderung, die durch eine tiefe Seele fluten, wenn sie die Wunder der Schöpfung so nahe berühren.

»Ha – a – a – alt!«

Erschrocken wende ich mich nach oben. Da sehe ich, wie sich der Oberförster mit fieberhaftem Eifer aus seinen Decken wurstelt, vom Schlitten springt und nach dem Wegrande läuft. Es ist eben eine ziemlich gerade Strecke des Weges und alles dicht hintereinander. Sämtliche Schlitten bleiben halten.

»Was ist denn los?« brüllte der Assessor von unten. Der Oberförster sagte nichts, er beugte sich bloß tief über den Schnee.

»Was ist denn los?« ruft der Assessor wieder. »Sind Sie verunglückt oder haben Sie was verloren?«

»Nö – ö – ö!« schreit da endlich der Oberförster hinunter. »Verloren nischt, aber was Großartiges gefunden. Fuchsfährte!« Und er tunkt wieder mit der Nase beinahe in den Schnee und ist ganz aufgeregt.

Eine Fuchsfährte! Das also war es, was den Forstmann hier mitten in dieser Ewigkeitsschönheit interessierte. In allen Schlitten wurde die Weiterfahrt gewünscht. Gerstenberger ließ sich nicht stören.

»Was wollen die Beesters hier oben, wo man beinahe in den Himmel guckt?« fragte er den Führer.

Der Führer sagte, das wisse er nicht; aber sie liefen immer den Wegemarkierungen nach und lungerten um die Gebirgsbauden nach Küchenabfällen.

»Schade, daß das nich mein Revier is –« sagte Gerstenberger und stieg endlich wieder ein. Ich hörte aber, daß er sich mit dem Führer bis zu unserer Ankunft auf dem Mädelkamme von den Füchsen unterhielt, und auch, daß er ihm erzählte, er habe schon mal einen Bären geschossen, einen richtigen Bären. Schwarzbraun! Das sei keine Flunkerei, sondern »lediglich Tatsache«.

Der Mädelkamm ist die tiefste Einsenkung des Riesenkammes, die einzige Stelle, an welcher der Wald ihn zu überklettern vermag. Die Grenzpfähle stiegen auf, das erste böhmische Haus wurde sichtbar – die Spindlerbaude. Gerstenberger nahm vor dem preußischen Adler, der aus seiner verschneiten Umrahmung herausschaute, die Mütze ab. Das war kein Ulk. Der Oberförster war ein leidenschaftlicher Patriot, und es rührte ihn, wie er nachher sagte, tief, daß er hier oben, »wo doch eigentlich schon gar keine richtige Welt mehr sei«, so tief im Schnee ein Wahrzeichen seines Vaterlandes fand. Eine solche Grenze zwischen Deutschland und Österreich sei ihm rührend, das sehe hier viel eher aus, als ob hüben Grönland und drüben Rußland sei. Deutschland sei doch ein kolossal großes und mächtiges Land.

Diese patriotische Begeisterung, wuchs noch, als er in der böhmischen Gebirgsbaude die Bilder des deutschen Kaiserpaares sah, und als wir uns ein bißchen erwärmt hatten, stand der Oberförster auf und brachte einen patriotischen Trinkspruch aus.

Also stießen wir mit dem ersten Glase böhmischen Weines auf unser liebes, deutsches Vaterland und seinen begeisterten Führer an, und da war kein unehrlicher Tropfen dabei.

Im übrigen gab der Oberförster zu, daß auch das »Ausland« seine Vorzüge habe, und diese Überzeugung wuchs, je mehr er sich für die tatsächlich gute Bewirtung der Böhmen erwärmte.

Inzwischen war die Hälfte der Führer mit den ledigen Pferden nach der anderen Seite des Riesengebirgskammes, ins Elbtal hinunter, weitergezogen, während die Schlittenlenker auf uns warteten und im Nebenraume rauchten und tranken.

Endlich ging's weiter. In der Reihenfolge, in der wir gekommen, bestiegen wir die Schlitten. In sausender Fahrt sollte es nun auf Hörnerschlitten hinabgehen vom hohen Kamm ins tiefe böhmische Tal. Jeder war nur auf die Zuverlässigkeit seines Führers angewiesen. Trotzdem hatte außer der kleinen Ingeborg niemand Angst. Und nun ging's los.

Vorn sitzt der Führer, hinter ihm der Fahrgast. In schwindelnder Eile fliegt der Schlitten bergab, Bäume tauchen auf, Schneeschanzen, freie Plätze. Kaum geschaut, schon vorüber. Alles wechselt kaleidoskopartig, blitzschnell. Zuweilen fliegt der Schlitten buchstäblich in der Luft. Der Wind pfeift um die Nase, das Herz pocht, die Augen leuchten. Eine Seligkeit ist es, eine Wonne zum Aufjauchzen! Der Führer ist ganz sicher, er jongliert mit dem Schlitten, seine Tätigkeit scheint ihm eine Spielerei. Den Hals brechen? – Lächerlich!

Da – ein Schrei, ein Ruck – wir halten! Ein Stück vor mir ist weißer Schnee aufgewirbelt, ein Mensch ist drin verschwunden – der Oberförster! Ich schreie auf vor Schreck. Da pudelt er sich aus dem Schnee heraus. Er prustet, schnaubt, schüttelt sich. Endlich findet er die Sprache. »Schweinerei!« brüllt er. Dann schüttelt er sich wieder und befühlt seine Glieder. Dabei schimpft er grausig. Es ist unmöglich, alles wiederzugeben, was er schimpft.

Inzwischen sind die anderen alle nachgekommen.

Der Führer lehnt jede Schuld ab. Das käme bei tausend Fahrten kaum einmal vor, sagt er – der Herr da müsse sich furchtbar weit über den Schlitten herausgelehnt haben. Das leugnet der Oberförster nicht. Die Erklärung findet sich auch bald. Drüben auf einer Waldwiese liegt ein Einkehrhaus – die Leierbaude.

»Schweinerei!« nimmt der Oberförster wieder das Wort. »Ich wollte bloß mal fix das Schild lesen, und da lag ich auch schon. Wenn ich nicht sehr geschickt gefallen wäre, hätte ich den Hals gebrochen. Das Hörnerschlittenfahren ist polizeiwidrig! Und nun rin in die Bude.«

Wir kehrten alle ein, ich um so lieber, als ich einmal lange, schöne Sommerwochen in der Leierbaude mitten im Gebiet der »Siebengründe« verlebt hatte. Der Wirt, ein freundliches, gelenkiges Männlein, kannte mich noch wieder, ebenso seine kleine Frau, und beide freuten sich. Die gesamte Zeche aber übernahm der Oberförster, weil von ihm die erste »Anregung« zum Einkehren ausgegangen sei. Er selbst trank oft und inbrünstig auf seine »wunderbare Errettung«.

Mit Marianne ging ich einmal auf einen kleinen, hölzernen Vorbau hinaus, von dem man einen herrlichen Ausblick genießt. Der beschneite böhmische Krokonosch grüßte herüber, das tiefe Weißwassertal dehnte sich hinunter nach Spindelmühl zu, und links stieg der wilde Ziegenrückenkamm auf, dessen weiße Abhänge und leuchtende Spitzen die rote Sonne glänzen ließ wie flammendes Gold. Schweigend standen wir im Anblick dieser Schönheit dicht beieinander. Und da legte sie – wie traumverloren – ihre Hand in meinen leichtgekrümmten linken Arm. Ein Glutstrom durchrieselte mich mitten im Wintereis; fest drückte ich die weiche Hand gegen mein pochendes Herz. Ich sah sie an. Ihre Augen hingen an den rosig-weißen Firnen. Ich bewegte mich nicht – ich hätte ihn sonst stören können, diesen heiligen Zauber eines Wintermärchens.

Da ging eine Tür drinnen und Schritte näherten sich. Sie machte ihre Hand frei. »O Gott, was tu ich denn?«

Da kam Waldhofer. Er stand ein Weilchen stumm neben uns. Dann zeigte ich ihm drüben auf einer Waldwiese das kleine Schulhaus.

»Ach, dieses ist es?« fragte er. »Das interessiert mich! Ich habe einmal einen Bericht gelesen. Die Schule ist im Winter von 90 bis 95 Prozent ihrer Schüler besucht. Sie kommen alle auf Schneeschuhen.«

»Ja«, sagte ich, »und woher kommen die Kinder? Hoch vom Abhange der Sturmhaube her und bis von der Teufelswiese herunter. Das ist eine abgehärtete Jugend.«

Da fuhren unten die Hörnerschlitten vor, und nun ging's vollends hinab durch den Weißwassergrund nach Spindelmühl.

Spindelmühl, mitten im Herzen des Riesengebirges gelegen, ist einer der beliebtesten Punkte für den Sommerverkehr, und nun auch eine der hervorragendsten »Winterfrischen« des Gebirges. Seine Bedeutung wird wachsen, je mehr sich die Erkenntnis Bahn brechen wird, wie gesund, wie reizvoll, wie vergnügt ein Aufenthalt zur Winterzeit im Gebirge ist.

Das große Hotel »Deutscher Kaiser« bot uns gute Aufnahme, und dort sahen wir auch eine ganze Reihe von »Winterfrischlern«, die hier einquartiert waren und ihre Erholungszeit dem Wintersport widmeten. Im Nu waren sie mit uns bekannt, saßen bei uns, rauchten, tranken, lachten, plauderten mit uns so gemütlich, als hätten wir uns schon seit Jahren gekannt.

Ich saß in dem wohlig durchwärmten Raume neben Marianne hinter einem Tisch und fühlte mich glücklich. Ich sprach nicht viel, ich genoß nur immerfort das Glück ihrer Nähe. Das sind die Stunden, wo Wunsch und Wille schweigt und nur die geheime Sehnsucht das Herz bewegt, so möchte es bleiben. Auch Marianne war so stillvergnügt, wie sie nie zuvor gewesen war. Da oben in der Höhe fällt vieles von dem konventionellen Zwange, der uns in der grauen Niederung beengt, quält und entfremdet. Bei der Natur sind auch die Menschen endlich einmal »natürlich«.

Der Oberförster war in seinem Elemente. Sämtliche »Winterfrischler« schienen sich in ihn schnell zu verlieben. Seine »Bonmots« überstürzten sich nur so, und wenn er sich selbst ironisierte, lachte alles hell auf. Nach einer Stunde schon behauptete ein Herr aus Prag, einen gemütlicheren Herrn, als den Oberförster, habe er nie im Leben gesehen, und eine muntere junge Dame machte ihm das Kompliment, daß er ein »riesig netter, stattlicher Mann« sei. Da zwinkerte er sie verliebt an.

»Ich bin noch zu haben«, sagte er verschämt.

»Ei, wie reizend!«

»Ja – und ich habe Geld! Fünftausend Mark in vierprozentigen Pfandbriefen. Später mehr!« – »Nicht möglich – so schön zu sein und so reich!«

»Ja, und ich bin sehr häuslich erzogen. Ich kann kochen, flicken, Knöpfe annähen und die Stube aufräumen.«

»Sie sind ein Engel, mein Herr!«

»O, mein Fräulein, Sie machen mich rot! Ich bin so – so schämig! – Aber musikalisch bin ich auch!«

»Auch das noch! Das ist ja geradezu wunderbar. Ach, mein Herr, Sie oder keinen!«

Da schlug er die Augen nieder und steckte den Daumen zwischen die Zähne.

»Sprechen Sie mit meiner Wirtin!« hauchte er. –

Mit Bedauern wurden wir am Nachmittage aus dem »Deutschen Kaiser« entlassen, und nun ging es bergauf, aus dem Tale hinauf, zurück nach dem Kamme. Unser Ziel war die Peterbaude.

Die Schleier des Abends begannen sich bereits ins Tal zu senken; nur der Kamm war noch ganz hell. Die Temperatur war gegen den Mittag bedeutend gesunken. Von Zeit zu Zeit wandte ich mich nach Marianne um, die jetzt vor mir fuhr. Mit stillem Gesichte schaute sie mich an.

Es war kein Zweifel mehr, daß auch sie mich liebte. Was sie selbst noch nicht wußte und unten im Tale meisterlich verbarg, hier oben im lichten Gebirge war mir's klar geworden. Maßloser Jubel erfüllte mich. Mit Mühe hielt ich mich auf meinem schmalen Sitze, am liebsten wäre ich mit meinen brennenden Sinnen in den kühlen Wald hineingelaufen oder zu Berge gestürmt oder hingeeilt zu ihr.

Die Sterne gingen auf und der Mond. Große heilige Sabbatruhe lag auf den Fluren. Blauer Schimmer hüllte die Berge ein und ruhte auf ihren Wäldern. Dort hinauf sah ich unverwandt. Wenn ich im Maienwalde gestanden hätte, schöner und erhabener wäre die Flur nicht gewesen, durch die ich meine junge Liebe tragen konnte, als diese.

Ein dunkles Holzhaus tauchte aus dicker Schneebekleidung auf – die Peterbaude. Nun waren wir wieder oben auf dem Gebirgskamme und beschlossen in der Baude zu übernachten. Die Führer mit den Pferden und Schlitten zogen noch nach Hain zurück. Diese Leute ertragen viel Strapazen; sie sind genügsam und nicht teuer.

Es war ein wohliges Gefühl, als wir nach der abendlichen Winterfahrt in die Wirtsstube kamen, und es waren auch da einige fröhliche Winterwanderer. Zu seinem Entzücken fand Gerstenberger dort oben einen einheimischen Forstmann. Dem legte er tausend berufliche Fragen vor, und der andere versprach ihm, ihn morgen einmal durch sein Revier zu führen. Da hatte unser alter Freund für nichts anderes mehr Interesse.

Lange saßen wir beisammen, ehe wir die gut geheizten Schlafstuben aufsuchten. Ich schlief mit dem Assessor zusammen in einem Zimmer.

Er war bald entschlummert; aber ich fand lange keine Ruhe. Es war ein glücklicher Tag gewesen. Mein ganzer Feldzugsplan, den ich im Tale geschmiedet hatte, fiel in sich zusammen vor der süßen Gewißheit, daß sic mich liebe. Morgen, was würde morgen sein? Wir wollten alle noch einen Tag auf dem Kamme bleiben. Der Oberförster wollte eine Tour mit seinem neuen Freunde machen, Waldhofer, der Assessor und Ingeborg würden auf Schneereifen zur Prinz-Heinrich-Baude hinüber wandern, und Marianne und ich wollten zusammen Ski laufen, weithin bis zur Schneekoppe.

Ganz allein würde ich mit ihr sein in menschenentrückten Regionen. Was würde morgen sein?

In Eis und Schnee

Das sonnig-klare Wetter des Vortages hatte sich gewandelt. Der Himmel war bewölkt, und ein Wind wehte, den die Gebirgler als ganz mäßig bezeichneten, der uns Leuten aus der Ebene aber immerhin recht frisch vorkam.

Trotzdem brachen wir alle auf. Der Oberförster wurde zeitig von dem Forstmanne abgeholt, bekam Schneereifen an die Füße gebunden, die das tiefe Einsinken in den Schnee verhindern, und stampfte mit seinem Begleiter davon. Waldhofer, Ingeborg und der Assessor traten ihre Kammwanderung ebenfalls in Begleitung eines Führers an; nur Marianne und ich beschlossen, unseren Skilauf allein zu wagen. Die Luft war klar, und die Wegemarkierung ist dank der rastlosen Tätigkeit des Riesengebirgsvereins so vorzüglich, daß wir schon auszukommen hofften. Es wurde verabredet, uns abends in der Prinz-Heinrich-Baude wieder zu treffen.

Es wunderte mich im geheimen, daß Marianne nicht auf der Mitnahme eines Führers bestand, trotzdem unsere Wirtsleute in der Peterbaude und auch unsere Reisegefährten uns diese Vorsichtsmaßregel dringend anempfahlen.

Die Schneeschuhe waren an die Füße geschnallt, und nun ging es auf diesen Riesenholzsohlen in rascher Fahrt hinab zu der Spindlerbaude. Das Gefälle bis dahin beträgt nur knapp zweihundert Meter, aber der Schnee war glatt, und ich hatte seit fast einem Jahre das Ski nicht mehr unter den Füßen gehabt, kurz, ich war unsicherer als Marianne.

Das Thermometer in der Spindlerbaude zeigte sechs Grad Kälte; trotzdem wurde uns außerordentlich warm, denn der Aufstieg zur Sturmhaube, den wir wegen des viel zu glatten Abhangs zu Fuß zurücklegen mußten, ist steil, und der Wind machte ihn nicht bequemer. Oben ging es dann auf Schneeschuhen weiter, immer geführt von den Holzstangen, die als Wegemarkierung aus dem Schnee herausragten. Sie geleiteten uns auch sicher um die Teichränder herum, an deren Abgründen ein Fehltritt den Tod bedeuten würde.

Ohne Rast liefen wir weiter. Der Koppenplan tauchte auf, ein endlos weites Schneefeld. Drüben ragten die Kuppen des Brunnenberges und der langgestreckte »Hintere Wiesenberg« auf; vor uns lag die leuchtende Pyramide der Schneekoppe, dieses höchsten Berges im Königreich Preußen.

Die Bauden, das meteorologische Observatorium und die Kapelle hoben sich deutlich in der Luft ab. Ich wußte, daß wir von dieser Seite aus auf den Gipfel mit unseren Schneeschuhen nicht gelangen könnten; wir schnallten sie also los, und so bemühten wir uns, vom Winde gepeitscht, die verschneiten Serpentinen emporzuklimmen.

Angestrengt und erhitzt kamen wir auf dem Kegel an. Von den Koppenbauden ist eine auch im Winter bewohnt, nämlich die böhmische. Der Koppenwärter begrüßte uns freundlich, und eine Wirtschafterin erschien, um uns ein Mahl zu bereiten. Ein eiserner Ofen machte die Stube behaglich.

Bisher hatten Marianne und ich wenig miteinander gesprochen, wenigstens nichts anderes, als was sich auf den Skilauf und auf unsere Schneebahn bezog. Auch jetzt waren wir schweigsam. Und doch tobte ein heftigerer Sturm in mir als der, der draußen um den alten Koppenkegel brauste. Was hat der zu verjagen? Wenn er verweht ist, kommt die Sonne, kommt der Frühling einmal wieder; wenn der andere vertobt ist, kann er eine ewige Leere, einen trostlosen Winter zurücklassen.

Wie schön sie war! Die Wangen blühten ihr wie die Rosen, und um die schneeweiße Stirn legte sich ihr nachtschwarzes Haar. Sie war doch ein seltsames Menschenkind! Mutig wie eine Heldin und zag wie ein Kind, vertrauend auf ihre Kraft, und dann wieder furchtsam vor einer unbekannten großen Gefahr, freundlich im äußeren Verkehr, und leicht erschreckt, übermäßig vorsichtig, wo sie die Liebe witterte.

Wir hatten uns ein wenig erholt und gingen hinaus, um die winterliche Aussicht zu genießen.

Hinter der einsam liegenden deutschen Baude fanden wir eine Stelle, an welcher uns der Wind weniger erreichte. Dort schauten wir hinab ins Tal.

Das wunderschöne Schlesierland lag vor uns im jungfräulich-weißen Brautgewande. Wie verstreute Myrtenzweiglein blitzten hie und da grüne Tannenäste aus dem faltigen Kleide. Menschenhäuser lagen drunten wie schimmernde Perlen, und feiner Nebel flatterte über allem wie ein duftiger Schleier. Dazu sang im hohen Orgelton der Wind sein ewiges Lied, jetzt aufjauchzend und himmelstürmend in brausenden Tönen und dann wieder feierlich-ernst in tiefen Akkorden, ganz so wie das keusche Mädchen sein Brautlied hört, das ihm Lust und Weh verkündigt. Wir einsamen Menschenkinder standen mitten in Eis und Schnee, und unser Blut war so heiß. Leise fing ich an zu reden, von der Schönheit ringsum, von dieser bräutlichen Erde. Ich schaute sie an. Da – mit elementarer Gewalt, die keinen Willen, keine Überlegung mehr gönnt, stieg ein glühendheißer Wunsch in mir auf, ein brennendes Begehren, und ich sprach mit zitternder Stimme: »Was wäre diese Erde – diese Schönheit – dieses Glück – mir – mir – Marianne, wenn Sie die Braut wären, und Sie als Braut neben mir ständen.«

Sie wurde bleich, sie fing heftig an zu zittern, sie klammerte sich mit beiden Händen fest an meinen Arm.

Da riß ich sie in meine Arme.

»Marianne, ich liebe dich! Ich liebe dich heute und ewig! Ich liebe dich mit meiner ganzen Seele!«

»Was – was – was ist – lassen Sie mich los – frei – nein – nein, nicht! O Gott!«

»Marianne, du mußt!«

»Ich muß nicht, ich will nicht, in Ewigkeit will ich nicht!« Eine Lähmung ergriff mich.

»Sie stoßen mich zurück, Marianne, mich und meine Liebe?«

Sie wollte sich aufrichten, aber sie taumelte zurück und lehnte sich kraftlos gegen das Haus. Dort schlug sie beide Hände vors Gesicht.

»Ich kann nicht – ich kann nicht – o, mein Gott!«

Ich wandte mich ab. Ich wollte denken, mich sammeln, etwas sagen, ich konnte es nicht. Nur in den Schnee sah ich, ohne Gefühl, so, als ob mir plötzlich das Herz erfroren wäre. Ich hörte kaum, wie sie weinte. Ich hatte auch kein Mitgefühl für sie. Aus allen Himmeln war ich gestürzt, es war mir, als ob ich ihr all das Meine hätte schenken wollen und wäre dafür geschlagen worden. Namenloser Groll erfaßte mich.

Da hing sie plötzlich wieder an meinem Arme mit beiden Händen, und ihre Blicke gruben sich wieder in lodernder, verzehrender Angst in die meinigen.

»Sie grollen mir so sehr?«

Ich antwortete nicht.

»Halten Sie mich für herzlos?«

»Für herzlos, für grausam, für – für verbildet – für krankhaft – für alles!«

Sie war nicht beleidigt. Ganz milde sagte sie: »Armer Freund!«

»Ich will nicht Ihr Freund sein. Ich kann nicht nur Ihr Freund sein!«

»Und wollen Sie mich auch nicht anhören? Ich bitte Sie darum.«

»Nein! Ich weiß alles, was Sie mir sagen könnten. Von der Untreue, von schlechten Erfahrungen aus Ihrer Familie – ich weiß es, aber das ist alles Unsinn, deswegen haben Sie kein Recht, mich so unglücklich zu machen –«

»Wollen Sie mich nicht lieber hören?«

»Nein! Es gibt keine Erklärung im Himmel und auf Erden, die mir klarmachen könnte, daß meine Liebe so zertrümmert werden muß.«

Da ließ sie mich los und ging fort. Ich sah ihr nicht nach. Auf keinen Fall hätte ich jetzt in die Baude zurückgehen können. So blieb ich stehen. Ich kann mich meiner Gefühle von damals nur undeutlich erinnern. Ich weiß nur, daß Trotz und trostlose Verbitterung in mir waren; dazwischen zuckte der heiße Schmerz auf. Ich versuchte zu lachen, das war eine Grimasse. Der Kopf brannte mir. Ich nahm ein wenig Schnee und drückte ihn gegen die heiße Stirn.

Endlich besann ich mich. Was sollte werden? Ich mußte doch schließlich hinein. Ruhiger mußte ich werden. Ich würde ein paar höfliche Worte zu meiner Entschuldigung sagen und sie dann zu den übrigen zurückbegleiten. Das war alles! Dem Assessor und Waldhofer würde ich eine, irgendeine Erklärung abgeben und dann bald abreisen. Wohin? Das war gleich. Vielleicht nach Berlin. Mitten ins tolle Leben.

Langsam ging ich nach der Baude. Ich würde mich jetzt schon beherrschen können. Sie hatte ja viel eher gewagt, den Wirtsleuten unter die Augen zu treten.

An der Tür begegnete ich dem Koppenwärter.

»Ist das Essen fertig?« fragte ich ruhig.

»Es ist gleich so weit.«

Ich trat in die Gaststube – da brausten mir wieder die Sinne.

Die Stube war leer.

Ich ging zu dem Wärter zurück.

»Ist denn die Dame noch nicht zurück?«

Er sah mich verwundert an.

»Nein, sie war doch bei Ihnen.«

»Ganz recht! Sie wird noch irgendwo die Aussicht ansehen. Wenn das Essen fertig ist, suchen Sie doch mal die Dame draußen auf dem Plane.«

Er ging, und ich saß an einem Tische, ganz nahe am Ofen.

Müde stützte ich den Kopf auf beide Hände. So saß ich eine ganze Weile. Da ging die Tür. Der Koppenwärter trat ein.

»Die Dame ist nicht mehr da«, sagte er. »Die Schneeschuhe sind auch nicht mehr da. Sie ist hinunter nach dem Petzer.«

Ich fuhr auf.

»Was? Nach dem Riesengrunde – auf Schneeschuhen? Nicht möglich!«

»Ich sah die Spuren! Es ist eine gefährliche Sache. Wenn ich's gewußt hätte, hätte ich die Dame sehr gewarnt.«

Mir stockte das Blut. Ich hatte ja gehört, daß der Koppenabhang nach dem Riesengrunde hin von guten Skiläufern befahren wird – aber Marianne allein, in dieser Aufregung!

»Wenn die Dame nicht außerordentlich sicher ist, ist die Sache lebensgefährlich«, wiederholte der Koppenwärter.

»Sie ist nicht so sicher.«

»Dann hätte sie der Herr nicht allein fahren lassen sollen«, sagte der einfache Gebirgsmann strenge.

»Ich muß ihr nach! Hier, machen Sie sich bezahlt! Meine Schneeschuhe!«

»Ich werde Sie begleiten, Herr!«

»Nein, ich will allein nach; aber bald – bald!«

»Sind Sie so sicher?«

»Ich bin sicher, ganz sicher – nur bald fort!«

In Hast befestigte ich meine Skis. Ich machte die ersten Schritte – beinahe taumelnd.

»Halt!« schrie der Koppenwächter, »halt! Sie können nicht allein fahren. Sie verunglücken bestimmt!«

»Es ist egal, ich muß fort!« – »Es ist nicht egal! Und die Dame? Wenn sie Hilfe braucht?«

»Wenn sie Hilfe braucht!«

Das gab den Ausschlag.

»Kommen Sie mit!« sagte ich.

Bergab, dem gähnenden Riesengrunde zu, ging die Fahrt. Der Führer voran, ich hinterdrein. Ich war nicht fähig, auf den Weg zu achten. Ein paarmal fiel ich hin, stand mühselig mit Hilfe des Führers wieder auf.

Die Hände bluteten mir. Der Wind benahm mir oft den Atem. Ich achtete nicht darauf. Mechanisch führte ich die Befehlsrufe des Führers aus, folgte ihm willenlos, wenn er bei sehr steilen Stellen hinüber- und herüberkreuzte oder in sanfterer Bahn rasch bergab fuhr. Auf die Umgebung, auf den Weg achtete ich nicht; ich könnte ihn heute nicht mehr beschreiben.

Immer spähte ich nach vorn. Schon war es dämmeriger geworden, und wenn wir durch Waldbestand kamen, verlor sich alle Aussicht. Marianne war allein hier heruntergefahren! Und warum – warum? Weil ich sie trotzig, unritterlich, roh von mir gestoßen hatte.

Ein toller Wirbel tobte in mir: Liebe, brennende Reue, Hoffnung und immer die wahnsinnige Angst.

Der Führer hielt. Es war eine tiefere, geschützte Stelle. In ängstlicher Spannung sah ich ihn an.

»Die Dame ist in die Irre gegangen«, sagte er. »Sehen Sie, da geht die Skispur hinüber – und da hinunter führt der Weg nach dem Petzer.«

»So gehen wir der Spur nach – der Spur nach!«

»Die wird sich bald verlieren. Der Wind weht stark, und es gibt vereiste Stellen, wo nichts mehr zu erkennen ist.« Furchtbare Angst packte mich.

»Was sollen wir tun? Sinnen Sie doch auf Rettung!«

»Wenn es bloß etwas klarer wäre! Hatte die Dame Proviant bei sich?«

»Nein, den habe ich!«

»Wann hat sie zuletzt gegessen?«

»Heute früh um halb sieben.«

Das Gesicht des Gebirglers wurde überaus ernst.

»Das ist schlimm«, sagte er.

»Sie glauben an ein Unglück?«

»Es ist noch kein Skiläufer bei uns ernst verunglückt, noch nicht einer von den fremden«, sagte er; »aber unter den Umständen – wenn die Dame heißhungrig wird und kein Haus erreicht, kann sie verloren sein.«

Ich stützte mich auf den Gebirgsstock und schloß die Augen. Inzwischen sann der Führer nach.

»Kommen Sie«, sagte er, »in der Richtung, nach der die Dame gefahren ist, liegen ein paar Häuser. Es wird ja wenig davon zu sehen sein, sie sind ganz verschneit, aber vielleicht ist sie doch hingekommen.«

»Und wenn sie nicht dort ist?«

»Dann bleibt uns bloß noch übrig, aufs Geratewohl zu suchen, was freilich wenig Zweck hat.«

Wir brachen auf. Meine Angst hatte den höchsten Grad erreicht. Marianne in Nebel und Schnee, ohne Nahrungsmittel in der Irre! Wie lange wir fuhren, weiß ich nicht mehr, mir erschien es natürlich als Ewigkeit. Die Spur hatten wir längst verloren. Der Führer blieb zwei- oder dreimal stehen, um sich zu orientieren.

Da tauchte endlich, endlich eine Gebirgshütte vor uns auf.

Sie war tief verschneit; nur das Dach ragte aus dem Schnee heraus.

O, wenn sie dort wäre!

Ich eilte dem Führer voraus und hielt am Giebel des Hauses. Mit meinem Stocke pochte ich heftig an die Bretterwand.

»He!« rief der Führer. »Der Eingang ist auf der anderen Seite.« Wir fuhren um das Haus herum. Da zeigte der Führer auf den Schnee.

»Hier sehen Sie die frische Skispur! Sie wird hier sein!« Jubel erfaßte mich. Ich reichte dem Manne die Hand.

»Ich weiß nicht, wie ich Ihnen danken soll.«

Inzwischen öffnete ein Mann das Giebelfenster.

»Ist eine Dame hierhergekommen?« fragte ich und richtete meinen Blick angstvoll auf das bärtige Gesicht.

»Ja«, sagte der Mann; »sie ist unten.«

Zentnerlast fiel mir vom Herzen. Wir stiegen durch das Giebelfenster und kamen in eine dunkle Kammer. Der Hauswirt sagte, wir möchten warten, er würde erst eine Laterne holen. Ganz still stand ich in dem dunklen, engen Raume. Aber mein Herz war voll Freude. Unten – geborgen, gesichert – war *sie*.

Die Laterne wurde gebracht. Auf einer steilen Holztreppe stiegen wir in dunkle Tiefe. Das gelbe Licht warf dunstigen Schein auf einen finstern Flur. Aber Leben war dort unten. Ich hörte ein paar Ziegen meckern und eine Henne gackern, auch ein Hund fing an zu bellen.

Nun öffnete der Laternenträger eine Tür. Schwaches Nebellicht drang uns entgegen. In eine Stube traten wir, in der war ein riesiger Ofen und einige Betten. Und am Tische saß Marianne.

Ich ging ihr entgegen und reichte ihr beide Hände hin.

»Gott sei gelobt, daß wir Sie gefunden haben!«

Sie sah mich mit unbewegtem Gesichte an.

»Ich dachte nicht, daß Sie mir nachkommen würden.« sagte sie.

»Sie waren in großer Gefahr, Fräulein Marianne.« Sie schwieg.

»Ich habe furchtbar um Sie gebangt.«

Sie sagte noch immer nichts. Ich setzte mich zu ihr. Hier war kein Ort zu irgendeiner Aussprache. Mann, Frau, Kinder, die Großmutter, alles war in dem einen Raume zusammen. Nach einiger Zeit kam auch eine Ziege neugierig in die Stube geguckt.

Marianne wandte sich an den Führer.

»Ich habe mich verirrt«, sagte sie, »dort drüben – ich wollte nach dem Petzer.«

»Das Verirren ist heute sehr leicht möglich«, sagte der Führer. »Bei diesem Wetter ist das Skilaufen nicht ohne Gefahr.«

»Ich fürchte mich nicht«, antwortete sie; »ich bin nicht ein einziges Mal ausgeglitten. Aber ich bekam Hunger. Zum Glück hatte ich ein Stück Schokolade bei mir. Das hat mich wohl gerettet.«

Das alles sagte sie ganz gleichgültig. Mich beachtete sie wenig. Sie sprach nur mit dem Koppenwärter und dankte ihm für seinen guten Willen.

Da wurde auch ich allgemach viel ruhiger. Die Beruhigung trat ein nach der ungeheuren seelischen Aufregung, das Blut ebbte aus dem Gehirn zurück.

Ich sah mich in dem Raume um. Diese Leute mußten ein sehr armes und wohl ein furchtbar einsames Leben fuhren. Vielleicht hatten sie stundenweit zum nächsten Nachbar. Ein paar Stunden hinüber nach Osten oder Süden lag die Welt. Sie waren außerhalb der Welt, von ihr gänzlich getrennt durch eine weite, weite Schneegrenze. Nicht einmal das Sonnenlicht hatte Zutritt zu ihrem Heim. Ihre ganze Wohnung lag buchstäblich im Schnee begraben. Nur an den Fenstern waren Licht- und Luftschächte nach oben gegraben. Durch die fiel eine spärliche Helligkeit in die Stube.

Aber sie murrten nicht; und ich glaube nicht, daß sie weniger glücklich sind als ich oder sonst einer. Sie bewirteten uns mit heißer Milch, gutem Brote und frischer Butter. Dieses Mahl vervollständigte ich aus meinen Vorräten. Wir aßen, und wir hatten das nach den körperlichen Anstrengungen dringend notwendig.

Gleich nach der Mahlzeit sagte Marianne:

»Bitte, geben Sie mir meinen Gebirgsplan.« Ich tat es. Der Koppenwärter fragte, wohin die Dame heute noch wolle.

»Nach der Prinz-Heinrich-Baude«, sagte sie, »über Petzer, Geiergucke, Wiesenbaude.«

Dabei zeigte sie auf die Karte.

»Das ist ein weiter Weg«, sagte der Koppenwärter; »ich rate Ihnen dringend ab. Das Wetter ist nicht danach. Bleiben Sie im Petzer!«

»Das geht nicht«, sagte sie entschieden. »Aber ich wäre sehr dankbar, wenn Sie mir den Weg nach dem Petzer zeigten.«

Dazu war der Führer gerne bereit. Aber er warnte nochmals. »Wenn ein Gebirgsnebel kommt, ist die Fahrt lebensgefährlich«, sagte er. »Dann findet sich sogar der Gebirgler nicht mehr tausend Schritt weit von seiner Baude zurecht.«

Der Hauswirt bestätigte das. Er erzählte in einem schwerverständlichen Gebirgsdialekt, er sei einmal im Petzer unten gewesen, auf der Heimreise in den Nebel gekommen und stundenlang umhergeirrt. Schließlich sei ihm alle Kraft ausgegangen und er habe sich in den Schnee setzen müssen. Dann aber sei der Mond gekommen und habe den Nebel zerteilt. Da sei er gerade fünf Minuten weit von seinem Hause weg gewesen und doch beinahe umgekommen.

»Brechen wir auf!« sagte Marianne als Antwort auf dies alles. »Es ist Mittag; gegen 4 Uhr wird's finster.«

Ich bezahlte die Leute, und wir stiegen auf dem Wege, den wir gekommen waren, ins Freie zurück. Die Mittagsonne hatte inzwischen die neblige Luft doch zu durchdringen vermocht. Es war heller. Der Hauswirt bezeichnete uns den nächsten Weg nach dem Petzer, und die Fahrt ging, da wir den Wind fast im Rücken hatten, pfeilschnell nach der Sohle des Riesengrundes hinunter. Unterwegs sagte Marianne zu dem Koppenwärter, er möchte nur ruhig heimkehren, ein Verirren sei jetzt ausgeschlossen. Der Mann bot sich an, uns bis zur Wiesenbaude und darüber hinaus zu begleiten, er käme ja dann auch zur Koppe zurück. Marianne lehnte das freundlich, aber entschieden ab. Da sagte er nichts mehr. Ich verabschiedete mich sehr herzlich von dem braven Manne.

Nun waren wir allein. Jetzt wollte ich reden. Aber die rasche Fahrt gestattete kaum eine Unterhaltung. Im Petzer erst, als wir kurze Rast machten, fragte ich Marianne, ob wir nicht doch einen Führer mit uns nehmen wollten.

»Wenn Sie irgendwelche Befürchtungen haben, nehmen Sie einen«, sagte sie.

Das klang so, als ob sie an meinem Mannesmute zweifle. Groll faßte mich, und ich sagte:

»Ich wollte vorhin auch von der Koppe ohne Führer fahren, aber der Mann oben fragte, ob die Dame nicht vielleicht der Hilfe von vier Armen bedürfen könnte. Da nahm ich ihn mit.«

»Ich wollte Sie nicht kränken«, sagte sie freundlicher.

Ich erwiderte nichts, wandte mich ab und bezahlte. Gleich darauf brachen wir auf – ohne Führer.

Der Weg zur Geiergucke ging steil bergan. Aber der Wind war uns günstig, und wir kamen ziemlich rasch vorwärts. Die Anstrengung war freilich groß, zumal für mich, der ich größere körperliche Leistungen gar nicht mehr gewöhnt war. An Marianne bemerkte ich kein Zeichen von Erschöpfung.

Ein mutiges, starkes Mädchen war sie doch.

Die Liebe kam wieder, und ich überwand meine Verstimmung. Ich erinnerte mich auch wieder deutlich, wie viel Anlaß zu ihrem Verhalten ich ihr gegeben. Da blieb ich halten.

»Marianne, es geht nicht so weiter! Das ist furchtbar! Wenn Sie schon von meiner aufrichtigen Liebe zu Ihnen nichts wissen wollen, auf solche Weise können wir doch nicht voneinander scheiden.«

Sie sah vor sich nieder und schwieg. Da fuhr ich fort:

»Es ist der letzte Tag, da wir beisammen sind. Heute abend werde ich Ihrem Bruder und auch Waldhofer eine angemessene Erklärung abgeben, und morgen früh trennen sich unsere Wege für immer.«

Da erbleichte sie, und ihre Lippen zuckten.

»Sie brauchen sich darüber nicht zu erregen! Ich werde Ihrem Bruder und Waldhofer einfach sagen, daß ich Sie mit aufrichtigem Mannesherzen um Ihre Liebe und Ihre Hand gebeten habe und von Ihnen abgewiesen worden bin. Dann werden sie meine Abreise selbstverständlich finden, und auf Sie fällt kein Schatten.«

»Als wenn es das wäre! Als wenn ich meinen Bruder fürchtete oder sonst einen auf der Welt!«

»Nein, Marianne, es ist noch etwas anderes. Ich habe schwer gefehlt gegen Sie, ich weiß es. Ich bin unritterlich, ich bin roh gewesen. Wenn Sie die Liebe kennten, würden Sie vielleicht barmherzig sein und mir verzeihen. Ein Mensch, dem sein ganzes Glück in Trümmer fällt, der – der begeht wohl eine Roheit. Ich vergaß, daß ich ein Bittender war, ein Bittender ohne Recht.«

Und jetzt – jetzt plötzlich – war sie ein ganzes Weib. Ein Strom von Tränen brach aus ihren Augen.

»O Gott, wenn Sie mich doch hören wollten.«

Ich ergriff ihre Hand und küßte sie innig.

»Kommen Sie weiter, Marianne, langsam weiter. Und sprechen Sie! Ich werde keines Ihrer Worte vergessen. Mein Leben lang nicht!«

Es ging immer noch bergauf. Wir fuhren ganz langsam und blieben oft halten. Dabei sprach sie müde, beinahe monoton:

»Meine Mutter hat mich so geliebt, wie keines von ihren Kindern. Ich will sie ja vor Ihnen nicht loben, aber sie war eine herrliche Frau. Sie war immer mein Ideal, und sie wird es bleiben. Und zwei Stunden vor ihrem Tode hat sie mir gesagt: ›Marianne, hüte dich vor der Liebe! Vertraue dich keinem Manne! Marianne, du – du mußt glücklich bleiben!‹ Das ist so gekommen: Meine Mutter war aus einer guten, aber verarmten Familie. Sie hatte zwei Schwestern. Die drei Mädchen waren sehr schön. Ich habe die Bilder gesehen. Solche Schönheit ist selten. Die erste hat einen reichen Mann geheiratet. Sie wollte sich für die Familie opfern. Der Mann war ein geiziger Ekel, der sich die schöne Frau um Geld kaufte. Bei ihm ist die Frau verdorben und gestorben. Die zweite Schwester liebte einen jungen Offizier, und er liebte sie auch. Aber sie konnten beide die Garantiesumme nicht aufbringen. Der Offizier wollte quittieren; aber im letzten Augenblick – sie waren schon verlobt – besann er sich und heiratete eine vermögende Fleischerstochter. Da ist die Schwester meiner Mutter krank und dann langsam wahnsinnig geworden. Sie lebt jetzt noch in einer Anstalt – jetzt nach dreißig Jahren!«

»Das ist furchtbar!«

»So war bloß meine Mutter übrig«, fuhr Marianne fort. »Die Jüngste! Die Großeltern hingen an ihr mit ihrer ganzen Liebe. Sie suchten ihr mit ihren kargen Mitteln jeden Wunsch zu erfüllen. Nur nicht heiraten sollte sie. Nur nicht so elend werden wie ihre Schwestern. Da kam mein Vater. Er war ein junger Literat, einer, wie Sie sind. Er war sehr talentvoll und hatte in seinen jungen Jahren viele Erfolge. Der faßte eine glühende Liebe zu meiner Mutter. Und er war schön, liebenswürdig, heiter, er vertraute so fest auf seine Zukunft. Meine Mutter hat ihn oft geschildert. Er ist ein herrlicher Mann gewesen. Da liebte sie ihn mit einer blinden, abgöttischen Liebe. Sie hat mir einmal die Briefe gezeigt, die er ihr geschrieben hat. Diese Glut ist nicht zu überbieten. Sie heirateten. Gegen den Willen meiner Großeltern! Ihr Glück war groß. In seinen schönsten Liedern hat es mein Vater besungen. Ich habe sie später alle gelesen.

Sehen Sie – nach kaum zehn Jahren hat mein Vater meine Mutter verlassen – sie und uns drei Kinder!«

Sie blieb stehen. Ein Frostschauer lief über ihren Körper, und sie stützte sich schwer auf ihren Gebirgsstock. Ich war tief erschüttert. Da richtete sie sich auf und fuhr fort:

»Die Not – die gräßliche Not! Meinem Vater sind die Flügel lahm geworden. Einen ganzen Kasten voll Manuskripte hat mir meine Mutter gezeigt. Die hat er alle nirgends angebracht. Und an jedes war eine Hoffnung geknüpft, und wir sollten davon leben. Es gelang ihm nichts mehr. Und er wurde anders. Vergrämt, verbittert! Schließlich schob er alle Schuld auf seine häuslichen Sorgen. Er wurde roh zu der Mutter und zu uns Kindern, und er klagte immer um sein verlorenes Leben. Und einmal war er fort.«

Sie machte wieder eine lange Pause. Dann fuhr sie fort:

»Ich war damals ein Jahr alt – schwächlich und krank. Meine Schwester war fünf Jahre, und mein Bruder eben ins Gymnasium eingetreten. Die trostlose Zeit meiner Kindheit will ich Ihnen nicht schildern. Eins nur will ich sagen, wir haben wirklichen Hunger gelitten. Und die Mutter ist in ihren dreißiger Jahren schon eine alte Frau geworden. Wir hatten später Pensionäre, damit halfen wir uns durch und konnten dem Bruder das Studium ermöglichen. Er hat freilich auch schlimme Zeit gehabt, der arme Bursche. Als Tertianer hat er schon Stunden geben müssen. Und immer um Vergünstigungen und um Stipendien und um Freitische betteln – das war das Schlimmste! Mein Vater hat sich nie mehr um uns gekümmert. Keine Sehnsucht, keine Reue hat er gehabt, niemals etwas übrig, das er der Mutter geschickt hätte. Niemals etwas übrig, keinen Pfennig, kein gutes Wort, keinen Bissen Brot für sein Weib und seine Kinder. Und die Mutter wußte, daß es ihm gut ging drüben in Amerika. Verstehen Sie, daß das furchtbar, daß das verbrecherisch, daß das –

Doch weiter! Vor vier Jahren starb eine Tante meiner Mutter. Sie hinterließ ein großes Vermögen. Ihr Leben lang hatte sie sich nicht um uns gekümmert und ihr Vermögen bereits irgendeiner Stiftung vermacht. Aber auf dem Totenbette – wir haben sie nie zu sehen bekommen, sie lebte in Meran – also auf dem Totenbette besann sie sich und vermachte einen Teil ihres Geldes für die weitere Pflege der unglücklichen Schwester in der Irrenanstalt und das andere uns.

Dadurch wurden wir unerwartet wohlhabende Leute. Meine Mutter war ihrer äußeren Sorgen enthoben, aber neues Glück blühte ihr nicht. Sie war und blieb eine gebrochene Frau, war mit den Jahren völlig verbittert. Dazu kam ein neuer Schlag. Ihre älteste Tochter, meine einzige Schwester, hatte die trostlose Lage unserer Armut immer am schwersten ertragen. Sie war schön, lebenslustig und liebte den Genuß. Waldhofers Sohn verlobte sich mit ihr. Die beiden jungen Leute liebten sich sehr. Der junge Waldhofer war ein ganz herrlicher Mensch. Da fand er einen jähen Tod, wie Sie ja wissen. Er wurde ein Opfer seines ärztlichen Berufs. Ich glaubte damals, das würde meine Schwester nicht überleben. Aber als meine eigene Trauer um den Toten noch ganz frisch war, unterhielt sie schon ein Verhältnis mit einem anderen. So wankelhaft ist die Menschentreue! Sie verheiratete sich mit diesem Zweiten.

In noch nicht ganz zwei Jahren hat der Mann meiner Schwester einen großen Teil ihres Vermögens verliedert. Das andere hat mein Bruder gerettet. Mit ihrem Töchterchen lebte sie jetzt allein. Aber gerade am Weihnachtsabend, ehe ich Ihnen sagte, wir müßten uns trennen, hatte ich einen Brief von ihr bekommen. Sie will zu ihrem Gatten zurückkehren und wird da vermutlich in kurzer Zeit ganz im Elende sein. Sehen Sie, so – so wirkt die Liebe in meiner Familie.«

Wir blieben halten. Der Weg strengte uns sehr an, obwohl der Wind beinahe aufgehört hatte. Da sagte ich:

»Es ist ein furchtbares Familienbild, das Sie mir da entrollt haben, Marianne. Jetzt – in der Aufregung – was soll ich dazu sagen? Und doch, liebe Marianne, müssen Sie nicht zugeben, daß das Eheunglück, das in die Familie Ihrer Mutter eingebrochen ist – zwei Schwestern, die Mutter selbst und die Tochter – daß das doch in der Welt eine Ausnahme bildet?«

»In diesem Umfange wohl! Auch darüber habe ich mit meiner Mutter gesprochen. Da hat sie mich auf andere Ehen hingewiesen, die nach dem oberflächlichen Urteil der Welt ganz glücklich waren. Sie hat mir die siechen Frauen gezeigt, die als junge Mädchen ganz gesund waren; sie hat mich hingewiesen auf die abgequälten, abgegrämten, abgesorgten Geschöpfe, die vor der Verheiratung lustig und heiter waren; sie hat mir immer gezeigt, wie unliebenswürdig, wie wenig artig und ritterlich der Mann zu seiner Ehefrau ist im Gegensatz zu einer Fremden. Und sie hat immer gesagt: die Liebe des Mannes hält ein paar Jahre, dann ist sie aus. Im günstigsten Falle tritt ein Freundschaftsgefühl an ihre Stelle, meist verliert sie sich in stumpfe Gleichgültigkeit, in das gewohnheitsmäßige, leidige Sich- Ertragen. Das ist dann das ganze Glück, das die tausend kleinen und großen Trübsale und Kümmernisse aufwiegen soll.«

»O, Marianne, Sie sind in eine ganz furchtbare Schule gegangen! Jetzt verstehe ich vieles, was mir früher an Ihnen unbegreiflich war. Was Sie da anführen, läßt sich jetzt nicht alles widerlegen; aber ich bin überzeugt, daß alles widerlegt werden kann.«

Sie lächelte ungläubig.

»Glauben Sie, daß ich der Mutter nicht widersprochen hätte? Ich war doch jung; ich suchte auch Lichtpunkte, ich wollte auch vertrauen. Sie hat mir alles anders bewiesen. Immer bewiesen! Nicht nur mit Tränen und Entbehrungen, nein, mit Beispielen, immer mit Beispielen. Sie war eine kluge Frau! Und sie wollte nichts als mein Glück.«

»Sie wollte es, ja, das glaube ich. Aber ihr Weg, das schwör' ich Ihnen, war nicht der rechte. Marianne, kann denn aus vergrämten, verweinten Augen die Welt und die Menschheit gerecht und richtig angeschaut werden? Und wer selbst kein Glück hat, kann doch keines gründen. Ein Glück hat Ihre Frau Mutter nicht gegründet, aber eines zerstört!«

Sie sah mich traurig an. »Sprechen Sie nicht so! Es tut mir wehe! Ich glaube Ihnen ja. Aber Sie werden's überwinden. Sie sind ein Künstler. Gerade der Künstler soll frei bleiben. Die tausend Kleinheiten und Sorgen eines Haushalts trüben seinen großen Blick, die Alltagsschwere hingt sich wie Ketten an seine Flügel und hemmt den Aufflug.«

»Und die sogenannte Freiheit, die Ungebundenheit, meinen Sie, tun ihm wohl? Da gab' es keine kleinlichen Sorgen, keine fried- und freudlosen, bleischweren Alltagsstunden, keine Reue, keine Ratlosigkeit, keine Selbstmordgedanken? Aus meiner Ungebundenheit bin ich geflohen, Marianne! Mir waren ihre Öde, ihr Gefühlsleere, ihre tausendfachen Verirrungen zuwider. Hätte ich ein glückliches Heim gehabt, so wäre ich in der Großstadt geblieben. Da bildet der traurige Fall Ihres Vaters doch wirklich eine Ausnahme.«

Schweigend liefen wir weiter. Wir waren so ganz und gar mit uns selbst beschäftigt, daß wir auf Weg und Umgebung wenig achteten. Wir hatten auch nicht das rechte Gefühl dafür, daß uns eine ernste Gefahr drohen könnte. Und es war mir alles so recht gleichgültig. Ich fing wieder an zu reden.

»Sie haben gar kein Vertrauen zu mir?«

»Vertrauen ist nicht das rechte Wort! O ja, ich habe Vertrauen zu Ihnen, gerade zu Ihnen! Soviel, wie man zu der Kraft und dem guten Willen eines Menschen Vertrauen haben kann! Aber Kraft und guter Wille des Menschen sind so eng begrenzt.«

»So eng begrenzt, daß auf ihrer Basis kein Glück aufgebaut werden kann?«

»So ist es!« Da war nichts zu wollen. Diese junge Seele war der Skepsis verfallen, war von Kindheit an systematisch vergiftet. Groll stieg auf in mir gegen das tote, verblendete Weib, das solches getan hatte. In diesem Augenblicke hatte ich kein Erbarmen mit ihr. Und ich sprach es aus:

»Marianne, ich hasse Ihre Mutter! Sie hat ein Verbrechen begangen an Ihnen und an mir. Sie ist ein fürchterliches Weib gewesen!«

Sie sah mich an.

»Ich verstehe Sie, aber Sie tun der Toten sehr unrecht. Ich hasse auch einen Menschen – einen einzigen Menschen auf der Welt – meinen Vater!«

»Ihren Vater! Und doch! Seine Sünde ist schwer, aber menschlich leichter zu erklären, als das Verbrechen, das Ihre Mutter begangen hat. Er ist erregt, feig gemacht worden, in die Flucht gegangen wie ein Löwe vor den krabbelnden Mäusen. Aber Ihre Mutter! Sie hat viel geliebt, das gebe ich zu. Aber unter allen hat sie sich selbst am meisten geliebt. Und als diese Liebe verraten war, hat sie eine unedle Rache genommen. Sie hat den heiligen, reinen Brunnen Ihrer Seele vergiftet, Marianne! Sie wußte wohl, das fremde Gefühl, das zu dem innersten Heiligtum Ihrer Seele vordringen wollte, mußte unterwegs an den giftigen Brunnenrändern sterben. Und da wird alles sterben – nicht bloß der Feind, auch der Freund, auch das Glück!«

Sie blieb wieder stehen und sah mir tief und ernst in die Augen. Langsam sagte sie: »Es stehen Ihnen als Schriftsteller schönere Worte zur Verfügung als mir. Aber überzeugen können Sie mich nicht. Ich will Ihnen etwas sagen. Fühlen Sie eine geistige Verwandtschaft? Zwischen mir und meiner Mutter und Ihnen und meinem Vater? Ahnen Sie die Kluft? Und wissen Sie, was geworden wäre, wenn ich dort oben ›Ja‹ gesagt hätte? Die Tragödie hätte sich wiederholt.«

»Sie hätte sich nicht wiederholt. Das weiß ich! Was Ihren Vater zu Fall brachte und das Glück Ihrer Mutter zerstörte, war die Not um Brot. Die wird mich niemals quälen, ganz abgesehen von Erfolg oder Mißerfolg meiner Arbeiten. Es ist ja ganz nutzlos, daß ich nochmals von meiner Liebe rede. Eines will ich sagen. Ehe Sie kamen, gab es eine Zeit, wo ich glaubte, ich liebe die kleine Ingeborg. Ich hatte ein ganz süßes, liebliches Gefühl für sie. Aber es war seicht. Dort hätte es am Ende ein Unglück gegeben. Das Gefühl, das ich für Sie habe, ist von dem anderen verschieden wie das Meer gegen den lustigen Bach. Eben weil ich mich nochmals täuschte, nochmals in diesen Jahren, weiß ich jetzt genau zu unterscheiden. Meine Liebe zu Ihnen ist echt. Sie wären bei mir nicht verloren gewesen!«

Ihr Gesicht verzog sich von innerem Kampfe. Da brach ich ab.

»Sprechen wir nun nicht mehr davon! Morgen ist alles aus.«

»Sie wollen wirklich fort von uns?«

»Ja!«

»So wie mein Vater! Sie können nicht leiden und nicht leiden sehen.«

»Marianne! Leiden Sie denn auch? Werden Sie leiden, wenn ich fortgehe?«

Da blieb sie vor mir stehen und sah mich an. Klar und bestimmt sagte sie: »Ja! Ich will es Ihnen sagen. Ich liebe Sie! Ich liebe Sie mehr, als Sie mich lieben können! Und nun schweigen wir davon! Und gehen Sie morgen!«

Zitternd fuhr ich weiter, zitternd an Leib und Seele! Die Sonne verblaßte über mir tief in den Wolken. Die Augen taten mir weh. Weiße Nebel spannen sich um uns her. Sie huschten hin und her und vermischten sich. Das Tal lag hinter uns begraben und braute und wogte wie ein weißes Meer. Und die Wellen kamen herauf, näher, immer näher. Da schrak ich endlich auf.

»Wir sind in den Nebel gekommen!«

»Wo ist der Weg?«

Der Weg war verloren.

Da standen wir still. Wo kam der Nebel her? Quoll er aus der Tiefe wie das heimtückische Wasser der Flut, das auf einsamem Meeresboden den verlassenen Schlickläufer bedroht, senkte er sich vom Himmel nieder wie eine lautlose Todeswolke, kam er von rechts oder links geschlichen mit seinen tausendfachen, gespenstischen Spinnenarmen? Wir konnten es nicht unterscheiden. Plötzlich, ehe wir's noch glaubten, ehe wir fliehen konnten ins Lichte, waren wir eingehüllt von den weißen Nebelschleiern. Gefangen, gebunden von Milliarden weicher, nasser Nebelfäden.

Ich spähte um mich. Mein Gesichtskreis erstreckte sich nur auf einige Meter; dann erstarb der Blick in der toten, grauen Atmosphäre.

»Was sollen wir tun?« fragte Marianne.

»Das Schlimmste ist, daß wir die Wegemarkierung verloren haben. Sonst wäre keine Not. So dicht erscheint mir der Nebel nicht, daß wir nicht von einer zur andern Stange sehen könnten. Wir werden langsam weiterlaufen. Finden wir die Stangen, so sind wir gerettet.«

»Aber wohin? Nach rechts oder nach links? Ich denke, nach rechts!«

»Wir müssen es versuchen. Zu erkennen ist nichts. Aber rechts liegen die steilen Abstürze des Brunnenberges. Die können uns den Tod bringen. Halten wir uns links!«

Wir fuhren nach links weiter, ganz langsam, vorsichtig, das Auge immer auf den Boden gerichtet. Gesprochen wurde kein Wort. Nach einer Viertelstunde sagte ich:

»Es ist von den Stangen nichts zu sehen. So weit vom Wege können wir doch nicht abgewichen sein. Also hätten wir uns doch wohl vorhin rechts halten müssen.«

»Dann kehren wir um«, sagte Marianne, »und fahren wir unseren Skispuren nach zurück.«

Das taten wir, immer ganz langsam, immer ganz vorsichtig. Die Spuren hörten auf, nun fuhren wir weiter, nach meiner Meinung den steilen Rindern des Riesengrundes zu. Lange qualvolle Minuten vergingen wieder, von der Wegmarkierung war nichts zu sehen. Da war es uns klar, daß wir den richtigen Pfad überhaupt nicht mehr finden würden.

Wohin nun? Um uns graue, formlose Öde! Wie schwer dieser Nebel war! Es war, als drücke er auf das Gehirn. Ratlos blieben wir stehen. Marianne war bleich.

»Wir sind verloren«, sagte sie, »und ich bin schuld, weil ich keinen Führer haben wollte.«

»Klagen Sie sich nicht an, Marianne! Es ist noch ungewiß, ob ein Führer jetzt den Weg fände. Er könnte nicht weiter sehen als wir.«

»Aber wir würden mit ihm nicht vom Wege abgekommen sein.«

»Vielleicht! Doch ich würde dann auch nie das selige Wort gehört haben, daß Sie mich lieben, Marianne!«

Da senkte sie tief den Kopf.

»Ich bitte – daß Sie sich deshalb keine Hoffnung machen – angehören kann ich Ihnen nie.«

Müde zogen wir weiter, immer in die endlose, öde Leere hinein. Kein Sonnenstrahl kam uns zu Hilfe, keine Aussicht öffnete sich uns. Um uns das brauende Nebelmeer, vor uns der trostlose Weg.

Eine Stunde weit liefen wir, ohne nur das geringste Zeichen zu finden, das uns hätte zurechtweisen können. Nun war es vier Uhr! Die Sonne mußte am Untergehen sein. Dann kam die Nacht. Erschöpft hielten wir inne.

»Ich kann nicht weiter«, sagte Marianne.

»Wir wollen ruhen«, sagte ich.

Eine kleine Schneeschanze war da, auf die legten wir die losgeschnallten Schneeschuhe nebeneinander und setzten uns auf die also geschaffene Bank. Ich hatte außer meinem Wettermantel noch ein Tuch mitgenommen, das schlug ich Marianne um die Schultern. So saßen wir dicht nebeneinander. Die Nebelschleier färbten sich dunkler und dunkler. Bald mußte es finster sein. Ganz still saßen wir.

Da schauerte Marianne in sich zusammen.

»Wir müssen wohl sterben«, sagte sie.

Ich versuchte sie zu trösten. Die Luft war milde geworden. Vielleicht, wenn Mond und Sterne aufgingen, teilte sich der Nebel. Vielleicht brächten wir es auch fertig, bis zum Morgen auszuhalten. Nahrungsmittel hatten wir bei uns, auch ein wenig Wein.

Sie fing wieder an.

»Es tut mir so weh um Sie. Um Ihre Kraft, um Ihre Zukunft, um Ihr junges Leben! Und ich bin schuld!«

»Marianne! Ob ich heute sterbe, oder ob Sie mich morgen fortschicken, das ist ganz gleich, nachdem ich weiß, daß Sie mich lieben.«

»Geliebter!«

Das Tuch fiel in den Schnee. Sie hing an meinem Halse, hing mit ihrem weichen, jungfräulichen Munde an meinen Lippen. Ich schlang die Arme um sie und schloß die Augen. Da fing es an, um mich zu strahlen, zu blühen, zu duften. Tausend rote, goldene Sonnen loderten und drehten sich um mich, ein wundersames Singen und Klingen Hub an, ich war mitten drin in lauter Licht und Glanz, mitten im blendenden Frühling eines Wunderlandes. Und ich hörte eine süße Stimme sagen:

»Jetzt bin ich dein! Ganz dein! Ist der Tod süß! Der hat kein Leid, keine Untreue wie das Leben. Wenn du mir im Tode gehörst, gehörst du mir immer.«

»Geliebte! Du bist wirklich mein? Mein fürs Leben?«

»Dein für den Tod!«

Das sagte sie bedeutsam. Ich schaute auf. War das alles wirklich? Oder lag ich schon im weißen Schnee in den Wonneträumen eines Erfrierenden? Nein, ich wachte.

Wir küßten uns immer wieder. Lange und inbrünstig!

Ich hob das Tuch auf und schlang es um sie. Dann bettete ich sie an meine Brust und unter meinen Mantel.

Da sprach sie leise: »Ich will dir etwas sagen! Ich habe dich früher schon einmal geküßt.«

»Du – Marianne?«

»Ja! – Ich hab' dich schon viel eher geliebt, als du mich.«

»Du, Marianne? Ist das möglich?«

»Ich liebte dich, als ich dich zuerst sah. Als dich Hartwig brachte damals – o Gott! Und als mir Waldhofer erzählte. Dann wachtest du doch auf und wolltest, daß Hartwig frei sein solle. Waldhofer küßte dich und sagte: ›Ich liebe Sie, mein Freund.‹ Weißt du das noch?«

»Ich weiß es noch!«

»Dann war ich allein mit Waldhofer bei dir. Ich sah dich immer an. Du warst so blaß und so schön! Und du warst ein Held, wie ich noch keinen gesehen. Ein Sieger über seine Freunde, über seine Feinde und über sich selbst.«

»Das ist zu viel, Marianne!«

»Es ist so! Meine Mutter hatte mir nur von schlechten Männern erzählt. Kaum war sie begraben, so fand ich dich. Da erhob sich ein Sturm des Zwiespalts in meiner Seele. Aber wie ein frisches Aufatmen war's, wie ein gesunder Luftstrom in eine enge Gruft. Waldhofer wurde einmal hinausgerufen. Ich war allein mit dir. Da küßte ich dir beide Hände, und dann – als wenn ein Wunder geschähe – küßte ich deinen Mund.«

»Holdes, süßes, süßes Mädchen, das hast du getan?«

Sie schauerte plötzlich tief in sich zusammen.

»Aber dann – dann kam die Mutter! Ich wurde sie nicht los bei Tage und in der Nacht. Ich sah immer ihre sterbende, warnende Gestalt. Ich hörte ihre zürnende Stimme. O Gott, es war furchtbar!«

»Armes Kind!«

Sie träumte vor sich hin.

»Jetzt werde ich sie wiederfinden. Bald! Ehe der Morgen kommt! Sie wird mir nicht zürnen. Ich habe mich dem Manne gegeben, den ich liebe; aber bloß, weil ich gleich nachher sterbe.«

So fest glaubte sie an unseren Untergang. Und ich widersprach ihr nicht. Von Zeit zu Zeit tauchte ein Rettungsgedanke auf. Er ging bald unter in meinem Glück.

Süße Müdigkeit kam. Wir küßten uns und blieben still – lange, lange. Die Ewigkeit kam uns näher. Da war mir's, als ob ich auf einem stillen, goldenen Kahne hinüberführe zu ihren lichten Toren – die Geliebte im Arme.

Weiter!

Ein Horn tönt. Dann eine Menschenstimme.

»Hallo! Hallo!«

Rettung! Wir fahren empor.

»Marianne, da sind Menschen!«

Sie starrte mich an, wie geistesabwesend.

»Sei ruhig, ruhig, daß sie uns nicht finden!«

»Du willst wirklich sterben, Marianne?«

»Ich muß ja, nach allem jetzt! – Und sonst muß ich dich verlieren! Sei nur ganz still!«

»Marianne, wir wollen leben! Wir müssen leben! Wir können uns nicht feige dem Tode ergeben, jetzt, wo eine Aussicht ist! Du wirst mein sein, mein bleiben, auch wenn wir leben!«

»Nein, nein! Rufe nicht, Geliebter!«

»Ich rufe! Ich will leben, mit dir leben, du mußt!«

»Ich muß nicht! Lebe allein!«

Sie will fliehen. Ich halte sie.

»Hallo! Hallo! Hierher! Hierher!«

Sie ringt mit mir.

»Lassen Sie mich los!«

»Hallo! Hierher! Hierher!«

»Lassen Sie mich los! Ich befehle es Ihnen! Ich will nicht!«

»Hierher! Hierher!«

»Hilfe kommt! Wir kommen! Wo sind Sie?«

»Hier! Hier! Hier!«

Indessen liegt Marianne hilflos in meinen Armen.

»Hierher! Zu Hilfe! Zu Hilfe!«

»Hilfe kommt!«

Eine Riesengestalt taucht auf im Nebel. Geisterhaft kommt sie näher. Ein paar Sekunden noch, und ein fremder Mann steht neben mir. Es ist ein Gebirgler auf Schneeschuhen.

»Wir suchen einen Herrn und eine Dame, die vom Petzer kommen. Das sind Sie wohl?«

»Jawohl! Helfen Sie mir! Die Dame ist ohnmächtig!«

Wir legten Marianne auf unsere Schneebank. Der Gebirgler reibt ihr die Stirn und die Schläfe mit Schnee; ich versuche, ihr ein wenig Wein einzuflößen.

Da kommt sie zu sich. Mit entsetzten Augen starrt sie uns an.

»Zurück!« ruft sie.

»Marianne, kommen Sie zu sich. Es ist Hilfe gekommen.«

Da richtete sie sich auf und besinnt sich schwer.

»Kommen Sie!« sagt sie hastig.

»Marianne!«

Das sage ich mit warmer, inniger Stimme. Ich suche ihre Augen. Da blickt sie mich an, streng, gleichgültig. Der Gebirgsmann befestigt uns die Schneeschuhe an den Füßen. Dabei erzählt er. Waldhofer, der Assessor, Ingeborg und auch der Oberförster waren wegen des drohenden Nebels zeitig nach der Prinz-Heinrich-Baude gekommen. Da langte dort im Laufe des Nachmittags eine telephonische Nachricht des Koppenwärters an, ein Herr und eine Dame, die am Abend mit einer anderen Reisegesellschaft in der Prinz-Heinrich-Baude zusammentreffen wollten, seien von der Schneekoppe auf Schneeschuhen nach dem Petzer hinunter. Sie hätten dann über Geiergucke, Wiesenbaude weitergewollt. Beide seien ohne Führer, und da der Nebel drohe, könnten sie leicht in Gefahr kommen.

Der Umsicht dieses Mannes dankten wir unsere Rettung. Angst hatte die Unsrigen ergriffen, und zwei geschickte Gebirgs- Skiläufer hatten sich erboten, nach dem Petzer hinzufahren und uns zu suchen. Zum mindesten sollten sie sich überzeugen, ob wir noch im Petzer seien. Sie hatten ein Horn mitgenommen und in kurzen Zwischenpausen geblasen und gerufen. Der eine war nun bei uns, der andere war auf dem markierten Wege geblieben. Dessen Zurufen folgten wir jetzt und waren bald bei ihm.

Nicht fünf Minuten weit waren wir vom markierten Wege weggewesen, und nach weiteren zehn Minuten waren wir schon in der Wiesenbaude.

Wir klopften den Wärter heraus und wurden von ihm freundlich aufgenommen.

Hinter einem Tisch saß Marianne. Ich ging in großen Schritten auf und ab. Die Führer hatten eine Stärkung zu sich genommen. Bald wollten sie weiter, um den Unseren Nachricht zu geben.

Marianne erhob sich.

»Ich komme mit!«

»Nein, wir bleiben hier!«

»Ich nicht!«

Die Führer meinten, sie könnten die Dame nicht mitnehmen; sie sei zu angestrengt.

»Gut! Dann fahren Sie! Ich komme dann allein nach.«

Ich ergriff ihre Hand.

»Marianne! Können Sie mir eine Bitte erfüllen?«

»Nein!« – »Es ist zu viel!«

»Mir nicht!«

»Waldhofer und Ihr Bruder werden noch heut abend herüberkommen.«

»Das ist gleich!«

So brachen wir alle auf, nachdem wir uns noch um ein weniges verzögert hatten. Es war abends sieben Uhr. Als wir aus der tiefverschneiten Gebirgsbaude herauskamen – schienen Mond und Sterne. Der Kamm lag in hellem, silbernem Glanze. Nur die Ferne und die Täler waren dunstig.

Und nun ging die Fahrt weiter durch die lautlose Nacht. Marianne fuhr mit dem ersten Führer voraus; ich folgte mit dem zweiten.

Ich wollte immer nachdenken, was ich heute alles erlebt hatte, nachdenken über den großen Zwiespalt in Mariannens Seele und über die nächste Zukunft.

Ich konnte es nicht. Ich war zu müde.

Wann wir in der Prinz-Heinrich-Baude eintrafen, weiß ich nicht. Gar zu lange sind wir nicht gelaufen; dennoch erschien mir der Weg sehr weit. Ich weiß nur noch, daß die kleine Ingeborg laut weinte vor Freude, als sie uns sah, und daß der Oberförster mich schimpfend in seine Arme schloß.

Wir verschmähten beide Essen und Trinken, und bald lag ich in todähnlichem Schlaf.

Am nächsten Morgen erwachte ich gegen sieben Uhr. Aber erst lange nach acht Uhr verließ ich das Bett. Ich mußte mir wenigstens über die Hauptsache klar sein, ehe ich mit Marianne und den anderen wieder zusammentraf. Marianne liebte mich, sie liebte mich so sehr, daß sie mit mir sterben wollte. Aber sie wollte nicht als mein Weib mit mir leben.

Unermessenes Weh erfaßte mich. Nun wußte ich, wie süß sie war, wußte, daß sie mich liebte von Anfang an, sah keinen einzigen vernünftigen Grund ein, der uns hätte trennen müssen, und sollte doch die Geliebte aufgeben.

Ich versuchte das Rätsel zu lösen, ich grübelte immer darüber, wie schnell ihre Stimmungen wechselten. Es gelang nicht, mir klar zu werden. Ihre Mutter! Jawohl ihre Mutter mochte einen Einfluß auf sie gehabt haben – riesengroß. Aber sie war tot! Sollte die Macht der Erziehung größer sein als die der Liebe! Ich konnte es nicht glauben. Diese fürchterliche Frau! Sie war die Feindin meines Glückes! Mit ihren wehen, ungläubigen, vergrämten Augen schaute sie auch jetzt noch in die Seele der Geliebten mit einer Kraft, die den Willen des Mädchens lähmte und all ihre Sehnsucht ertötete. Ich sprang aus dem Bette und kleidete mich an. Unten im Hausflur traf ich Waldhofer.

»Der Assessor und Fräulein Marianne möchten Sie sprechen. Da hinein – ich sorge dafür, daß Sie ungestört bleiben.« Es war ein kleines Gastzimmer, in dem ich beide traf. Marianne stand am Fenster mit bleichem Gesicht.

Der Assessor kam mir entgegen und reichte mir die Hand.

»Meine Schwester sagte mir, daß Sie mich in einer ernsten Angelegenheit zu sprechen wünschten.« Diese Absicht hatte ich gehabt, ehe mir Marianne sagte, daß sie mich liebe. Da wollte ich mit dem Assessor reden, Abschied nehmen von ihm und Waldhofer. Jetzt nicht mehr! Sie wünschte mich aber auf den Standpunkt des abgewiesenen Freiers zurückgestellt zu sehen. Das verletzte mich, ich wurde kalt, und ein nervöser Groll kam über mich. Ich faßte mich langsam, dann sagte ich:

»Jawohl, Herr Assessor. Ich glaubte, Ihnen als dem älteren Bruder des gnädigen Fräuleins eine Erklärung schuldig zu sein. Ich – ich habe Ihrem Fräulein Schwester in aufrichtiger, männlicher Ehrlichkeit mein Herz offenbart und sie um ihre Hand gebeten und bin zurückgewiesen worden. Das ist das, was ich Ihnen sagen wollte.«

Da sah er auf seine Schwester und kam mir dann mit weithingestreckten Händen entgegen. »Lieber, verehrter Freund! Was soll ich sagen? Eines kann ich Ihnen ehrlich sagen: Es tut mir weh, daß es so gekommen ist. Ich persönlich wäre sehr glücklich, wenn es anders wäre. Aber meine Schwester ist ihre eigene Herrin. Ich kann da nichts tun – nichts!«

»Ich wollte Sie nicht um Ihre Vermittlung anrufen, Herr Assessor. Ich weiß, daß diese ganz nutzlos sein würde trotz all Ihrer wohlwollenden Gesinnungen für mich. Ich wollte Ihnen nur eine Erklärung für meine Abreise geben.«

»Sie wollen fort von uns?«

»Ja, jetzt bald! Sie begreifen das wohl.«

»Und nach dem Waldhofe wollen Sie nicht mit zurück?«

»Nein. Herr Waldhofer wird mir meine Sachen von dort zuschicken. Leben Sie wohl, Herr Assessor!«

»Doch nicht so plötzlich – so auf der Stelle!«

»Ja, auf der Stelle! Ich habe nichts mehr zu suchen hier.

Und dann – ich bin ganz ehrlich – was soll ich mir die Qual verlängern?«

Da kam Marianne hastig auf mich zu. Sie klammerte sich fest an meinen Arm. Mit erstickter, flüsternder Stimme sagte sie zu ihrem Bruder in tiefster Erregung:

»Aber eins hat er verschwiegen – eins – die Hauptsache – die Hauptsache – ich – ich liebe ihn auch – mehr als er mich, er kann nicht lieben, ohne zu wünschen – das ist's – nicht lieben, ohne sein Glück dabei zu suchen – ich – ich liebe ihn, wenn ich sterbe – ich hab's ihm gesagt – ich habe ihn geküßt – ich wollte sterben, aber er wollte leben!«

Erschöpft ließ sie mich los. Der Bruder geleitete sie nach einem Stuhle.

Und ich – aufschluchzend fiel ich vor ihr nieder und verbarg mein Gesicht in den Falten ihres Kleides. Ich wußte nicht mehr ein noch aus. Als wir zu uns kamen, waren wir allein. Sie sah mich an.

»Wir werden uns trennen – wir müssen uns ja trennen. Aber nicht jetzt! Erst, wenn wir ruhiger geworden sind! Jetzt würde ich verzweifeln! Gehen Sie nicht fort!« – »Nein, nein! Ich gehe nicht von dir, Marianne, nachdem du mir so bekannt hast. Ich gehe nicht von dir mein Leben lang – auch wenn du mir nicht gönnest, dich zu besitzen!«

Da legte sie mir die weichen Hände auf das fiebernde Haupt.

»Eine Liebe dürfen wir haben – die Liebe ohne jeden Wunsch! Ich darf dich lieben, und du darfst mich lieben! Aber ich kann dir weder die Geliebte sein, noch Gefährtin noch das Weib! Dann würde das Glück aus sein!«

Ich küßte ihr die Hände. Dann ließ ich sie allein. Auf mein Zimmer ging ich hinauf. Ich öffnete das Fenster und sah in die Schneelandschaft hinunter. Es war ein ganz klarer Tag. In der Ferne sah ich die Waldenburger Berge und den alten, ehrwürdigen Zobtenberg. Das sind die Berge meiner Heimat.

Dort unten war ich ein Kind. Ein übermütiger, phantastischer Knabe. Der hatte keinen kranken Gedanken.

Kranke Gedanken!

Ich erschrak.

Wenn Marianne krank wäre!

Die Schwester ihrer Mutter war geistig umnachtet, und ihre Mutter selbst –

Mariannens Mutter war wahnsinnig gewesen!

Das steht mir plötzlich und lichtscharf vor der Seele wie ein Blitz. Sie war wahnsinnig gewesen!

Nein, daran war kein Zweifel! Alles, was ich von ihr wußte, bestätigte es. Der jahrzehntelange, schmerzliche Groll, den sie gegen den Gatten hegte, war nicht normal. Jedes Gefühl stumpft sich doch einmal ab. Das ihrige nicht, es wuchs mit den Jahren an Heftigkeit. Es war eben Wahnsinn.

Aber Marianne?

O Gott, wenn sie das von ihrer Mutter geerbt hätte! Das ganze Verhalten war doch krankhaft! Sie war so wankelmütig; sie überschüttete mich jetzt mit Liebe und stieß mich gleich darauf von sich.

Aber nein, das war ausgeschlossen! Sie war längst geboren, als bei der anderen der Wahn ausbrach. Sie war ein so hochbegabtes Wesen. Es war Unsinn, zu denken, daß in ihrer Seele eine Störung läge.

Ich sinne und sinne, grüble, konstruiere und bilde mit viel Mühe eine Lösung – mir selbst zum Troste. Wenn ein junges Wesen an eine Wahnsinnige gefesselt ist alle Tage des Lebens, nicht bloß gefesselt durch äußere Lebensverhältnisse, sondern auch durch die Bande der Liebe und des Blutes, und wenn durch die ganze Jugendzeit immerfort das eine furchtbare Lied der Klage und des Hasses tönt, muß da nicht die junge

Seele befangen werden von Vorurteilen, von einer Angst, die stärker ist als alle anderen Gefühle?

Über Mariannens Seele lag Winterfrost – war immer Winter gewesen. Winter mit wenig Licht, wenig Glanz und künstlicher, falscher Wärme. Nun sie den Frühling ahnte, ergriffen sie ängstliche Schauer. Vor seiner Sonne zuckten die lichtentwöhnten Augen zusammen; seine freie, starke Luft machte sie müde, krank, melancholisch. Hinter den Türen ihrer engverwahrten Klause lugte sie ins Weite wie ein verbanntes Königskind und hatte eine glühende Sehnsucht hinaus, aber doch keinen Mut hinauszugehen für immer.

Sie war nicht feige. Einmal war sie hinausgesprungen, weil sie glaubte, das Licht und der Duft würden sie töten; aber als sie nicht getötet wurde, als sie draußen leben sollte – faßte die Angst das verschüchterte Kind, und sie ging zurück in die Kammer ihrer Einsamkeit.

Da gab es nur ein Mittel! Der Frühling draußen durfte nicht aufhören. Sonniger, schöner mußte es werden Tag für Tag. All ihre blinden Fensterlein mußte er vergolden; dann würde sie sich an das Glück gewöhnen, dann würde der Morgen kommen, wo sie mit leuchtenden Augen und mit ruhigem Fuße hinaustreten würde aus dem Winter ins Lichte.

So tröstete, so belehrte, so beruhigte ich mich selbst, und der furchtbare Zweifel legte sich.

Ich sah wieder in die Ferne.

Du geliebte Heimat! Ihr teuren schlesischen Berge, an deren blauen Kuppen meine Kinderaugen hingen, so mußte mir von euch die Erleuchtung kommen! An die geraden, schlichten Wege meiner Kindheit mußte ich denken, um einen Ausweg zu finden aus den Wirrnissen meines jetzigen Lebens!

Tiefe Rührung überkam mich, und ein Gelübde machte ich im stillen Herzen: Immer, wenn mir einmal ganz bange sein würde, wollte ich eine Wallfahrt machen, eine Wallfahrt nach der Heimat.

Ich faßte einen Entschluß. In das kleine Gastzimmer ging ich zurück, in dem ich vorhin mit Marianne und dem Assessor gewesen war.

Marianne war noch allein. Am Fenster saß sie. Als ich eintrat, sah sie mich angstvoll-fragend an.

Ich trat zu ihr und ergriff ihre Hände.

»Fräulein Marianne, jetzt wollen wir einmal ganz ruhig und besonnen miteinander reden! Ich habe mir alles überlegt und bin zu einem Entschluß gekommen.«

»Sie wollen doch nicht fort?«

»Nein! Das könnte ich gar nicht mehr. Es ist etwas ganz anderes. Sie wissen, wie ich Sie liebe, und die Qual und Angst, in die ich Sie gestürzt habe, erschüttern mich. Sie haben recht. Die Liebe muß stärker sein als unser Verlangen nach Glück. Das eine Glück bloß wollen Sie mir noch auf ein paar Wochen gönnen, daß ich in Ihrer Nähe sein darf. Sonst verlange ich nichts!«

»Wäre es Ihnen möglich? Liebe ohne Wunsch?«

»Es wird mir möglich sein! Ich gebe Ihnen mein Wort, daß ich nie aufhören werde, Sie zu lieben, daß ich Sie aber auch nie mehr bitten werde, mein Weib zu werden.«

Da sprang sie auf. Der Mund öffnete sich ihr, und ihre Lippen zuckten.

»Ist das Ihr Ernst?« fragte sie stammelnd.

»Es ist mein Ernst und Sie haben mein Wort!«

»So könnten wir glücklich und friedlich nebeneinander leben?«

»Das hoffe ich bestimmt!«

»O Geliebter!«

Ehe ich es hindern konnte, küßte sie mir die Hand. Das Herz pochte mir wild, als ich so mein letztes, größtes und gefährlichstes Experiment einleitete, aber ich zwang mich zur Ruhe.

»Und nun wollen wir ganz ruhig sein, nicht wahr? Es ist auch wegen der anderen. Sie dürfen nicht wissen, was zwischen uns vorgefallen ist.«

»Ich will ganz ruhig, ganz vernünftig sein!«

Der Assessor trat ein, und Marianne verließ uns. Mit dem Assessor sprach ich aufrichtige, ernste Männerworte. Meine Vermutung über seine Mutter bestätigte er. Aber nur er habe um den traurigen Geisteszustand der Mutter gewußt. Nicht die Schwester. Die habe von dem heimlichen Irrsinn der Mutter nichts geahnt; sie habe sich vielmehr – leider! – in den Ideenkreis der Mutter hineingelebt.

Wir sahen uns in die Augen und zuckten beide erschreckt zusammen. Jeder wußte, was der andere geheim dachte.

Da sagte nach einer Pause der Assessor schwer beklommen:

»Nein, das fürchte ich nicht – das nicht – denken Sie mal, das wär' ja entsetzlich! – Nein, sie ist ja so klug – sie ist nur befangen – schwer befangen – gelt nein, Sie halten Sie doch auch nicht für krank?«

»O Gott, nein – sie ist ja das herrlichste Mädchen, das ich je kennen gelernt habe. Und wenn sie befangen ist, muß es eine Erlösung geben. Es muß!«

Ich entwickelte ihm meine Pläne, und er reichte mir die Hand.

»Wenn Ihnen jemand von Herzen heiß Glück wünscht, so bin ich's.«

Endlich saßen wir nach so vielen Stunden der Aufregung wieder in der allgemeinen Tafelrunde. Es wurde mir gewaltig schwer, Ruhe zu bezeigen, aber es gelang leidlich. Indessen standen schon die Hörnerschlitten für uns bereit, die uns ins Tal hinab nach Krummhübel schaffen sollten. Noch einmal ließ ich den ganzen Zauber des winterlichen Gebirges auf mich wirken. Vor der Baude schaute ich hinab nach dem vereisten großen Teiche, dessen steile Uferhänge groteske Schneebildungen zeigten. Von Osten drüben winkte die Schneekoppe herüber.

Da stand plötzlich Marianne neben mir.

»Was waren das für Tage hier oben!« sagte sie leise.

»Wünschen Sie, daß wir nie hergekommen wären?«

»O nein! Es muß wohl so sein! Und ich habe doch so viel gewonnen. Es ist hier oben ganz anders als dort unten.«

»Der Friede in der Burg und die Stille werden Ihnen jetzt wohltun, Marianne.« – »Ja, ich freue mich darauf – deshalb, weil Sie dableiben. – Wenn Sie gegangen wären –«

Sie brach ab. Die Hörnerschlitten kamen. Wir stiegen ein.

In langsamer Fahrt ging's den Mittagsteinen zu und dann hinunter über die Schlingelbaude nach Bahnhof Krummhübel.

Wege und Irrwege

Seit vierzehn Tagen war ich wieder zu Hause. Es war jetzt recht still in der Burg. Der Assessor war abgereist. Marianne war schweigsam, und Ingeborg ließ das Köpfchen hängen.

Im Dorfe unten war auch tiefe Winterruhe. Aus ein paar kleinen Wirtschaften tönte gedämpft der Schlag der Dreschflegel, in irgendeinem großen Hof summte monoton die Lokomobile einer Dreschmaschine, zuweilen bellte ein Hund. Sonst war nichts zu hören.

Ich kann nicht sagen, daß mir um diese Zeit die Einsamkeit wohlgetan hätte. Dazu hätte es in mir selber viel stiller sein müssen. Unruhig bin ich oft in meinem Bankettsaal auf und ab gegangen, wie einer, der sich nach Taten sehnt, nach Leben, nach Befreiung von beengendem Gefühl. Meine Arbeit – das Epos – gab ich vorläufig ganz auf. Ich hatte kein Interesse mehr an meinen Figuren. Sonst waren sie mir vertraut gewesen, gute Bekannte, mit denen ich mich in stillen Stunden unterhalten konnte wie mit wirklichen Personen. Jetzt waren mir das gleichgültige Leute.

Einmal langte ein Brief an mich an, der mich eine Zeitlang aufregte und ablenkte. Er war von Hartwig und kam aus Sansibar.

»Geehrter Herr Doktor! Ich gehe nicht zu den Buren. Meine Frau ist unterwegs sehr krank gewesen. Jetzt ist sie besser. Wir hatten eine schlechte Schiffahrt. Sie werden sich wundern, daß ich nicht zu den Buren will. Aber ich mag keine Flinte mehr tragen. Ich mag auch nicht auf Menschen schießen. Das können Sie sich wohl denken. Ich will lieber hier in Deutsch-Ostafrika bleiben. Es gibt hier ein Usambaragebirge, da ist die Gegend gesund. Dort kann ich eine Farm kaufen und manches anbauen, auch Kaffee. Ich verstehe noch nichts davon, aber ich werde unterstützt werden. Ich bin schon ein paarmal beim deutschen Konsul gewesen. Einen Teil von meinem Gelde lasse ich hier in einer Bank. Das andere nehme ich mit. Ich denke, es wird schon gehen. Verzeihen Sie mir alles, lieber Herr Doktor. Wenn ich eine feste Wohnung habe, müssen Sie mir einmal schreiben, ob Sie wieder gesund geworden sind. Sie können glauben, daß ich den lieben Gott darum bitte. Ich war früher nicht fromm, aber jetzt habe ich den Herrgott so nötig. Meine Martha ist gut. Ich habe sie sehr lieb. Sie ist die einzige, mit der ich mich aussprechen kann. Allein hielte ich es nicht aus. Aber so wird es schon ganz gut gehen. Hier ist es jetzt sehr heiß, und zu Hause liegt wohl jetzt alles voll Schnee. Ich denke immerfort nach Hause. Meine Frau läßt Ihren Vater grüßen. Wir grüßen auch alle in der Burg und besonders Sie.

Ihr dankbarer Hartwig.«

Bei dieser Gelegenheit will ich gleich eines anderen Briefes Hartwigs Erwähnung tun. Ich muß da allerdings in der Zeit über den Rahmen meines Buches hinausgehen. Der letzte Brief Hartwigs langte bei mir am 12. Juli 1901 an. Aus ihm entnehme ich folgenden Abschnitt, der geeignet ist, der Geschichte Hartwigs eine Art Abschluß zu geben.

Er lautet:

»Meine Farm ist gut und auch billig. Ich habe sie schon sehr vergrößert. Ich habe acht Bantuneger und eine Anzahl Negerweiber. Manchmal sind die Leute faul. Sie stehlen auch gern und sind tückisch. Aber es geht nicht ohne die Neger. Eine Flinte habe ich doch wieder, sogar ein paar. Man muß das hier haben. Es ist schon wegen der wilden Tiere.

Ich habe schon zwei Löwen erschossen. Die Martha hat viel Angst dabei. Aber mir ist es der größte Spaß. Sonst gibt es wenig Vergnügen. Daß Marthas Vater gestorben ist, hat uns sehr leid getan. Meine Frau hat sehr geweint, obwohl er doch in seinem Alter einsam gewesen wäre. Aber jetzt hat sie einen Trost. Wir haben zu Ostern ein kleines Mädchen bekommen. Das ist jetzt unsere größte Freude. Ein Missionar hat sie getauft. Meine Frau wollte sie Ingeborg heißen, aber ich habe sie Martha taufen lassen. Darüber ist meine Frau sehr glücklich gewesen. Nun danke ich Ihnen noch herzlich für das schöne Weihnachtsgeschenk, lieber Herr Doktor. Wir haben alle beide geweint vor Freude. Die Bilder in dem Album sind sehr schön, namentlich die Burg, die Kirche, meine Wirtschaft, die Schmiede, das Grab von Marthas Vater. Auch für das Kreuz, das Sie ihm haben setzen lassen, danken wir innig. Ich wollte Sie nur noch ein einziges Mal sehen, lieber Herr Doktor. Ich bin Ihnen immer so dankbar. Sonntags nachmittags ist es immer mein Vergnügen, daß ich mir die Bilder ansehen kann. Dann vergesse ich auf alles, und dann spreche ich mit Martha schlesisch, und wir unterhalten uns von den Leuten im Dorfe. Unsere kleine Martha muß auch schlesisch reden lernen. Ein paar schlesische Wörter können die Neger schon. Das macht mir Spaß.«

Die schlesische Heimat ist doch schwer zu vergessen. Als der erste Brief Hartwigs ankam, geriet die ganze Burg in Bewegung. Waldhofer war freudig erregt, Ingeborg weinte und Marianne betrachtete mich mit leuchtenden Augen.

Und nun zurück zu den Januartagen vom Jahre 1900! Zuweilen wurde mir die Stille unerträglich. Es kam wohl daher, daß ich nicht arbeitete. So wurde mir die Zeit manchmal sehr lang. Ich ging immer ruhelos in meinem Zimmer auf und ab. Es war auch ein ungeheurer Widerspruch! Die Geliebte war im Hause, ich wußte, daß sie mich liebte, und ich durfte sie nicht besitzen, sie nicht küssen, durfte kaum mit ihr sprechen.

Oft wünschte ich, daß ich weit fort sei, fort von ihr, daß ich Frieden fände. Es ging ja nicht an. Und ich durfte nicht vergrämt, nicht ungeduldig sein. Wollte ich ihren Geist lösen aus den starren Banden eines kranken Gefühlswinters, dann brauchte ich viel eigene Sonne.

Manchmal floh ich aus der Burg hinunter ins Dorf. Ich rettete mich in die Oberförsterei und ließ mir durch Gerstenbergers groteske Laune ein paar Stunden die Seele aufrütteln, oder ich war bei Sternitzke und hörte den Bauern zu.

Gegen Ende Januar merkte ich überall eine rechte Wintermüdigkeit. Die Bauern hatten nichts zu tun. Sie hockten verdrießlich in ihren engen Stuben und wurden auch in der Schenke nicht recht froh. Die Bewegung fehlte ihnen, die frische Luft.

Einmal, es war Mitte Februar, als ich einen ganzen Nachmittag im Dorfe gewesen war, traf ich Marianne gegen Abend in der Wohnstube.

»Sie waren lange fort«, sagte sie traurig.

»Ist Ihnen das nicht gleichgültig?«

Sie sah mich vorwurfsvoll an.

»Ich meine: wir hätten uns ja so wie so nicht gesehen. Ich wäre oben in meinem Bankettsaal gewesen und Sie irgend sonstwo.«

Sie schlug die Augen nieder.

»So wären Sie doch wenigstens im Hause gewesen.«

Ich reichte ihr die Hand.

»Marianne! Es wird ja doch bald der Tag kommen, wo ich fortgehen muß und gar nicht mehr wiederkommen kann.«

Sie schlug beide Hände vor das Gesicht.

»Wenn Sie nicht gerufen hätten dort oben – dann lägen wir im tiefen Schnee – und würden nie mehr getrennt. Aber Sie wollten nicht mit mir sterben.«

»Nein! Ich werde nie das Leben selbst von mir werfen, solange mir meine Vernunft bleibt. Und ich mußte auch Ihr Leben erhalten. Ihr Leben ist wertvoll!«

»Mein Leben ist schrecklich!«

»Es ist nicht schrecklich, Marianne! Denken Sie einmal nach. Ist gar nichts Lichtes in Ihrem Leben?«

Da sah sie mich strahlend an.

»O ja! Ihre Liebe!«

Zitternd stand ich vor ihr. Sie jetzt nicht an mich ziehen, sie nicht küssen dürfen, das war ein fast Übermenschliches. Aber ich brachte es fertig.

»Kommen Sie, Marianne, spielen Sie mir etwas vor.«

Ich geleitete sie zum Flügel.

Sie spielte ein Notturno. Ich saß ganz dicht neben ihr. Als sie geendet hatte, lehnte sie ihre heiße Wange an meine Schulter.

Sacht legte ich den Arm um sie. Draußen ging der Tag zur Neige. Um uns war tiefe Stille. Da sprach ich:

»Marianne! Wenn es irgendwo auf der Welt ein stilles Haus gäbe – stiller, menschenferner noch als die verschneiten Hütten im Gebirge – ein Haus, zu dem kein Laut aus der großen Welt dringt – könnten Sie dort eines Mannes Weib sein?«

Sie sah mich erschrocken an.

»Nein, nein, Marianne, erschrecken Sie nicht. Ich halte mein Wort; ich bitte Sie nicht, mir anzugehören; ich fragte bloß, weil ich Ihre Seele ganz kennen lernen wollte.«

Sie streichelte meine Hand.

»Sie leiden so – Sie Guter! Ich weiß es! Und doch ist die Liebe so schön, wenn sie so ist wie unsere. Ohne alle wilden Wünsche! Die Menschenliebe, sagte meine Mutter, ist nur schön als Knospe – dann kommen Staub und Würmer. – So, wenn man keine Treue verspricht – nichts verspricht, was man doch nicht halten kann – das ist schön!«

Sie machte eine Pause, dann fröstelte sie in sich zusammen und fuhr fort:

»Ich habe immer daran gedacht, wie es sein wird, wenn Sie einmal eine andere lieben und heiraten werden.«

»Das wird nie sein, Marianne!«

Sie lächelte müde.

»O ja! Es wird schon sein! Für mich wird es schwer sein. O Gott! Aber sehen Sie, ich werde Sie doch weiter achten können. Ich werde mir sagen: Er hat dir nichts versprochen, er hat dir nicht die Treue gebrochen. Er hat dich nur vergessen.«

»Marianne!«

»Und dann wird doch der Sieg kommen. Wenn die grauen Tage die Liebe zu der anderen erstickt haben – dann, wenn Sie einsam sind – dann werden Sie einmal daran denken, daß es doch ein heiliges, unentweihtes Gefühl war, das uns verband.«

»Marianne! Sie haben eine hohe Ansicht von der Liebe, aber die Treue kennen Sie nicht. Sie kennen überhaupt nicht die Menschen. Was Sie sagen, ist schön, aber es ist unwahr. Ich muß Ihnen das sagen. Ich muß ehrlich sein und männlich. Eben weil ich Sie liebe. Was Sie voraussehen, kann nicht eintreffen. Ich werde nie eine andere nach Ihnen lieben, aber ich werde auch nie mit einer hohen Herzensbegeisterung an unser Verhältnis zurückdenken können.«

Sie wurde bleich und klammerte sich an einen Stuhl. Unbeirrt fuhr ich fort:

»Es ist unnatürlich, daß zwei junge Menschen, die sich lieben, so nebeneinander stehen wie wir, unnatürlich, wenn aus der Liebe nicht der Wunsch entspringt, sich zu gehören. Die echte Liebe opfert und wagt. Sie will sich nicht ewig flüchten und schützen, sie verbindet sich mit dem Geliebten und geht mit ihm durch den Lärm und Staub des Lebens. Die echte Liebe denkt eben nicht zu viel an sich selbst, denkt nicht bloß an das eigene Heil, sondern auch an das Wohl und Glück des anderen. Das Weib, das liebt, will nicht als Göttin, nicht als lichte Idealgestalt über dem Wege des Mannes schweben, sondern unten mit ihm marschieren, kameradschaftlich in Not und Gefahr, in Hochgefühl und Mißstimmung. Das, Marianne, ist meine Meinung, und das ist auch natürliche und göttliche Ordnung!«

Zitternd vor Aufregung sagte sie:

»So – so – so können Sie mich schmähen?«

»Ich schmähe Sie nicht, Marianne, ich sage Ihnen lediglich die Wahrheit. Die Wahrheit, die Ihnen bis jetzt verschlossen geblieben ist. Machen Sie doch die Probe im Leben! Sehen Sie sich die Familienmütter an, ob sie untüchtiger oder auch nur unglücklicher sind als die Einsamen. Nein, verehrungswürdig sind sie und glücklich, so weit man eben vom Glücke sprechen kann. Das alles wissen Sie nicht, Marianne; denn Ihre Mutter hat Ihnen die Ausnahmen gezeigt und die allgemeine Regel verschwiegen.«

»Sagen Sie nicht, daß mich meine Mutter betrogen hätte!«

»Wissentlich betrogen nicht, aber dennoch betrogen! Betrogen um das Vertrauen und den klaren Blick, betrogen um Ihren Willen, um Ihr –«

»Sie lästern meine Mutter!«

»Ich lästere sie nicht; ich bedaure sie bloß. Denn sie war krank, Marianne! Das muß ich Ihnen einmal sagen!«

»Krank? – Krank? – Wie? Wie? – Sie meinen doch – nicht – geisteskrank – – wahnsinnig?«

»Ja! Sie litt an Verfolgungswahn.«

»Herr!«

»Marianne, ich bitte Sie, hören Sie mich an!«

Sie kehrte mir den Rücken und ging hinaus. Ich war allein.

Aber es war kein Bedauern in mir, eher ein Kraftgefühl, wie man's immer hat kurz nach einer Tat. Sollte ich sie aufsuchen? Nein, ich wollte meine Worte ruhig wirken lassen.

Und wenn es zum Bruche kam?

Nun, so wollte ich ihn tragen! Die Unnatur in unserem Verhältnis drückte mich so schwer, daß ich mir den Schmerz um eine verlorene Liebe fern von der Geliebten vorzog. Das würde doch natürlich sein. Es mußte zu einer Entscheidung kommen. Das ewige Stehen und Grübeln am Kreuzweg wurde mir zuwider.

Eine halbe Stunde schritt ich im Zimmer auf und ab, dann riß ich den Hut von der Wand und nahm den Stock. An die Luft mußte ich. Hier hielt ich's nicht aus.

Im Hausflur standen Ingeborg und Baumann.

»Wollen Sie noch einmal fort?« fragte Ingeborg.

»Ja, ich will dem Herrn Oberförster noch einen Besuch machen. Heut nachmittag traf ich ihn nicht zu Hause.«

Baumann erzählte mir eilig, daß er einen Brief an den Assessor zur Post tragen müsse; der Herr Assessor hätte schon drei Tage nicht geschrieben. Dann ging er schnell davon.

Ich nahm Ingeborg an der Hand.

»Wegen der drei Tage haben Sie Kummer? Der glückliche Mann! Sein Weg ist ganz gerade und sonnig. Und er nimmt seinen Schatz an der Hand und marschiert mit ihm ins Blaue hinein. Nicht wahr, so ist es?«

»Herr Doktor! Sie sind jetzt immer so nachdenklich! Gar nicht mehr lustig, gar nicht mehr! Wissen Sie noch, wie lustig sie anfangs waren? Damals, als ich Sie eingesperrt hatte? Das war eine schöne Zeit!«

»Ja, Ingeborg, das war eine schöne Zeit! Leben Sie wohl!«

Ich reichte ihr die Hand. Sie hielt mich noch auf.

»Und Marianne! Das arme Mädchen leidet schrecklich! Jetzt ist sie wieder noch in den Wald.«

»Marianne ist im Walde?«

»Ja, ganz allein. Sie läßt sich nicht aufhalten. Wenn ihr einmal was zustieße!«

»Ich werde sehen, daß ich sie finde.«

»Sie wird vielleicht bei dem Muttergottesbilde sein.«

»Auf Wiedersehen!«

Ich ging rasch einen Waldweg auf der Westseite des Berges hinunter. Es war schon dunkel im Walde, nur der Schnee leuchtete matt. Aber nach kaum zehn Minuten schimmerte rotes Licht durch die Bäume.

Dort war das Muttergottesbild, von dem Ingeborg gesprochen hatte. Ich kannte es schon lange. Ein junger Bauer war an diesem Orte beim Holzfahren zu Tode verunglückt. Seine Frau errichtete einen Bildstock und machte das Gelübde, solange sie lebe, am Sonnabend, dem Muttergottestage und zugleich dem Todestage ihres Mannes, eine Öllampe vor dem Bilde anzuzünden. Das Bild selbst war ein Kunstwerk, von einem jungen, unberühmten Künstler für wenig Geld gemalt, »Consolatrix afflictorum« stand darunter, und über dem schönen, heiligen Frauenantlitz lag auch wirklich der tröstende Ausdruck! »Siehe ich habe den Schmerz überwunden.«

Marianne stand vor dem Bilde. Dunkel hob sich ihre Gestalt von dem Schnee und den weißen Bäumen ab. Das Lämpchen erfüllte die Nische, in der das Bild war, mit rotem Lichte. Kein Laut regte sich im winterlichen Walde. Von ferne blieb ich stehen. Ich sah immer hin, mit brennenden Augen, und dann nahm ich langsam den Hut ab.

»Du Trösterin der Betrübten – – –«

Da wandte sich Marianne mir zu und schrie leise auf. Ich ging rasch zu ihr. »Kommen Sie heim, Marianne!«

Sie folgte mir ganz willig, ja, sie legte den Arm in den meinen. Ihr Widerstand war gelähmt. Langsam stiegen wir den Berg hinauf. Wir sprachen beide nicht. Endlich begann sie leise, indem sie das Gesicht an meiner Schulter verbarg:

»Ich muß Sie um etwas bitten.«

»Sprechen Sie, Marianne – sprechen Sie ganz mit Vertrauen.«

»Ich muß Sie bitten – daß Sie – daß Sie abreisen.«

»Marianne!«

»Ich – ich würde es ja nicht sagen – ich würde selber abreisen, aber ich weiß nicht – ich weiß nicht – wo ich jetzt – gerade jetzt hin soll.«

»Marianne, was ist Ihnen? Sie vergessen alles! Sie vergessen, daß Sie selber gewollt haben, ich solle bei Ihnen bleiben, solange es möglich ist.«

»Ja, aber es geht nicht – es ist unmöglich. Noch so ein Streit wie heute und –«

»Und Marianne?«

Sie klammerte sich fest an meinen Arm.

»Sehen Sie – Sie haben gesagt, unser Verhältnis sei unnatürlich. Sie werden nicht ohne Groll daran denken können. Aber ich! Ich will mir Ihr liebes Bild mein Leben lang erhalten. Die Erinnerung an Sie wird ja alles sein, was ich habe. Da soll es eine reine, ungetrübte Erinnerung sein. O ja, dieses Glück gönnen Sie mir!« – »Marianne!«

Ich riß sie in meine Arme. Minutenlang lag sie bewegungslos an meiner Brust. Dann sagte sie: »Liebster, wirst du gehen?«

Fieberfrost schüttelte mich. Ich konnte nicht antworten.

Da wiederholte sie in inniger Bitte: »Wirst du gehen. Liebster? Wirst du mir das gönnen?«

Tonlos sagte ich: »Wenn es denn sein muß – so werde ich gehen. Ich sehe es ja ein – es ist das Beste.«

»Wirst du bald gehen?«

»Bald! Morgen früh!«

Sie zitterte.

»Sag' mir noch einmal, daß du mich liebst.«

»Ich liebe dich, Marianne, wie ich kein Weib geliebt habe und wie ich kein Weib mehr lieben werde. Du bist ja mein Engel – meine Sehnsucht, meine ganze Liebe!«

Sie hing an meinem Halse, sah mir immerzu in die Augen. »So wollen wir jetzt scheiden – nicht morgen früh vor den anderen – jetzt! Schau mich noch einmal an! Lange, lange! Mit deinen großen Augen! Du lieber, guter Mann! Ich liebe dich ganz allein! – Bis ans Ende! – Gott behüte dich!«

Sie küßte mich ernst und feierlich auf die Lippen, Eine Sekunde zögerte sie noch. Dann lächelte sie sanft und nickte mir zu.

So ging sie davon.

Sie sah sich nicht mehr um. Wie ein Toter so still war ich und so allein. Auch so ohne alles Gefühl. Um mich war Nacht. Ich saß mit Waldhofer allein im Bankettsaal. Ich erzählte ihm alles von Anfang an. Und nun auch das Ende. Mit tiefernstem Gesicht saß mir der gute, kluge Freund gegenüber. Er schwieg erst ein Weilchen, dann sagte er: »Ja, Sie müssen fort. Sie hätten bald gehen sollen – im Gebirge schon. Denn so können Sie nicht zum Ziele kommen.«

»Ich werde nie ans Ziel kommen«, sagte ich.

»Das glauben Sie jetzt. Aber es kann schon alles noch gut werden.«

Ich schüttelte verzagt den Kopf.

»Sehen Sie«, fuhr er fort, »das haben Sie richtig erkannt, daß die ganze Sache unnatürlich und krankhaft ist.«

»Krankhaft? Sie glauben, daß Marianne –«

»Ich glaube, daß sie in schwerer Gefahr ist. Sie hat die Disposition zur Krankheit ihrer Mutter.«

»Waldhofer!«

»Nicht aufregen, mein Freund! Noch ist nichts verloren! Noch ist sie gesund! Aber Sie sagen selbst, daß das Mädchen nicht normal handelt. Das ist aber kein Wunder. Denken Sie daran, was für eine Mutter Marianne gehabt hat, und vergessen Sie nicht, daß diese Mutter kaum ein Vierteljahr tot ist, daß sie im Ehehaß gelebt hat und darin gestorben ist. Die ganze Lebenslehre und das Testament dieses Weibes war: Heirate nicht! Nun kommt Marianne in Zwiespalt zwischen der Liebe zu Ihnen und dem Andenken der von ihr vergötterten Mutter, und dieser schwere Zwiespalt erklärt ihre Handlungsweise.«

Es entstand eine Pause, dann fuhr Waldhofer fort:

»Ich glaube, daß Frau von Soden Memoiren hinterlassen hat.« –

»Woraus schließen Sie das?«

»Marianne liest täglich in einem Buch, das sie niemand zeigt, auch Ingeborg nicht. Wenn meine Vermutung richtig ist, dann wird dieses Buch ein Lehrbuch des Ehehasses sein, ein Brevier der Ehefeindschaft und krankhafter Lebensauffassung, das unbedingt aus Mariannens Händen muß.«

»Wie soll das möglich gemacht werden?«

»Der Weg findet sich schon. Sie reisen morgen ab. Ich sorge dafür, daß auch Marianne nicht mehr lange hier bleibt. Dieser stille Ort mit seiner Romantik taugt nicht für sie. Der Bruder muß sie in die Stadt nehmen. Er muß sie zerstreuen, wenn nicht anders möglich, mit Gewalt zerstreuen. Und das Buch, wenn ein solches existiert – muß er ihr mit List oder Gewalt nehmen. Gutes Zureden nutzt da nichts. Sie wird anfangs toben, aber sie wird sich beruhigen, und die giftige Quelle ist verstopft.«

»Und ich?«

»Sie müssen mit Marianne beständig in Verbindung bleiben. Sie jetzt für immer verlassen, hieße sie ins Verderben stürzen. Fühlen Sie denn nicht, wonach ihre Seele strebt? Nach einer beständigen, hoffnungslosen Sehnsucht – diesem wollüstigen Schmerz, an dem ihre Mutter gestorben ist. Und dem würde auch sie zum Opfer fallen wie einem bittersüßen Gifte. Das muß verhindert werden.«

»Aber wie – wie?«

»Sie schreiben an sie. Oft! Sagen wir täglich! Immer zärtlich, immer in Liebe. Nicht poltern, nicht zürnen, nicht ungeduldig sein. Das sind schwere Fehler! Nein, lustig, so gut wie's möglich ist. Von Zeit zu Zeit kommen Sie zum Besuch zu ihr. Nicht auf lange! Einen oder zwei Tage! Da nehmen Sie ihrer Sehnsucht das Hoffnungslose; denn sie hofft ja doch dann von einem Male zum anderen, ob sie will oder nicht. Inzwischen entfernt sie sich vom Grabe ihrer Mutter immer mehr, das Andenken der Mutter verblaßt nach und nach, und das gute Ende findet sich wohl von selbst.«

»Herr Waldhofer! Ich liebe Sie wie einen Vater!«

»Nur Mut haben, mein lieber Freund! Keinem von uns bleiben schwere Kämpfe erspart. Wissen Sie, warum ich hier auf dem Waldhofe sitze? Auch wegen einer Frau! Wegen meiner Frau!«

Ich sah ihn an, wagte aber nichts zu fragen! Da fuhr er fort: »Ich will es nicht erzählen. Sie ist tot! Ingeborg hat sie nicht kennen gelernt. Die war noch klein, als sie starb. Und von den Leuten hier weiß niemand, daß der Gastwirt Waldhofer früher einmal Doktor der Philosophie war.«

Ich erschrak und faßte seine Hand.

»Ich werde Ihnen jetzt den Baumann zum Einpacken schicken«, sagte er und ging hinaus.

Ich sah ihm bewegt nach. Dann setzte ich mich an den Tisch und legte das Gesicht auf beide Hände.

Nach einiger Zeit polterte es draußen. Die Tür wurde geöffnet. Mein großer Reisekorb wurde hereingeschoben, und dann kam Baumann. Er machte keine Verneigung und sah mich auch nicht an.

»Wenn – wenn der Herr Doktor – befehlen, so – so packe ich ein!« sagte er mit abgewandtem Gesichte.

Ich ging zu ihm hin und legte die Hand auf seine Schulter.

»Baumann – lieber Freund – tut es Ihnen so leid, daß ich fortziehe?« Da setzte sich der Alte auf den Korb und weinte wie ein Kind. Es war nur ein einfacher Mann, ein schnurriger Kauz, aber seine rührende Liebe zu mir erschien mir unendlich kostbar. Die Augen wurden mir heiß, als ich ihn so weinen sah.

Dann sagte ich: »Lassen Sie's gut sein, Naumann! Einmal hätt' ich ja doch fort gemußt. So ist's halt ein bißchen eher. Aber ich komm' einmal wieder. Das verspreche ich Ihnen bestimmt.«

Er ließ sich nicht trösten.

Da fuhr ich fort: »Und dann müssen Sie mich einmal besuchen, Baumann! In Breslau oder Berlin, wo ich halt gerade sein werde. Nächsten Winter, Naumann! Herr Waldhofer gibt Ihnen schon eine Woche Urlaub. Und dann wollen wir uns mal in der großen Stadt miteinander tüchtig amüsieren. Nicht wahr?«

Da wurde er noch fassungsloser:

»So - so gut, wie der Herr Doktor - ist noch kein Mensch zu mir gewesen - auf der ganzen Welt.«

Wie leicht ist ein Menschenherz zu gewinnen durch ein bißchen Liebe!

»Packen Sie jetzt ein, Baumann!« sagte ich.

Da erhob er sich, pflichtgetreu wie immer. Er öffnete den Schrank und begann auf dem großen Tische alles zurechtzulegen. Wehmütig schaute ich ihm zu. Er war ganz schweigsam, aber er tat alles mit großer Sorgfalt. -

»Ich sage dir, laß mich in Ruhe, Waldhofer! Ich muß ihn sehen. Ich werde ihm das schon anstreichen!«

Das war der Oberförster unten im Hausflur.

Da tönte auch schon sein gewichtiger Tritt die Treppe herauf, und bald darauf stand er in der geöffneten Tür. Er sah immer abwechselnd Baumann und mich an, und ein ganzes Unwetter lag auf seinem Gesichte.

»Ihr seid wohl verrückt?« donnerte er los.

Ich ging ihm entgegen.

»Es freut mich sehr, daß ich Sie noch einmal sehe, Herr Oberförster. Morgen früh reise ich ab.«

»Reisen Sie ab! Nhä! - Nöö! Reisen Sie nich ab, sag' ich Ihnen! Baumann, machen Sie mal, daß Sie rauskommen!«

»Was - was sagen der Herr Oberförster?«

»Daß Sie sich zum Teufel scheren sollen, Sie alter Packesel!«

»Wenn - wenn der Herr Oberförster wünschen, so geh ich«, sagte Baumann und wollte sich entfernen.

»Halt, halt, Baumann! Sie müssen packen!«

»Nu, Baumann! Wenn Sie nich gleich machen, daß Sie rauskommen -.« Baumann war draußen.

»Also, Sie sind total verrückt«, nahm der Oberförster wieder das Wort. »Das Nervöse is bei Ihnen jetzt in richtigen Blödsinn umgeschlagen.«

»Ich muß fort, Herr Oberförster!«

»Sie müssen, jawohl. Sie müssen! Waldhofer hat mir schon was vorgequatscht von eigenen Angelegenheiten, individuellen Gründen und lauter solches elendigliches Gemäre. Kenn' ich schon, Ihre individuellen Gründe! Ein Kerl, wie Sie sind, kriegt tausend Mädel auf der Welt, an jeden Finger hundert Stück sag' ich Ihnen! Da muß es doch nicht gerade *die* sein!«

»Herr Oberförster, ich muß ernstlich bitten –«

»Gar nicht zu bitten haben Sie! Sie werden mir doch keinen Dunst vormachen! Ich Hab' die Geschichte schon im Riesengebirge gewußt. Aber wenn Sie nicht so ein dummer Kerl wären, hätten Sie sich mit den Weibern gar nicht eingelassen.«

»Das sind doch wohl wirklich meine eigenen Angelegenheiten, Herr Oberförster!«

»So! Und Ihre guten Freunde hätten einfach das Maul zu halten?«

»In diesem Falle – ja! Das geht nur mich an! Keinen andern!« Das beleidigte ihn.

»So, so! Aha! Hmhm! Das Maul zu halten! – Na dann – dann wünsch' ich glückliche Reise!«

Er wandte sich zur Tür.

»Herr Oberförster, lassen Sie uns in Freundschaft auseinandergehen.«

»Ich bin nicht mehr Ihr Freund. Glückliche Reise!«

Er ging wirklich. Nach einer Weile kam Baumann zurück und nahm mit betrübter Miene das Geschäft des Einpackens wieder auf.

Mitten in der Arbeit unterbrach er sich.

»Es ist auch mit der Abendpost ein Brief an den Herrn Doktor gekommen. Ich hab' ihn von der Post mitgebracht, aber dann vergessen. Wegen dem Schreck!«

Damit griff er in die Brusttasche seiner Barchentjacke und brachte einen Brief zum Vorschein. Ich betrachtete die Aufschrift. Der Brief war vom Assessor.

Ohne lebhafteres Interesse öffnete ich ihn. Und da las ich das Folgende:

»Verehrter, lieber Freund!

Eine Nachricht muß ich Ihnen geben, die Sie nicht viel weniger heftig berühren wird als mich, der ich sie vor drei Tagen empfing. Mein Vater ist zurückgekommen! In Franzisko hat er von dem Tode der Mutter erfahren. Sein Leben lang hat er eine Aussöhnung mit der Mutter und uns Kindern herbeizuführen gesucht. An dem Widerstande der Mutter ist alles gescheitert. Er hat mir ein ganzes Paket Briefe, auch Geldbriefe gezeigt, deren Annahme von der Mutter verweigert worden ist. Jetzt ist er nach der Heimat zurückgekehrt, um wenigstens uns wieder zu sehen. Er glaubt, daß er nicht lange mehr leben wird. Er ist leberleidend und hat erst auf dem Schiffe einen gefährlichen Anfall mit genauer Not überstanden.

Er ist zuerst nach Wien gefahren und hat da meine verheiratete, ältere Schwester besucht. Mit ihr hat er seit längerer Zeit in brieflichem Verkehr gestanden. Sie hat ihn auch von dem Tode der Mutter unterrichtet. Mittwoch erhielt ich die Nachricht von seiner Ankunft, und Donnerstag früh war er bei mir.

O, mein Freund, ich kann Ihnen nicht beschreiben, was ich in diesen Tagen alles innerlich durchgemacht habe. Eines muß ich Ihnen sagen; ich habe mich mit meinem Vater ausgesöhnt. Ein bewegtes Leben hat er hinter sich, ein Leben voll Entbehrung, Arbeit, Gram und Reue.

Nun gilt es, auch Marianne mit ihm zu versöhnen. Sonntag abend komme ich mit dem Vater nach Steinwernersdorf. Auf den Waldhof will der Vater nicht; er hat auch bei mir nicht wohnen mögen. Besorgen Sie – bitte – ein Zimmer bei Sternitzke.

Und reden Sie mit Waldhofer! Er muß uns helfen. Ich fürchte, der Vater wird Marianne gegenüber einen harten Stand haben. Und ich möchte doch so gern, daß auch sie sich mit ihm versöhne.

Helfen Sie, lieber Freund, helfen Sie! Sie haben noch den größten Einfluß auf meine Schwester. Vielleicht, wenn sie sich diesmal überwindet, daß dann noch alles gut wird.

Also auf Wiedersehen Sonntag abend! Grüßen Sie alle, besonders auch meine liebe Braut! Es war mir unmöglich, in diesen Tagen an sie zu schreiben. Auch diesen Brief schreibe ich in Hast. Er ist wohl ein bißchen konfuse. Ich rechne auf Sie!

Ihr Heinrich von Soden.«

Ich sank auf einen Stuhl. Dann las ich den Brief noch einmal. Endlich faßte ich mich.

»Baumann, gehen Sie bald mal hinunter! Herr Waldhofer möchte heraufkommen zu mir!«

Ich stand an der offenen Tür und konnte es kaum erwarten, bis Waldhofer kam. Baumann blieb draußen.

»Da – lesen Sie!«

Er las – las, und sein Gesicht färbte sich rot.

»Jetzt wird alles anders«, sagte er. »Jetzt müssen Sie dableiben«.

Der Kampf

In später Nacht erst verließ mich Waldhofer. Wir hatten uns lange beraten, was nun zu tun sei. Aber auch als ich allein war, fand ich keine Ruhe. In dieser Nacht ist das Licht nicht ausgelöscht worden im alten Bankettsaal. Vor Jahrhunderten hatte vielleicht ein Rittersmann in demselben Saale unruhige Stunden verlebt, wenn der nächste Tag entscheiden sollte über Sieg oder Fall, Leben oder Tod.

Seine Kämpfe, seine Unruhe können nicht größer gewesen sein als meine.

Um ein Herz! Ein Ringen um ein Herz mit der Aussicht, daß der Kampf wohl vergebens sein würde.

Gegen Morgen erst sank ich in einem der großen Sessel in schweren Schlummer. Als ich erwachte, war ich völlig erstarrt.

Ein bleigrauer Wintertag lag draußen über dem Hofe. Es klopfte. Baumann kam.

»Ah, der Herr Doktor sind schon wach! Das gnädige Fräulein wünscht den Herrn Doktor zu sprechen. Ich soll dem Fräulein melden, wenn –«

»Es ist gut, Baumann! Sagen Sie dem Fräulein, ich sei bereit. Ist die Wohnstube frei?«

»Nein, der Herr Oberförster ist gekommen.«

»Dann lasse ich das gnädige Fräulein hierher bitten.«

»Hier – in den Bankettsaal?«

»Jawohl, hierher! Sie sehen, daß alles in Ordnung ist.«

Er ging.

Wie war mir? So, als ob ich einen Boten an den Feind gesandt hätte: ich wollte nun die Entscheidung.

Ich riß ein Fenster auf. Da fror ich. Dann trank ich ein Glas Wasser. Einen Sessel rückte ich gerade. Dann sah ich in den Spiegel, ob meine Krawatte gerade sitze. Ich schloß an einer Schranktür. Zuletzt lehnte ich mich fest gegen den schweren Tisch und wartete.

Sie kam.

An der Tür, die sie nicht völlig schloß, blieb sie stehen. Wir schauten uns schweigend an. Ihr Gesicht war kalt, wie aus Stein.

»Ich hörte, daß Sie nicht abreisen, daß Sie hierbleiben wollen, und ich wollte mich bloß persönlich überzeugen, ob das wahr sei. Weiter wollte ich nichts.«

Sie wandte sich zum Gehen.

»Marianne!«

»Sie wünschen?«

»Sehen Sie dahin!«

Ich zeigte auf den gepackten Reisekorb.

»Es müssen schon gewichtige Gründe sein, die Sie hinderten abzureisen.« – »Sehr wichtige Gründe, Marianne! Die gewichtigsten wohl, die möglich sind.«

»Wollen Sie mir den Grund erklären, der einen Mann abhalten kann, sein Wort zu halten?«

»Ja das will ich. Ich bitte Sie nur, mich anzuhören.«

»Aber machen Sie es recht kurz!«

»Ganz kurz! Mit einem Satze! Ihr Vater ist zurückgekommen!«

Sie antwortete nicht. Sie bewegte sich nicht. Sie sah mich nur verständnislos an. »Marianne, Ihr Vater ist nach Deutschland zurückgekommen!«

Sie antwortete immer noch nicht; aber ein leises Schauern lief über ihre ganze Gestalt. Ich ging zu ihr hin und ergriff ihre kalten Hände.

»Kommen Sie, Marianne! Setzen Sie sich!«

Sie ließ sich willenlos zu einem Stuhle geleiten. Ich fuhr mit der Hand über ihren Scheitel. Auf der Stirn standen feine, kalte Schweißperlen.

»Fassen Sie sich, Marianne – geliebte Marianne!«

Da endlich schaute sie zu mir auf.

»Was sagten Sie? Sagen Sie es noch einmal!«

»Ihr Vater ist wiedergekommen, Marianne!«

»Das ist doch nicht wahr! Das ist doch Unsinn! Das ist doch eine lächerliche Lüge!«

»Es ist wahr, Marianne! Sie müssen es glauben! Er ist bei Ihrem Bruder in Berlin.«

Sie senkte das Haupt und schien schwer nachzudenken. Dann sprach sie mit ganz monotoner Stimme: »In Berlin ist er? So, so! In Berlin! Das kann schon sein! Warum sollte er nicht in Berlin sein! Aber bei meinem Bruder ist er nicht!«

»Er ist bei Ihrem Bruder!«

»Ja, vielleicht ist er zu ihm gekommen. Aber dann hat er ihn doch hinausgeworfen.«

Mich fror bis ins Mark. Ich rückte einen Stuhl zurecht, setzte mich Marianne gegenüber und ergriff ihre rechte Hand.

»Hören Sie mich eine ganz kleine Weile ruhig an. Ich bitte Sie!«

Sie gab keine Antwort. Sie lehnte sich nur im Stuhle zurück und wandte mir ihr unbewegtes, totenblasses Gesicht zu. Ihre Augen waren ganz geistesabwesend; es war nicht zu bestimmen, wohin sie schauten. Und ich fing an zu reden: »Marianne! Ihr Bruder ist ein so kluger, guter Mensch. Er hat gelitten wie Sie! Eine Jugend voll Hunger und Anstrengung hat er hinter sich. Er ist aber ans Ziel gekommen. Und nun – ganz unerwartet – kommt der Vater zu ihm.«

Hier fing sie heftig an zu zittern.

»Bleiben Sie ruhig, Marianne! – Der Vater kommt zu ihm. Was für ein Vater! Er hat gefehlt! Das ist lange Jahre her. Er hat gebüßt und büßt noch jetzt. Ohne Heimat, ohne Glück, ohne Ruhe und Frieden wanderte er durch die Welt. Nun kommt er heim, ein gebrochener, alter Mann. Und er kommt zu seinem Sohne und bittet ihn um Vergebung.«

»Und – und was – was hat mein Bruder getan?«

Sie war aufgestanden.

»Er hat getan, was er tun mußte, er hat sich mit ihm versöhnt.«

»Versöhnt! Der – der Verräter!«

Sie fiel in den Stuhl zurück und ließ kraftlos den Kopf sinken. Ein kalter, zorniger Schauer ging auf ein paar Augenblicke durch meine Seele. Aber ich fand mich rasch wieder. Ich stand auf und hob ihren Kopf herauf an meine Brust. So verharrten wir ein Weilchen. Dann sprach ich wieder.

»Er hat das tun müssen, sonst wäre er kein guter Mensch. Auch Ihre Schwester hat sich mit Ihrem Vater versöhnt.«

Sie machte sich frei von mir und lachte hart und geringschätzig. »Ach! Auch die? Das glaube ich. Die verspricht jetzt etwas und bricht es gleich darauf; die läuft heute ihrem Manne fort und kommt morgen wieder. Die ist eine Gans! – Aber mein Bruder!«

Ich versuchte, ihren Kopf wieder an mich zu ziehen. Was sollte ich sagen? Was ich mir auch für diese erste Begegnung ausgesonnen hatte, jetzt hatte ich's vergessen. Endlich fiel mir etwas ein.

»Marianne! Sie haben mir oben im Gebirge erzählt, daß Sie mich geküßt hätten damals, als ich im Wundfieber lag, weil ich meinem Todfeinde verzieh. Das kann nicht wahr sein; denn in Ihren Augen sind Leute, die keinen unversöhnlichen Haß und keine Rachsucht haben, Verräter oder Gimpel!«

Sie stand auf und sah mich vorwurfsvoll an.

»Verstehen Sie mich nicht besser? Wenn ein Mensch in der großen Leidenschaft – unbedacht – ein Verbrechen begeht wie Hartwig, kann ich ihm verzeihen. Aber der andere! Was der getan hat, das ist so feig, so niedrig und elend, so gemein, das ist ein so jahrelanges, immerwährendes Verbrechen, ein langsamer, qualvoller Mord an einer edlen Frau, ein Verbrechen an unschuldigen, eigenen Kindern, daß mir – daß mir vor ihm graut!«

»Marianne! Können Sie denn gar nicht ein wenig Mitleid mit ihm haben? Denken Sie doch an seine Leiden, seine Heimatlosigkeit, an sein Alter, an sein verfehltes Leben; denken Sie doch daran, daß er heute oder morgen sterben kann –«

»Lassen Sie mich!«

»Sie wollen gehen, Marianne?«

»Ja! Sie bemühen sich umsonst! Es hat gar keinen Zweck! – Nun hat mir dieser Mann das Letzte genommen, was ich noch hatte: meinen Bruder und Sie!«

»Marianne, hören Sie mich doch an! Bleiben Sie! Ich muß noch mit Ihnen reden; ich muß Ihnen noch viel sagen –«

Sie war fort.

Ich setzte mich in den Stuhl, in dem sie gesessen, und schaute hinauf nach der bemalten Decke.

Ganz tot war es in mir.

Ich war geschlagen. Die Liebe war besiegt.

Nach einer Weile kam Waldhofer. Mühsam erzählte ich ihm, was ich wußte. Sein Gesicht wurde nicht finster.

»Es hat wohl so kommen müssen«, sagte er. »Sie haben ihr doch nicht gesagt, daß der Vater heute hierher kommt?«

»Nein! Es, war ja so ausgemacht!«

»Es ist gut! Sie darf heute und die nächste Zeit nur den Bruder sehen. Wir müssen Zeit gewinnen.«

»Wir werden nichts erreichen – gar nichts! Ihr Herz ist nicht zu gewinnen. Sie hat gar keines!«

Er faßte mich tröstend an der Hand.

»Lieber Freund! Das können Sie doch nicht sagen! Sie wissen doch, daß sie ein Herz hat. Wollen Sie nicht Geduld haben? Es ist ja schwer, wenn man jung ist. Aber wollen Sie's nicht versuchen?«

»Wo ist sie jetzt?«

»Sie ist oben in ihrem Zimmer. Sie hat sich eingeschlossen. Denken Sie daran, wie unglücklich sie ist. Sie müssen auch verzeihen und verstehen lernen.«

»Ich will ja alles – alles! Aber sie – sie hat keinen guten Willen. Ich hab' gar keine Hoffnung.«

»Kommen Sie jetzt mit! Sie dürfen hier nicht so allein sitzen bleiben. Wir werden ins Dorf hinunter gehen, um das Nötige zu besorgen.«

Das taten wir. Wir sprachen mit Sternitzke und seiner Frau wegen eines Zimmers. Nur das Allernotwendigste sagten wir ihnen. Sie waren ganz willig, auch die Frau, und Sternitzke versprach, einen Schlitten mit ein paar schnellen Pferden zu besorgen.

Dann gingen wir nach Hause. Marianne hatte ihr Zimmer noch nicht verlassen. Selbst Ingeborg hatte sie nicht eingelassen.

Zum Mittagbrot kam sie nicht herunter. Es war eine traurige Mahlzeit. Draußen war es so trübe und dämmrig, als seien wir nicht weit vom Abend.

Nach dem Essen bat ich Waldhofer, mit mir in mein Zimmer zu kommen. Er tat es. Wir sprachen wenig, aber ich war doch nicht allein. Die Geschichte von der blonden Gertraud, die er mir einmal erzählt hatte, fiel mir ein. Ich ging in mein Schlafzimmer, hob das Bild der unversöhnlichen Hildegund von der Wand und brachte es in den Bankettsaal.

»Ihre Mutter war gerade wie diese, und sie ist auch so«, sagte ich.

»Vielleicht; aber Sie sind nicht wie der Graf. So kann schon alles noch gut werden. Tragen Sie das Bild wieder hinein!«

»Ich möchte es hier lassen, ich möchte –«

Die Tür ging auf. Marianne kam. Ich konnte das Bild nur gerade noch in einen Lehnstuhl stellen. Marianne blieb stehen und sah auf das Bild. Sie lächelte hart, aber sie sagte nichts darüber. Sie wandte sich gleich schroff an mich. Mit tonloser, beinahe heiserer Stimme fragte sie mich gänzlich unvermittelt: »Wann kommt mein Vater hierher?«

Ich erschrak. Waldhofer übernahm die Antwort für mich: »Warum vermuten Sie denn, daß Ihr Vater hierherkommen wird, Marianne?«

»Ich denke mir's. Es ist ja selbstverständlich. Es ist doch alles abgekartetes Spiel!«

»Was – meinen Sie – sei abgekartet? Von wem? Und zu welchem Zwecke?«

Sie lachte kurz auf. Ein paar Schritte trat sie auf mich zu. Sie sah mich an mit wilder, leidenschaftlicher Feindschaft.

»Warum antworten Sie nicht? Sind Sie zu feig? Glauben Sie wohl, daß ich Sie nicht durchschaue? Auch jetzt noch nicht durchschaue, nachdem ich Zeit genug hatte, mir alles zu überlegen? Heute morgen – im ersten Schreck – da haben Sie sich noch vor mir maskieren können, jetzt nicht mehr. Sie Heuchler!«

»Marianne, Sie tun ihm unrecht! Sie sind ganz außer sich. Sie wissen nicht, was Sie reden!«

»Lassen Sie mich! Jetzt muß ich's ihm sagen. Sie wußten längst, daß mein Vater da ist, Sie wußten es schon gestern. Und deshalb diese unwürdige Abschiedskomödie, Sie wollten mich gefüge machen. Sie mußten mir erst das Herz zerreißen, damit dann dieser Schlag recht träfe, damit sowohl Sie als auch jener andere zum Ziele kämen. Aber Sie täuschen sich!«

»Nein, *Sie* täuschen sich, Fräulein! Ich bin sehr glücklich, daß Sie mein Weib nicht werden! Zu meiner Rechtfertigung sage ich nichts. Aber diesen Brief will ich Ihnen geben. Vielleicht gibt Ihnen der einen Aufschluß. Fragen Sie Baumann, wann ich ihn erhielt.«

Ich legte den Brief des Assessors vor sie auf den Tisch und ging hinaus, ohne sie noch einmal angesehen zu haben.

Langsam stieg ich die Treppe hinab. Im Wohnzimmer fand ich noch Mantel und Hut. So trat ich hinaus ins Freie. Jetzt mußte ich ganz allein sein.

Es wurde dunkel. Stundenlang war ich herumgelaufen. Da war ich todmüde. Schließlich mußte ich ja doch noch einmal hinaufgehen. Es war unheimlich still in mir. In meinem Herzen ruhte nur noch ein toter, stummer Zorn. Ob der Assessor mit seinem Vater kam, war mir jetzt ganz gleichgültig. Was ging mich das noch an!

Ohne erst ins Wohnzimmer zu gehen, stieg ich bald die Treppe hinauf. Ich brannte die Lampe an. Da sah ich ein Paket auf dem Tische liegen. Es war versiegelt und trug meine Adresse.

Das Paket war von Marianne; ich erkannte es an der Schrift. Ich ließ es liegen, holte mein Schreibzeug und begann einen Brief an den Baron zu schreiben. Ich wollte ihm mitteilen, daß ich die Einsamkeit des Waldhofes nicht länger ertrüge und daher jetzt vorläufig nach Griechenland reisen würde.

Es ging sehr schwer mit dem Schreiben. Das Paket störte mich doch. Mitten im Schreiben fiel mir immer wieder die Frage ein, was es wohl enthalte. Und das mußte mir doch gleichgültig sein! Im besten Falle konnte sie mich um Verzeihung bitten, und auch das war egal. Meinetwegen!

Zwei, drei Briefbogen zerriß ich. Ich brachte kaum einen vernünftigen Satz zustande. Aber das Paket würde ich nicht öffnen, sondern es ihr dann gleich zurückstellen lassen. Vielleicht enthielt es die Bücher, die ich ihr zu Weihnachten geschenkt hatte. Auf diese sentimentale Rückerstattung von Geschenken zwischen entzweiten Verlobten mochte ich mich nicht einlassen.

Da trat Waldhofer bei mir ein.

»Da – lesen Sie!«

Ein Telegramm!

Ich zögerte.

»Ich möchte mich damit nicht mehr befassen, Herr Waldhofer.«

»Lesen Sie!« sagte er dringlicher. Da las ich.

»Vater auf der Reise schwer erkrankt. Ist hier im Marienstift! Marianne vorbereiten! Ich hole sie noch heute abend ab. Heinrich.«

Das Telegramm war aus unserer Kreisstadt, die zugleich unsere Bahnstation war. Ich gab es Waldhofer zurück. »Sie begreifen, Herr Waldhofer, daß ich damit nichts mehr zu tun haben will.«

»Das tut mir leid! Ich hätte Sie jetzt nötiger gebraucht als je. Fräulein Marianne ist fort!«

»Fort ist sie? Wohin?«

Er zuckte die Achseln.

»Ich weiß es nicht. Sie war bis gegen Abend in ihrem Zimmer. Jetzt ist es leer. Sie hat das Haus verlassen, ohne daß jemand etwas gewahr geworden ist. Ich glaube, wohl für immer.«

Da griff ich nach dem Pakete und zerriß die Hülle. Ein dicker Band in rotem Umschlag fiel mir in die Hände. Ich schlug die erste Seite auf. Von Frauenhand stand da geschrieben:

»Das Buch meiner Liebe, meiner
Ehe und meiner Verlassenheit.
Elfriede von Soden
Ihrer heißgeliebten Marianne.«

»Die Memoiren ihrer Mutter«, sagte ich erschrocken. Dann blätterte ich rasch weiter und fand einen Brief. Er lautete:

»Ich muß fort. Wohin, weiß ich nicht. Aber weit! Ich habe Sie schwer gekränkt. Um Vergebung darf ich Sie nicht bitten, da ich selber nicht vergeben habe. So bleibt mir Ihr Haß und Ihre Verachtung.

Lesen Sie das Buch meiner Mutter. Darin habe ich gelesen alle Tage. Ich dachte nie, daß ich es je fortgeben würde. Aber wenn Sie's gelesen, werden Sie ein wenig milder über mich denken.

In dem Briefe meines Bruders an Sie steht, daß mein Vater oft hat zu uns zurückkehren wollen, aber daß meine Mutter Widerstand geleistet habe. Das wußte ich nicht. Das war immer der schwerste, ja fast der einzige Vorwurf, den ich dem Vater machte, daß er sich nie mehr um uns gekümmert hat, daß er nie Reue gehabt hat, nie Sehnsucht nach uns, daß er uns kaltherzig hungern und darben ließ all die Jahre. Jetzt erschien mir seine Heimkehr zu spät.

Wenn es wahr ist, daß der Vater hat zeitig zu uns zurückkommen wollen, so hat mich meine Mutter betrogen. Das hat sie mir verschwiegen. Und das war die Hauptsache!

Das war überhaupt alles!

Meine Mutter! Auf die ich so fest baute! Ich gehe nun den Weg, den ich gehen muß. Leben Sie wohl! Marianne.«

»Da – Waldhofer – da!«

Ich sank in einen Stuhl und stöhnte. Das Licht begann vor meinen Augen zu tanzen. Ich fühlte, wie mir der Schweiß von der Stirn rann.

Waldhofer legte den Brief auf den Tisch.

Er war blaß.

»Waldhofer! Mensch! Reden Sie! Wird sie sich ein Leid angetan haben?«

Er schwieg.

»Waldhofer! Reden Sie!«

»Ich weiß es nicht! Sie ist in allerwildester Empörung.«

»Waldhofer!«

»Wir müssen uns zunächst fassen.«

»Fassen Sie sich! Ich habe keine Zeit zu verlieren. Ich muß sie suchen.«

»Halt, halt! Wo wollen Sie denn suchen?«

»Wir müssen Leute holen – den Wald absuchen lassen.«

»Das ist unnütz. Den meilengroßen Wald! Jetzt abends! Wenn sie fliehen will, findet sie niemand. Die nicht! Und dann – wenn sie – wenn sie wirklich – dann wär's wohl jetzt schon zu spät.«

»Waldhofer! Erbarmen Sie sich!«

»Mir kommt ein Gedanke –«

»Reden Sie – sprechen Sie – Waldhofer – o Gott!«

»Ruhig! Ruhig! Kommen Sie mit!«

Er rief nach Ingeborg. Das Mädchen kam.

»Komm mit nach Mariannes Zimmer«, befahl er. Wir nahmen die Lampe und gingen hinauf.

»Wo hatte Marianne ihr Geld?« fragte Waldhofer.

»Da – da in dem Schreibtischschube. Immer war es da.«

Er riß an dem Schube. Er war nicht verschlossen. In dem Schübe war kein Geld.

Da atmete er tief auf.

»Sie hat das Geld mitgenommen. So ist sie nach dem Bahnhof.«

»Nach dem Bahnhof!«

»Die Bücher von Ihnen fehlen auch«, unterbrach Ingeborg die Stille.

Meine Bücher, das Weihnachtsgeschenk, hatte sie auch mitgenommen! Sonst war alles da, sogar ihre Uhr.

Ich ging mit den beiden anderen nach meinem Zimmer zurück. Waldhofer blieb bei mir.

»Lieber Freund – nun beruhigen Sie sich aber! Die fürchterliche Aufregung schadet Ihnen!«

Das war leicht gesagt. Ich fand keine Ruhe. Das rote Buch lag noch auf dem Tische. Ich griff danach. Waldhofer wehrte mir.

»Nein! Das ist heute keine Lektüre! Kommen Sie mit hinab nach dem Wohnzimmer. Sie werden ein Glas Wein trinken.«

Willenlos folgte ich ihm. Aber unten kam die Unruhe wieder.

Ich nahm ihren Brief in die Hand und las ihn wieder. Dabei konnte ich es nicht hindern, daß meine Tränen rannen. Die ganze Qual der letzten Wochen taute langsam auf.

Es war doch Großes geschehen heute! Der feste, übermächtige Glaube an ihre Mutter, dieser fanatische Glaube, der ihre ganze Seele beherrschte, war wankend geworden. Das Buch, das ihr Lebensevangelium gewesen war, lag oben in meiner Stube.

Weil sie die Mutter in einem Punkte hintergangen hatte! Es war doch eine tiefe, feine Seele! Schauer, Haß, Widerwille brach aus ihr hervor, wenn sie etwas Gemeines witterte, mit elementarer, unaufhaltbarer Kraft, unbekümmert, ob sie damit ihr Glück vernichtete, unbekümmert, ob sich ihr Entsetzen gegen den Vater, die Mutter oder den Geliebten richtete. Die sittliche Idee der Wahrhaftigkeit war ihr das Höchste.

Und nun – da sie nahe an der Versöhnung, nahe an der Erlösung war, ging sie fort. Wohin ging sie? Weit! Wilde Besorgnis brannte in mir wieder auf. »Ein Beweis ist's doch nicht, wenn sie auch das Geld und die Bücher mitgenommen hat. Sie kann sich unterwegs anders besinnen!«

»Regen Sie sich nicht wieder auf! Was nützen solche Vermutungen?«

»Ich will fort! Nach dem Bahnhof!«

»Meinen Sie, daß Sie Marianne dort noch treffen?«

»Nein, aber den Schalterbeamten kann ich fragen – das Bahnpersonal – der Bahnhof ist nicht so groß.«

»Vorläufig warten Sie die Ankunft des Bruders ab!«

Dem fügte ich mich schließlich. Ich sah nach der Uhr. Sechs Uhr vierzig Minuten! Um halb acht Uhr konnte der Assessor da sein. Also in etwa dreiviertel Stunden.

»Wollten der Herr Doktor nicht die Güte haben, etwas zu essen?« – »Lassen Sie mich in Ruhe, Baumann, das sag' ich Ihnen!«

Er schlich hinaus. Ich sah wieder nach der Uhr. Sechs Uhr dreiundvierzig Minuten!

»Ich halt's nicht aus! Wir wollen wenigstens dem Assessor entgegengehen. Wir können ihn ja auf der Straße gar nicht verfehlen. Und dann will ich zum Bahnhof.«

Waldhofer erhob Einwände, aber schließlich ging er mit. In unsere Wintermäntel gehüllt, stiegen wir den dunklen Burgweg hinab nach dem Dorfe. Dort fragten wir in dem Gute, das den Schlitten gestellt hatte, ob der Kutscher schon zurück sei. Nein! Nun wandten wir uns nach dem Wege, der zur Stadt führte. Schweigend wanderten wir die Straße entlang. Es war ganz windstill. Von Zeit zu Zeit zündete ich ein Streichholz an und sah nach der Uhr. Fünf Minuten vor halb acht! Und noch war kein Schlitten zu sehen. Ein paarmal tauchten Lichter auf, aber immer erwies sich unsere Hoffnung als vergeblich. Meine Unruhe wuchs wieder.

»Sie sind sehr müde! Ich hätte nicht nachgeben sollen. Wir werden zurückgehen.« – »Ich kehre nicht um!« entschied ich. Gleichwohl zitterten mir die Knie.

Jetzt war es halb neun Uhr. Da tauchte ein einsames Haus am Wege auf. Es war ein Straßenwirtshaus. Lachen und lärmende Musik scholl heraus. Es gab wohl Faschingsball da drinnen.

»Da gehen Sie hinein, und lassen Sie sich Kaffee kochen«, sagte Waldhofer. »Ich werde hier auf- und abgehen und auf den Kutscher warten.«

Ich wollte nicht; aber ich mußte. In einem überfüllten, dunstigen Tanzsaal verschlang ich heißhungrig eine Tasse heißen, schlechten Kaffee und ein wenig Butterbrot. Dann ging ich hinaus zu Waldhofer, und wir stampften weiter durch den Schnee.

Da endlich gegen neun Uhr trafen wir den Schlitten. Er war leer.

»Wo ist der Assessor?«

»A schickt'n Zettel«, sagte der Kutscher und reichte mir ein ausgerissenes Notizbuchblatt. Aufgeregt trat ich an die Schlittenlaterne. In stenographischen, aber großen und deutlichen Zeichen stand auf dem Zettel:

»Ich habe unterwegs Marianne getroffen. Sie ist meine liebe, goldene Schwester und jetzt mit mir beim Vater. Im Gasthof zur Sonne sind wir zu erfragen. Tausend Grüße!

Heinrich von Soden

Lösungen

Ich erwachte. Es war ganz finster um mich. Mühsam besann ich mich. Dann brannte ich das Licht an. Es war halb sechs Uhr! Allmählich fielen mir die Geschehnisse des Vortages ein. Ein Jauchzen quoll mir durch die Seele. So glücklich war ich nur einmal noch im Leben aufgewacht. Damals vor langen Jahren, als ich das Schlußexamen an der Schule bestanden hatte, und als vor den jungen, gläubigen Augen das blühende Leben lag voll Sonne und ohne allen Kummer.

Und wie damals schränkte ich die Hände unter dem Kopfe und lag regungslos still mit roten Wangen und lachenden Augen! Ich dachte immer an das große Glück, das nun kommen mußte. Ich malte mir keine Einzelheiten aus, dazu war meine Seele viel zu bewegt.

Das unbestimmte Ahnen kommender Seligkeiten, diese süßeste Freude unserer Seele, das war mein Glück in jener Morgenstunde.

Aber dann dachte ich an die Geliebte. Sie war aus der grauen Nacht der Leiden noch nicht heraus. Die Reihe ihrer heftigen Seelenerschütterungen war noch nicht geschlossen. Wie mochte sie den Kampf überstanden haben, diesen Kampf, in dem sie unterliegen mußte und doch zugleich ihren besten Sieg errang?

Und mit welchem Gefühl dachte sie jetzt an mich? Noch waren nicht die Stunden eines Tages vergangen, seit ich sie von mir gestoßen hatte mit den härtesten Worten.

O, liebes Mädchen, warte nur, die Sonne kommt. Sie kommt bald! Jetzt wird alles gut! Jetzt ist die Zeit der Kämpfe und Krankheiten vorüber. Jetzt kommt das Glück, der Friede – die Genesung!

Wieder lag ich ganz still. Aber dann fiel mein Blick auf das rote Buch, das auf dem Nachttische neben der Lampe lag.

Ich stand auf und zog mich warm an, dann trug ich die Lampe nach dem Bankettsaal; zuletzt holte ich das Buch. In einen Sessel setzte ich mich, holte tief, tief Atem und schlug das Buch auf.

Es war mir, als wenn ich an eine Tote rührte. Als ob die Tote lebendig werden, mit mir reden, mit mir kämpfen würde. Ich schloß die Augen, ich konnte noch nicht lesen. Wenn du reden willst, du Tote, so rede!

Ja, sie sprach! Ich hörte es deutlich in meiner Seele: Du fremder Mann! Was nahmst du mir mein Kind? Warum hast du das Werk zerstört, das ich aufgebaut habe in den Leidenstagen meines Lebens? Was gingen dich unsere Leiden und unsere Kämpfe an? O du Feind! Du selbstsüchtiger Feind! Du gönnst meiner Marianne den Frieden nicht! Du zerrst sie aus der Umfriedigung, die ich um sie geschlossen, zerrst sie in deine Arme, in das Leben, in die Liebe, in die Ehe, in das Unheil, in dem ich war! Nur, weil du auf eine kurze Zeit glücklich sein willst!

Ich schaute mich scheu um in dem alten, frostigen Rittersaale. Und – da – fielen zwei starre Augen auf mich, ein bleiches, vergrämtes Frauengesicht schimmerte durch den dämmerigen Saal.

Drüben aus dem Sessel –

Sie saß mit an dem Tische –

Die tote Frau sah mich an mit kalten Rächeraugen. – Es war das Bild der alten Hildegund.

Ich starrte es an. Ich war wohl weiß im Gesichte. Ich könnte es forttragen, dachte ich. Aber nein, ich tat es nicht. Meine Sache war rein, die Tote mochte reden.

Also schlug ich die erste Seite auf und begann zu lesen. Ich war bald gefangen. Es war ein glänzendes Buch, feinsten Stils.

Die Liebe wurde geschildert mit Farben, die an Glut nicht zu überbieten sind. Und auf die trunkenen Dithyramben folgten Zeichnungen intimster Feinheit, Miniaturbilder, in denen noch die leiseste Linie echt und schön war. So, wie eben nur die Wahrheit zu wirken vermag.

Und immer »Er«. Seine Briefe waren abgeschrieben, seine Gedichte. Das, was er getan, gesprochen, geschworen hatte! Er war der Herrlichste von allen, der Held, der Mann ohne Falsch, das Ideal!

Ein stolzes Haus des Glückes und der Liebe, auf felsenfestem Fundamente errichtet, edel und fest gebaut bis zu der letzten goldenen Zinne, die in den Himmel ragt.

Es gibt nichts, was hier nicht gehofft, es gibt nichts, was hier nicht beschworen, es gibt nichts, was hier nicht felsenfest geglaubt worden wäre.

Da kommt ein weißes Blatt, auf das ist ein schwarzes Kreuz gezeichnet, und darunter stehen die Worte: »Ich wurde seine Frau!«

Und nun beginnt das Buch der Ehe. Es beginnt mit glücklichen Tönen. Von dem gemeinsamen Leben erzählt es viele freundliche Einzelheiten. Dann kommt der Kummer. Er berichtet genau nach Datum und Stunde, wann er in ihrer Gegenwart das erste Mal geseufzt, wann sie ihn das erste Mal hat müde vor sich hingrübeln sehen, wann sie das erste Mal miteinander weinten. Goldene Lichtpunkte glänzten dazwischen auf: ein freundlicher Tag, ein kleiner Erfolg, die Geburt des ersten Kindes. Die Funken erlöschen, grauer und grauer häuft sich die Asche über ihrem goldenen Scheine. Der Tag kommt, an dem sie zuerst hungerten. Nicht von ihrem Hunger spricht sie, nur von ihm, von seiner Bitterkeit und Verzagtheit. Und all ihre Liebe war ihm kein Trost. Das war das Weheste für sie. Sie haben keine Freunde mehr. Er arbeitet manchmal Tag und Nacht, manchmal ist er ganz müßig. Es ist alles eins; denn die Arbeit bringt keinen Lohn. Sie will alles durch die Liebe ausgleichen. Erst wehrt er sie sanft ab, dann wird sie ihm lästig. Da macht sie ihm das erste Mal Vorwürfe. Das Datum ist genau gebucht. Ein zweites und drittes Kind wird geboren. Nicht zur Freude der Eltern. Was sollen sie den Kindern bieten? Sie wird krank, das graue Elend kommt. Die Kinder sind krank.

Die Not steigt aufs höchste. Da legt er seine stolze Kunst beiseite und wird ein literarischer Tagelöhner. Das wandelt ihn völlig. Mit der Kunst hat er sich selbst verloren. Eine ungeheure Verachtung seiner selbst erfaßt ihn. Wenn er sein elendes Zeug geschrieben hat und gierig die Zeilen zählt, dann lacht er manchmal laut auf wie ein Wahnsinniger. Sie aber erfaßt die Verachtung. Sie könnte glücklich sein, auch im Hunger, er nicht. So hat auch sie nur geliebt, nicht er! In leidenschaftlichen, wilden Worten sagt sie's ihm. Da entgegnet er, sie könne ihn nicht begreifen. Von da an verstehen sie sich nicht mehr. Der letzte Sonnenstrahl schwindet aus dem Hause. Trostlose Nacht kommt. - - Abermals ein weißes Blatt. Drei schwarze Kreuze!

»Er hat mich verlassen!«

Der letzte freundliche Ton ist verklungen. Die Liebe ist tot, die Hoffnung ist tot, nur das Elend lebt und der Haß. Ein Gedicht steht da. Darüber steht: »Wiegenlied für meine Marianne.« Es lautet:

»Schlaf, mein Kindchen, schlaf ein!
Die Mutter hat nicht Brot noch Geld,
Der Vater ist in der weiten Welt,
Er ist im Glücke und wir in der Pein:
Schlaf, mein Kindchen, schlaf ein!

Schlaf, mein Kindchen, schlaf ein!
Viele Wege führen durchs weite Land,
Der Vater findet den fernsten Strand,
Nur nicht in unsere Kammer hinein:
Schlaf, mein Kindchen, schlaf ein!

Schlaf, mein Kindchen, schlaf ein!
Es kam das Elend, es kam die Nacht,
Die Kinder schlafen, die Mutter wacht,
Der Vater wird bei der andern sein! -
Schlaf, mein Kindchen, schlaf ein!«

Aber das war noch menschlich, das war noch verständlich, da war bei aller Bitterkeit doch noch die Klage, die Sehnsucht im Liede. Allmählich verklingt jeder sanfte Ton. Da ist keine Klage, keine Sehnsucht mehr, da ist nur noch Anklage und Fluch. Zuerst fehlt die Barmherzigkeit, dann fehlt die Gerechtigkeit, zuletzt fehlt alle Logik. Der Haß, die Bitterkeit verallgemeinern sich. Sie sucht Genossinnen ihrer Verdammung. So späht sie mit scharfem Auge umher und findet viele. Wo in der Zeitung die Greueltat eines Mannes steht, begangen an der Frau oder seinen Kindern, sie bucht den Vorfall mit kurzen, abgerissenen und darum so entsetzlich wirkenden Worten. Mir schaudert die Haut bei der Lektüre. Was sonst in elenden Schundromanen an Schaurigem und Blutrünstigem erzählt wird, hier wird's überboten. Und das Entsetzliche: der Ort, das Datum, der Name steht dabei. Es ist wirklich so passiert! – Dann kommt das Kapitel von den kranken Frauen, von dem fürchterlichen, geheimen Elend. Ein Klinikduft, eine Operationsatmosphäre weht in diesem Kapitel. Das ist dieselbe Schule, wie sie grausam-eindringlicher auch Rousseau für seine Zöglinge nicht gewünscht hat. Und dann das Kapitel von den »Glücklichen«. Das ist voll Spott und Hohn. Die glücklichen Frauen sind ihr nichts anderes als gepeinigte, lächelnde Heuchlerinnen. Der günstigste Fall ist, daß sie sich selbst vorlügen, sie seien glücklich. – Hier bei diesem Abschnitt tritt der geistige Defekt der Verfasserin klar und deutlich zutage. Da ist nichts mehr von gesunder Beobachtung. Ich fange an, hastig zu lesen, zu überschlagen. Hin und wieder lese ich noch einen Abschnitt. Es verflacht sich, es verfinstert sich alles. Nur die Schlußsätze lese ich zweimal: »Meide angstvoll die Liebe! Und wenn sie dich trifft wie dein Unglück, meide hundertmal angstvoller die Ehe! Der goldene Ring erwürgt das Glück.«

Ich war zu Ende. Einen Schub öffnete ich und schloß das Buch ein. Dann ging ich nach meinem Schlafzimmer.

Ich mochte jetzt über das Gelesene nicht weiter nachdenken. Ich fühlte, wie dieses Weib fürchterlich war, ich fühlte, wie sie Marianne gemartert haben mußte.

Jetzt verstand ich alles. Welch tiefe und starke Natur mußte dieses junge Mädchen haben, da sie sich aus einer solchen Atmosphäre so viel Menschenliebe, so viel Edelsinn und eine so blühende Reinheit gerettet hatte.

Und wie glücklich konnte ich sie machen, wenn ich ihr zeigte, daß die Menschen und die Welt doch besser seien, als ihre Mutter sie gelehrt hatte! Der grauste Alltag mußte ihr sonnig erscheinen! Ich würde es leicht haben.

Im Schlitten saß ich mit Waldhofer, und in schneller Fahrt ging es der Stadt zu. Die kalte Februarluft kühlte meine Stirn. Eine schwer zu beschreibende Aufregung hatte sich meiner bemächtigt. Den Mann sollte ich sehen, der so viel Kummer über Marianne und ihre Familie gebracht und der auch mir so viel Aufregung bereitet hatte. Ich nahm mir vor, ihm ruhig und freundlich entgegenzutreten. Mir war er keine Rechenschaft schuldig.

Und Marianne? Wie würde unser Wiedersehen sein nach einem solchen Abschiede? –

»Nicht grübeln, lieber Freund! Das hat gar keinen Zweck. Wozu sich jetzt Situationen ausmalen, die doch dann anders kommen? Abwarten, ruhig abwarten! Die Aufregung macht nie etwas gut.«

Er fing ein alltägliches Gespräch an. Mit Mühe zwang ich mich, ihm zu folgen. Aber er half mir. Er fragte mich immerfort, und ich mußte antworten. Schließlich gab er mir ein paar witzige algebraische Aufgaben auf. Napoleon I. habe vor der Schlacht auch zuweilen algebraische Aufgaben gerechnet, wenn er nicht vorgezogen habe, zu schlafen. Willen haben, nur Willen! Der Wille allein siegt.

So waren wir wirklich schon in der Stadt. Am Gasthof »Zur Sonne« hielten wir. Jetzt hätten mir allerdings alle algebraischen Aufgaben der Welt nichts mehr genützt. Mit Ungeduld wartete ich auf Waldhofer, der unnütz lange mit dem Kutscher verhandelte.

Endlich gingen wir ins Haus. Ein dienstbarer Geist sagte uns, daß der Assessor oben in seinem Zimmer sei. Nach zwei Minuten waren wir bei ihm.

Bleich, übernächtigt, kam er uns entgegen und begrüßte uns.

Mit dem Vater stehe es schlecht, sagte er. Zeitweise sei er ohne Bewußtsein. Jetzt eben sei der Priester fort. Die Ärzte ließen neue Besucher nicht zu; wir würden also den Vater nicht sehen können.

»Und Marianne?« fragte ich.

»Sie ist bei ihm! Es ist alles gut!« antwortete er und wandte sich ab. Er war ergriffen. Dann beruhigte er sich und erzählte.

In Berlin schon war der Vater erkrankt. Trotzdem hatte er die Reise durchaus nicht aufgeben wollen. Während der langen Bahnfahrt verschlimmerte sich der Zustand immer mehr, und nach entsetzlichen Leiden langten sie hier an. Auf einem offenen Schlitten war die Weiterfahrt unmöglich; auch war hier in der Stadt die Pflege bequemer. So brachte er den Vater zu den Schwestern ins Marienstift. Dann wollte er nach Steinwernersdorf. Der Vater wollte ihn nicht fortlassen. Er solle doch nach Marianne telegraphieren, wünschte er. Wir wüßten ja, daß das vergeblich gewesen sein würde. Dem Vater hatte er von Mariannens Unversöhnlichkeit nichts erzählt. So sagte er ihm, die Schwester sei sehr zart und auch nervös und müsse unbedingt persönlich vorbereitet werden. Da ließ ihn der Vater reisen.

Es sei eine schwere Fahrt gewesen; er habe mit gleicher Bangigkeit immer an den sterbenden Vater wie an die Schwester gedacht. Da habe er Marianne getroffen. Am Wege hinter einem Baume habe sie gestanden, als der Schlitten langsam vorbeifuhr. Nur ganz zufällig habe er sie gesehen und sei natürlich sehr überrascht gewesen. Er habe sich aber gedacht, daß sie auf der Flucht sei und sich hinter dem Baume nur versteckt habe, um den Vater, der nach ihrer Meinung im Schlitten sein mußte, vorüberfahren zu sehen. Als er nun halten ließ, habe sie fliehen wollen. Aber als sie sah, daß der Bruder allein sei, sei sie stehen geblieben und mit ihm ein Stück die Straße entlang gewandert. Er habe bald gemerkt, daß ungewöhnliche Vorgänge die Schwester aufs tiefste erschüttert haben mußten. Sie sei ihm anfangs wie sinnverwirrt vorgekommen, aber was vorgefallen sei, habe sie nicht erzählt. Dann hätte sie ihn immer nur gefragt, ob es wahr sei, daß der Vater an die Mutter geschrieben habe, daß er habe wiederkommen wollen. Da habe er ihr alles erklärt und erzählt und auch den Zustand des Vaters geschildert, und da endlich sei sie zu ihm in den Schlitten gestiegen.

»Und sie hat sich mit ihm versöhnt«, sagte Waldhofer.

»Es ist gut, Heinrich, mehr wollen wir nicht hören.«

»O ja! Was soll ich's nicht sagen? Ganz kurz kann ich's euch ja erzählen. Als wir ins Marienstift kamen, war es mit ihrer Kraft zu Ende. Die Schwestern gaben ihr etwas Wein. Da erholte sie sich. Aber im Vorzimmer, als sie schon die Hand an der Klinke hatte, drehte sie um. Ein paar Minuten stand sie still. Sie weinte nicht, aber sie zitterte heftig am ganzen Leibe. Ich störte sie nicht. Dann plötzlich raffte sie sich auf, und ohne meinen Beistand anzunehmen, ging sie mit sicheren Schritten ins Krankenzimmer.«

Hier machte er eine Pause. Der junge Mann war in so schwerer Gemütserregung wie ich. Endlich fuhr er fort.

»Am Bette blieb sie regungslos stehen. Der Vater sah sie wortlos an. Aber die Augen gingen ihm über, und er lächelte. Er hatte wohl nicht gedacht, daß er ein so schönes Kind habe. Dann griff er nach ihrer Hand und küßte sie. Mit diesem stummen Handkuß bat er ihr alles ab. Da sank sie an seinem Bette in die Knie, und dann – dann war alles gut.«

Wir wandten uns alle drei voneinander ab. Minutenlang war es im Zimmer kirchenstill. – – –

»Ich bin sehr glücklich, daß Sie mein Weib nicht werden!«

Das fiel mir ein.

Tödliche Scham und Angst packte mich.

»Kann ich denn auch Ihre Schwester nicht sehen?«

»Ich möchte bitten – nein! Sie bedarf dringend der Schonung. Später, Herr Doktor! Vorläufig soll sie bei den Schwestern bleiben.«

Dem mußte ich mich fügen. Der Assessor sprach nun mit Waldhofer über Ingeborg. Ich achtete nicht darauf. Nur daß auch sie vorläufig nicht zum Vater kommen sollte, hörte ich.

Da der Assessor bald nach dem Marienstift hinüberging, waren wir allein. Waldhofer drang darauf, daß wir nicht erst lange in der Stadt bleiben, sondern bald zurückfahren möchten.

Was sollte ich tun? Mit schwerem Herzen mußte ich den Heimweg antreten. Vorher kaufte ich alle Rosen, die ich in einem Blumenladen auftrieb, und schrieb auf eine Karte an Marianne:

»Sie haben noch eine schwere Sünde zu verzeihen, – meine!«

Die Rosen und den Brief schickte ich ins Marienstift.

Dann fuhren wir heim. Heute erschien mir die Winterlandschaft öde. Es störte mich alles: die kahlen Bäume, die zusammengeduckten Vögel, das hungernde Reh, das nahe am Wege stand und uns traurig ansah. Es war kalt, und die bereiften Telegraphendrähte summten melancholisch am Wege. –

Nachmittags versuchte mir Waldhofer die Zeit zu vertreiben. Wir spielten miteinander Schach, aber ich gab nicht acht. Da nahm er mich, halb mit Gewalt, mit hinab ins Dorf.

Wer einen kranken Gedanken hat, soll alles tun, nur nicht allein bleiben. Es ist wie mit den Zahnschmerzen. Die quälen am meisten in der Einsamkeit und im Dunkeln. So ungefähr sagte er. Da hatte er ja ganz recht. Aber Überwindung kostet's, mit so aufgeregter Seele zu fremden Leuten zu gehen und dort ruhig zu scheinen.

»Wir werden einmal zum Oberförster gehen«, sagte Waldhofer; »er ist in der letzten Zeit sehr schlecht von uns behandelt worden.«

Mit großem Widerstreben willigte ich ein; denn ich ahnte, daß der Besuch schlecht zu meiner Stimmung passen würde. Es kam auch bald so. Kurz vor der Brücke begegnete uns Susanne, des Oberförsters Wirtin.

»Nu, Susanne, warum weinen Sie denn so?«

Das Weiblein schluchzte herzzerbrechend.

»Rausgeschmissen hot a mich – furtgejogt – und ich – ich hob doch nischte gemacht – och jedit, jedit nee, nee –«

»Na kommen Sie mal mit zurück, Susanne!«

»Och nee, nee – ich trau mich ni – a schmeißt jitzt schon mit Stiefeln!«

Aber sie kam mit. Als wir uns dem Forsthause näherten, hörten wir jämmerliches Hundegeheul.

»Die Hunde priegelt a ooch ohne Sinn und Verstand, – a hot wieder amol a Koller«, erklärte Susanne.

Die Situation war so hervorragend komisch, daß ich auf mein Herzeleid vergaß. Der Oberförster mußte in einer fürchterlichen Gemütsstimmung sein.

»Und a Sternitzke Fritze hat a ooch nausgeschmissen.«

»Was? Den Jungen? Seinen Liebling? Nicht möglich!«

»Ja, der Herr hot sich in seiner Boost aus Versäh'n näben a Stuhl uff die Diele gesetzt, do hot der Fritze gelacht, und do hot a 'n nausgeschmissen.«

Jetzt mußte ich lachen, ob ich wollte oder nicht. Wir traten durch die Haustür.

»Na, Susanne, jetzt gehen Sie mal ganz ruhig rein und sagen Sie ihm, es käm' Besuch. Er wird Ihnen nichts tun!«

Das Weiblein fürchtete sich noch, aber auf Waldhofer hielt sie jedenfalls große Stücke, und so näherte sie sich der Stubentür, öffnete sie ein bißchen und sagte: »Herr Oberfäschter, 's kummt –« Krach, sauste ein Stiefel durch den Türspalt in den Hausflur, worauf Susanne kreischend die Flucht ergriff.

Endlich wagten wir uns in die Höhle des Löwen. Es sah fürchterlich aus darin. Alles war durcheinander geworfen, die verschiedenartigsten Gegenstände lagen wie explodierte Wurfgranaten auf dem Fußboden herum (darunter mein Weihnachtsgeschenk, der »Laokoon«), und er selbst, der Herr der edlen Behausung, saß mit einer wahren Donnerwettermiene am Tische, während in jeder der vier Stubenecken ein Hund winselte. Nur sein Lieblingstier hockte in gedrücktester Stimmung in seiner Nähe. Es war ein ergreifendes Stimmungsbild.

»Guten Tag, Gerstenberger; wir kommen mal im Vorbeigehen mit zu dir!«

Er grunzte irgend etwas Unverständliches. Wir setzten uns zu ihm, aber er sprach nicht; er gab uns nicht einmal Antwort. Da sagte Waldhofer: »Ich seh' schon, mit dir ist nichts anzufangen heute! Wir gehen auch gleich wieder. Nur einen Kognak kannst du uns geben; es ist kalt draußen.«

Da erhob er sich augenblicklich, räumte mit ein paar energischen Fußbewegungen nach links und rechts »die Stube auf«, holte dann eine Kognakflasche und zwei Gläser, die er in einer Wasserkanne eigenhändig ausspülte, und setzte alles schweigend vor uns hin.

Wir tranken.

»Es ist vorzüglicher Kognak«, sagte Waldhofer.

Da knurrte er.

»Ich kann mir wohl noch ein Gläschen nehmen?«

Da knurrte er wieder. Plötzlich stand er auf, holte ein drittes Glas, und nun trank er eins, zwei, drei, vier Gläser Kognak hintereinander. »Eine Schweinerei ist's«, knirschte er nach dem letzten Glase – »das ganze Leben!«

»Na hör' mal, lieber Freund, wegen einiger Verdrießlichkeiten ...«

»Verdrießlichkeiten!« Das war das rechte Stichwort für ihn.

Jetzt öffnete er die Schleusen seiner Beredsamkeit und fing an zu schimpfen, wie ich noch nie einen Menschen schimpfen gehört habe und wohl auch keinen mehr hören werde.

Die Objekte seines Zornes wirbelte er dabei in lieblichem Wechsel durcheinander: meine Person, die ein ganz heimtückisches und undankbares Subjekt sei; Waldhofer, der eingebildet und unaufrichtig wäre; Sternitzke, der der größte Esel unter der Sonne sei; den Fritz, die Susanne, die Hunde, den »Laokoon« der miserablen Quatsch enthielte, und dann immer alles wieder von vorn. Es war ergreifend.

Als er sich ausgetobt hatte, trank er zwei Kognaks zur Stärkung, und dann rief er nach Susanne.

Sie war nicht da. Nach dem letzten Attentate hatte sie jedenfalls es doch vorgezogen, ihr Leibliches in Sicherheit zu bringen. Also entledigte sich Gerstenberger in ihrer Abwesenheit einer ganzen Injurienliste gegen sie, die mit Rücksicht auf die weiblichen Leser hier nicht veröffentlicht wird, stieg dann selbst in den Keller hinab und schleppte eine solche Masse Weinflaschen herauf, daß mich ein Grausen überkam, als ich diese Batterie auffahren sah. So lieb und wert mir sonst ein edler Tropfen ist, heute hatte ich zu einem Gelage gar keine Lust. Und doch würde ich den guten Grobian ernstlich beleidigen, wenn ich ihm heute nicht Stange hielt.

Ich ging also zu den Weinflaschen, hielt eine genaue Musterung und wählte mir eine Flasche aus.

»Sie, was machen Sie denn da?«

»Ich such' mir die beste Flasche aus.«

»Ähä, beste Flasche! Ein bißchen frech, aber sonst sehr gut! Sagen Sie mal, wie kommen Sie denn dazu?«

»Das werde ich Ihnen gleich erklären! Sehen Sie, ich habe Kummer, großen ehrlichen Herzenskummer. Ja! Wirklich! Ich erzähle Ihnen später einmal davon! Jetzt bitte ich Sie, daß Sie mir's einfach glauben! Und wenn einem so zumute ist wie mir, da kann er eine große Kneiperei nicht mitmachen. Das geht nicht! Na, und so hab' ich mir nur die eine Flasche geholt. Mehr trinke ich nicht!«

»So, so, Kummer! Hmhm – Kummer – Herzenskummer. – Zeigen Sie mal die Flasche her! Das is nich die beste! Da is die Etikette gefälscht. Die is bloß für Gäste. Warten Sie mal! Nehmen Sie diese! Bei der is allerdings auch die Etikette gefälscht, aber da sind drei Kreuzel drauf, die taugt was. Das is mein Geheimzeichen! – Kummer haben Sie! – Das tut mir leid! – Ja, Tatsache! – Na, trinken Sie mal erst, mein Junge!«

Die Stimmung des Oberförsters schlug plötzlich um. Er trank wenig und sprach nicht mehr viel. Da erzählte ich ihm, daß Mariannens Vater von einer weiten Reise zurückgekommen und nun nahe am Tode sei, daß ich selber gar noch nicht wüßte, was aus Marianne und mir werden würde. Gerstenberger hörte teilnehmend und andächtig zu, und eine elegische Stimmung schien sich seiner zu bemächtigen.

Inzwischen wurde es dunkler in der Stube. Da sagte er: »Ich werd' Ihnen mal was aus dem Kriege von 70 erzählen – das hab' ich noch niemandem sonst erzählt. – Ich hab' nämlich auch mal 'n Mädel geliebt. Nich die Sternitzken, das war Mumpitz, ich war froh, wie sie der Sternitzke nahm. Sie is ja auch bald zwanzig Jahre jünger als ich. Wie gesagt, im Kriege ist's gewesen. Es war vor Paris. Ich war damals mit dabei. Gerade Feldwebel war ich geworden. Wir führten im ganzen ein Hundeleben. Es war kalt, unsere Quartiere waren schlecht, und wir mußten immer auf der Lauer sein. Na, Sie wissen, daß ich fürs Vaterland gern was tue; aber wie gesagt, es war ein Hundeleben. Da wurde ich eines Tages umquartiert. Ich hatte 'n kleinen Streifschuß erwischt und sollt's 'n bißchen besser haben. Na, also kam ich in ein französisches Gehöft. Es lag mitten in der Zernierungslinie, das is der Kreis, den die Deutschen um Paris geschlossen hatten. Es waren anständige, feine Leute. Es gibt überhaupt eine ganze Menge anständige Franzosen. Also, fliehen hatten sie nich gekonnt, weil die Frau krank war, und nu war ich mit so und so viel anderen bei ihnen einquartiert. Da war also ein junges Mädchen. Madeleine hieß sie; das heißt auf deutsch Magdalene. Ich kann Ihnen das nicht so beschreiben, aber sie war das beste Mädchen von der Welt. Die Leute hatten Vertrauen zu mir. Sie wußten, daß ich zu ihnen hielt und daß ich ihnen nichts passieren ließ, wenn mal 'n roher Kerl unter uns war. Na, französisch konnte ich bloß sehr mangelhaft, aber gesprochen habe ich immer mit dem Mädchen. Ich hab' ihr manchmal was zu Gefallen getan in der Hauswirtschaft. Mir war so wohl in dem Hause. Einmal – ja, also wie gesagt, einmal – ich kann's ja sagen – 's ist nichts dabei – also einmal, da hab' ich sie geküßt. – Na, weiter! – Die Pariser haben also dann einen Ausbruch gemacht. Wir hatten uns übertölpeln lassen. Es war da ein kleiner Berg zwischen uns und Paris. Das Kommando war gewechselt worden; da war aus Versehen mal kein Posten auf den Berg geschickt worden, und da haben die Franzosen in der Nacht 'ne Batterie oben aufgefahren. Am Morgen überschütteten sie uns mit Granatfeuer. Am Abend war alles wieder so weit in Ordnung, was den Berg anbelangt. Aber sonst! – Eine Menge von Kameraden war tot – unser Haus hatte ein klaffendes Loch – und – und Madeleine war auch tot. – Na ja, weiter! Mir hat damals auch Essen und Trinken nicht geschmeckt. Lange nicht! Am Kriege hatte ich keinen Spaß mehr, auch nicht am Viktoriaschießen. ›66‹ da bin ich ganz fidel aus dem Kriege nach Hause gekommen; aber ›70‹ nich. Wegen der Madeleine, wissen Sie! Es ist ja jetzt dreißig Jahre her, aber dran denken tu ich noch manchmal. Na, 's nutzt nichts. Man muß den Kopf nich hängen lassen. Wir werden jetzt noch eine Kreuzel-Flasche trinken. Das is ganz gut für solche Fälle.« – –

Es war finster, als wir nach Hause gingen. Alles in allem hatte mir der Besuch beim Oberförster gut getan. Ich dachte viel an den alten, originellen Kauz, der halt doch auch in seinem Leben einen Punkt hatte, zu dem in weichen Stunden seine Sehnsucht wallfahren ging.

Ich saß spät noch in meinem Bankettsaal. Das kleine Turmzimmer schloß ich auf, das nebenan war, und schließlich stieg ich hinauf auf den Turm. Es war tiefe Nacht. Nur ein paar Sterne glänzten, und weit am Horizonte war ein lichter Schein. Dort lag die Stadt. –

Am andern Morgen brachte mir Baumann einen Brief von Marianne. Ich öffnete ihn so hastig, daß ich das Briefpapier tief einriß. Sie schrieb:

»Ich habe Ihnen nichts zu verzeihen. Sie haben nur die Wahrheit gesagt. Aber ich muß noch einmal mit Ihnen reden wegen des Vaters. Ich bitte Sie, daß Sie hierherkommen.

M. Soden«

Ich überlegte, ob ich einen Schlitten bestellen solle. Das war zu umständlich und langweilig. Also schnallte ich die Schneeschuhe an und fuhr den Burgweg hinab. Der Winter war sehr schneereich, und ich fand auf den Feldern noch ausgezeichnete Bahn. Die Straße war zu glatt für das Ski. Ich fuhr sehr rasch, immer dem Wege nach. Zuweilen blieb ein Fußgänger stehen oder ein Fuhrmann halten, um mich neugierig zu betrachten. Im ersten Gasthause der Stadt gab ich meine Schneeschuhe ab und ging dann rasch nach der »Sonne«.

Der Assessor war nicht anwesend. Also schickte ich einen Boten nach dem Marienstifte mit meiner Karte, während ich im Zimmer des Assessors wartete. Ich kann sagen, daß meine Aufregung nicht geringer war als die am Sonntagmorgen. Die eigentliche Entscheidung kam erst jetzt. Ich machte wieder Pläne, was ich reden, wie ich mich verhalten solle. Mit Liebe wollte ich sie jetzt nicht quälen.

Sie kam. – Demütig blieb sie an der Tür stehen. Ich eilte ihr entgegen. »Marianne! Hier müssen wir uns wiedersehen?«

Ich ergriff ihre Hand. Sie sah mich scheu an. »Ich habe Sie – ich habe Sie furchtbar beleidigt!«

Ich zog sie schweigend zu einem Stuhle. »Marianne, nun wollen wir einmal ganz ruhig mit einander reden. Sie dürfen sich nicht mehr so aufregen, Sie dürfen nicht, Marianne! Ich gebe zu, daß Sie mich gekränkt haben. Aber, als Sie's taten, waren Sie nicht mehr Herrin Ihrer selbst. Ich habe Sie auch beleidigt – so furchtbar beleidigt, wie man ein Weib nur beleidigen kann. Aber auch meine Aufregung war eben sinnverwirrend. Marianne, ist es nicht wie mit Ihrem Vater und Ihrer Mutter? Liegt nicht die Schuld auf beiden Seiten? Die Schuld, oder sagen wir besser, das Verhängnis? Und sollte da nicht auch auf beiden Seiten ein Verstehen und ein Verzeihen sein?«

Da weinte sie heftig. Ich zog ihren Kopf an meine Brust, und sie schmiegte sich fest an mich und umschlang mich mit beiden Armen. Allmählich glitt ich sacht an ihrem Stuhle auf die Knie und küßte sie lange und innig.

Dann lehnte sie sich im Sessel zurück und schloß lächelnd die Augen wie in einer süßen, müden Erstarrung. Ich hielt immerfort ihre Hand. Dann begann sie zu reden: »Ich habe noch vieles gut zu machen an meinem Vater. Sie wissen, wie ich ihn verurteilt, wie ich ihn geschmäht und gehaßt habe. Es ist alles anders, ganz anders! Die Mutter hat nicht recht getan; aber sie hat wohl nicht recht tun können. Ich mag keinen Menschen mehr verurteilen. Auch nicht die Mutter! Aber ein paar Briefe von meinem Vater bringe ich Ihnen. Ich muß ihn doch rechtfertigen, so gut ich kann.«

Sie gab mir ein kleines Paket.

»Lesen Sie das! Der Bruder kommt dann, dem geben Sie's wieder! Ich muß nun zurück. Es geht schlecht mit dem Vater. Leben Sie wohl – Sie Lieber!«

»Marianne, ich hab' noch eine Bitte! Darf ich das Buch Ihrer Mutter verbrennen?«

»Ja, tun Sie es!«

Langsam geleitete ich sie zur Tür. –

Ich war allein. Vom Fenster aus sah ich ihr nach, wie sie über den Markt ging. Alle Fasern des Herzens bebten mir vor Liebe.

Dann öffnete ich das Paket. Vergilbte Briefe lagen darin. Die abgegriffenen, halb zerrissenen Umschläge zeigten die Adresse der Frau von Soden, und alle den Vermerk: »Annahme verweigert.«

Ich öffnete den ersten Brief. Er war ein Jahr nach der Abreise Sodens geschrieben. Eine Stelle darin hieß:

»Elfriede! Jetzt endlich bin ich wieder bei mir. Jetzt endlich kann ich wieder arbeiten. Jetzt brauche ich kein Toter mehr zu sein für Euch! Jetzt wird es aufwärts gehen. Ich schicke Euch das erste Geld, das ich erspare.«

Auch die übrigen Briefe sind Geldbriefe gewesen mit stets wachsenden Summen. Und ihr Inhalt wird immer sehnsüchtiger, immer flehender. Und immer eine schwere Sehnsucht nach den Kindern.

Alles ist ungelesen zurückgegangen!

Dann kommen Briefe mit anderer Handschrift. Sie sind an Herrn von Soden gerichtet. Einen Freund hatte er noch in Deutschland, der sollte Vermittler sein. Die traurige Ergebnislosigkeit dieser Vermittlungsversuche ist der Inhalt dieser zweiten Art Briefe.

Aus den Briefen geht ferner hervor, daß Frau von Soden, da ihr Mann schließlich die Wiedervereinigung erzwingen wollte, die gerichtliche Scheidung der Ehe durchgesetzt hat und daß ihr die Kinder zugesprochen worden sind. Ferner, daß Herr von Soden im Jahre 1888 nach Deutschland gekommen ist, um persönlich eine Versöhnung anzubahnen. Zum Unglück wurde seine Frau seine Ankunft gewahr und verschwand mit den Kindern spurlos aus der Stadt. Schließlich mußte er nach Amerika zurückkehren, um nicht seine jenseitige, mühsam geschaffene Position wieder zu verlieren. Bis dahin hatte sich – wie der Freund schrieb – die Frau mühselig von einem kleinen Zuschuß ihrer Eltern, durch Stickereien und kleine literarische Arbeiten ernährt. Später nach ihrer Umsiedlung nach der Großstadt hatte sie Pensionäre. Von dem Glücksumschwung durch die Erbschaft der Tante war in den Briefen nicht die Rede.

So lagen die Verhältnisse. Und nun setze sich ein Mensch auf den Richterstuhl und spreche Recht! Und nun nehme einer den ersten Stein und werfe ihn nach links oder rechts!

Der Assessor kam. Der Zustand des Vaters verschlechterte sich von Stunde zu Stunde. Das Fieber war ungewöhnlich hoch. Seit dem frühen Morgen phantasierte der Kranke. Er sprach auch in seinen Fieberträumen von seiner Frau.

Ich hielt den Assessor nicht lange auf, holte mir meine Schneeschuhe und fuhr nach Hause.

Gegen Abend hieß ich Baumann im Ofen ein frisches Feuer anzünden.

Als ich allein war, schloß ich den Schub auf und nahm das rote Buch heraus – das Schuldbuch Friedrich von Sodens. Eine Weile noch stand ich still und holte tief Atem. Ich stand im Begriff, ein Lebenswerk zu vernichten. Aber dann zögerte ich nicht länger. Mit fester Hand riß ich das Buch mitten durch. Wie das rauschte in dem weiten Saale! In viele Teile zerriß ich's.

Ich öffnete den Ofen. Die goldenen Kohlen glühten und gleißten und schimmerten begehrlich. Das Feuer warf einen roten Schein auf mich.

Und so legte ich einen Teil des Buches nach dem andern in das Feuer. Das Papier loderte auf und zerfiel rasch in Asche.

In derselben Nacht, als ich das Buch verbrannte, ist Friedrich von Soden gestorben.

Auferstehung

Es wurde Frühling!

Vom 1. März an lag etwas in der Luft wie eine ferne, frohe Kunde. Von Herzen zu Herzen, von Munde zu Munde flog's wie ein dunkles Gerücht von einem fernen Siege. Und ob's auch bloß ein Gerücht war; ich glaubte daran.

Wir gaben auf alles acht. Wie die Eiszapfen kleiner wurden, wie auf dem Dache mitten in der weißen Fläche eine dunkle Furche entstand, wie die silbernen Tropfen klingend vom Simse fielen, um welche Minute abends die Lampe angezündet werden mußte: auf lauter solche Kleinigkeiten.

Auf der Südseite des Burgberges gab es ein paar Stellen, die waren schon ganz frei von Schnee. Zwischen dem grauen, toten Herbstgrase schimmerten gelbe Spitzen.

Die Spatzen lärmten über die Maßen. Sie saßen immer in der Sonne und balgten sich, und der Wind spielte mit den ausgerissenen Winterfedern.

In der Nacht, wenn ich erwachte, hörte ich oft lange auf das Brausen des Frühlingssturmes. Er heulte und tobte mit besonderer Heftigkeit um die alte Burg. Manchmal stand ich auf und öffnete das Fenster. Dann wurde meine Phantasie rege, und ich sah den Kampf zwischen Frühling und Winter, den Kampf auf Leben und Tod. Das schallte und prasselte, das hieb und stach mit tausend Waffen im Walde; in donnernder Frühlingsattacke sprengte der Bach vom Berge herab, und hoch am nächtlichen Himmel jagten dunkle Reiter, Boten des Frühlings, Boten des Winters, mit Siegesmeldungen und mit Todesnachrichten.

Im Walde war eine kleine Quelle. Sie plauderte noch nicht munter, sie wimmerte erst noch und maulte wie ein Kind, das nicht ausgeschlafen hat. Einmal sah ich ein Hasenmännlein an der Quelle frühstücken. Ich glaube nicht, daß ihm der Eiskaffee mundete. Es sah sehr nachdenklich aus. Es ist für einen solchen Mann auch keine Kleinigkeit, um diese Zeit eine Frau mit fünf unmündigen Kindern standesgemäß zu erhalten.

Kam noch ein anderes Nagetierchen dazu: eine Maus. Beide sahen sich respektvoll an und hielten sich in sicherer Entfernung voneinander. »Man kann nicht wissen!« dachte jeder. Aber dem Herrn im grauen Pelz war nicht wohler als dem im braunen. In seiner Kellerwohnung wimmelte es jetzt auch von kleinen Kinderchen, und es herrschte da das richtige Proletarier-Elend.

Da ging's Mutter Baumanns Gänsen wesentlich besser. Sie hatten einen warmen, sicheren Stall unten im Burgturme und genossen ausgezeichnete Kost. Nur ich ärgerte sie; denn ich hatte mir die Vertrauensstellung ausgewirkt, die Gänseeier abnehmen zu dürfen. 31 Stück hatte ich schon erbeutet. Dadurch hatte ich besonders unfreundliche Gefühle im Herzen des alten Gänserichs erweckt, der in seinen Freistunden wütende Schimpfreden vom Hofe aus nach meinen Bankettsaalfenstern hinaufschickte. Ich gebe ja nicht viel auf Gassendemonstrationen; aber wenn's gar zu arg wurde, ging ich ans Fenster.

Was er denn so zu räsonnieren hätte, fragte ich hinunter. Ich sei ein Frechling, schrie er herauf. Er solle nur den Schnabel halten, bemerkte ich geistreich. Das werde er nie und nimmer, behauptete er frech. Er sei ein blödsinniges Vieh, sagte ich. Ich brauche mir auf meine Klugheit auch nichts einzubilden, erwiderte er. Ob er denn keinen Verstand im Kopfe hätte, fragte ich. Ob mir denn gar kein Ehrgefühl im Leibe säße, gab er zurück. Wofür er mich denn eigentlich hielte, wollte ich wissen. Für einen Spitzbuben, sagte er grob. Ich würde ihm eins auf den Pelz hauen, drohte ich. Ich solle mich nur herunterwagen, schnarrte er.

So ging es hinüber und herüber, bis das ganze Gänsevolk für seinen Anführer Partei nahm und einen so wüsten Spektakel erhob, daß meine ganze Rhetorik rettungslos in lauter gegnerischen Schallwellen versank. Dann schloß ich das Fenster und sah bloß noch, wie Baumann kraftlos vor Lachen am Brunnen lehnte.

Und merkwürdig: seit der Zeit machte er mir keine Verneigung mehr; er hielt mich jetzt für einen Einheimischen.

Es gab noch andere Frühlingszeichen. Frau Baumann hatte einmal tagelang den »Herenschuß«, der Oberförster schimpfte immer auf das »latschige« Wetter, und Sternitzke Fritz lief in der Gaststube barfuß herum und sortierte Bohnen und Knöpfe.

Die Bauern waren ganz rebellisch geworden. Es zuckte und kribbelte ihnen in allen Fingern, und in den Ställen wieherten die Pferde.

Die Weberleute saßen am Webstuhl und webten und webten. Manchmal flog ein Blick hinaus in den schmalen Garten. Wenn es noch wärmer geworden sein würde, viel wärmer, dann würden sie das kleine Fenster einmal öffnen, und dann würde wohl auf ihre bleichen Wangen ein matter Schimmer fallen. – Und es gab noch zwei blasse Wangen, die ich um diese Zeit immer betrachtete mit der stillen Hoffnung, daß ihnen der Frühling einen roten Schein aufhauchen möge: die Wangen Mariannes. Sie war so ganz still geworden. Damals, als ich sie vom Grabe des Vaters hinwegführte, hatte ich sie gebeten, sie möchte nach der Burg zurückkommen. Da hatte sie eingewilligt.

Es war so, als ob ihre Widerstandskraft gebrochen sei; als ob sie fremd sei in der Welt und sich erst langsam wieder darin zurechtfinden müßte.

Sie war wie eine Genesende nach schwerer Krankheit – immer still, immer sanft und wohl meist glücklich.

So behandelte ich sie auch. Ich prüfte alles, was ich vor ihr sagte und tat, erst auf seine Zartheit, aber ich war immer heiter. Und ich suchte Freuden für sie, stille, kleine Freuden, wie sie geeignet sind, wieder Lust und Liebe am Leben zu erwecken. Dafür hatte sie jetzt ein unbegrenztes Vertrauen zu mir.

Ich sprach ihr nie von Liebe, ich küßte sie nicht, aber ich umgab sie immer mit der gleichen Zärtlichkeit und war immer guter Laune.

Das erste Schneeglöckchen brachte ich ihr. Sie hielt das Blümchen lange in der Hand. Mit Rührung betrachtete ich sie, für die nach langem, frostigem Winter nun auch ein Vorfrühling gekommen war.

Manchmal wanderten wir ein Stück miteinander ins Freie. Sie ward jetzt leicht müde. Dann lehnte sie sich an mich an und schloß die Augen. Ich schlang die Arme ruhig und sicher um sie, und dann, wenn sie geruht hatte, gingen wir weiter. So verging der März. Ostern kam. Am Karsamstag traf der Bruder bei uns ein. Wenn er abreiste, wollte er Marianne mitnehmen nach der Stadt.

Auch meine Tage auf der Burg waren gezählt. Am Palmsonntag nachmittag waren schon viele Gäste da, und Baumann lief in einem Frack herum und bediente die Leute.

Er stellte sich mir frühmorgens vor.

»Ach, wissen Sie, Baumann, Sie gefallen mir in der Barchentjacke viel besser.«

Darüber schüttelte er verwundert sein Haupt.

Ich mußte fort. Manchmal dachte ich daran, wohin ich eigentlich solle. Ich wußte es nicht. Es war überall für mich die Fremde, und nur hier war die Heimat. Die wenigen Tage aber, die mir noch blieben, wollte ich voll genießen.

Der Ostertag stieg herauf. Ich war zeitig wach und öffnete das Fenster, hinunter nach dem Tale hin. Morgennebel lag noch über der Flur.
  Dann kam die Sonne, und unten im Tale läuteten die Glocken. In den Berghütten öffneten sich die Türen, und die Menschen stiegen die sonnigen Lehnen hinab in ihren feiertäglichen Gewändern.
  Da rüstete auch ich mich zum Kirchgang. Unten im Hofe traf ich Marianne. Wir stiegen miteinander den Burgberg hinunter. Es redete keines viel, aber wir gingen Hand in Hand durch den knospenden Wald. Die Dorfkirche war ganz gefüllt. Die Kerzen auf dem Hochaltare flammten, und der Priester kniete betend vor dem »heiligen Grabe Christi«. Nun ging er hinein. Eine tiefe, geheimnisvolle Stille trat ein – ein Schweigen heiliger Erwartung.
  Und nun fang er drin mit lauter Stimme:
  »Christus ist erstanden!«
  Ein Schauer ergriff mich, und Marianne, die dicht neben mir stand, faßte mich bebend an der Hand.
  Draußen aber begannen die Glocken zu läuten, die Pauken zu wirbeln, das Volk strömte hinaus auf den Friedhof, die Trompeten fielen ein, und aus Hunderten von Kehlen drang der jubelnde Sang:

»Triumph! Der Tod ist überwunden!
Zum Leben der Unsterblichkeit
Ist selbst durchs Grab der Weg gefunden,
Bekenner Jesu, singt erfreut:
Alleluja! Alleluja!«

Um das kleine Kirchlein, über den Friedhof bewegte sich die singende Osterprozession. Im Morgensonnenscheine glänzte die goldene Monstranz in des Priesters Händen. Das erste, junge Grün, die ersten Blumen prangten auf den Gräbern, und ein jedes aus der erlösten Christengemeinde sang seinen Freunden und Vertrauten dort unten in der stillen Tiefe die tröstliche Osterbotschaft zu: »Der Tod ist überwunden! Alleluja!«

Gesenkten Hauptes, so ging ich mit Marianne mitten im Zuge, und ein Osterwunsch ging mir durch die Seele: nun möge auch unser Tod, unser Winter, unsere Erstarrung vorüber sein, nun möchten auch wir erlöst werden von allem Übel und auferstehen zum Glücke. Und siehe, auch unser Ostern war da!

Im Walde standen wir, ganz allein. Es war wieder jene Stelle, die einen so schönen Blick nach dem Tale bot, jene Stelle, wo wir Freundschaft geschlossen hatten im Winter.

Ich blieb stehen. Sie lehnte sich fest an mich an.

»Weißt du noch? –«

»Ich weiß es noch, Geliebte!«

»Damals bist du mein Freund geworden!«

»Mehr als dein Freund! Damals wußte ich zuerst, daß ich dich liebe!«

»Mir ist so wohl! Es ist alles vorüber, was mich krank, elend, schlecht gemacht hat. – Siehst du, wie alles grün und schön ist? – Jetzt ist Ostern!«

»Ostern und Auferstehung, Geliebte!«

Sie blickte träumend vor sich hin.

»Ich werde gesund werden und glücklich. Nur Winter darf's nicht mehr werden, und ich darf nicht mehr fort von dir!«

»Wie ist das möglich, Marianne?«

Ich zitterte heftig. Sie sah mir tief in die Augen.

»Im Winter wolltest du mich zu deinem Weibe. Ich wies dich ab. Da gabst du dein Wort, du würdest mich nie mehr darum bitten. Das mußt du halten. Liebster! Aber ich – ich kann dich doch bitten. Und ich bitte dich heute: Nimm mich zu deinem Weibe, wenn ich es wert bin!«

»Marianne!«

Wenn jetzt die Welt in tausend Rosen um mich erblüht und der Himmel in rotem Feuer entbrannt wäre, ich hätte es nicht gesehen; und wenn alle Nachtigallen der Welt und alle frohen Menschen dieser Erde gejubelt hätten, ich hätte es nicht gehört. Meine Sinne waren gestorben, nur das Gefühl lebte noch; das Gefühl, daß ich die in den Armen hielt, die mein Weib sein wollte. Wir wanderten schon wieder, wir waren weit hinaufgestiegen, da sprach ich das erste Wort: »Hast du denn Vertrauen?«

»Vertrauen zu dir?«

Sie lachte selig. Die Knospen sprangen im Walde, und in der Luft lag Lerchenlaut.

Waldwinter ist aus

Es sei mir noch vergönnt, ein Frühlingsbild anzufügen.

Am Ostertage schon haben wir Verlobung gefeiert auf der Burg. Ganz still im Familienkreise, nur den Oberförster hatten wir eingeladen. Im Bankettsaal war die Feier.

Wir hatten beschlossen, unsere Vermählung schon nach vierzehn Tagen vollziehen zu lassen. Dann wollte ich mit meinem jungen Weibe reisen – dorthin, wo die Welt am schönsten ist. Da war es ganz gleich, wohin wir reisten.

In den folgenden Tagen hielt der Frühling seinen Einzug in unser Waldtal. Das letzte Schneeflöcklein wich im Walde, die Quellen und Bäche brausten in stattlicher Wasserfülle, die weißen Birken schmückten sich mit zartem Grün, ein Sängerlein nach dem anderen stellte sich ein, und der Waldboden war weithin mit Anemonen bedeckt.

Marianne und ich wanderten alle Tage in den Frühling hinaus. Wir sprachen immer von unserer Zukunft. Sie baute felsenfest auf das Glück. Die Bangigkeit, das Mißtrauen hatte sie von sich geworfen, nun kannte auch ihr Vertrauen keine Grenzen. Da war ich besorgt.

Einmal fragte ich sie: »Weißt du, wie der Mensch am ehesten der Enttäuschung entgeht?«

Sie sah mich klar und hell an.

»Ja, wenn er nicht zuviel hofft!«

»So ist es, Marianne! Wenn er das Leben nimmt, wie es ist! Wenn er keinen Maßstab anlegt, den nun einmal die Verhältnisse unmöglich machen! Mein süßer Schatz, auch über uns wird der Himmel manchmal dunkler sein –«

»Ich weiß es! Hab' keine Sorge! Ich hoffe nicht zuviel! Aber wenn ich selbst in Not und Tod müßte, ich ginge mit dir! Doch das kommt nicht! Wir werden nie miteinander und nie aneinander verzweifeln!«

Ich atmete tief und glücklich auf. – Eines Tages schrieb mir der Pfarrer, mein besonderer Wunsch, in der früheren Burgkapelle getraut zu werden, könne erfüllt werden.

Darüber freute ich mich. Was das Leben auch Hartes und Alltägliches gebracht hatte, einen romantischen Anhauch hatte es hier oben nicht verloren. Nun, da ich aus der Burg schied und zurückkehrte ins moderne Leben, wollte ich die alte Romantik mir und Mariannen noch einmal aufleben lassen. Auch unsere naturalistische Zeit lugt ja schon wieder von ihrer harten, scharfbelichteten Straße hinüber nach den dämmernden Wäldern der Romantik.

So kam mein Hochzeitstag – der St. Georgstag des Jahres 1900. Auch ihn will ich hier noch kurz schildern.

Zeitig erwachte ich. Es ging mir, wie es den sentimentalen Deutschen nun einmal geht: ich mußte Abschied nehmen, auch von den toten Gegenständen meiner Umgebung. Dankbar betrachtete ich das alte, riesige Himmelbett, in dem ich nun zum letzten Male geschlafen hatte; ich hielt eine kurze Zwiesprache mit dem tönernen Wasserkruge und mit meiner großen Waschschüssel, ich schaute noch einmal zu allen Fenstern hinaus.

Dann ging ich durch die ganze Burg. Im Zimmer der blonden Gertraud verweilte ich ein bißchen; ich war im Gerichtssaal und tappte sogar bis ins Verließ. Schließlich ging ich zurück. Lange war ich in meinem lieben Bankettsaal. – Und – ich schäme mich nicht – ich habe die Arme über den Kachelofen ausgebreitet und meine Wange auf einen Moment an seine kühlen Kacheln geschmiegt. Wieviel traute Stunden hatte mir der gute Bursche bereiten helfen! Zuletzt stieg ich auf den Turm.

Da traf ich meine Braut. Ich küßte sie und schlang die Arme um sie. So standen wir ganz regungslos. Unten im Morgenschimmer lag das frühlingsheitere Tal. Und weit – in blauer Ferne – war die Welt.

Es war morgens gegen 10 Uhr. Mit Naumanns Hilfe hatte ich meine Bräutigamstoilette beendet. Der gute Alte war in einer nicht zu beschreibenden Aufregung! Nun war er gegangen. In tiefernsten Gedanken stand ich am Fenster. Unten ging die kleine Pforte. Der Geistliche kam mit dem Kirchendiener, auch Gerstenberger und Sternitzke, die ich als meine Trauzeugen eingeladen hatte. Mariannes Zeugen würden der Assessor und Waldhofer sein. Sonst sollten nur Ingeborg und das Baumannsche Ehepaar noch bei der Trauung zugegen sein.

Der Oberförster sah in seiner Gala-Uniform sehr stattlich aus, und Sternitzke steckte in seinem eigenen Bräutigamsanzuge. Es war mir ganz beklommen, als ich die beiden Männer in so feierlichem Aufzuge kommen sah.

Nicht lange darauf traten beide bei mir ein. Sternitzke gratulierte mir in wortreicher Weise; der Oberförster faßte sich sehr kurz.

Und bald nachher kamen Waldhofer, der Assessor und Ingeborg mit meiner Braut.

Ich reichte Marianne beide Hände und sah sie lange an. Das Bild wollte ich in meiner Seele einprägen, daß es nie mehr daraus schwinde.

Sie war so holdselig schön in dem schlichten, weißen Kleide und dem duftigen Schleier. Über ihrer reinen Stirn lag die Myrtenkrone mit den seinen, weißen Blüten. Sie weinte nicht, wie sonst wohl Bräute tun. Ein feines Rot nur lag auf ihren Wangen, und ihre Augen schauten mich an mit ihrer ganzen Tiefe.

Ehrerbietig neigte ich mich vor ihrer bräutlichen Schönheit und küßte sie auf die Stirn und den Mund.

Dann reichte ich ihr den Arm. Der Assessor folgte uns mit seiner lieblichen Ingeborg, dann kamen die Herren, und den Beschluß machte Baumann mit seiner Frau. So ging der kleine Hochzeitszug den sonderbaren Weg durch die verträumten Gänge und romantischen Zimmer der Burg nach der Kapelle. Dort wartete schon der Geistliche im Ornate am Altare. Ich schaute auf das uralte Altarbild. Frühlingsblumen umkränzten es, und Frühlingsblumen blühten zwischen den Kerzen.

Der Priester hielt eine Ansprache.

»Ich nenne euch diese drei: den Glauben, die Hoffnung und die Liebe; das Köstlichste aber ist die Liebe.

Der Glaube geht über in Schauen; die Hoffnung geht in Erfüllung; die Liebe bleibt.

Einen Glauben gibt es, der leicht zusammenbricht: der Glaube an irdisches Glück; eine Hoffnung gibt es, die sterben kann. Wo aber die Liebe bleibt, baut sich der Glaube neu auf und ersteht aufs neue die Hoffnung.«

Dann kam der Treueschwur, und dann der Segen.

Marianne war mein Weib.

Zwei Kniebänke standen da, auf die knieten wir zum Gebete. Eine heilige Stille herrschte in der Kapelle. Aber die Fenster standen offen, und die goldene Frühlingssonne schien herein. Da tönte ein schlichtes, frommes Trauungslied an unser Ohr. Aus dem Hofe drang es herauf. Dort stand der Lehrer Leuthold mit den Schulkindern.

»Du Vater voller Gnaden,
Wollst geben das Gedeih'n«
Wollst allen ihren Pfaden
Der treue Führer sein!

In Freuden und durch Leiden,
Durch Nacht und Sonnenbrand
Wollst führen du die beiden
An deiner guten Hand!«

Das Lied verklang. Eine kurze Weile noch, dann verließen wir die Kapelle.

Langsam gingen wir den alten Weg zurück.

Im Bankettsaal trennten wir uns. Unten im Wohnzimmer beglückwünschten mich die Freunde. Waldhofer schloß mich lange in die Arme. Ich liebte diesen Mann wie einen Vater. Mit übervollem Herzen dankte ich ihm für das Gute, das ich und Marianne durch ihn erfahren.

Nun trat auch der Oberförster an mich heran. Er wollte wohl eine Rede halten; aber er brachte nicht viel heraus. Das Feierliche des Tages hatte ihn aus dem Gleichgewichte gebracht.

Bei Tische waren Marianne und ich schon im Reisekostüm. Der Pfarrer war mit da, auch der Lehrer Leuthold. Den Schulkindern wollte Waldhofer am ersten sonnigen, freien Nachmittage im Burghofe ein Fest veranstalten. Eine eigentliche, fröhliche Unterhaltung kam nicht zustande. Am betrübtesten war die kleine Ingeborg. Ich suchte sie zu trösten.

»Wirst halt auch einmal fort müssen, liebe, kleine Schwägerin.«

Seit gestern sagten wir uns »du«. Sie schüttelte den Kopf.

»Das Heiraten ist ja schön – aber das Fortgehn ist sehr traurig.«

»Wir finden uns alle wieder hier zusammen.«

Da erhob sich der Oberförster.

»Meine Herrschaften, ich bitte ums Wort! Mein gnädiger Herr Baron hat mich beauftragt, dem verehrten Paare seine und der Frau Baronin ihre Wünsche auszusprechen. Der Herr Baron hat in den Doktor einen Narren … das heißt, ich wollte sagen, er ist ihm sehr wohlwollend gesinnt. Also er ist merkwürdigerweise auf die hochfeine Idee verfallen, dem Herrn Doktor nebst Frau Gemahlin als Hochzeitsgeschenk eine Waldparzelle, die ganz in der Nähe der Oberförsterei liegt, in Größe von einundeinhalb Hektar behufs Erbauung einer Villa und Anlegung eines Gartens erb- und eigentümlich zu vermachen. Ich vermelde das hiermit als Bevollmächtigter des Herrn Barons und füge hinzu, daß nach dieser einzig vernünftigen Erledigung der Platzfrage die Villa selbstverständlich gebaut wird, da – nach meinen genauen Erkundigungen das Brautpaar über die Mittel reichlich verfügt und ich mich auch erbiete, im Notfalle mein ganzes persönliches Vermögen von fünftausend Mark zur letzten Hypothek zu pumpen. Gleichzeitig liefere ich diesen Gratulationsbrief ab. Die Schenkungsurkunde wird nachgeschickt.« Nun griff eine stürmische Freude Platz. Von allen Seiten drangen sie auf mich ein, ich müsse »Ja!« sagen. Ich sah Marianne an. Sie nickte glücklich; es war die erste Frage, die wir in der Ehe miteinander entschieden.

»Also mein teurer Herr Oberförster! Nächstes Frühjahr kommen wir hierher. Wir wohnen mit Herrn Waldhofers Erlaubnis auf der Burg, und indessen wird unten die Villa gebaut. Dabei rechne ich auf Ihren wertvollen Rat.«

»Werde ich tun, werde ich mit kolossalem Gaudium tun, liebster Herr Nachbar! Und nu müssen wir aber noch Brüderschaft machen!«

»Jawohl, lieber Freund Bernhard, das müssen wir!«

Er war ganz toll vor Freude, fiel mir um den Hals und versuchte mich zu küssen. Es gelang auch, obwohl er anscheinend keine Übung besaß. Ich habe später sehr oft nach dem Oberförster Gerstenberger Sehnsucht gehabt. –

Was ist noch zu sagen?

Baumann kam mit nassen Augen und meldete, die Fuhre stehe draußen vor der Brücke.

Es wurde ganz still. Ich erhob mich noch einmal. »Meine geliebten Freunde! Das Scheiden ist immer eine bittere Sache, auch für mich und mein liebes Weib heute, obwohl wir ins Glück ziehen. Wir lassen hier zu viel Liebe zurück – Liebe und Dankbarkeit für euch alle! Wir werden uns wiedersehen, wieder zusammen wohnen in diesem schönen Waldtale, das ist unser Trost. Behüt' euch Gott alle! Ein treueres Andenken, als wir für euch und den lieben Waldhof mit fortnehmen, kann es nicht geben. Und nun mit diesem letzten Trunk herzlich: Auf Wiedersehen!« Das Dorf ist längst verschwunden, aber der Turm des Waldhofes ragt noch über die Hügel. Es stehen Menschen dort oben, Leute, die uns nachschauen. Eine Fahne flattert im Winde, uns zum Gruße.

Der Frühlingswald nimmt uns auf, da ist auch der Turm verschwunden. Die Vögel singen, die Veilchen blühen, zwei glückselige Menschen reisen in die Welt.

Waldwinter ist aus!

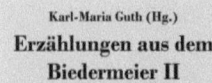

Erzählungen aus dem Biedermeier

Biedermeier - das klingt in heutigen Ohren nach langweiligem Spießertum, nach geschmacklosen rosa Teetässchen in Wohnzimmern, die aussehen wie Puppenstuben und in denen es irgendwie nach »Omma« riecht.

Zu Recht. Aber nicht nur.

Biedermeier ist auch die Zeit einer zarten Literatur der Flucht ins Idyll, des Rückzuges ins private Glück und der Tugenden. Die Menschen im Europa nach Napoleon hatten die Nase voll von großen neuen Ideen, das aufstrebende Bürgertum forderte und entwickelte eine eigene Kunst und Kultur für sich, die unabhängig von feudaler Großmannssucht bestehen sollte.

Georg Büchner Lenz **Karl Gutzkow** Wally, die Zweiflerin **Annette von Droste-Hülshoff** Die Judenbuche **Friedrich Hebbel** Matteo **Jeremias Gotthelf** Elsi, die seltsame Magd **Georg Weerth** Fragment eines Romans **Franz Grillparzer** Der arme Spielmann **Eduard Mörike** Mozart auf der Reise nach Prag **Berthold Auerbach** Der Viereckig oder die amerikanische Kiste

ISBN 978-3-8430-1884-5, 444 Seiten, 29,80 €

Erzählungen aus dem Biedermeier II

Annette von Droste-Hülshoff Ledwina **Franz Grillparzer** Das Kloster bei Sendomir **Friedrich Hebbel** Schnock **Eduard Mörike** Der Schatz **Georg Weerth** Leben und Taten des berühmten Ritters Schnapphahnski **Jeremias Gotthelf** Das Erdbeerimareili **Berthold Auerbach** Lucifer

ISBN 978-3-8430-1885-2, 440 Seiten, 29,80 €

Erzählungen aus dem Biedermeier III

Eduard Mörike Lucie Gelmeroth **Annette von Droste-Hülshoff** Westfälische Schilderungen **Annette von Droste-Hülshoff** Bei uns zulande auf dem Lande **Berthold Auerbach** Brosi und Moni **Jeremias Gotthelf** Die schwarze Spinne **Friedrich Hebbel** Anna **Friedrich Hebbel** Die Kuh **Jeremias Gotthelf** Barthli der Korber **Berthold Auerbach** Barfüßele

ISBN 978-3-8430-1886-9, 452 Seiten, 29,80 €